KB063323

라 마 와 의 랑 데 부

RENDEZVOUS WITH RAMA

RENDEZVOUS
WITH RAMA

라 마 와 의 랑 데 부

아서 C. 클라크 지음 박상준 옮김

아작

내가 신들에게로 향하는 계단을 올랐던 나라
스리랑카에 바친다.

일러두기

모든 주석은 옮긴이의 것입니다.

차례

1

우주 파수대 계획

언젠가는 일어날 일이었다. 1908년 6월 30일, 모스크바는 세 시간 차이로 파멸의 위기에서 벗어났다. 대신 4천 킬로미터 떨어진 시베리아의 한 삼림지대가 초토화되었지만, 사실 그 거리는 우주에서 보면 한 발자국이나 다름없는 아주 아슬아슬한 차이였다. 1947년 2월 12일에는 러시아의 또 다른 한 도시가 파국의 운명에서 간신히 비껴갔다. 20세기 들어 두 번째로 큰 운석이 추락한 곳은 블라디보스토크에서 4백 킬로미터도 채 떨어지지 않은 곳이었다. 그곳에서는 그즈음 새로이 발명된 원자폭탄과 견줄 만한 폭발이 일어났다.

그 당시 인류는 달의 표면을 곰보 자국처럼 만들어 놓은 우주로부터의 운석 낙하, 즉 우연히 일어날 수 있는 결정적인 재난 발생 위험에 대해서는 완전히 무방비한 상태였다. 1908년과 1947년의 운석은 사람이 살지 않는 황무지에 떨어졌다. 그러나 21세기 말엽에는 지구상의 어느 곳도 하늘로부터의 갑작스러운 포격에 안전할 수 없게 되었다. 인류는 남극에서 북극에 이르기까지 지구의 구석구석에 퍼져 살고 있었다. 그러므로 필연적으로….

아름다운 날씨가 인상적이었던 2077년 여름, 9월 11일 아침 지구표준시 09시 46분에 수많은 유럽인은 동쪽 하늘에 나타난 아찔할 정도로 눈이 부신 불덩이를 목격했다. 몇 초 사이에 그것은 태양보다도 더 밝아져서 하늘에 먼지와 연기의 꼬리를 남기며 소리 없이 날아가 버리고 말았다.

오스트리아 상공 어디쯤에서부터 그것은 조각나기 시작했고, 수백만의 사람들을 귀머거리로 만든 격렬한 진동을 연속적으로 일으켰다. 그러나 그들은 행운아였다.

그 거대한 운석은 초속 50여 킬로미터의 속도로 날아가면서 수천 톤의 암석과 금속성의 물질들을 이탈리아 북부에 쏟아부어 수 세기에 걸친 노동의 산물과 문화유산들을 잠깐 사이에 불덩어리로, 잿더미로 만들어 버렸다. 지구상에서 파도바와 베로나라는 도시는 완전히 사라져 버렸다. 우주로부터의 일격이 있고 난 뒤 육지로 넘쳐 들어온 아드리아 해의 바닷물은 베네치아의 마지막 영광을 영원히 해저 깊숙이 가라앉혀 버렸다.

60여만 명의 사람들이 최후를 맞았으며 총 피해액은 1조 달러가 넘어갔다. 그러나 예술과 역사, 게다가 인류 모두의 미래에 대한 과학의 손실은 가치를 따진다는 것이 불가능했다. 크나큰 전쟁으로 하루아침에 모든 걸 잃은 것이나 다름없었다. 폐허의 먼지는 대기권에서 이리저리 떠돌아다니며 좀처럼 가라앉지 않았으므로 전 세계 사람들은 몇 달이 지난 뒤에야, 1883년 인도네시아의 크라카토아 섬 대분화 이후 가장 찬란하고 깨끗한 새벽과 일몰을 볼 수 있었다. 물론 깨끗한 하늘의 고마움을 새삼 느끼긴 했지만, 그다지 위안이 되지 못했다.

최초의 충격이 가라앉자 인류는 이전의 어떤 세대보다 단결된 모습을 보였다. 그 정도의 재난이 앞으로 1천 년 동안 일어나지 않으리라는 가능성은, 그 일이 당장 내일 또다시 일어날 가능성과 같은 것이었다. 그리고 다시 그런 일이 생긴다면, 결과는 훨씬 더 심각해질 것이다.

그렇다. 다시는 그런 일이 없어야 한다.

1백여 년 전, 성숙하지 못했던 세계는 빈약한 자원과 자본을 무기제조와 자멸적인 인류 간의 전쟁에 헛되이 낭비하곤 했었다. 그런 자살행위가 결코 성공한 적은 없었지만 개발된 기술은 계속 축적될 수 있었다. 이제 그 지식은 더욱 고상한 목적을 위해, 그리고 무한히 넓은 무대 위에서 제값을 하게 되었다. 파국을 가져올 만큼의 그 어떤 거대한 운석도 두 번 다시 지구의 방호망을 뚫을 수 없게 된 것이다.

그렇게 우주 파수대 계획이 시작되었다. 그리고 사실 계획의 설계자들조차 내다보지 못했던 50년 뒤 그 체제는 실제로 가동되고 있었다.

2

침입자

2130년 무렵, 화성의 레이더 기지는 하루에 12개꼴로 새로운 소행성들을 찾아내고 있었다. 파수대 컴퓨터는 자동으로 그들의 궤도를 계산하여 그 정보를 거대한 용량의 기억장치에 저장했으므로, 관심 있는 천문학자라면 누구든지 매달 그 수를 더해 가며 축적되는 통계자료를 얻을 수 있었다. 이러한 일들은 돌이켜보면 아주 감회가 깊은 것이었다.

우연하게도 19세기의 첫 번째 날, 소행성 중 가장 큰 세레스를 발견한 이래, 1천 개까지의 소행성들을 확인하여 정리하는 데에는 약 120년이라는 세월이 걸렸다. 그중 수백 개는 발견된 이후 놓쳐 버렸다가 다시 찾아내기도 했다. 이와 같은 소행성들은 셀 수도 없이 많았으므로 확인하고 정리하는 작업에 짜증이 난 어느 천문학자는 이 소행성들을 두고 '하늘의 벼룩들'이라고 부르기도 했다. 만약 그가 50만 개의 소행성들을 동시에 추적하고 있는 파수대 컴퓨터를 보았다면 분명 혼비백산했을 것이다.

지름이 2백 킬로미터가 넘는 거대한 소행성은 다섯 개(세레스, 팔라스, 주노, 유노미아, 베스타)뿐이었다. 절대다수의 소행성들은 작은 공원에나 놓아둘 만한 정원석 크기의 수준이었고 대부분은 화성의 바깥쪽 궤도를 돌고 있었다. 극히 소수만이 태양 쪽으로 접근하여, 지구에 위협적인 존재가 다가오는 것을 항상 감시하는 파수대 컴퓨터의 신경을 곤두서게 했다. 그런 소행성도 수천 개에 달하긴 했지만 그중 어느 하나도 태양계의 수명이 다하기 전까지는 지구에서 1백만 킬로미터 이내로 접근할 가능성은 거의 없었다.

문제의 그 소행성은 처음에는 발견된 연도와 순서에 따라 31/439로 이름 지어졌으며, 목성 궤도 밖에 있을 때 처음 포착되었다. 그 위치만큼은 이상한 점이라곤 전혀 없었다. 소행성 중 많은 수가 토성 궤도 밖으로까지 나갔다가 다시 그들의 군주인 태양 쪽으로 돌아오곤 했다. 가장 폭이 큰 궤도를 가진 툴레 2의 경우는 천왕성에 너무 가까이 접근하는 탓에 본래 천왕성의 위성이 아니었나 하고 여겨질 정도였다.

그러나 첫 번째 레이더의 탐지가 그 정도 거리에서 이루어졌다는 것은 전례 없는 일이었다. 31/439는 예외적으로 큰 것임이 명백했다. 반사파의 강도를 토대로 컴퓨터는 적어도 그 지름이 40킬로미터는 되리라고 예측했다. 그만한 크기의 것은 지난 1백여 년 동안 발견된 적이 없었다. 그토록 오랫동안 그 것을 못 보고 지나쳤다는 것은 믿을 수 없는 일이었다.

곧 궤도가 산출되었다. 그러자 최초의 의문은 더 커다란 수 수께끼에 의해 해결되었다. 정상적인 소행성이라면 몇 년을 주기로 시계장치처럼 정확하게 반복되는 타원 궤도이기 마련 이었으나, 31/439가 타고 있는 궤도는 매우 이상한 모양이었 다. 그것은 머나먼 우주로부터 날아왔음을 암시하는 포물선 궤도를 그리며 태양의 중력장에 절대 포섭되지 않을 정도의 빠른 속도로 태양계를 처음이자 마지막으로 방문하고 있었다. 목성, 화성, 지구, 금성, 그리고 수성의 궤도를 순식간에 지나 치면서 속도를 얻은 뒤, 태양의 둘레를 한 바퀴 돌아 다시 알 수 없는 곳으로 방향을 바꾸게 될 것이었다.

이 시점부터 컴퓨터는 '이봐, 뭔가 이상한 것이 있어'라는 신호를 깜박거렸고, 31/439는 최초로 인류의 관심을 끌기 시 작했다. 우주 파수대의 중앙본부에서는 잠시 흥분에 찬 혼 란이 일었고, 즉각 우주의 나그네는 단순한 번호 대신 당당 한 이름을 가진 고귀한 존재로 격상되었다. 천문학자들이 즐 겨 차용하던 고대 희랍과 로마신화의 신들 이름은 바닥난 지 오래였으므로 힌두의 신전에서 이름을 빌려왔다. 그리하여 31/439는 '라마'가 되었다.

며칠 동안 뉴스 매체들은 이 방문자에 대해 요란스럽게 소 동을 피웠지만 사실 그들이 라마에 대해 알린 것이라곤 거의 없었다. 그저 확실한 정보는 단지 두 가지, 그 비정상적인 궤도와 대략적인 크기일 뿐이었다. 게다가 그 크기도 레이더의 반사파 강도를 근거로 추측한 것에 지나지 않았다. 광학 망원 경을 통해서 본 라마는 아직 15등성의 희미한 점에 불과해서 눈으로 둥근 모양을 볼 수는 없었다. 그러나 그것은 태양계의 중심을 향해 거침없이 돌진하고 있었으므로 날이 갈수록 점점 더 밝아지게 될 것이다. 우주 공간의 궤도에 올라 있는 관측 위성들은 그것이 영원히 사라지기 전에 그 크기나 형태에 대한 보다 정확한 자료들을 수집하게 될 것이다. 시간적인 여유 는 충분했고, 어쩌면 수년 내에 일상적인 업무를 위해 운항하 는 우주선이 라마 가까이 접근해서 팬찮은 사진을 찍을 수도 있다. 그러나 실제로 랑데부에 대한 가망은 없어 보였다. 행 성들의 궤도를 시속 10만 킬로미터 이상의 속도로 가로지르 는 물체와 물리적인 접촉을 시도하기에는 너무도 막대한 에너 지가 필요했기 때문이다.

세상은 라마에 대한 일을 곧 잊어버렸다. 다만 천문학자들 은 예외였다. 새로운 소행성은 날이 갈수록 천문학자들에게 궁금증을 배가시켰고 그에 따라 그들의 흥분도 점점 커졌다.

우선 무엇보다도 라마의 광도 곡선에 이상한 점이 있었다. 거기엔 변화가 없었다.

모든 소행성은 예외 없이 광도가 완만하게 변화하며 대개 몇 시간을 주기로 차고 이지러짐이 있었다. 그러한 사실은 소 행성 자체의 자전과 불규칙한 외형에 기인한 당연한 결과로서 거의 2세기 이전부터 잘 알려진 내용이었다. 그들은 궤도를 따라 이동하면서 자신도 자전하므로 태양을 향하게 되는 쪽의 표면 형태는 계속 변하게 되고 태양 빛에 반사된 밝기 또한 연속적인 변화를 나타내게 마련이었다.

라마는 그러한 변화를 나타내지 않았다. 자전하고 있지 않거나 모습이 완전한 대칭형이거나 둘 중 하나였다. 그러나 그런 설명은 둘 다 있을 수 없는 일이었다.

그 의문은 몇 달 동안 그냥 놓아둘 수밖에 없었는데, 궤도상에 올라 있는 우주망원경 중 그 어느 것도 머나먼 우주의 심연을 관측해야 하는 본래의 사명에서 쉽사리 짬을 낼 수 없었기 때문이었다. 천문학이란 대단히 호사스런 취미였으므로 거대한 장비 하나를 운영하는 데에는 1분에 1천 달러 이상의 경비를 들여야 했고, 예정된 관측 계획을 갑자기 변경하는 일은 기대하기 어려웠다. 만약 고장 난 50센트짜리 축전기 하나 때문에 그 중요한 기존의 관측 계획이 잠시 중단되는 일이 없었더라면, 윌리엄 스텐튼 박사는 달의 뒷면에 있는 2백 미터 반사망원경을 15분간 독점해서 쓰는 기회를 다시 잡기 어려웠을 것이다. 다른 천문학자의 낭패가 그에게는 행운이 되었던 셈이다.

스텐튼은 관측 자료를 분석할 컴퓨터를 쓸 시간을 얻기 위해 기다리느라 다음 날까지도 자신이 무엇을 발견했는지 알지 못했다. 그리고 마침내 결과가 화면에 나오고 나서도 과연 그것이 무엇을 의미하는지 이해하는 데에는 몇 분이 더 걸렸다.

라마에서 반사된 태양 빛의 강도는 결국 절대적으로 일정한 것은 아니었다. 거의 알아채기 어려운, 그러나 놓칠 정도는 아닐 만큼 아주 미세하고 또한 매우 규칙적인 변화가 있었다. 다른 모든 소행성처럼 라마도 역시 자전을 하고 있었다. 그러나 보통 소행성의 하루가 대개 몇 시간인 데 반해 라마는 단지 4분에 불과했다.

스텐튼은 잠시 계산기를 두드리고 나서 이 믿을 수 없는 사실에 직면했다. 이 작은 세계는 적도를 기준으로 자그마치 시속 1천 킬로미터의 속도로 자전하고 있었다. 그 정도의 원심력이라면 어떤 물체라도 지구 중력가속도에 가까운 힘으로 내팽개쳐질 것이다. 만약 착륙을 시도한다면 양극을 제외한 그 어느 지점도 불가능할 정도였다. 라마는 결코 우주먼지가 쌓일 수 없는 구르는 돌이었다. 그러한 물체가 이미 오래전에 수십억 개의 조각으로 분해되어 흩어져 버리지 않고 자신의 형태를 계속 유지하고 있다는 것은 매우 놀라운 일이었다.

단 4분의 자전주기를 가진, 40킬로미터 길이의 물체…, 천체의 어느 곳에 이런 물체가 있을 수 있을까? 스텐튼 박사는 상상력이 풍부한 편이었고 단번에 결론으로 뛰어넘어가는 성격이었다. 그가 내린 결론은 몇 분간 그를 당혹함에 안절부절 못하게 하였다.

천체의 박물관 중 그런 특징에 해당하는 표본이라곤 중성자별뿐이었다. 아마도 라마는 매 세제곱센티미터당 1조 톤의 무게가 나가는 거대한 중성자 핵으로서, 미친 듯이 자전하고 있는 죽은 태양일지도 모른다.

섬뜩해진 스텐튼은 문득 H. G. 웰즈의 고전 〈별〉에 대한 기억이 떠올랐다. 소년 시절에 처음 읽었던 그 소설은 그에게 천문학에 대한 흥미에 불을 지핀 계기이기도 했다. 그 작품이 발표된 지 2세기가 넘는 시간이 흘렀지만, 그 매력과 공포는 조금도 빛바래지 않았다. 별들로부터의 침입체가 목성을 강타하고 지구를 지나 태양을 향해 떨어지면서 생긴 폭풍과 해일, 그리고 그로 인해 도시들이 바다로 가라앉는 장면을 그는 결코 잊지 못할 것이다. 사실 그 단편에서 웰즈가 묘사했던 천체는 식은 별이 아니라 그 자체의 붕괴로 더욱 달아오른 불덩어리 별이었다. 그러나 그건 별로 문제가 되지 않았다. 라마는 태양 빛을 반사하는 것이 고작인 얼어붙은 천체였지만, 열이 아닌 자체의 중력만으로도 그런 무서운 파국을 초래할 수 있기 때문이었다.

어떤 천체든지 태양계 내로 진입하기만 한다면 행성들의 궤도는 완전히 뒤틀리기 마련이다. 지구가 태양 또는 외계 쪽으로 단 몇백만 킬로미터만 움직여도, 미세하게 유지되어 온 기후의 균형은 완전히 파괴되고 만다. 남극의 빙원이 모두 녹아내려 해발고도가 낮은 지역들이 모두 물에 잠기거나, 아니면 바다가 모두 얼어붙고 세상은 영원한 겨울 속으로 가라앉게 된다. 어느 쪽으로든 단지 약간만, 아주 조금만 움직여도 충분히 일어날 수 있는 일인 것이다.

스텐튼 박사는 긴장을 풀며 안도의 한숨을 내쉬었다. 그건 말이 안 되지. 그는 멋쩍은 기분이 들었다.

라마가 극도로 압축된 중성자별이라는 가정은 아무래도 신
빙성이 없어 보였다. 항성급의 천체가 장기간에 걸쳐 다른 천
체의 궤도를 교란하지 않고서 그처럼 태양계 깊숙이 들어온
다는 것은 있을 수 없는 일이다. 만약 그랬다면 이미 모든 행
성의 궤도에 영향을 미쳤을 것이다. 해왕성과 명왕성, 페르세
포네도 그렇게 해서 결국 발견된 것이었다. 죽은 태양 정도의
물체가 관측되지 않은 채 그렇게 숨어들어온다는 것은 완전
히 불가능한 일이다.

그렇다면 중성자별은 아닐 것이다. 어떤 의미에서 그건 유
감스러운 일이기도 했다. 실제로 죽은 태양을 접해 본다는 것
도 흥미 있는 일이 될 것이므로.

그것이 저 멀리 있는 동안에는….

3

라마와 시타

　우주자문위원회의 임시회의는 짧았지만 격렬했다. 보수적인 원로 과학자들이 관리체계의 요직을 차지하는 것을 방지할 방법은 22세기에 이르러서도 아직 발견되지 않았다. 사실 그 문제점이 해결될 날이 오기나 할는지 그 자체가 의심스러운 일이다.

　엎친 데 덮친 격으로 자문위원회의 현 회장은 저명한 천체물리학자인 올라프 데이비슨 명예교수였다. 그는 은하보다 작은 물체에 대해서는 별 관심이 없었고, 굳이 그런 편견을 숨기려 하지도 않았다. 게다가 그는 전공 분야의 90퍼센트 이상을 우주 공간에 있는 관측 장비에서 얻은 자료에 의존하고 있음에도 불구하고, 그런 사실을 그다지 탐탁하게 여기지 않고 있었다. 그의 찬란한 경력 중에는, 관측위성을 쏘아 올린 결과 그 자신의 이론들이 사실은 정반대였다는 것을 증명하게 된 일이 세 번이나 있었다.

자문위원회 앞에 던져진 질문은 간단했다. 라마가 평범한 것이 아님은 분명하다. 그러나 그것이 과연 중요한 것인가? 몇 달 후면 그것은 영원히 사라져 버릴 것이고, 따라서 행동을 취할 수 있는 시간적인 여유는 별로 없다. 이 기회를 놓치게 되면 다시는 오지 않는다.

막대한 경비를 들이는 경우이긴 하지만, 화성에서 해왕성 너머로 쏘아 올리기로 되어 있는 탐사위성의 궤도를 수정하여 라마와 만나는 빠른 경로로 진입시킬 수 있었다. 랑데부의 희망은 없었다. 두 물체는 시속 20만 킬로미터의 속도로 서로 스쳐 가게 되는, 아마도 기록상 가장 짧은 만남을 연출하게 될 것이다. 라마를 집중적으로 관찰할 수 있는 시간은 단 몇 분이며, 그나마 가장 근접거리에 있을 수 있는 시간은 1초도 채 되지 않을 것이다. 하지만 분석 장비들 덕분에 수많은 자료를 얻어내기에는 충분한 시간이다.

데이비슨은 해왕성 탐사위성부터가 도대체 못마땅했지만, 발사 그 자체는 이미 결정된 일이었으므로, 이제 그는 예산을 더욱 유용한 일에 사용해야 한다는 점에 착안했다. 소행성의 추적 같은 어리석은 일보다는, 새로이 부활한 빅뱅 이론의 검증을 위해 월면에 설치된 고분해능 간섭계에 이번 한 번만 긴급히 예산을 투자하자고 데이비슨은 역설했다.

그것은 결정적인 전술상의 오류였는데, 왜냐하면 수정된

정상우주론의 열렬한 지지자 중 세 명이 위원회의 위원이었기 때문이다. 그들은 소행성의 추적이 예산 낭비에 지나지 않는다는 점에서 데이비슨과 비밀스럽게 의견 일치를 보았었다. 그럼에도 불구하고….

데이비슨은 한 표 차이로 지고 말았다.

석 달 뒤, 힌두의 여신 이름을 딴 탐사위성 '시타'가 화성의 안쪽 궤도를 도는 위성 포보스에서 발사되었다. 7주의 항속 시간이 지난 뒤 모든 관측기기의 에너지는 라마와의 교차 직전 5분간에 집중되도록 조정되어 있었다. 때를 같이하여 카메라가 달린 소형 탐사기들이 살포되어 라마를 둘러싸고 지나감으로써 모든 각도로부터의 사진을 얻도록 할 계획이었다.

1만 킬로미터 밖에서 찍은 첫 번째 영상은 모든 인류를 얼어붙게 했다. 10억 개의 텔레비전 화면에 시시각각 그 크기를 더해 가는 작고 볼품없는 원통의 모습이 나타났다. 두 배의 크기로 자라났을 때는 그 누구도 라마가 자연적인 물체라고는 주장할 수 없게 되었다.

그 물체는 기하학적으로 완벽한 50킬로미터 높이의 원기둥이었으며 회전하는 선반(旋盤) 같은 모습이었다. 양 끝은 20킬로미터 지름의 평면이고 그중 한쪽에는 구조물 같은 것이 있었다. 먼 거리에서 크기의 감각 없이 보면 라마는 우스꽝스럽게도 흔히 볼 수 있는 보일러 통 같은 모습이었다.

라마는 화면을 꽉 채울 때까지 계속 커졌다. 그 표면은 달의 그것만큼이나 우중충하고 침침한 회색이었고 한 군데를 제외하고는 그 어떤 특징 있는 곳 하나 없었다. 원통 중간쯤에 1킬로미터가량의 흠집 내지는 얼룩이 있었는데 꽤 오래전에 뭔가에 의해 부딪친 흔적인 듯했다.

그 충돌은 회전하는 라마의 내부에는 별다른 훼손을 입힌 것 같지 않았지만 스텐튼의 발견은 바로 그 흠집 덕택이었다. 광도 곡선에 미세한 변화를 초래한 것이 바로 그 흠집이었다.

탐사기들의 카메라가 여러 각도에서 잡은 그림 중 특별히 더 흥미를 끌 만한 부분은 없었다. 그러나 그 탐사기들 자체가 라마의 중력권 안에서 몇 분 남짓 머무르며 보여준 궤적은 원통의 질량이라는 결정적인 정보를 추가할 수 있게 해주었다.

그것은 속이 꽉 찬 물체로 보기에는 너무도 가벼웠다. 라마가 속이 빈 원통이라는 사실은 누가 봐도 명백했다.

참으로 기나긴 세월 동안 갈망해 오고 한편 두려워했던 만남이 마침내 다가온 것이다. 인류는 별로부터의 첫 번째 방문자를 맞아들이려 하고 있었다.

4

랑데부

노턴 선장은 수없이 보았던 그 최초의 텔레비전 전송 사진을 랑데부에 임박해서 다시 떠올렸다. 하지만 전자 영상으로는 전달할 수 없었던 것이 한 가지 있었는데, 그것은 바로 라마의 압도적인 크기였다.

그는 달이나 화성처럼 자연적인 천체의 표면에 착륙할 때 한 번도 그런 느낌을 받은 적이 없었다. 그런 곳은 하나의 세계였으며 그것이 얼마나 큰 것인가는 새삼스레 되새길 필요도 없이 당연한 사실로 느껴지는 것이었다. 다만 목성의 8호 위성에 착륙했을 때는, 그 위성은 라마보다 조금 큰 크기였는데, 아주 작은 세계라고 생각했다.

그러한 역설은 쉽게 설명할 수 있다. 그는 이 인공 물체가 이제껏 인류가 우주 공간에 띄운 그 어떤 것보다 수백만 배나 더 크고 무겁다는 사실 때문에 완전히 혼란스러운 지경이 되었다. 라마의 질량은 적어도 1조 톤은 되어 보였다. 어떤 우주 비행사에게라도 그것은 경외감에 그치는 정도가 아니라 공포를 불러올 만한 크기였다. 저 얼룩이 진 원통이 하늘에서 점점 커질수록 스스로 한없이 왜소해지는 느낌, 나아가서 짓눌리는 듯한 억압감마저 느끼게 되는 것도 결코 무리가 아니었다.

또한, 이곳에서 이제껏 그가 전혀 경험해 보지 못한 미지의 위험과 맞닥뜨릴 수도 있었다. 그전에는 어디에 착륙하게 되든지 닥칠 상황을 어느 정도 예견할 수 있었다. 사고의 발생 가능성은 항상 있었지만, 뜻밖의 놀라움을 경험한 적은 없었다. 그러나 라마와의 만남에서 확실히 예상할 수 있는 것은 경이로움뿐이었다.

인데버 호는 회전하는 원반의 정확한 중심에 해당하는, 원통의 북극 상공 1천 미터 위에 떠 있었다. 태양 빛을 받는 쪽이라는 이유에서 북극이 선택되었는데, 라마가 자전함에 따라 회전축 가까이 있는 그 불가사의한 구조물들의 그림자가 천천히 금속의 표면을 쓸며 지나가고 있었다. 라마의 북쪽 면은 순식간에 지나가는 4분간의 하루를 측정하는 거대한 해시계이기도 했다.

5천 톤 무게의 우주선을 회전하는 원반의 중심에 착륙시켜야 했지만, 노턴 선장은 별로 걱정하지 않고 있었다. 그건 거대한 우주정거장의 주축에 도킹하는 일과 별로 다를 바가 없었다. 인데버 호의 측면 분사기는 이미 선체가 라마와 똑같은 회전을 하도록 만들어 놓았고 항법 컴퓨터가 없어도 눈송이만큼이나 사뿐하게 착륙을 유도할 수 있는 조 캘버트의 솜씨는 신뢰할 만한 것이었다.

"3분 이내에, 이것이 반물질로 만들어졌는지 아닌지를 알 수 있게 됩니다." 캘버트가 화면에서 눈을 떼지 않은 채 말했다.

노턴 선장은 미소를 지으면서 라마의 기원에 대한 하나의 섬뜩한 가설을 떠올렸다. 만약 그 믿을 수 없는 추론이 사실이라면 태양계가 생겨난 이래 가장 커다란 폭발이 몇 초 내로 일어날 것이다. 모두 1만 톤의 물질이 소멸하면서 내는 에너지는 잠깐 사이에 이웃 행성들에 제2의 태양을 선보이게 될 것이다.

그러나 통제본부에서 이러한 경우의 우발성까지 고려하고 있었다. 인데버 호는 1천 킬로미터 밖 안전거리에서 라마를 향해 제트분사를 내뿜었다. 단 몇 밀리그램의 물질-반물질 간의 상호소멸반응일지라도 무시무시한 폭발을 일으킬 수 있었지만, 인데버 호의 분사된 증기 구름이 라마의 표면에 도달하고 나서도 별다른 일은 일어나지 않았다.

노턴 선장은 다른 우주선 지휘관들과 마찬가지로 매우 조심성 있는 사람이었다. 그는 라마의 북쪽 면, 착륙지로 선정된 지점을 한동안 뚫어지게 응시하였다. 심사숙고 끝에 그는 바로 회전축에 해당하는 원반의 중심점을 피하기로 했다. 지름 1백 미터가량의 돌출된 원반형인 그곳은, 아마도 거대한 에어록의 바깥쪽 출구가 아니겠는가 하는 의혹이 강하게 일었다. 이 거대한 원통을 만든 존재들은 분명 어떤 방법으로든 내부로 들어갈 수 있는 입구를 만들어 놓았을 것이다. 논리적으로 보면 중심점은 주 출입구가 틀림없을 테고, 그렇다면 정문을 우주선 선체로 두드리는 것은 그다지 현명하지 못하다는 생각이 들었다.

그러나 이 결정은 또 다른 문제점을 일으켰다. 만약 인데버 호가 극점에서 단 몇 미터라도 떨어진 곳에 내려앉게 되면 라마의 고속자전으로 말미암아 점점 바깥쪽으로 미끄러져 나가게 될 것이다. 원심력은 처음에는 미약하겠지만 계속 커져서 마침내는 걷잡을 수 없는 지경으로 빠져들게 된다. 노턴 선장은 우주선이 시시각각 가속을 받으며 극지의 평면에서 밀려 나가다가 마침내 원반의 가장자리에 이르면서 시속 1천 킬로미터의 속도로 내팽개쳐지는 사태를 고려하지 않을 수 없었다.

지구의 1천 분의 1 정도에 불과한, 라마의 가냘픈 인력이 그런 일을 방지해 줄 가능성은 없었다. 아마도 그 인력은 몇 톤 정도의 힘으로 인데버 호를 잡아당길 것이기 때문에 만약 표면이 적당히 거칠기만 하다면 우주선은 극점 근처에서 가만히 머무를 수도 있다. 하지만 라마의 원심력의 횡포가 현실적으로 분명히 존재하는 반면, 그를 감당할 마찰력은 불확실한 것이었으므로 도박을 할 수는 없었다.

다행스럽게도 라마의 설계자들이 해결책을 제공했다. 극점 가까이에 같은 간격으로 지름 10미터 정도 되는 약 상자 모양의 구조물 세 개가 나란히 있었는데, 만약 인데버 호가 그 구조물 사이에 내려앉기만 하면 마치 항구에 정박한 배가 밀려오는 파도에 의해 안벽에 밀착되듯이 안정된 자리를 잡을 수 있을 것 같았다.

"15초 이내에 접촉합니다." 캘버트가 말했다.

노턴 선장은 결코 손대야 할 일이 없기를 바라는 비상조종 장치 앞에서 긴장된 마음을 달래며 모든 사람이 지금 이 순간에 관심을 집중하고 있음을 절감했다. 1세기 반 이전의 달 착륙 이후 가장 역사적인 착륙의 순간이 눈앞에 닥친 것이다.

조종실 좌현 바깥에 회색의 약 상자 모양의 구조물들이 위쪽으로 천천히 움직여가고 있었다. 마지막 역분사의 소음과 진동이 느껴질 듯 말 듯 전해져 왔다.

지난 몇 주간 노턴 선장은 과연 이 순간에 어떤 말을 할 것인가 하는 문제로 꽤 고심했었다. 이제 역사에 남을 어록의 내용은 순전히 지금 이 순간에 달린 것이다. 결국 그가 거의 반사적으로 내뱉은 말은 잠시 뒤에 울린 마이크의 반향을 듣고서야 자신도 겨우 알게 되었다.

"여기는 라마 기지. 인데버 호 착륙 완료."

한 달 전만 하더라도 노턴 선장은 이 일이 가능하리라고는 도저히 상상할 수 없었다. 그의 우주선은 수명이 다 된 소행성 추적 신호기를 확인, 회수하고 다시 설치하는 일상적인 임무를 수행하고 있었다. 그러나 인데버 호는 침입자가 태양을 돌아 다시 별들의 망망대해로 사라져 버리기 전에 랑데부를 시도할 수 있는 유일한 위치에 있었다. 게다가 세 척의 태양 탐사선 몫의 연료를 모두 공급받아야 했기 때문에, 지금 다른 우주선들은 재보급을 받을 때까지 불가피하게 표류 중이다. 노턴 선장은 칼립소 호와 비글 호, 그리고 챌린저 호의 선장들과 불편한 관계가 될 것을 생각하니 언짢은 기분을 떨칠 수 없었다.

여분의 가속장치를 완전히 가동했음에도 불구하고, 길고도 어려운 추적이었다. 인데버 호가 겨우 따라잡았을 때 라마는 이미 금성의 궤도 안쪽으로 들어와 있었다. 다른 어떤 우주선도 그런 영광을 누리지 못했고, 또 그러한 특권은 비길 데 없는 것이었으므로 단 몇 주의 시간도 뒤처질 수 없었다. 지구에서는 무수한 과학자들이 결사적으로 이 여행에 함께하려 했으나 결국 그들은 입술을 물어뜯으며 텔레비전을 쳐다보는 수밖에 달리 방법이 없었다. 그들로서는 애타는 일이었겠지만 달리 선택의 여지가 없었다. 천체역학이라는 절대적인 법칙은 인류의 모든 우주선 가운데 오로지 인데버 호에게만 최초이자 최후로 라마와 만날 수 있도록 은총을 내렸다.

지구로부터 계속 수신되는 조언들도 노턴 선장의 부담을 덜어주지는 못했다. 만약 자신의 판단이 치명적인 실수가 되는 경우에도 아무런 도움을 기대할 수 없었다. 통제본부와의 통신 시간 지체는 이미 10분을 넘어섰고 계속 늘어나고 있었다. 그는 종종 전파통신이 발명되기 이전 시대의 위대한 항해가들이 부러울 때가 있었다. 그들은 본부로부터 계속 감시받는 일 없이 밀봉된 명령들을 자기 마음대로 해석할 수 있었다. 또한 그들이 실수하더라도 그 누구도 알 수 없는 노릇일 것이었다.

한편으로, 어떤 결정들은 지구에 떠넘길 수 있다는 것이 기쁘기도 했다. 이제 인데버 호의 궤도는 라마와 같아졌으며 그들은 태양 쪽으로 머리를 향한 한몸이나 마찬가지였다. 40일 뒤면 근일점에 다다라서 2천만 킬로미터의 간격으로 태양을 스쳐 지나가게 될 것이다. 그건 쾌적한 여행이 되기에는 너무 가까운 거리이다. 그렇게 되기 훨씬 전에 남은 연료를 모두 투입해서 안전한 궤도로 진입해야만 한다. 라마와 영원히 작별하기 전에 승무원들이 탐사할 수 있는 시간은 아마 3주 정도 될 것이다.

그 이후는 지구 쪽에서 고민할 차례다. 인데버 호는 사실상 속수무책으로 태양계 밖의 드넓은 우주 공간을 향한 궤도로 진입하게 될 공산이 컸다. 5만 년가량 별들의 세계로 여행하는 최초의 우주선이 될 수도 있는 불길한 가능성이 남아 있었다. 걱정할 필요 없다고 통제본부는 다짐했었다. 소요경비에 상관없이 설사 임무 수행 뒤 보급선을 우주 공간에 버려야 할 경우가 오더라도 어쨌든 인데버 호는 연료를 재보급받을 것이라고 장담했다. 자살행위만 아니라면 라마는 어떤 위험이라도 무릅쓸 가치가 있었기 때문이다.

물론 최악의 사태가 일어날 가능성도 있다. 노턴 선장은 이 거래에서 어떤 환상도 품지 않았다. 1백여 년 만에 처음으로 완전한 미지의 존재가 인류 세계에 침입한 것이며 또한 그 미지의 불확실성은 과학자든 정치가든 그 누구도 가볍게 흘려버릴 성질의 것이 아니었기 때문이다. 만약 해결의 열쇠를 얻는데 필요하기만 하다면 인데버 호나 그 승무원들은 일회용 소비재가 될 수도 있다.

5

첫 번째 선외 활동

사실이 그런지도 모를 일이지만, 라마는 마치 무덤처럼 조용했다. 모든 주파수대를 점검해 봐도 전파 신호는 없었으며 증가하는 태양 복사열로 인한 미세한 진동 외에는 어떠한 반응도 지진계에 나타나지 않았다. 전류도, 방사능도 없었다. 불길할 정도로 완벽한 침묵이었다. 다른 돌덩어리 소행성일지라도 이처럼 완벽하게 반응이 없는 것은 찾아볼 수 없다.

'우리가 뭘 기대하는 거지? 환영위원회라도?' 노턴 선장은 자문해 보았다. 실망하게 될지 기대에 걸맞은 순간을 맞을지는 아직 알 수 없다. 어쨌거나 주도권은 선장 자신에게 있었다.

그는 우주선 밖으로 나가 탐사 활동을 시작하기 전에 24시간을 기다려 보기로 했다. 승무원 중 누구도 깊이 잠드는 사람은 없었다. 비번일 때도 반응 없는 탐지기기들을 확인하거나 현창으로 황량한 기하학적인 풍경을 바라보며 궁금증을 달래고 있었다. 이 세계는 과연 살아 있는 것일까? 그들의 마음속에서는 끊임없이 의문이 솟아났다. 죽은 것인가? 아니면 단순히 잠자고 있는 것인가?

첫 번째 선외 활동에서 노턴 선장은 한 사람만을 대동했다. 칼 머서는 기골이 장대하고 임기응변에 능한 생명유지장치 담당자였다. 노턴 선장은 결코 우주선의 시야에서 벗어날 생각이 없었지만, 만약 문제가 발생하면 사람이 적을수록 더 안전할 것이라고 생각한 것이다. 그러나 그는 만일을 위해 두 명의 승무원에게 우주유영 장비를 완전히 갖춘 채 에어록에서 대기하도록 해두었다.

라마의 인력과 원심력으로 인해 생기는 몇 그램의 무게는 아무런 도움도, 장애도 되지 않았다. 그들은 분사추진장치에 전적으로 의존해야 했다. 노턴 선장은 가능한 한 빨리 인데버호 선체와 약 상자 모양 구조물 사이에 실뜨기 모양으로 밧줄을 매달아 놓아야겠다고 결심했다. 그렇게 하면 분사 연료를 낭비하는 일 없이 손으로 잡고 당기면서 이동할 수 있을 것이다.

가장 가까운 구조물은 그들이 나온 에어록으로부터 불과 10미터가량 떨어져 있었다. 그러나 노턴 선장은 착륙 시 우주선이 어떤 손상이라도 입지 않았는지를 먼저 확인해야 했다. 인데버 호의 선체는 몇 톤의 힘으로 원통의 벽에 눌린 채였지만 압력은 골고루 분산되고 있었으므로 별문제는 없었다. 노턴 선장은 일단 안심하고 원형 구조물로 접근하여 그것의 용도를 짐작해 보기로 했다.

몇 미터 가지 않아서 그는 매끈한 금속성 재질의 벽과 마주쳤다. 도대체 아무런 기능도 할 수 없는 것처럼 보였으므로 처음엔 그것을 일종의 장식물로 생각하였다. 여섯 개의 홈 같은 것이 금속면 안에 우묵하게 방사상으로 나 있었으며 그 안에는 각각 여섯 개의 막대가 테 없는 바퀴의 살처럼 가로지르고 있고 가운데에는 축에 해당하는 작은 원통이 있었다. 그러나 그 바퀴 모양은 벽 깊숙이 박혀 있었으므로 회전할 수는 없는 듯했다.

노턴 선장은 매우 흥미로운 것을 발견했다. 바퀴살 끝 깊숙한 부분에 마치 갈퀴 같은 것(발톱? 촉수?)이 자리 잡고 있었다. 만약 벽에 버티고 서서 바퀴살을 세게 끌어당긴다면….

바퀴는 마치 비단처럼 매끄럽게, 그리고 천천히 벽에서 미끄러져 갔다. 움직이는 부분은 모두 다 아주 오래전에 진공 압착이 되어 있을 것으로 예상했으므로 노턴 선장은 깜짝 놀라서 바퀴를 붙잡았다. 그는 마치 옛날 범선 갑판에서 타륜을 잡은 듯한 기분이 들었다.

노턴 선장은 헬멧의 챙 때문에 머서가 자신의 놀란 표정을 보지 못하는 것을 다행으로 생각했다.

놀란 만큼 자기 자신에게 화가 나기도 했다. 이미 돌이킬 수 없는 실수를 저지른 건지도 모른다. 별생각 없는 행동 때문에 라마 안에서는 요란스레 경보가 울리고 어떤 장치가 가동하기 시작한 건 아닐까?

그러나 인데버 호에선 아무런 변화도 알려오지 않았다. 측정기기들은 여전히 희미한 태양 복사열과 인데버 호 자신의 움직임 외에는 어떤 반응도 포착하지 못하고 있었다.

"어때요, 선장님. 그걸 돌려볼 겁니까?"

노턴 선장은 다시 한 번 행동지침을 되새겼다. '스스로의 판단에 따라, 그러나 주의 깊게 행동하라.' 만약 모든 행위 하나하나를 통제본부와 상의한 뒤 실행하려 한다면 그는 아무 것도 못 할 것이다.

"자네 생각은 어때, 머서?"

"그건 수동식 에어록 장치일 겁니다. 아마 동력에 이상이 생긴다거나 뭐 그런 비상시에 사용하는 거겠죠. 알 수는 없지만 진보된 기술이라 특별한 예비 조치가 필요 없나 봅니다."

'그리고 아마도 자동 안전장치가 되어 있겠지. 시스템에 아무런 위험이 없을 때만 작동하게 되어 있을 것이다.' 노턴 선장은 스스로에게 말했다.

노턴 선장은 두 다리로 바닥에 버티고 선 채 마주 향하는 바퀴살 두 개를 붙잡아 힘을 주어 보았다. 그러나 꿈쩍도 하지 않았다.

"좀 거들어 줘." 그는 머서에게 말했다. 두 사람은 바퀴살을 붙잡고 서서 있는 힘껏 돌려보려고 했지만, 그것은 조금도 움직이지 않았다.

물론 라마의 시곗바늘이나 나사의 방향이 지구와 똑같을

것이라고 생각할 이유는 하나도 없었다.

"반대 방향으로 해보죠?" 머서가 제안했다.

이번엔 아무런 저항도 느껴지지 않았다. 바퀴살은 한 바퀴쯤 돌아가더니 아주 천천히 멈추어 섰다.

50센티미터가량 떨어져 있는 약 상자의 벽이 마치 대합조개가 열리듯 서서히 갈라지기 시작했다. 새어 나오는 바람에 날린 먼지 입자들이 햇빛을 받아 금강석처럼 눈부시게 반짝였다.

이제 라마로 향한 문이 열렸다.

6

위원회

'행성연합 본부를 달에다 둔 것은 아무래도 잘못한 일이야. 지구의 입김이 너무 센 것 같아. 지금 저 하늘을 커다랗게 차지하고 있는 것과 같은 상황이지. 만약 이곳에 설치해야 했었다면 차라리 저 최면적인 지구의 빛이 닿지 않는 달의 뒷면으로 갔어야 했어.' 보스 박사는 가끔 그렇게 생각하곤 했다.

그러나 옮기기에는 이미 너무 늦었고, 사실은 별다른 선택의 여지조차 없는 일이었다. 식민지들이 좋아하든 말든 지구는 다가오는 세대에도 태양계의 문화적, 경제적 군주가 될 것이 분명했다.

보스 박사는 지구에서 태어나 30세가 넘어서 화성으로 이민을 갔기 때문에 스스로 정치적 상황을 냉정하고 공평한 시각에서 볼 수 있다고 여겼다. 비록 왕복 우주선 편으로 다섯 시간밖에 걸리지 않지만, 결코 고향 행성으로 돌아갈 생각은 없었다. 1백15세의 나이에도 여전히 완벽한 건강상태를 유지하고 있으나, 그의 생애 대부분을 보낸 화성보다 세 배나 높은 중력에 익숙해지기 위해서는 적응훈련을 거치지 않을 수 없었기 때문이다. 그는 자기 고향 행성에서 영원히 추방당한 것이나 다름없었지만, 그 사실에 마음 아파할 만큼 감상적인 사람은 아니었다.

그가 별로 달갑지 않게 생각하는 것은 해마다 똑같은 얼굴들을 마주하면서 일을 해야만 한다는 사실이었다. 발달한 의학기술의 경이로움은 더할 나위 없이 좋았다. 시계를 되돌려 놓고 싶은 생각은 정말 조금도 없었다. 그러나 지금 이 회의 석상에 둘러앉아 있는 이들은 반세기가 넘도록 같이 일해 온 사람들이다. 위원회가 소집될 때마다 주어진 의제에 대해 각자 어떻게 얘기할 것이며 어느 쪽에 표를 던질 것인지를 정확히 예상할 수 있었다. 어느 날이든 그중 한 명쯤은 예기치 못한 행동을, 아주 미친 짓일지 몰라도 저질러줬으면 하고 바랄 정도였다.

아마 다른 사람들도 그에 대해 똑같은 생각을 하고 있겠지….

라마 위원회는 아직은 순조롭게 운영해 나갈 수 있을 만큼 작은 규모였지만 곧 이러한 상황은 변하게 될 것이다. 이것은 틀림없는 사실이었다. 각 행성을 대표하는 행성연합의 동료 여섯 명은 모두 직접 출석해 있었다. 태양계를 포괄하는 거리에서는 전파통신에 의한 정책 협의가 불가능했다. 동시 통화가 가능한 지구상에서의 통신 수단에 익숙해 있었던 원로 정치가들은 행성들 사이의 전파 연락이 몇 분, 심지어 몇 시간이나 걸린다는 사실에 불만을 감추지 못했다. "당신네 과학자들은 이 문제를 어떻게 좀 해결해 볼 수 없어?" 지구와 다른 모든 행성과의 사이에서는 얼굴을 맞대고 하는 동시 통화가 불가능하다는 사실이 언급될 때마다 그들은 침통하게 불만의 소리를 감수해야만 했다. 다만 달의 경우에만 1.5초라는, 그런대로 받아들일 만한 시간 지연으로 정치적, 심리적으로 함축된 의미들이 고스란히 전달될 수 있었다. 이러한 천문학적인 생활상의 현실 때문에 달은, 그리고 오로지 달만이 언제나 지구의 근교로 남아 있었다.

위원회의 위원으로 새로이 추천된 전문가들 또한 직접 출석해 있었다. 천문학자인 데이비슨 교수는 이미 낯이 익은 사람이었다. 오늘만큼은 성미 급한 평소의 그다운 느낌을 주지 않았다. 보스 박사는 첫 번째 라마 탐사위성 발사 당시 그의 주변에서 벌어졌던 내부 알력에 대해 알지 못했지만, 교수의 동료들은 그 사실을 쉽게 잊어버리지 않고 있었다.

셀마 프라이스 박사는 잦은 텔레비전 출연으로 폭넓은 지명도를 갖고 있었으나, 사실 그녀의 첫 명성은 50년 전 지중해의 해저 박물관을 인양함에 따라 폭발적인 고고학적 발견으로 이루어진 것이었다.

보스 박사는 당시 그리스와 로마를 비롯한 10여 군데 이상의 고대 문명에서 기원한 보물들이 복원되었을 때의 흥분을 아직도 되새길 수 있었다. 화성에 살고 있어서 안타까움을 느꼈던 흔치 않은 순간 중 하나였다.

외계생물학자인 칼라일 페레라 역시 과학사가인 데니스 솔로몬처럼 어울리는 자리에 나온 사람이었다. 저명한 인류학자인 콘래드 테일러의 경우 보스 박사로서는 좀 마땅찮은 느낌이었는데, 그는 20세기 후반 비벌리힐스 지역의 사춘기 관습을 연구하면서 학문과 에로티시즘을 결합하여 독특한 평판을 얻고 있었다.

그러나 루이스 샌즈 경이 위원회에 출석한 것에 대해서는 그 누구도 이의를 제기할 수 없었다. 루이스 경은 품위에 걸맞은 지식을 지닌 유일한 사람으로서 아놀드 토인비에 버금가는 인정을 받고 있었다.

그러나 그 위대한 사학자는 직접 출석해 있지 않았다. 이번 모임은 매우 중요한 것임에도 불구하고 그는 지구를 떠나는 것을 완강히 거부했다. 보스 박사의 오른쪽 의자에 자리한 그의 입체 영상은 실물과 거의 구분하기 어려울 정도였는데, 허상의 완벽함을 더해 주려는 듯 누군가 그 앞에 물잔까지 하나 갖다놓았다. 보스 박사는 이런 종류의 마법 같은 기술에 의해 동시에 두 장소에 존재함으로써 얼마나 많은 위대한 인물들이 어린애같이 즐거워했는가를 떠올렸다. 종종 이런 작은 기적들은 웃지 못할 해프닝을 연출하기도 했다. 한번은 어느 외교 리셉션에서 누군가가 그런 입체 영상을 통과해서 지나가려는 걸 본 적이 있었는데, 사실 그것은 진짜 사람이었다. 다른 경우로, 허상과 악수를 하려는 광경은 더욱 재미있었다.

화성을 대표하는 대사로 행성연합에 나온 보스 박사가 이런저런 생각을 정리한 뒤 목을 가다듬고 말했다. "여러분, 위원회의 개회를 선언하겠습니다. 제 생각에 이 위원회는 독특한 상황을 처리하기 위해 소집된 특별한 능력을 가진 사람들의 모임이라고 해도 과언이 아닐 듯싶습니다. 사무총장으로부터 직접 전달된 요청은, 이 상황을 판단하여 필요하면 노턴 선장에게 조언하라는 것입니다."

이번 모임은 행정 업무를 극도로 단순화시켜 이룩해 낸 기적이나 마찬가지였으며 모두 그 사실을 잘 알고 있었다. 정말 위급한 상황이 아니었다면 위원회가 노턴 선장과 독점 연락회선을 갖는다는 것은 결코 생각할 수 없는 일이었다. 라마 위원회는 행성연합 과학기구에 의해 한시적으로 조직되어서 위원장을 통해 행성연합의 사무총장에게 보고하는 형식을 취하고 있었으며 아직 노턴 선장도 그 존재를 모르고 있었다. 태양 탐사가 행성연합 과학기구의 업무 중 하나인 것은 사실이었지만 그 실무의 집행은 고위 관리층과는 그다지 관계가 없는 부분이었다. 그러나 라마 위원회나 그 밖의 누구라도 이번 일과 관련해서 노턴 선장에게 도움이 될 만한 충고를 하려면 예외적인 행정상의 특권을 반드시 줘야 했다.

장거리 우주통신은 경비가 매우 많이 드는 일이었다. 인데버 호는 오로지 '행성통신'에 의해서만 연락할 수 있었는데, 그 독자적인 법인 회사는 재무관리의 엄격함과 효율성으로 정평이 나 있었다. 행성통신에 의해 안전한 통신회선을 구축하는 데에는 오랜 시간이 걸렸다. 그러나 누군가가 모처에서 그 작업에 땀을 흘리는 동안에도 행성통신의 첫덩어리 컴퓨터는 라마 위원회의 존재를 모르고 있었다.

"지금 이 노턴이라는 선장은 엄청난 책임을 떠맡고 있습니다." 지구 대사인 로버트 맥케이 경이 말했다. "어떤 사람입니까?"

"제가 말씀드리지요." 데이비슨 교수가 대답하면서 메모리 패드의 자판을 두드렸다. 그러나 화면에 나타난 정보가 빈약한지 얼굴을 찌푸리더니 즉석에서 브리핑을 시작했다.

"윌리엄 치엔 노턴, 2077년 오세아나의 브리즈번 출생. 시드니, 뭄바이, 휴스턴에서 교육을 받음. 그 뒤 아스트로그라드에서 5년간 추진이론을 전공. 2102년 임관. 통상적인 순서에 따라 진급했고, 3차 페르세포네 탐사 당시 부관이었으며, 금성 기지 건설 15차 시도 때 탁월한 능력을 발휘했군요. 음, 그리고…, 기록이 모범적이군요. 지구와 화성의 이중 시민권을 갖고 있고, 브리즈번에 처와 아이 하나가 있고, 화성의 포트 로웰에도 처와 두 아이, 그리고 셋째가…."

"부인이요?" 테일러가 무신경하게 물었다.

"아니, 물론 아이요." 사람들의 얼굴에 미소가 떠오르는 것을 보며 데이비슨 교수가 재빨리 대답했다. 테이블엔 잔잔한 웃음의 파문이 일었지만, 인구 과잉인 지구인들로서는 재미보다 질투심을 불러일으킬 일이었다. 1세기에 걸친 결사적인 노력으로도 지구는 아직 인구 1조 이하라는 목표를 달성하지 못하고 있었다.

"태양 탐사선 인데버 호의 선장으로 임명된 뒤 첫 항해가 목성의 역행 위성들을 탐사한 것이군요. 오, 이건 상당히 어려운 임무였는데, 그 당시 소행성 하나가 접근해 왔었답니다. 그리고 아슬아슬하게 벗어났다는군요."

데이비슨은 화면을 지운 뒤 동료들을 쳐다보았다.

"라마 탐사 결정이 나고 나서 가장 조건에 맞는 우주선이 인데버 호 외에 없었던 걸 생각하면 우린 매우 운이 좋은 것 같습니다. 그저 평범한 사람은 아닌 것 같으니 말입니다." 그는 마치 의족에다 양손에 권총과 칼을 든 해적이 우주에 나타나기라도 한 듯한 말투로 얘기했다.

"그 기록은 단지 그가 유능하다는 사실만을 나타낼 뿐입니다." 인구가 11만2천5백 명에 불과하지만, 증가 추세인 수성에서 온 대사가 반발했다. "이렇게 전혀 새로운 상황에서는 과연 그가 어떻게 반응할지 알 수 없는 일 아닙니까?"

지구에서 루이스 경이 헛기침을 했다. 1.5초 뒤 달에 있는 그도 그렇게 했다.

"전혀 새로운 상황이라고 할 수는 없겠지요." 루이스 경은 헤르미안*의 주의를 환기시켰다. "3세기 만의 일이긴 합니다

---

* 수성에 이민 간 지구인과 그 후예들을 뜻한다.

만, 어쨌든 지금까지의 정황으로 미루어 보건대 라마는 죽었거나 버려진 것인지도 모르지요. 만약 그렇다면 노턴 선장은 사멸한 문명의 유적을 발견하는 고고학자의 입장에 있는 것입니다." 그는 동의의 뜻으로 고개를 끄덕거리는 프라이스 박사에게 눈인사로 답했다. "트로이를 발견한 슐리만이나 앙코르 와트의 발견자 앙리 무오와 같은 경우지요. 물론 돌발적인 사태가 발생할 가능성이 전혀 없는 건 아니지만, 위험은 거의 없다고 봐도 무방할 겁니다."

"하지만 라마를 판도라의 상자라고 생각하는 사람들이 저걸 함정이나 유인 장치라고 주장하는 것에 대해선 어떻게 생각하십니까?" 프라이스 박사가 물었다.

"판도라의 상자? 그게 뭡니까?" 수성 대사가 재빨리 반문했다.

"미친 소립니다." 과장된 곤혹스러움을 나타내며 로버트 경이 설명했다. "그런 얘기는 라마가 심상치 않은 잠재적 위험일지도 모른다는 점을 이해시키려는 거지요. 열어서는 안 되는 상자, 아시겠죠?" 수성에서는 고대사 연구가 별로 인기가 없었으므로, 그는 헤르미안이 그걸 알고 있을지 의심스러웠다.

"판도라라…, 편집광적인 증세지." 테일러가 비아냥거렸다. "글쎄, 물론 그런 가정도 할 수 있겠지만, 지성을 가진 존재가 왜 그런 어린애 장난 같은 짓을 한답니까?"

"아, 아무튼 그런 불유쾌한 가능성을 모두 배제한다 하더라도," 로버트 경은 계속 말했다. "라마는 폐허가 아니라 누군가가 살고 있을 확률이 심상치 않게 높다고 봅니다. 그러면 기술 발달 수준이 전혀 다른 두 문화가 접촉하는 상황이 되는 거지요. 피사로와 잉카, 피어리와 일본, 그리고 유럽과 아프리카처럼 말입니다. 대개 한쪽, 또는 양쪽 다 파국적인 결과가 초래되었습니다. 저는 지금 어떤 조언을 하려는 게 아니라 단지 실제 사례를 말씀드리는 겁니다."

"고맙습니다. 로버트 경." 보스 박사는 대답하면서 이런 작은 위원회에 두 명의 경이 있다는 사실에 대해 약간의 거북함을 느꼈다. 최근에는 웬만한 영국인 치고 기사 작위를 갖지 않은 사람이 없을 정도였다. "우리는 모두 이 놀라운 가능성을 무시하고 있지는 않다고 확신합니다. 하지만 만약 라마 안에 있는 존재가…, 음, 악의를 갖고 있다면, 우리가 과연 적절히 취할 수 있는 행동이 있겠습니까?"

"우리가 건드리지 않으면 그들도 무시하겠지요."

"아니, 수천 년 동안, 수백조 킬로미터를 날아와서 말입니까?"

논쟁은 가열되기 시작하여 마침내 열띤 난상토론의 불이 붙었다. 보스 박사는 의자 깊숙이 등을 기대고 앉아 거의 입을 떼지 않은 채 모두 대충 합의점을 찾아낼 때까지 기다렸다.

예상대로였다. 일단 노턴 선장이 첫 번째 문을 연 이상, 두 번째 문을 두드려서는 안 될 이유가 전혀 없다는 데에 모두 동의했다.

7

두 아내

　'만약 아내들이 내 실물과 입체 영상을 비교해 본다면 꽤 피곤해지겠군.' 노턴 선장은 우려보다는 오히려 재미를 느끼며 생각했다. 이제 지구와 화성의 가족에게 각각 애정의 내용이 담긴 서신을 서너 줄 붙인 채 자신의 실제 모습과 거의 분간할 수 없는 입체 영상을 보낼 수 있게 되었다.

　물론 그의 아내들은 거의 경험해 볼 수 없는 일이었다. 비록 우주비행사들에게는 특별 할인 혜택이 있었지만 그래도 매우 비쌌다. 게다가 그것을 이용해야만 할 별다른 이유도 없었다. 그의 두 가족은 서로 좋은 관계를 유지하고 있었으며, 생일이나 기념일이 되면 축하의 메시지를 교환하곤 했다. 하지만 두 아내는 아직 한 번도 만나본 적이 없으며, 아마 앞으로도 그러할 것이다. 뮈르나는 화성에서 태어났으므로 지구의 높은 중력을 견디기 어려울 것이고, 캐롤린은 25분밖에 안 걸리는 지구에서의 최장거리 여행조차도 몹시 싫어했다.

"예정보다 하루가 늦었어. 미안해." 노턴 선장은 간단한 사전조작을 마친 뒤 말을 시작했다. "그렇지만 지난 30시간 동안은 우주선을 떠나 있었어. 믿기지 않겠지만…, 놀라지는 마. 모든 게 완벽하게 정상적으로 돌아가고 있으니까. 우리는 지난 이틀 동안 복잡한 에어록 부분의 거의 끝까지 도달했어. 통제본부에서 결정만 하면 두어 시간 내에 완전히 통과할 수 있겠지만, 당분간은 기다려야 할 것 같아. 먼저 원격조종 카메라를 보내보고 또 지나온 통로의 잠금장치들을 모두 확인해서 우리가 갇히는 일이 없도록 조치한 뒤에 안쪽으로 계속 들어갈 예정이야.

잠금장치들이라는 건 그냥 한쪽에 홈이 나 있는 회전원통이 전부야. 이걸 1백80도 돌리면 홈이 다음 문에 딱 맞게 되지. 그러면 들어갈 수 있어. 실제로는 둥둥 떠가는 거지만.

라마인들은 굉장히 분명한 성격을 가진 모양이야. 밖의 약 상자 모양 입구 바로 아래에 이런 잠금장치가 세 개 있는데 너무도 간단해서 이걸 열 줄 몰라서 못 들어올 사람은 없을 것 같아. 폭파해서 날려 버린다면 얘기가 달라지겠지만, 하긴 그런 경우라도 두 번째의 다른 방도를 마련해 놓았을 것 같아. 그리고 세 번째도.

여긴 아직 시작에 불과해. 마지막 잠금장치를 열면 한 5백 미터는 됨직한 긴 굴이 나오는데 아무것도 없고 아주 깨끗해.

다른 것들도 다 그래. 몇 미터 간격마다 조그만 구멍이 나 있는데 아마 조명 장치로 쓰이는 것 같아. 지금은 완전히 암흑인데 사실 좀 겁이 나. 그리고 굴 벽에는 1센티미터가량의 홈 두 개가 평행하게 나란히 달리고 있어. 우리는 이게 아마 장비나 사람을 실어 나르는, 일종의 운송장치를 위한 것이 아닌가 생각하고 있는데 나중에 우리의 일손을 많이 덜어줄 것 같아.

아까 굴이 대략 5백 미터가량 된다고 했지? 라마 전체로 보자면 얇은 껍질이나 다름없어. 굴 끝까지 가보니 또 아까의 그 원통형 잠금장치가 나와.

맞아, 아까 그것과 똑같아. 그리고 또 하나가 더 있어. 아마 라마인들은 모든 것을 세 개씩 만들어 놓은 모양이야. 지금 우리는 그 마지막 잠금장치가 있는 구역에 와 있고 지구로부터 계속 들어가도 좋다는 허락을 기다리는 중이야. 이제 라마의 내부 세계는 바로 몇 미터 앞에 있는 셈이지. 빨리 들어가보고 싶어.

부선장 제리 키르히호프 알지? 지구에 있는 진짜 책으로 된 개인 도서관을 갖고 올 수가 없어서 낙심해 있던 사람 말이야. 제리가 그러는데 21세기에도, 아! 아니 20세기 초에도 지금과 비슷한 상황이 있었다는군. 도굴꾼들의 손이 닿지 않은 이집트 왕의 무덤을 최초로 찾아낸 고고학자들 얘기야. 방을 하나씩 통과해 가면서 몇 달간을 계속 파고들어 간 끝에 겨우 마지막 벽에 도달하게 되었다지. 드디어 벽을 허물고 안쪽으로 불빛을 비추어보았더니 믿어지지 않을 만큼 엄청난 금은보

화가 가득 차 있었대.

아마 이곳도 무덤일 거야. 갈수록 그런 심증이 굳어지고 있어. 지금까지 아무런 소리도, 아무런 움직임도 발견할 수 없었거든. 어쨌거나 내일이면 알게 되겠지."

노턴 선장은 녹음 스위치를 대기 상태로 놓았다. 가족에게 각각 안부를 묻기도 전에 왜 이렇게 일에 대한 것을 먼저 이야기하지? 보통 때라면 그는 자기 일에 대해 그렇게 자세한 설명을 해준 적이 없었다. 그러나 지금의 상황은 보통이라고 말하기 어렵다. 어쩌면 이것은 그가 사랑하는 사람들에게 보낼 수 있는 마지막 영상이 될지도 모른다. 그는 그들에게 자신이 무엇을 하고 있는지를 말해 줄 의무가 있었다.

가족들이 이 영상과 말을 접하게 될 즈음엔, 어떤 운명을 당하든 그는 이미 라마의 내부에 있게 될 것이었다.

8

중심을 지나서

노턴 선장이 고대 이집트 학자와 강한 연대의식을 느낀 것은 이번이 처음이었다. 하워드 카터가 투탕카멘 왕의 무덤 속을 들여다본 이후 그 누구도 그와 같은 경험을 해보지 못했다. 하지만 그런 비유도 사실은 우스꽝스러운 것이다.

투탕카멘이 매장된 것은 4천 년쯤 전의 일이지만, 4천 년이라는 시간은 사실 바로 어제나 다름없었다. 라마는 아마도 인류의 역사보다도 오래되었을 것이다. 왕의 계곡에 있는 무덤은 사막의 모래언덕에 묻혀 잊힐 수도 있었던 작은 크기였다. 그러나 지금 이 마지막 봉인 너머에 놓여 있는 공간은 적어도 그 1백만 배는 되는 것이고, 거기에 있을 보물은 뭐라고 상상조차 할 수 없는 것임이 틀림없을 것이다.

5분이 넘도록, 무선통신을 통해 말을 꺼내는 사람이 아무도 없었다. 잘 훈련된 대원들조차 모든 조사가 끝난 뒤에 말 없이 손짓으로만 보고를 해왔다. 머서는 간단하게 이상 없다는 수신호를 보내고는 열린 터널 안쪽을 가리켰다. 대원 모두 잡담을 하기에는 지금이 너무나도 역사적인 순간임을 깨달은 듯했다. 노턴 선장 역시 아무런 말도 하고 싶지 않았으므로 대원들이 자랑스럽게 느껴졌다. 그는 조명등의 스위치를 올리고 제트분사장치를 가동해 천천히 터널 안쪽으로 떠갔다. 그의 뒤로 생명선이 길게 늘어뜨려지고 있었다. 몇 초 뒤 노턴 선장은 '안쪽'에 있었다.

무엇의 안쪽인가? 노턴 선장의 앞에 있는 것은 완전한 암흑이었다. 조명등의 빛줄기를 받고 반사되는 것은 전혀 없었다. 예상했던 바였으나 정말로 믿기 어려운 일이었다. 엄밀하게 계산된 바에 따르면 건너편 벽은 10킬로미터쯤 앞에 있었다. 그리고 눈을 통해 관찰한 결과는 그 예측대로 들어맞는다는 것이다. 점점 암흑으로 들어가면서 노턴 선장은 불현듯 생명선을 확인해 봐야겠다는 생각이 강렬하게 일었다. 그 어느 때보다도, 심지어 처음으로 우주유영을 나갔을 때보다도 더 간절하게 일어났다. 물론 어리석은 생각이었다. 몇억 광년의, 몇억 메가 파섹*의 아득한 우주 공간도 현기증 없이 접했었는데, 겨우 몇 세제곱킬로미터의 공간에서 마음이 흔들린단 말인가?

* 1파섹은 3.26광년

그는 메스꺼움을 느끼면서 불안한 마음이 되었다. 생명선의 길이가 다해 몸이 잡아당겨져 멈추고 되튕기는 반동이 희미하게 전해져 왔다. 노턴 선장은 암흑의 심연 속에서 마음을 가다듬은 뒤, 자신이 있는 장소를 확인해 보고자 조명등을 돌려 주위를 훑어보았다.

노턴 선장은 작은 분화구 같은 모양의 중심 바로 위에 떠 있었는데, 어쩌면 이것은 더욱 큰 접시 속의 작은 보조개에 불과한 것일 수도 있었다. 양쪽으로는 계단과 경사진 모양의 구조물들이 기하학적으로 완벽한 모습을 지닌 채 솟아올라 있었다. 인공적인 것임이 명백한 그 구조물들은 불빛이 닿는 한계 너머로 계속 이어져 있는 듯했다. 약 1백 미터가량의 거리에 두 군데의 에어록 출구가 보였다. 자신이 나왔던 곳과 똑같은 모양이었다.

그뿐이었다. 눈에 보이는 모습에는 특별하게 색다르거나 외계의 것을 연상시키는 특징이라곤 아무것도 없었다. 오히려 버려진 광산 같은 풍경이었다. 노턴 선장은 약간 실망스러운 기분이 되었다. 이렇게 고생을 해서 왔는데 뭔가 상상을 뛰어넘는, 초월적이고 극적인 광경이 나타나야 하지 않는가. 그러나 그가 본 것은 단지 몇백 미터에 불과함을 곧 상기했다. 그의 시야 너머에 놓여 있는 암흑 속에는 기대를 훨씬 넘어서는 그 무언가가 담겨 있을 수도 있다.

노턴 선장은 걱정스럽게 기다리고 있는 동료들에게 간단히 보고하면서 덧붙였다. "2분짜리 조명탄을 던지겠다. 자,

간다."

그는 있는 힘을 다해 작은 원통을 위쪽으로 (또는 바깥쪽으로) 집어 던진 뒤 초를 세기 시작했다. 불빛 속으로 조명탄이 점점 작아지더니 25초를 세자 사라져 버렸다. 백을 센 뒤에 그는 보호안경을 쓰고 카메라를 잡았다. 그는 어림으로 시간을 재는 데에 상당히 능숙한 편이었으므로 실제로 섬광이 터진 순간과는 2초밖에 차이 나지 않았다. 그리고 이번에는 결코 실망스러운 광경이 아니었다.

몇백만 개의 촛불을 모아놓은 것보다 더 밝은 섬광으로도 이 엄청난 공간을 다 비출 수는 없었지만, 그는 눈에 들어온 광경을 바라보면서 그 폐쇄된 세계의 거대함을 느낄 수 있었다. 지금 그는 10여 킬로미터의 폭에 길이를 알 수 없는 거대한 원통 속의 한쪽 끝 중심에 있었다. 그가 있는 중심축에서는 외곽을 둘러싼 벽 안쪽 표면의 세부적인 모습들도 보이긴 했지만, 구체적으로 눈에 들어오는 것은 하나도 없었다. 하나의 섬광에 의해 윤곽을 드러낸 이 세계의 전체 모습을 접하면서 그는 그 장면을 마음속에 새겨 넣고자 애썼다.

노턴 선장을 둘러싼 주위에는 경사진 계단이 분화구 모양으로 솟아올라 하늘에 테를 이룬 견고한 벽까지 통과하듯 닿아 있었다. 아니, 그런 인상은 잘못된 것이다. 지구나 우주 공간에서 가졌던 직관적 감각은 버려야 한다. 이곳은 새로운 좌표계가 필요하며, 그것에 새로이 순응해야 한다.

그는 지금 이 이상한, 뒤집힌 듯한 세계의 바닥에 있는 것이 아니었다. 오히려 가장 높은 곳에 있었다. 여기서는 모든 방향이 아래이다. 만약 그가 중심축에서 저 완만한, 이제는 벽이라고 생각해서는 안 될 면 쪽으로 가기 시작한다면, 중력 또한 생겨나기 시작하여 착실하게 증가할 것이다. 원통의 안쪽 표면까지 가면 어느 곳에서든지 똑바로 설 수 있게 될 것이다. 그러면 두 발은 원통 밖의 우주 공간을, 그리고 머리는 자전하는 원통의 중심을 향하게 된다. 우주비행의 초창기부터 중력 대신 사용한 것이 원심력이었으므로 그런 개념은 충분히 낯익은 것이었다. 다만 이런 압도적인 크기로 접해 본 적이 없었으므로 충격을 받았을 뿐, 같은 원리면서 축적을 달리한 응용이다. 우주정거장 가운데 가장 큰 싱크새트 5호도 지름이 2백 미터가 채 못 되는데 그보다 1백 배는 됨직한 것이라면, 적응하는 데도 시간이 좀 걸리기 마련이었다.

노턴 선장을 둘러싼 원통의 내부 표면은 밝고 어두운 부분이 있어 얼룩진 모양이었는데, 숲이나 들판, 얼어붙은 호수, 혹은 마을인지도 몰랐다. 갈수록 희미해지는 불빛으로는 그 정도 거리를 식별할 수 없었다. 고속도로나 운하, 아니면 잘 정리된 하천일지도 모르는 좁은 선들이 아련하게 그물망 같이 뻗어 있었다. 그리고 저 멀리 시야가 닿는 한계 가까이에 짙은 어둠의 띠가 보였다. 그것은 완전한 원을 이루어 이 세계의 표면에서 둥글게 달리고 있었다. 문득 노턴 선장은 고대인들이 지구를 둘러싸고 있다고 믿었던 전설 속의 바다 오세아누스를 떠올렸다.

그러나 여기에는 더욱 이상한 모양의 바다가 있었다. 이것은 원형이 아니라 원기둥꼴이었다. 별들 사이의 한없는 공간으로 나와서 얼어붙기 전엔 저 바다에도 파도와 노을과 해류가, 그리고 물고기가 있었던 것일까?

조명탄의 농이 흐르는가 싶더니 이윽고 꺼졌다. 장대한 폭로의 순간이 끝난 것이다. 그러나 노턴 선장은 살아 있는 동안 이 광경이 언제나 마음속에 생생하게 남아 있을 것을 믿어 의심치 않았다. 앞으로 어떤 발견을 한다 해도 결코 처음의 이 인상을 지우지는 못할 것이다. 그리고 외계 문명의 산물을 접해 본 최초의 인류라는 그의 명예 또한 역사에서 지워지는 일은 결코 없을 것이다.

9

정찰대

"지금 막 시한이 긴 조명탄 다섯 개를 쏘았습니다. 아마 전체 모습을 사진에 담을 수 있을 겁니다. 지형지물은 곧 지도로 만들겠습니다. 아직 자세히 식별할 수는 없지만, 눈에 띄는 부분들은 잠정적으로 이름을 지어 놓았습니다.

이 내부 공간은 길이가 50킬로미터, 폭이 16킬로미터입니다. 양쪽 끝은 사발 모양인데 기하학적으로는 다소 복잡합니다. 편의상 우리가 있는 쪽을 북반구라 부르기로 했습니다. 현재 이곳의 중심축 위에 임시 기지를 세우고 있습니다.

중심에서 정확히 1백20도의 간격으로 사다리가 세 방향으로 뻗어 나가 있는데, 약 1킬로미터쯤 될 것 같습니다. 사발과 동심원인 테라스나 제단 같은 것이 있고 사다리는 전부 다 거기서 끝납니다. 그리고 거기서부터는 사다리와 같은 방향으로 엄청나게 긴 계단이 저 아래 바닥까지 나 있습니다. 살이 셋밖에 없는 우산을 연상하시면 될 겁니다.

그 계단들은 축에서 가까운 부분은 굉장히 가파른데 바닥으로 내려갈수록 완만해집니다. 세 계단을 각각 알파, 베타, 감마라 부르기로 했습니다. 계단 중간에는 다섯 개의 둥근 테라스가 보입니다. 대충 헤아려 보니 2천 또는 3천 계단마다 있는 것 같습니다. 아마 비상시를 위해 마련해 둔 것 같은데, 라마인들이라고 불러야 할지, 하여간 그들이 축에서 바닥으로 가는 경우 이 계단 외에 달리 수단이 없었다고는 생각되지 않습니다.

남반구 쪽은 완전히 다른 형태입니다. 그쪽엔 계단도 없고 중심부에 편평한 원통도 없습니다. 대신 1킬로미터쯤 됨직한 거대한 뿔 같은 것이 자전축에서 솟아 있고 그 주위를 좀 작은 뿔 여섯 개가 에워싸고 있습니다. 전체적인 배열이 몹시 기묘한 형태라서 그것이 무슨 의미나 기능을 갖는지 전혀 짐작할 수 없습니다.

두 사발 사이에 있는 이 50킬로미터 길이의 원통 안쪽 면을 일단 중앙평원이라고 명명했습니다. 분명 둥그스름하게 굽어 있는 곳인데 '평원'이라고 하는 것이 좀 이상하지만, 우리는 그렇게 부르는 것이 어울린다고 생각합니다. 일단 그곳에 내려서게 되면 평평하게 보일 것이기 때문입니다. 마치 유리병의 안쪽을 기어가는 개미처럼 말입니다.

중앙평원에서 가장 두드러진 부분은 거의 중간을 가로지르는 폭 10킬로미터쯤의 어두운 띠입니다. 원통의 안쪽 면을 완전히 한 바퀴 돌고 있는 가락지 모양입니다. 얼음같이 보여서 '라마의 바다'라고 이름 붙였습니다. 그 안에 타원형의 섬이 하나 있는데 길이가 10킬로미터고 폭은 3킬로미터쯤 됩니다. 꽤 높은 구조물들로 꽉 차 있는데 마치 옛날의 맨해튼을 연상시킨다고들 해서 '뉴욕'이라 부르기로 했습니다. 그렇지만 도시 같아 보이지는 않고 오히려 거대한 공장이나 화학 공정시설과 더 닮은꼴입니다.

어쨌든 도시인지 마을인지 그런 것들이 한 여섯 개쯤 있습니다. 만약 우리 인간들이 산다면 각각 5만 명쯤 수용할 정도의 크기입니다. 우리는 그것들을 로마, 북경, 파리, 모스크바, 런던, 도쿄라고 이름 붙였습니다. 모두 다 고속도로와 철도 같이 보이는 것들로 연결되어 있습니다.

이 얼어붙은 유령의 세계는 몇백 년을 두고 연구해도 남을 만큼 흥미로운 것이 많습니다. 우리가 탐사해야 할 지역은 4천 제곱킬로미터인데 주어진 시간은 몇 주밖에 없다는 점이 아쉽습니다. 이 안에 들어온 이후, 우리들의 마음속에 맴도는 두 가지의 커다란 의문을 과연 풀 수 있을지 여전히 의심하지 않을 수 없습니다. 이들은 과연 어떤 존재였으며, 도대체 무슨 일이 일어났던 것인가 하는 의문 말입니다."

녹음은 끝났다. 지구와 달에 있는 라마 위원회의 위원들은 긴장을 풀고 나서 그들 앞에 펼쳐진 사진과 지도들을 검토하기 시작했다. 이미 몇 시간 전부터 조사하고 있던 것이었지만, 노턴 선장의 목소리는 그림으로 전달할 수 없는 한 차원을 더해 주었다. 그는 현장에서 직접 그의 두 눈을 가지고 이 이상하게 뒤집힌 세계를, 영원과 같은 밤에서 잠시 조명에 모습을 내보이는 세계를 굽어보고 있었다. 그리고 그는 탐사의 방향을 재량껏 결정할 수 있는 사람이다.

"페레라 박사, 뭔가 하실 말씀이 있을 것 같은데요?"

보스 박사는 원로 과학자이자 위원회의 유일한 천문학자인 데이비슨 교수에게 맨 먼저 발언권을 주어야 하지 않나 하고 잠시 고민했다. 그러나 늙은 우주학자는 아직도 가벼운 충격의 상태에서 깨어나지 못한 채 의기소침해 있는 듯했다. 그가 쌓은 모든 학문적 업적은 우주가 비인격적인 중력, 자기력, 복사 에너지로 이루어진 하나의 거대한 틀이라는 전제하에 축적된 것이었고, 생명이 그 체계 안에서 어떤 중요한 역할을 한다는 주장을 철저하게 배척해 왔다. 지구와 화성, 목성에서 생명체가 생겨난 것은 단지 우연한 돌연변이에 지나지 않는다고 여겼다.

그러나 이제 태양계 밖에 생명이 존재한다는 증거뿐만 아니라 그들이 이룬 문명은 인류가 수 세기에 걸쳐 발전해야 따라갈 만한 수준이라는 사실까지 드러났다. 게다가 라마의 발견은 데이비슨이 수년간에 걸쳐 역설해 온 또 다른 도그마에 정면으로 어긋나는 것이었다. 데이비슨 교수는 자신의 지론에 대한 반발이 거세게 일면 마지못해 다른 항성계에도 생명이 존재할 수 있다는 이론을 받아들여 왔다. 그러면서도, 그 존재가 별들 사이의 가없는 해협을 건너 여행한다는 것은 터무니없는 소리라고 일축해 왔다.

노턴 선장의 말대로 라마가 거대한 묘지라는 것이 사실이라면 그들은 진정한 의미에서의 항성 간 여행에는 실패한 것이다. 그러나 적어도 그들의 시도는 성공에 대한 확신을 바탕에 깔았던 것으로 생각해야 했다. 그런 일이 한 번 일어난 만큼, 수십억의 태양이 있는 이 은하계에서는 앞으로 몇 번이고 또 일어날 수 있을 것이다. 그리고 언젠가는 누군가에 의해 마침내 성공할 것이다.

비록 검증할 수는 없었다 하더라도, 이러한 논리는 꽤 많은 지지자와 함께 칼라일 페레라 박사가 평소 주장해 오던 바였다. 그는 이제 상당히 행복한 사람이 되었지만, 한편으론 가장 좌절감에 빠진 사람이기도 했다. 라마가 극적으로 그의 주장을 입증시켜 주긴 했어도 그곳에 발을 디뎌 보기는커녕 직접 그의 두 눈으로 한번 볼 수조차 없었다. 만약 지금 악마가 나타나서 텔레포테이션*을 제안한다면, 그는 작은 글씨는 쳐다보지도 않고 계약서에 서명할 수도 있을 것이다.

"그렇습니다, 보스 박사님. 몇 가지 흥미로운 얘기가 있습니다. 지금 우리가 보는 것은 의심할 바 없이 우주의 방주입니다. 우주여행을 다룬 소설에서는 이미 오래된 아이디어지요. 이런 생각은 영국의 물리학자 J. D. 버널까지 거슬러 올라갈 수 있습니다. 그는 1929년에 쓴 책에서 항성 간 식민 계획의

---

* 순간이동

수단으로 이 방법을 제안했습니다. 그래요, 2백 년 전에! 그리고 그 이전에 이미 러시아의 위대한 선구자 치올콥스키도 비슷한 제안을 한 바 있습니다.

만약 한 항성계에서 다른 항성계로 가려 하면 선택할 방법에는 몇 가지가 있습니다. 빛의 속도가 절대적인 한계라고 가정한다면, 사실 그 문제는 아직 완전히 결론을 짓지 못하고 있고 여러분들도 숱한 반론들을 접해 보셨겠지만(데이비슨이 발끈해서 콧방귀를 뀌었다), 작은 우주선으로 초고속 여행을 하느냐, 아니면 거대한 배로 느긋하게 가느냐의 선택이지요.

우주선의 속도를 광속의 90퍼센트 이상으로 올리는 데에 기술적으로 치명적인 어려움은 없습니다. 그러니까 이웃 항성으로 가려면 5년에서 10년쯤 잡으면 되는 겁니다. 아마 상당히 지루한 여행이 되겠지만, 수명이 1백 년 정도 되는 존재라면 못 견딜 정도는 아니지요. 설사 수명이 우리 인간들의 반밖에 안 된다 하더라도 가능합니다.

그렇지만 광속에 가까운 속도를 내려면 현실적으로는 어렵습니다. 우주선의 유효하중, 또는 최종하중 때문이죠. 편도여행이라 하더라도 종착점이 가까워지면 감속을 해야 하는데 그때 필요한 엄청난 양의 연료를 가지고 가야 한다는 말입니다. 이 점이 문제입니다. 그래서 차라리 천천히 가는 방법이 사리에 맞습니다. 1만 년이나 10만 년쯤 예상하고 말입니다.

버날이나 다른 사람들은 수천 명이 탈 수 있는 몇 킬로미터 크기의 거대한 우주선, 즉 움직이는 작은 세계를 이용하면 가능하다고 생각했습니다. 몇 세대를 지탱해 낼 수 있도록 음식, 공기, 기타 모든 소요 물자를 완벽하게 재활용하는 폐쇄된 시스템이죠. 하긴 지구도 마찬가지니까 그 축소판이라고나 할까요?

그 형태에 대해서는 여러 사람의 의견이 있는데 동심원 꼴로 층층이 겹쳐진 구체나 회전하는 원통 모양 등이 있습니다. 원통의 경우는 자전으로 생기는 원심력이 인공으로 중력을 제공하게 됩니다. 바로 우리가 라마에서 보는 것처럼….”

데이비슨은 더 이상 듣고 앉아 있을 수가 없었다.

“원심력을 그렇게 기대할 수는 없어요. 그런 논리는 기술자들의 환상일 뿐입니다. 오직 관성만이 존재할 뿐이에요.”

“물론 옳으신 말씀입니다.” 페레라가 응수했다. “하지만 회전목마에서 튕겨 나가는 사람에게 그런 얘기를 해도 이해해 줄지 의문이군요. 수학적으로 엄밀하게 계산하면 그런 불필요한….”

“자자, 좀 경청합시다.” 보스 박사가 신경질적으로 말을 끊었다. “데이비슨 교수께서 무슨 얘기를 하려는지 우린 모두 알고 있어요. 부디 우리의 환상을 깨지 말아 주시기 바랍니다.”

“하여튼, 저는 라마가 그 엄청난 크기 말고는 달리 이상할 것도 없다는 점을 지적하려 했을 따름입니다. 인간은 이미 2백여 년 전부터 그런 것을 상상해 왔으니까요. 저는 이제 다른 의문점을 한 가지 제기하고자 합니다. 도대체 라마는 얼마 동안이나 우주 공간을 여행해 온 것일까요?

현재 라마의 궤도와 속도는 매우 정확하게 측정되어 있습니다. 그동안 항로 변경이 없었다는 가정하에 그 궤적을 수백만 년 전까지 추적해 보았지요. 우리는 라마가 가까운 이웃 항성계에서 날아왔을 것으로 기대했었지만, 결과는 전혀 그렇지 않았습니다.

라마가 가장 최근에 별을 스쳐 지난 것은, 자그마치 20만 년 전의 일입니다. 게다가 그 별은 불규칙 변광성이었어요. 도저히 생물이 존재하는 항성계라고는 볼 수 없었단 말입니다. 그 별의 광도는 50에서 1 사이를 왔다 갔다 하고 있어요. 거기 딸린 행성들은 몇 년을 주기로 얼음덩어리가 되었다가 숯덩이가 되었다가 할 겁니다."

"아마도," 이번에는 프라이스 박사가 끼어들었다. "이렇게 생각하면 모두 설명될 수 있지 않을까요? 그 별이 원래는 정상적인 상태였다가 점점 불안정하게 된 겁니다. 그래서 라마인들이 새로운 안식처를 찾아 나서게 된 것이죠."

평소 페레라는 그 고고학자를 존경해 왔기에 그녀가 실망할 것을 생각하니 조금 안타까웠다. 하지만 페레라 박사가 자신의 전문 분야에 대해 명백한 사실들을 지적하게 되면 그 원로 학자로서도 달리 할 말이 있겠는가?

"우리도 그 가능성을 검토해 보았습니다만," 그는 조용하게 얘기했다. "현재까지의 항성진화이론에 오류가 없다면 이 별은 결코 안정된 상태에 있었던 적이 없습니다. 즉 생명을 잉태할 수 있는 행성은 없는 것이죠. 그러므로 라마는 적어도 20만 년 이상 우주 공간을 여행해 온 것입니다. 어쩌면 1백만 년 이상인지도 모릅니다.

라마는 차갑고 어두우며 죽은 것 같이 보이는데 그 이유는 짐작이 갑니다. 그들은 어떤 재난에 직면하게 되자 길을 떠나는 방법 외에는 달리 선택의 여지가 없었던 겁니다. 하지만 그들의 계산 착오였죠.

폐쇄된 생태계가 1백 퍼센트의 효율을 가질 수는 없습니다. 반드시 폐기물이 발생하고 환경이 오염되며 그 오염물질은 축적되기 마련입니다. 웬만한 행성이라면 그 고갈과정은 몇백억 년쯤 걸리겠습니다만, 그러나 반드시 종말은 옵니다. 바닷물은 전부 말라버리고 대기도 날아가 버립니다.

우리의 기준으로 보면 라마는 무척 큰 것임이 틀림없으나 행성으로서는 아주 작디작은 것에 불과합니다. 라마 선체에서의 누손율이나 일반적인 생물학적 순환율 등 믿을 만한 변수들로 계산해 본 결과 라마의 생태계가 지탱할 수 있는 건 1천 년 정도입니다. 최대치로 잡는다 해도 1만 년 이상은 절대로 불가능합니다.

지금 속도로도 은하의 중심 부분처럼 항성들이 밀집해 있는 구역이라면 그 정도는 충분한 시간입니다. 하지만 여기 은하수 소용돌이의 팔 부분에선 별들이 드문드문 흩어져 있어서 어림없습니다. 라마는 목적지에 닿기 전에 식량이 고갈되어 버린 난민선입니다. 버려지고 잊힌 채 별들 사이의 공간을 떠돌고 있는 것이죠.

그런데, 이 가정에는 한 가지 중대한 결함이 있습니다. 제가 먼저 말씀을 드리죠. 라마의 궤도는 정확하게 태양계를 향하고 있는데, 우연이 아닌 듯합니다. 사실 태양에 너무 가까이 접근하고 있으므로 인데버 호는 숯덩이가 되지 않으려면 근일점에 도달하기 훨씬 전에 빠져나와야 합니다.

저는 이 사실에 애써 집착하고픈 생각은 없습니다. 아마 주인들이 모두 죽고 난 뒤에도 자동항법장치 같은 것이 계속 가동해서 가까운 별 중 적당한 곳으로 방향을 잡도록 하는 건지도 모르지요.

그리고 그들은 죽었습니다. 제 명예를 걸고 말씀드립니다. 라마의 내부에서 채집된 모든 물질은 완전한 무균 상태였습니다. 단 한 마리의 미생물도 찾아내지 못했습니다. 가사 상태라는 주장이 있습니다만 무시하셔도 좋습니다. 아주 기본적인 몇 가지 이유로 동면 기술은 몇백 년의 기간밖에 사용할 수 없습니다. 지금 우리는 몇천 년의 시간을 이야기하고 있습니다.

그러므로 라마를 '판도라의 상자'라고 주장하는 사람들이 걱정할 건 하나도 없다고 봅니다. 오히려 저로서는 유감스런 일입니다. 외계의 지성과 만난다는 것은 생각만 해도 가슴이 벅찬 일이기 때문입니다.

하지만 적어도 옛날부터 제기되어 온 하나의 의문에 대한 대답은 이제 할 수 있게 되었습니다. 우리는 혼자가 아니라는 것입니다. 우주의 별들은 이제 이전처럼 안타깝게만 보이지는 않을 것입니다."

10

암흑으로의 하강

노턴 선장은 유혹을 떨치기 어려웠지만, 지휘관으로서 그의 첫 번째 임무는 배를 지키는 것이다. 이 첫 번째 탐사에서 문제가 발생하면 그는 오히려 라마를 포기해야 한다.

그래서 이등 항해사인 머서가 탐사대장을 맡게 된 것은 어느 모로 보나 적절한 선택이었다. 노턴 선장도 칼 머서가 더 적합하다고 생각했다.

생명유지장치 전문가로서 머서는 교과서를 몇 권 저술하기도 했다. 그는 온갖 종류의 장비들을 다뤄 보았고 때때로 어려운 문제에 직면한 경우에도 탁월한 능력을 발휘했다. 또한 그는 자신의 신체를 조절하는 능력이 매우 뛰어난 사람으로도 잘 알려져 있었다. 그가 잠시 신경을 집중하면 맥박이 50퍼센트 수준까지 내려갔으며 거의 10여 분 가까이 숨을 멈출 수도 있었다. 이런 재주 덕분으로 그는 몇 차례 위기의 순간에 목숨을 건진 경험도 갖고 있었다.

그러나 뛰어난 능력과 지식에도 불구하고 그는 상상력이 몹시 빈곤한 사람이었다. 아무리 위험한 실험이나 임무도 그에게는 단지 수행해야 할 과업에 불과했고, 결코 불필요한 위험을 감수하려는 태도를 보인 적이 없었다. 흔히 '용기'라고 불리는 것은 그에게는 전혀 쓸모없는 것이었다.

그의 책상머리에 놓인 두 개의 모토가 그 자신의 인생 철학을 잘 대변해 주고 있었다. 하나는 이렇게 질문하고 있다. '너는 무엇을 잊어버렸는가?' 그리고 다른 하나는 이것이다. '절대로 영웅이 되지 말라.' 우주 선단에서는 그를 가장 용감한 사나이라고들 일컬었지만, 정작 그 자신은 그런 소리에 화를 내곤 했다. 그것은 그를 화나게 하는 유일한 일이기도 했다.

그다음 인선에서 머서가 다른 한 사람을 지명했다. 그와는 뗄 수 없는 동료인 조 캘버트였다. 두 사람 사이에서 공통점을 찾기란 쉽지 않았다. 날렵한 체격에 다소 예민한 신경을 가진 항법사 캘버트는 완고하고 냉정한 그의 친구보다 열 살이나 아래였다. 캘버트는 초창기 영화예술에 대해 열렬한 애정을 품고 있었지만, 머서는 그다지 관심이 없었다.

그렇지만 그 누구도 둘 사이에 마찰이 생기는 것을 보지 못했을 만큼 그들은 몇 년째 굳건한 우의를 다져오고 있었다. 게다가 더욱 흥미로운 점은 지구에 두 사람의 공동 아내가 있다는 것이었다. 그 여자는 각각의 아이를 낳기까지 했다. 노턴 선장은 평소 그 여자를 한번 만나봤으면 하는 생각을 하고 있었다. 아마 상당히 비범한 여자이리라. 그 기묘한 삼각관계는 5년 이상이나 지속하여 왔지만, 별문제는 없는 듯했다.

탐사대의 인원은 두 명으론 충분하지 않다. 오래전부터 이런 경우의 최적 인원은 세 사람이라는 것이 정설이었는데, 한 사람이 사고를 당해도 나머지 두 명은 같이 빠져나올 길을 찾을 수 있고, 다시 그런 일이 있어도 한 명은 남기 때문이었다. 한동안 신중히 생각한 끝에 노턴 선장은 기술사관 윌라드 마이런을 지명했다. 마이런은 뭐든지 만들고 고치고 개량할 수 있는 기계의 천재였는데 라마 내부에서 어떤 장치가 발견될 경우 그 용도를 추정하는 데에는 이상적인 인물이었다. 원래의 직업인 아스트로텍의 부교수직은 장기간 쉬고 있었는데, 학교에서의 정식 임용 제의를 번번이 거절해 오고 있었다. 그는 실무 기술자로서의 승진 기회가 상실되는 것을 원하지 않기 때문이라고 말했지만 아무도 그런 설명을 심각하게 받아들이지 않았다. 그는 전혀 야심이 없어 보였다. 우주선 사관으로는 성공할 수 있을지도 모르지만, 결코 정교수가 되지는 않을 것이다. 마이런은 다른 수많은 사관과 마찬가지로 능력과 책임 사이의 절충안을 찾아냈다.

마지막 에어록을 빠져나와 라마의 회전축을 따라 부유해 가면서 캘버트는 흔히 그러듯 영화에 자신이 등장하는 장면을 그려보고 있었다. 그는 과연 자신이 이 버릇을 고칠 수 있을까 의아해하곤 했지만, 사실 그다지 나쁜 습관은 아니었다. 오히려 무미건조한 상황을 흥미 있게 만들어 주었다. 누가 알겠는가? 덕분에 생명을 건지게 될지. 더글러스 페어뱅크스나 숀 코너리, 가와구치 히로시 같은 영화 주인공들이 이와 비슷한 상황에서 어떻게 행동했던가를 그는 잘 기억하고 있었다.

지금 그는 20세기 초의 어느 전쟁영화에서 고지를 정찰하는 임무를 수행 중이다. 머서 상사의 인솔로 야간에 무인지대를 가로질러 습격을 감행하는 3인조 특공대의 한 사람인 것이다. 그들이 거대한 크레이터의 밑바닥에 있다고 상상해도 좋았다. 가장자리까지 오르는 사면엔 테라스가 계단처럼 층층이 겹쳐져 있다. 크레이터 내부는 세 사람의 플라스마 아크 조명에서 나오는 불빛이 넘쳐나서 거의 그림자가 생기지 않을 정도로 밝았지만, 저 멀리 가장자리 너머는 암흑과 미스터리일 뿐이다.

그곳에 무엇이 있는지 캘버트는 마음속으로 대충 그려볼 수 있었다. 우선 1킬로미터쯤 너머에 원형의 평지가 있다. 그곳은 정확히 3등분 되어서 각각 넓은 사다리가 시작되는 곳인데, 마치 철도 분기점과도 같은 모습이다. 그 사다리의 단은 표면에서 오목하게 들어간 모양이기 때문에 그 위로 장비를 끄는 경우에도 장애가 되지 않는다. 세 사다리는 모두 똑같은 모양이었으므로 특별히 하나를 선택할 이유는 없었다. 그래서 알파 에어록에서 가장 가까운 사다리로 가기로 결정하였다.

사다리의 단 간격은 너무 넓은 편이었지만 별문제는 없었다. 축에서 5백 미터 떨어진 지점에서도 중력은 아직 지구의 30분의 1 정도에 불과했다. 1백 킬로그램에 가까운 장비와 생명유지장치들을 가볍게 밀면서 갈 수 있었다.

알파 에어록에서 분화구로 늘어뜨려진 밧줄을 따라 노턴 선장과 후발 지원팀이 그들 뒤를 이었다. 불빛이 비치는 한계를 넘어 라마의 암흑이 그들의 앞에 놓였다. 춤추는 불빛 아래 그들의 눈에 보이는 것이라곤 끝없이 이어진 채 아련히 작아지는 사다리와 밋밋한 평면뿐이었다.

"이제 결정을 해야 한다." 머서는 혼자 중얼거렸다. "이 사다리를 올라갈 것인가, 내려갈 것인가?"

사소한 문제가 아니었다. 중력이 제로인 만큼 어떤 좌표계를 선택해도 무방하다. 자신이 지금 바라보고 있는 것이 광활한 평지든 거대한 수직 벽이든 받아들이기에 따라 뭐라고 간주해도 가능하다. 복잡한 임무 수행 중에 잘못된 좌표계를 선택하는 바람에 심리적으로 곤란한 문제를 겪은 우주인이 적지 않았다.

머서는 머리를 앞쪽으로 놓고 움직이기로 했는데 그 밖의 경우는 상당히 어색한 동작이 되기 때문이었다. 그리고 그런 자세라면 앞에 무엇이 있는지 관찰하기가 쉽다. 처음 몇백 미터를 가는 동안은 자신이 지금 위로 올라가고 있다고 생각하는 게 편할 것이다. 하지만 중력이 증가함에 따라 그런 환상을 유지하는 것은 불가능해지고 위아래의 감각을 1백80도 바꾸어야만 한다.

그는 사다리의 첫 번째 단을 쥐고 천천히 몸을 잡아끌었다. 그러자 마치 바닷속에서처럼 쉽게 움직일 수 있었다. 아니, 물의 저항이 없었기 때문에 오히려 더 쉬웠다. '이 정도라면….' 머서는 더 빨리 가고픈 유혹을 느꼈지만 이런 특별한 상황에서는 경솔한 행동을 삼갈 만큼의 노련함이 배어 있었다.

이어폰에서는 두 동료의 숨소리가 규칙적으로 들려온다. 그들에게 별문제가 없다는 증거는 그것으로 충분했고 대화로 시간을 낭비할 필요는 없었다. 뒤를 돌아보고 싶은 마음이 일었지만, 사다리 끝의 광장에 이를 때까지는 불필요한 행동을 하지 않기로 했다.

사다리 단의 간격은 50센티미터 정도로 일정했는데 처음의 몇 개를 놓쳐 버렸지만, 머서는 그것들을 하나하나 주의 깊게 세어나갔다. 2백 개쯤 헤아렸을 때 최초로 무게, 즉 중력의 감각이 느껴졌다. 라마의 자전에 따른 효과가 나타나기 시작한 것이다.

4백 개째의 단에 이르렀을 때 그는 자신의 체중이 대략 5킬로그램쯤이라고 어림잡았다. 이 정도는 아직 문제 될 게 없지만 갈수록 '위'로 잡아 당겨지면 올라가는 자세를 계속 고집하기가 힘들어진다.

5백 개째의 단은 잠시 쉬기에 적당해 보였다. 사실 라마가 거의 모든 힘을 쓸 뿐, 자신은 방향만 잡는 것이나 마찬가지였지만 팔의 근육들은 익숙하지 않은 운동에 꽤 피곤해진 모양이었다.

"모두 이상 없습니다, 선장님." 머서는 보고를 시작했다. "방금 절반에 해당하는 지점을 통과했습니다. 캘버트, 마이런, 별일 없나?"

"괜찮아. 그런데 왜 멈추었지?" 캘버트가 대답했다.

"여기도 이상 없어." 마이런이 덧붙였다. "그런데 코리올리 효과*를 조심해야겠어. 그게 슬슬 나타나기 시작하네."

머서 역시 마이런이 지적한 부분을 감지하고 있었다. 사다리의 단을 잡고 나아갈수록 분명히 오른쪽으로 쏠리는 경향이 있었다. 물론 그는 라마의 자전 때문에 그런 현상이 생긴다는 것을 잘 알고 있었지만, 어쩐지 알지 못할 힘이 그를 은연중에 사다리에서 밀어내는 듯한 느낌이었다.

이게 '아래'라는 방향이 물리적인 의미를 갖기 시작한 만큼 자세를 바꾸어야 할 때가 된 듯했다. 머서는 잠시 방향 감각을 완전히 바꾸는 모험을 감행해야 한다.

"조심해. 지금 몸을 돌릴 테니까."

그는 단은 꽉 붙들고 팔에 힘을 주어 1백80도 돌았다. 그러자 동료들의 조명등 불빛이 눈을 가렸다. 저 위쪽에 그들이 있었다. 이제는 글자 그대로 위쪽이다. 그들 뒤로 깎아지른 벼랑 끝에 조금 더 희미한 불빛이 보였다. 머서를 주시하고 있을, 노턴 선장과 후발 지원팀의 실루엣이 멀리 아른거렸다. 그들

---

* 자전하고 있는 물체 위에서 운동할 경우, 자전 방향으로 쏠리는 힘. 다른 말로 '전향력'이라고 한다.

은 매우 작게 보여서 그 거리가 상당하리라는 것을 알 수 있었다. 머서는 손을 흔들어 그들을 안심시켰다.

그는 손의 힘을 늦추고 다시 라마의 조용하고 미약한 인공 중력에 몸을 내맡겼다. 사다리의 단과 단 간격 하나의 거리만큼 떨어지는 데에는 2초 이상이 걸렸다. 지구에서라면 같은 시간에 30미터쯤은 추락할 것이다.

내려가는 속도는 고통스러울 정도로 느렸다. 머서는 너무 빠르지 않도록 조절하면서 손으로 단을 밀어 한 번에 열두어 단씩 통과했다.

7백 개째의 단에 이르렀을 때 머서는 다시 멈춰 서서 헬멧의 조명등을 아래로 휘저어 보았다. 그의 계산에 따르면 계단이 시작되는 곳은 50여 미터밖에 남지 않았다.

몇 분 뒤, 그들은 첫 번째 계단 앞에 서 있었다. 몇 달간을 우주 공간에서 보내다가 딱딱한 표면을 딛고 곧바로 서서 발이 바닥에 짓눌리는 느낌을 받는 것은 이상한 경험이었다. 그들의 체중은 아직 10킬로그램도 되지 않았지만, 안정성을 느끼기에는 충분했다. 머서는 눈을 감은 채 발밑에 어떤 세계가 존재한다는 사실을 다시 한 번 음미했다.

내리받이 계단이 시작되는 플랫폼은 10미터 정도의 너비에 양 끝은 위로 완만하게 올라가 어둠 속으로 사라진 모양이었다. 머서는 그것이 완전한 원 모양을 이룬다는 사실을 알고 있었다. 만약 그 면을 따라 5킬로미터 정도 걸으면 처음에 출발했던 지점으로 되돌아오게 될 것이다. 즉 라마를 일주하게 되는 것이다.

그러나 이곳처럼 중력이 미약한 곳에서 실제로 걷는 자세는 불가능했다. 큰 걸음으로 통통 튀듯이 나아갈 수 있을 뿐이다.

게다가 계단은 불빛이 닿지 않는 암흑 속 깊숙이 뻗어 내려가 있으므로 자칫 굴러떨어질 위험도 있었다. 계단 옆에 나란히 달린 난간을 반드시 잡은 채 이동해야 했다. 누군가 대담하게 큰 걸음을 디뎠다가는 아치를 그리며 공중으로 날아가서 1백 미터 정도 아래의 바닥에 떨어질 것이다. 그 충격 자체는 대단하지 않겠지만, 라마의 자전 때문에 계단 자체가 왼쪽으로 이동하므로 튀었다가 다시 떨어질 때는 거의 7킬로미터 아래의, 완만한 커브를 그리는 거대한 아치의 표면을 때리게 될 것이다.

'급한 산비탈에서 썰매를 타고 뛰어내리는 격이겠군. 이런 약한 중력에서도 최종 속력은 시속 수백 킬로미터쯤 될 거야. 하지만 그런 곤두박질이라도 계속 마찰을 가하면 감속이 되겠지.' 머서는 혼자 생각했다. 그렇다면 그것은 라마의 안쪽 표면까지 도달하는 가장 손쉬운 방법이 될 것엔 틀림없다. 우선 조심스럽게 실험을 해봐야 한다.

머서는 보고했다. "선장님, 사다리를 내려오는 데는 아무런 문제가 없었습니다. 허가하신다면 다음 플랫폼까지 계속 가겠습니다. 계단을 내려가는 속도를 좀 재어 보려고 합니다."

노턴 선장은 바로 응답했다. "계속 가." 그는 굳이 조심하라는 말을 덧붙이지 않았다.

머서가 기본적인 사실들을 알아내는 데에는 별로 시간이 걸리지 않았다. 지구의 20분의 1 정도에 해당하는 이런 중력에서는 계단을 정상적인 자세로 걸어 내려간다는 것이 불가능하다. 그런 시도는 몇 번을 거듭해도 꿈꾸는 듯 느릿느릿한 엉기적거림이 될 뿐이고 견디기 어려울 만큼 지루한 일이었다. 가장 효율적인 방법은 발걸음은 무시한 채 난간을 잡고 그냥 잡아끄는 것이다.

캘버트 역시 마찬가지 결론을 내렸다. "이 계단은 걸어 '올라가기' 위한 것이지, 내려가라고 만든 게 아니야!" 그는 주장했다. "중력을 받으면서 나아갈 때는 발로 걸어가는 게 낫지만 반대 방향의 경우에는 방해될 뿐이야. 좀 품위가 떨어지긴 하지만 난간을 잡고 죽죽 미끄러져 내려가는 게 제일 좋은 방법인 것 같아."

"그건 좀 이상하잖아." 마이런이 이의를 제기했다. "라마인들이 그렇게 했으리라고는 믿을 수 없는데."

"난 그들이 이걸 이용하기나 했는지조차 의심스러워. 이 계단은 비상시에만 쓰는 것이 틀림없어. 분명히 이리로 오는 데에는 어떤 기계적인 이동수단이 있었을걸. 케이블카 같은 것 말이야. 입구에서부터 긴 홈이 계속 나 있지 않나?"

"난 그게 일종의 배수로일 거라고 생각했어. 하여튼 두 가지 다 가능하지. 도대체 여기에 비가 오기나 하겠어?"

"어쩌면." 머서가 말했다. "어쨌거나 캘버트의 말이 맞는 것 같군. 자, 품위 따위는 접어두고 가보자고."

분명히 '손' 비슷한 것을 위해 만들어진 것으로 보이는 난간은 부드럽고 매끈한 금속성 막대기였고, 밑에는 1미터가량 높이의 두꺼운 기둥들이 받치고 있었다. 머서는 기둥을 발로 버티고 서서 신중하게 난간에 걸리는 하중을 재어 본 뒤 미끄러져 나아가기 시작했다.

침착하게 속도를 서서히 높여가면서 그는 헬멧 조명의 품에 안긴 채 암흑 속으로 점점 가라앉았다. 50미터쯤 내려간 그는 동료들을 불러 합류하라는 신호를 보냈다.

아무도 얘기하지 않았지만 지금 그들은 난간을 타고 미끄러지며 노는 아이들 같은 심정이었다. 채 2분이 되기 전에 그들은 안전하고 기분 좋게 1킬로미터 가까이 내려갔다. 좀 빠르다 싶으면 난간을 꽉 잡음으로써 충분히 속도를 조절할 수 있었다.

"마음껏 즐기도록." 그들이 두 번째 플랫폼에 도달했을 때 노턴 선장이 얘기했다. "올라올 땐 그렇게 쉽지 않을 테니."

"제가 알고 싶은 게 그겁니다." 머서는 앞뒤로 걸으며 달라진 중력의 크기를 가늠하면서 응답했다. "이미 지구의 10분의 1 수준입니다. 뚜렷하게 느낄 수 있어요."

그는 걸어서, 더 정확히 말하면 통통 튀어서 플랫폼 가장자리까지 가서는 아래쪽 계단으로 불빛을 비춰보았다. 빛이 닿는 한 멀리까지 계단은 이제까지와 똑같은 모양으로 뻗어 내려가 있었다. 그러나 나중에 사진으로 정밀 관찰한 결과로는 계단의 높이가 점점 줄어들었다. 그 기나긴 노정의 어느 지점에서든 항상 같은 정도의 힘으로 계단을 올라올 수 있게 설계된 듯했다.

머서는 이제 거의 2킬로미터 위에 있는 입구의 중심축을 올려다봤다. 아련한 불빛과 그에 비친 실루엣들이 무시무시하게 멀어 보였다. 이 계단의 전체 모습을 볼 수 없다는 사실이 처음으로 다행스럽게 생각되었다. 폭이 16킬로미터가 넘는 쟁반이 수직으로 서 있고, 지금 탐사대는 그 바닥을 벌레가 기어 올라가는 것과 같았다. 그리고 아직 절반 이상이 그의 위에 걸려 있다. 이런 모습을 보았을 때 날카로운 신경과 상상력의 빈곤에도 불구하고 그는 자신이 어떻게 반응할는지 확신할 수 없었다. 여태까지는 어둠이 성가신 방해물로 생각되었지만 이제 그는 고마울 지경이었다.

"기온에는 변화가 없습니다." 머서가 노턴 선장에게 보고했다. "빙점 바로 아래 그대로입니다. 기압은 예상대로 상승하고 있는데 지금은 3백 밀리바쯤 됩니다. 산소 함유량은 매우 낮은 편이지만 그런대로 호흡할 수 있을 정도이고 저 아래쪽으로 내려가도 별문제는 없을 것 같습니다. 호흡이 가능하다면 탐사가 굉장히 간편해지지요. 이런 거추장스러운 장비 없이 숨 쉬면서 걸을 수 있는 세계를 발견하다니! 사실은 지금 한번 해볼 참입니다."

중심축에서 지켜보는 노턴 선장의 마음에는 한 가닥 불안한 동요가 일었다. 그러나 머서라면…, 그는 자신이 하는 일을 잘 알고 있다. 스스로 충분히 안심할 만한 검사를 이미 해 봤을 것이다.

머서는 압력을 외부와 같게 조정한 뒤 헬멧의 죔쇠를 풀고 약간 열어보았다. 신중하게 숨을 들이쉬고 나서 다시 깊게 심호흡을 했다.

라마의 공기는 침침하고 케케묵은 느낌이었다. 고대의 무덤처럼 부패한 흔적조차 아득한 옛날에 사라져 버린 공기의 그것. 생명유지장치를 다루며 고도로 훈련된 머서의 후각은 극히 예민한 편이었지만 아무런 냄새도 맡을 수 없었다. 단지 희미한 금속성의 냄새가 있을 뿐이었는데, 그는 문득 처음 달 표면에 섰던 사나이의 이야기가 생각났다. 달착륙선의 내부 기압을 개방하자 화약 냄새가 났다고 한다. 달의 먼지로 더럽혀진 이글 호* 선실에서도 아마 라마와 비슷한 냄새가 났으리라고, 머서는 상상했다.

그는 다시 헬멧을 닫고 외계의 공기로 들어찬 폐를 비웠다. 계속 호흡하기에는 너무 희박하다. 에베레스트의 정상에서 고통 없이 숨 쉴 수 있는 등산가라 할지라도 여기서는 곧 질식사할 것이다. 하지만 몇 킬로미터 더 아래로 내려가면 사정이 달라질 것 같다.

여기서 뭔가 다른 할 일이 있을까? 그는 부드럽고 생소한 중력을 음미하는 일 외엔 달리 마땅한 생각이 떠오르지 않았

----

* 1969년 달에 최초로 내려앉은 착륙선

다. 그렇지만 그들은 곧 무중력 상태인 중심축으로 되돌아가야 하므로 증가하는 중력에 자신을 길들이는 일은 별 의미가 없었다.

"돌아가겠습니다, 선장님." 머서가 말했다. "더 멀리 가볼 이유가 없습니다. 완벽한 탐사를 하려고 나온 게 아닌 이상은요."

"내 생각도 마찬가지야. 돌아올 때 시간을 재어 보겠다. 그렇지만 서두르지는 말도록."

한 번에 서너 계단씩 뛰어 올라가면서 머서는 캘버트가 전적으로 옳았음을 알게 되었다. 이 계단은 올라가기에 편하도록 만들어져 있다. 그 반대가 아니라. 뒤를 돌아보거나 저 현기증 나게 가파른 경사를 의식하지만 않는다면 계단을 오르는 것은 꽤 유쾌한 경험이었다. 그러나 2백 번째쯤의 걸음을 디딜 때는 허벅지가 뻐근해 오는 느낌이었으므로 좀 더 천천히 가기로 했다. 다른 사람들도 마찬가지였다. 머서가 과감하게 머리를 돌려 힐끗 어깨너머로 돌아보니 두 사람은 저 아래에 멀리 처져 있었다.

돌아가는 길은 끝없이 이어진 계단을 마냥 오르는 몹시 단조로운 여행이었다. 사다리 바로 아래에 있는 최초의 플랫폼까지 다시 돌아왔을 때는 숨이 가빴지만, 그동안 소요된 시간은 겨우 10분 정도였다. 그들은 그곳에서 10분을 쉰 뒤 마지막 귀로에 올랐다.

뛴다. 사다리 단을 잡는다. 다시 뛴다. 잡는다. 뛴다. 잡는다. 뛴다…. 간단하지만 상당히 지루한 일이기 때문에 자칫 주의가 소홀해질 수 있었다. 사다리 중간쯤에 이르러 그들은 다시 5분간 휴식했다. 이제는 팔, 다리가 모두 욱신거렸다. 다시 한 번 머서는 그들의 시야가 지금 매달려 있는 수직면 일부에 지나지 않는다는 사실을 다행스럽게 생각했다. 사다리는 불빛이 비치는 한계 너머로 몇 미터밖에 뻗어 있지 않고, 또 조만간 끝날 것이라고 애써 달래면서 계속 올랐다.

뛴다. 잡는다. 뛴다. 갑자기 사다리가 정말 끝났다. 그들은 다시 무중력의 중심축에서 걱정스레 기다리던 동료들에게 둘러싸여 있었다. 전부 한 시간쯤 소요된 이 여행에서 그들은 일종의 성취감을 느꼈다.

그러나 기뻐하기에는 아직 이르다. 그 모든 노력에도 불구하고 그들이 답파한 거리는 거대한 계단의 8분의 1에 불과했다.

11

남자들, 여자들, 그리고 원숭이들

우주선에 태우면 곤란한 여자들이 있다. 노턴 선장이 그런 생각을 해온 지는 꽤 오래되었다. 무중력 상태에서 여자들의 가슴은 너무 주의를 산만하게 한다. 그냥 가만히 있기만 해도 충분할 지경인데 일단 움직이기 시작하면 관능적인 율동으로 출렁이게 되므로, 피 뜨거운 사내들은 도저히 무신경하게 넘어갈 재간이 없었다. 그는 우주선에서 일어났던 사고 중 적어도 한 번은 승무원들의 지나친 주의 산만함에서 기인했던 것으로 알고 있었다. 그 사고는 평소 내의를 입지 않고 지내던 한 사관이 주조종실에 출입한 직후에 발생했었다.

그는 언젠가 그 얘기를 의무사관인 로라 에른스트에게 말한 적이 있었다. 누가 그에게 그런 생각을 하도록 했는지는 밝히지 않았는데, 그들은 서로 너무나 잘 아는 사이여서 그럴 필요도 없었다. 그들은 몇 해 전 지구에서 각자 외로움과 우울함에 시달리던 시기에 서로 욕정을 불태운 적이 있었다. 지금은 둘 다 많은 변화를 겪었으므로 아마 다시 같은 경험을 할 일은 없겠지만(그러나 어느 누가 단정할 수 있겠는가?), 그녀가 미끈한 몸매를 흔들며 선장실로 들어올 때마다 노턴 선장은 지난날의 열정이 되새겨지곤 했다. 그녀 역시 그의 그런 느낌을 알고 있었고, 두 사람은 그걸로 만족했다.

"선장님." 그녀가 말을 시작했다. "등산가들을 검진해 봤는데, 제 소견으로 머서와 캘버트는 이상이 없습니다. 그들은 평소 상태와 다름이 없었어요. 그런데 마이런은 체중이 줄고 다소 피로한 기색입니다. 자세한 얘기는 않겠지만, 그는 훈련을 좀 빠뜨린 것 같아요. 게다가 그런 사람이 한둘이 아닌 거로 아는데, 원심분리기 훈련에서 꾀를 부려 빠진다고들 들었어요. 좀 따끔하게 주의를 시키십시오."

"알았어요, 의사 선생. 그런데 그들도 변명할 거리는 있지. 그 사람들 정말 힘들게 일하고 있잖아."

"분명히 그렇지요. 머리와 손가락은. 하지만 몸은 안 그렇습니다. 정상 중력 상태에서 하는 진짜 일이 아니잖습니까. 우리가 라마를 탐사하려면 중력에 적응해야 할 텐데요."

"흠, 우리가 적응할 수 있을까?"

"조심스럽게 진행하면, 할 수 있을 겁니다. 머서와 제가 두 번째 플랫폼부터는 호흡 장비 없이 숨 쉴 수 있다는 가정하에 아주 조심스럽게 윤곽을 뽑아봤습니다. 물론 그 덕분에 지원

업무가 상당히 간단해졌어요. 뜻밖의 행운이지요. 난 아직도 산소로 가득 찬 세계라는 생각을 받아들이기가 어렵지만…. 아무튼 음식과 물, 그리고 방호복만 준비하면 되겠죠. 내려가는 일은 어려울 게 없겠고, 편리하게도 손잡이가 있어서 거의 끝까지 그냥 미끄러지면 가닿을 수 있을 겁니다."

"칩스가 썰매 뒤에 낙하산을 달아서 제동력을 시험해 봤어. 사람이 타기엔 위험하더라도 장비나 보급물자 수송에는 편리할 거야."

"좋군요. 그렇게 하면 여행은 10분도 안 걸릴 겁니다. 그게 안 된다면 한 시간도 더 잡아먹겠지만. 다시 올라올 때는 어떨지 잘 모르겠군요. 한 시간씩 두 번쯤 쉬면 전부 여섯 시간 정도 걸릴 것 같은데… 경험을 좀 쌓고, 그래서 근육이 단련되면 많이 줄일 수 있을 겁니다."

"심리적인 영향은?"

"이런 특별한 상황에서는 뭐라고 얘기하기가 어렵습니다. 아마도 어둠이 가장 큰 문제가 아닐지…."

"중심축에 서치라이트를 세워놓을 예정이야. 내려가는 팀들은 휴대한 램프 외에도 그 서치라이트의 빔이 상당히 유용하겠지."

"그건 정말 큰 도움이 되겠는데요. 좋은 생각입니다."

"또 한 가지 결정해야 할 문제가 있어. 안전하게 반만 내려갔다가 다시 돌아오느냐, 아니면 끝까지 내려가느냐…. 첫 번째 시도에서 말이야."

"시간이 충분하다면 신중하게 해야겠지요. 그렇지만 시간도 없고, 또 가는 동안이나 다 내려가서나 그다지 심각한 위험은 없을 것 같습니다."

"고마워, 로라. 그게 바로 내가 알고 싶은 거였어. 부선장에게 구체적인 계획을 세우라고 할게. 그리고 모든 승무원에게 원심분리기 훈련을 반드시 받으라고 명령할게. 중력의 50퍼센트 수준으로 매일 20분씩. 그 정도면 되겠지?"

"그 정도론 부족합니다. 저 아래에선 60퍼센트가 넘는데. 충분한 여유가 있어야죠. 75퍼센트로…."

"아이코!"

"10분씩!"

"그걸 어떻게 이해시키지?"

"하루에 두 번씩이요!"

"로라, 당신 정말 무자비하군. 하지만 좋아. 식사 시간 직전에 이 소식을 터뜨리지. 밥맛들이 좀 달아나겠는걸."

칼 머서가 그렇게 쉽사리 불안한 기색을 보이는 것은 드문 경우였다. 그는 평소의 그 풍부한 지식을 바탕으로 장장 15분째 지원업무의 문제점에 관해 이야기하고 있었지만, 뭔가가 그를 걱정스럽게 만들고 있는 것은 틀림없었다. 그게 무엇인지를 포착하고 있는 노턴 선장은 머서 스스로 이야기를 꺼낼 때까지 참을성 있게 기다렸다.

"선장님." 마침내 머서가 말했다. "정말 이번 팀을 이끌고 가실 겁니까? 만약 무슨 일이 일어난다면 제가 희생되는 편이 더 낫습니다. 그리고 저는 그 누구보다도 더 라마 깊숙이 들어갔던 사람입니다. 비록 50미터 차이일지라도요."

"자네 말이 맞아. 하지만 이제는 지휘관이 직접 나설 때지. 그리고 지난번 탐사보다 이번이 특별히 더 위험할 것도 없잖아. 문제가 생길 것 같으면 즉시 되돌아올 거야. 월면 올림픽에 나가도 될 만큼 빠른 속도로 계단을 뛰어 올라올게."

노턴 선장은 다른 반론을 기다렸지만, 그것으로 끝이었다. 머서는 여전히 침울해 보였다. 그는 어쩐지 연민의 정이 느껴져서 부드럽게 덧붙였다. "내가 캘버트를 이기고 일등을 하는 데에 내기를 걸어도 좋아."

거구의 사나이는 다소 누그러지면서 얼굴에 천천히 미소를 흘렸다. "어쨌든 마찬가지입니다, 선장님. 누구든 딴 사람을 보냈으면 좋겠습니다."

"난 먼저 내려가 봤던 사람이 한 명 필요한데 우리 둘이 갈 수는 없는 것 아닌가. 그리고 마이런으로 말하자면 체중이 2킬로그램이나 초과한다고 로라가 그러더군. 그 수염을 죄다 깎는다 해도 별 도움이 안 될 거야."

"세 번째 후보는 누굽니까?"

"아직 결정을 못 했어. 로라의 판단에 달렸지."

"로라는 자신이 가고 싶어 하던데요."

"자네라면 안 그렇겠나? 그녀가 작성한 후보자 명단의 1번이 자기 자신이라면 그건 좀 수상하겠지만."

머서가 자료를 주섬주섬 챙기고는 선실 밖으로 나가는 모습을 보면서 노턴 선장은 문득 질투심 비슷한 감정이 솟아올랐다. 거의 모든 승무원이, 그가 최소한으로 어림해도 85퍼센트 가량이 우주에서 자신이 하는 일에 대해 만족하면서 행복하게 적응하고 있었다. 노턴 선장은 그러한 선장 역시 여러 명 알고 있었지만, 자신의 길은 그런 게 아니라고 생각했다. 인데버 호의 규율은 고도로 훈련되고 뛰어난 지성을 가진 남녀 승무원들이 상호 존중하는 분위기에 바탕을 두고 있었으나 선장은 좀 더 자신의 위치를 확고히 해야만 했다. 책임이 무거운 만큼 일종의 고립은 필연적이었고 가장 가까운 친구들일지라도 예외가 될 수 없었다. 각별한 사이에서 오는 편애의 감정은 사실상 배제하기 어려운 것이므로 결국 잡음이 생기기 마련이다. 이런 이유에서 두 직급 이상 차이가 나는 연인들은 좀처럼 눈에 띄지 않았다. 한편 이와는 별개로 선내에서의 섹스를 통제하는 단 하나의 금기사항이 있었다. '복도에서 그 짓을 하다가 원숭이들을 놀라게 하지 말라.'

인데버 호에는 네 마리의 슈퍼침팬지가 있었는데 그들은 원래 조상의 혈통과는 거리가 있었으므로 사실 침팬지라는 이름은 적당하지 못했다. 무중력 상태에서 감아쥘 수 있는 원숭이의 꼬리는 대단히 요긴했으므로 사람에게도 비슷한 것을 달아보려는 시도가 무수히 있었지만 언제나 참담한 실패로 돌아갔고 유인원류에 시도한 것도 마찬가지였다. 결국 슈퍼침팬지 회사가 이 분야를 평정하기에 이르렀다.

블래키, 블론디, 골디, 브라우니는 신세계 및 구세계의 원숭이 혈통 중 가장 뛰어난 지능을 가진 조상의 후예인 데다가 자연계에는 존재하지 않는 합성 유전자를 지니고 있었다. 그들의 사육과 훈련 비용은 우주비행사 한 명을 양성하는 것과 맞먹었지만, 충분히 그 값을 하고도 남았다. 슈퍼침팬지의 체중은 30킬로그램 미만이었고 산소와 식량 소비량은 인간의 절반에 불과했지만 2.75명의 몫을 감당했다. 집 지키기, 간단한 요리, 도구나 연장의 운반, 그리고 그 밖의 수십 가지 단순반복적인 작업을 하는 데에는 인간보다 오히려 유능했다.

2.75라는 수치는 오랫동안 시간-동작 연구를 한 결과에 기초해서 슈퍼침팬지 회사가 주장하는 데이터였다. 선뜻 수긍하기 어렵고 사실 반발도 많았지만 아무리 힘들고 단조로운 일이라도 즐겁게 하루 15시간을 일하면서 조금도 지겨워하지 않는 그들을 보면, 이 수치는 절대로 과대평가된 것이 아니었다. 그래서 그들은 수많은 일로부터 인간을 자유롭게 했는데 이것은 특히 우주선에서는 더할 수 없이 중요한 점이었다.

인데버 호의 침팬지들은 그들과 가장 가까운 친척 원숭이들과는 달리, 순종적이고 유순했으며 호기심이 별로 없었다. 그리고 성 기능을 억제시킴으로써 난처한 행동은 원칙적으로 방지되어 있었다. 실내에서 사육할 수 있도록 채식으로 길든 그들은 청결하고 냄새도 나지 않았다. 엄청난 비용을 감당할 수만 있다면 그들은 더할 나위 없이 완벽한 애완동물이었다.

한편 이러한 이점들에도 불구하고 우주선에 침팬지들을 탑

승시키는 데에는 몇 가지 문제점이 있었다. 그들에게는 그들만의 공간이 필요했는데 '원숭이 집'이 바로 그것이다. 작지만 깨끗한 그 방에는 TV, 게임기구, 그리고 프로그램된 학습장치들이 설치되어 있었다. 만일의 사고를 방지하기 위해 그들이 우주선의 기계실로 접근하는 것은 엄격하게 금지되어야 했으며, 이 과제는 조건반사를 학습시킴으로써 해결하고 있었다. 모든 기계식의 입구에는 붉은색의 표식이 붙어 있었고 원숭이들은 이 시각적인 출입금지 표시를 넘어가는 일이 심리적으로 불가능했다.

의사소통 역시 중요한 문제였다. 그들의 IQ는 60을 웃도는 수준이었고 수백 개의 영어 단어를 이해할 수 있었지만, 발음할 수는 없었다. 어떤 종류의 원숭이를 막론하고 음성 코드를 가르치려 했던 노력은 하나도 성공하지 못했고 결국 수화로 만족해야 했다.

기본적인 수화는 간단하고 배우기도 쉬웠으므로 모든 승무원은 빈번히 쓰이는 몇 가지의 메시지는 모두 알고 있었다. 그러나 '침플리쉬'를 유창하게 구사할 수 있는 사람은 단 한 명, 그들의 관리자인 보급사관 라비뿐이었다.

라비 맥앤드류스가 원숭이를 닮았다는 농담은 우주선 내에서 두고두고 떠도는 얘기였는데, 사실 그걸 모욕이라고만 할 수도 없었다. 윤기가 흐르는 매끈한 털로 덮인 슈퍼침팬지들의 몸과 우아한 움직임은 매우 아름다웠기 때문이다. 이러한 매력 때문에 승무원들은 누구나 자신이 가장 아끼는 원숭이가 있었는데 노턴 선장은 골디를 가장 총애했다.

그러나 이렇듯 쉽게 인간과 원숭이 사이에 맺어지는 따뜻한 관계는 또 다른 문제점을 일으켜서 그들을 우주로 데리고 나가느냐의 여부를 놓고 격렬한 논쟁을 유발하곤 했다. 단순 반복 작업만이 그들이 할 수 있는 유일한 분야이었기에 비상사태가 발생하면 아무런 도움이 되지 못했다. 오히려 그들 자신에게나 인간들에게 치명적인 위험이 될 수 있었다. 우주복을 다루는 방법은 그들이 이해할 수 있는 수준을 넘어서는 것이어서 가르친다는 것이 불가능했다.

그 누구도 그 점에 관해 이야기하기를 꺼렸지만 만일 선체에 구멍이 뚫리거나 우주선을 버려야 할 때 그들이 어떻게 될 것인가는 모두 잘 알고 있었다. 단 한 번 그런 일이 있었다. 그 당시 원숭이 담당자는 자신의 임무를 너무도 충실하게 이행하여 심각한 파문이 일어났다. 그는 자기 원숭이들과 함께 독극물을 흡입해 자살한 채 발견되었다. 그 이후 안락사를 시키는 일은 의무사관들이 떠맡게 되었는데 조금이라도 감정적인 충격이 덜할 것이라는 배려에서였다.

노턴 선장 역시 이런 결정에 대해 참으로 감사하게 생각하면서, 적어도 자신보다 양심의 가책을 덜 느끼면서 골디를 잠재워 줄 사람을 알고 있었다.

12

신들에게로 향하는 계단

차갑고 청정한 라마의 공기에서는 서치라이트의 빔이 전혀 보이지 않았지만, 중심축에서 3킬로미터 아래의 기나긴 계단에는 무대 위의 스포트라이트처럼 1백 미터쯤 되는 타원형의 빛이 길게 드리워져 있었다. 주위를 둘러싼 어둠 속에서 눈부신 오아시스는 5킬로미터 아래 완만한 곡선의 바닥 쪽으로 천천히 움직였다. 그리고 그 가운데를 마치 개미 같은 모습으로 세 사람이 긴 그림자를 끌면서 내려가고 있었다.

그들이 예측했던 대로 계단을 내려가는 일은 하나도 신기할 게 없었다. 첫 번째 플랫폼에서 잠시 휴식을 취할 때 노턴 선장은 가장자리를 따라 몇백 미터를 걸어가 보았다. 그곳에서 그들은 산소호흡장치를 벗고 기계의 도움 없이 숨 쉬는 사치를 마음껏 누렸다. 이제 그들은 인간이 우주에서 마주칠 수 있는 가장 치명적인 위험에서 해방된 채, 더욱 쾌적하고 자유롭게 탐사를 계속하게 되었다. 계속 긴장하면서 우주복의 기밀성과 산소 잔여량을 걱정할 필요가 없어진 것이다.

바닥까지 한 단계만 남긴 지점인 다섯 번째 플랫폼에 다다랐을 때는 중력이 거의 지구의 절반 수준까지 올라갔다. 라마의 자전이 제값을 하고 있는 것이다. 이제 그들은 어느 행성에서나 가차 없이 적용되는 물리법칙에 주의하면서 움직여야만 했다. 잠깐의 실수로 넘어지게 되면 그 대가를 혹독하게 치러야 한다. 내려가는 일은 아직 수월한 편이지만 이 끝 없는 계단을 다시 올라가려면…. 그 생각을 하면 벌써 기운이 빠지는 것 같았다.

그 현기증 나게 가파른 계단의 경사는 이미 오래전부터 완만해져서 지금은 거의 수평에 가까웠다. 처음에 5대 1 정도로 시작되었던 각도는 이제 1대 5 정도가 되었고 자연스럽게 걷는다는 것이 물리적으로나 심리적으로도 가능했다. 지금 그들이 내려가고 있는 계단이 지구상에 있지 않다는 사실을 일깨워주는 것은 단지 낮은 중력뿐이었다. 언젠가 노턴 선장은 아즈텍 문명의 폐허를 방문한 적이 있었는데 그 당시의 느낌이 지금 마음속에서 수백 배로 증폭된 채 메아리쳐 오고 있었다. 경외심과 의문, 그리고 돌이킬 수 없이 사멸해 버린 지난날의 문명에 대한 연민이 지금 이곳에서도 물결치고 있었다. 그러나 시간과 공간의 척도로는 이곳이 비교할 수조차 없을 만큼 커다랗게만 와 닿아서 그는 어떻게 주체할 수가 없었다.

노턴 선장은 얼마 뒤 마음을 닫아 버렸다. 언젠가는 라마를 받아들일 수 있게 될까?

지구의 유적과 수평적으로 비교하기가 불가능한 측면은 또 있었다. 라마는 피라미드를 포함한 지구상의 그 어떤 구조물보다도 수백 배는 더 오래된 것이었다. 그런데 모든 것이 바로 지금 막 만들어진 것처럼 새로워 보였다. 닳았거나 훼손된 흔적이 전혀 없었다.

노턴 선장은 골똘히 생각해 본 뒤 잠정적인 해답을 찾아냈다. 지금까지 그들이 거쳐온 곳은 모두 다 비상용 예비 시스템들이다. 그것들은 거의 사용하는 일이 없었을 것이다. 라마인들이 이 엄청난 계단을 걸어서 오르내렸으리라고는 상상하기 어려웠다. 그의 머리 위에서 정확히 Y자형을 이루고 있는 다른 두 개의 쌍둥이 계단들도 마찬가지다. 아마도 그 구조물들은 라마를 건조할 당시에만 필요했을 뿐 그 이후 이제까지 아무런 쓸모가 없는 것인지도 모른다. 이런 가정은 당분간 유효할 수도 있겠지만, 딱 맞는 것 같지는 않았다. 뭔가가 잘못된 것이다. 어딘가가….

마지막 1킬로미터는 미끄러지지 않고 큰 걸음으로 한 번에 두 계단씩 점잖게 내려갔다. '이렇게 가면 근육의 피로가 더 빨리 오겠군.' 노턴 선장이 혼자 생각하고 있는 동안 갑자기 계단이 끝났다. 많이 약해진 서치라이트의 조명 안에는 침침한 회색의 평원이 펼쳐져 있었고 수백 미터 앞에서 어둠 속으로 희미하게 빨려 들어가 있었다.

노턴 선장은 고개를 돌려 8킬로미터 이상 떨어진 중심축을 올려다보았다. 머서가 망원경으로 계속 관찰하고 있을 것이므로, 그는 활기 있게 손을 흔들어 보였다.

"여기는 선장이다." 노턴 선장이 무전으로 알렸다. "모두 이상 없고 아무런 문제도 없다. 계획대로 전진하겠다."

"좋습니다." 머서가 응답했다. "계속 지켜보고 있습니다."

잠시 침묵이 뒤를 잇더니 다른 목소리가 끼어들었다. "여긴 인데버 호, 부선장입니다. 이거 그다지 태평스런 상황이 아닌 것 같습니다. 정말입니다, 선장님. 지난주 내내 언론이 우리를 귀찮게 한 것 아시죠? 저도 신기하고 놀랄 만한 소식을 기자들에게 전해 주고 싶은데, 어떻게 해볼 수 없겠습니까?"

"노력해 보지." 노턴 선장은 껄껄 웃으며 말했다. "그렇지만 아직 아무것도 눈에 띄지 않는 걸 어쩌겠나. 마치 뭐랄까, 아주 넓고 어두운 무대에 서서 스포트라이트 하나만 받는 꼴인데. 내려올 때는 어둠 속에서 계단만 불쑥 나타났다가 다시 암흑 속으로 사라지는 것 같더군. 우리 눈에 보이는 거라곤 완전히 평평한 바다뿐이야. 물론 굽어 있겠지만 이런 제한된 시야에서는 전혀 느낄 수가 없어. 뭐, 이 정도야."

"어떤 인상을 받은 건 없습니까?"

"글쎄, 아직은 몹시 추워. 빙점 아래라서 방호복을 입은 게 다행이야. 그리고 아주 고요해. 지구에서건 우주 공간에서건 약간의 전파나 잡음은 있는 법인데 여긴 완전히 적막 그 자체야. 모든 음향이 공간 속으로 사라지는 것 같아. 너무나도 넓어서 메아리가 하나도 안 생기는걸. 좀 기분 나쁜 편이지만 곧 적응되겠지."

"고맙습니다, 선장님. 다른 사람들은 어때? 캘버트, 보리스?"

조 캘버트는 기다렸다는 듯이 얘기를 시작했다. "외계의 세상에서 자연적인 대기를 호흡하며 걷는 것은 역사상 이게 처음인 것 같군요. 물론 이런 곳에서는 '자연적'이라는 말이 좀 어폐가 있지만요. 우리 우주선이 지구의 축소판이듯이 라마도 원래 건설자들의 세계와 많이 닮았을 것입니다. 표본이 그들과 우리 둘 뿐이라 통계학적으로는 신뢰도가 좀 떨어지지만, 혹시 지성을 가진 생물은 모두 다 산소를 호흡하는 것이 아닐까요? 그동안 본 구조물들로 미루어 보면 그들도 우리처럼 휴머노이드*인 것 같습니다. 우리보다 덩치가 1.5배쯤 클 것 같아요. 그렇지 않아, 보리스?"

'캘버트가 보리스를 시험하려는 건가? 그가 어떻게 반응할지 흥미롭군.' 노턴 선장은 생각했다.

모든 승무원에게 보리스 로드리고는 일종의 수수께끼 같은 인물이었다. 조용하고 품위있는 통신사관으로서 누구에게나 인기가 있었지만, 그는 결코 남들과 깊이 어울리는 법이 없었고 항상 조금씩의 거리를 두는 듯했다. 행진곡을 연주하는 악대에서 혼자 다른 장단을 두드리는 고수처럼.

---

* 두 팔과 두 다리가 있고 직립 보행하는 형태

제5예수교의 독실한 신자로서 그는 진정한 우주인이라고 불릴 만한 인물이었다. 노턴 선장은 그 이전의 네 교파가 어떠했었는지도, 그리고 그 교회의 의식이나 제례에 대해서도 아는 바가 없었지만, 교리의 기본 골격은 잘 알려져 있었다. 그들은 예수 그리스도가 우주로부터 강림했다고 굳게 믿고 있었고 모든 교리는 그러한 가정 아래 뼈대를 세우고 있었다.

제5예수교의 신자 중 우주에서 일하는 직업을 가진 사람들의 비율이 엄청나게 높다는 사실은 그다지 놀라운 일이 아니었다. 그들은 언제나 성실하고 유능했으며 거의 절대적인 신뢰성을 얻고 있었다. 특히 타인들에게 포교나 개종을 시도하는 법이 없었기 때문에 많은 사람이 그들을 좋아하거나 존경했다. 그러나 어딘지 못마땅한 면이 없지 않았는데, 그처럼 과학적이고 기술적인 훈련을 고도로 쌓은 자들이 '우주예수체험'과 같은 일들을 의심 없이 믿고 있다는 사실을 노턴 선장은 결코 이해할 수 없었다.

캘버트의 다분히 의도적인 질문에 대한 보리스의 반응을 기다리면서 노턴 선장은 문득 자신의 내면에 숨어 있던 동기를 알아채게 되었다. 보리스를 선택한 것은 그의 신체상태가 양호하고 기술적으로 충분한 자격을 갖추었으며 전적으로 신뢰할 수 있기 때문이었지만, 마음 한구석에서는 다소 장난기 어린 호기심도 작용했음을 부인하기 어려웠다. 그러한 신앙을 가진 자가 라마의 경외로운 현실을 접하게 되면 과연 어떻게 반응할 것인가? 자신의 믿음에 당황하게 될까, 아니면 더욱더 신심을 굳히게 될까.

보리스는 그러나 늘 그렇듯 침착했다.

"아마 그들은 틀림없이 산소로 호흡했을 겁니다. 그리고 휴머노이드일 수도 있지요. 하지만 좀 더 두고 봅시다. 운이 좋으면 그들이 어떻게 생겼는지 알게 될지도 모릅니다. 저 도시에는 그림이나 동상 같은 것, 아니 어쩌면 보존된 시체가 있을지도 모르지요. 만약 저것이 도시라면 말입니다."

"그리고 이제 8킬로미터밖에 떨어져 있지 않지." 캘버트가 희망에 찬 목소리로 덧붙였다.

'그래, 그렇지만 그건 8킬로미터를 다시 돌아와야 한다는 말이기도 하지. 저 지겨운 계단을 다시 올라가야 하는데, 과연 그걸 감수할 수 있을까?' 노턴 선장은 한숨을 쉬었다.

그들이 파리라고 명명한 그 '도시'까지 가보는 것은 노턴 선장이 맨 먼저 떠올린 즉흥적인 계획 중 하나였지만 막상 결정하기는 까다로웠다. 24시간을 버틸 수 있는 충분한 식량과 물이 있고 중심축에서 대기하고 있는 후발대의 시야에서 벗어날 일도 없으며 이처럼 부드럽고 완만한 평면에서 사고가 일어난다는 것은 사실상 불가능해 보였다. 단 한 가지 위험이 있다면 다름 아닌 탈진이다. 파리까지 가는 것은 그다지 어렵지 않겠지만, 다시 돌아오기 전에 몇 장의 사진을 찍고 물건들을 수집하는 일 외에 무엇을 더할 수 있을까?

그렇지만 잠깐이라도 갔다 오는 것이 좋다. 라마는 계속 태양을 향해 돌진 중이었고, 인데버 호가 근일점까지 따라붙은 것은 너무나도 위험한 일이기 때문에 시간이 별로 없었다.

'어쨌거나 결단의 굴레를 나 혼자 짊어진 것은 아니다. 우주선에서는 로라 박사가 대원들의 몸에 부착된 바이오센서를 통해 끊임없이 그들의 신체상태를 점검하고 있으니까. 만약 그녀가 엄지손가락을 내리면 그걸로 그만이다.'

"로라, 어떻게 생각해?"

"30분간 휴식, 5백 칼로리의 농축 식량 섭취, 그리고 나선 출발해도 좋아요."

"고맙군요, 박사님." 캘버트가 끼어들었다. "전 이제 죽어도 여한이 없습니다. 파리의 몽마르트르를 한 번 보는 게 소원이었는데, 이젠 갈 수 있단 말이지요."

13

라마의 평원

끝없이 계속되던 계단이 마침내 평평한 바닥으로 바뀌자 그들은 다시 한 번 똑바로 서서 걷는 즐거움을 누리게 되었다. 앞에 펼쳐진 바닥은 완전히 평면이었다. 왼쪽이든 오른쪽이든 빛이 닿는 범위에서는 완만한 곡선을 거의 알아챌 수 없었다. 지금 그들이 가고 있는 곳은 매우 넓고 얕은 골짜기 같았지만, 사실은 거대한 원통의 안쪽 면을 걷고 있었다. 이 빛의 오아시스를 넘어서면 바닥이 그대로 하늘과 만난다는 것이, 아니 하늘이 된다는 것이 도저히 믿기지 않았다.

다소 흥분한 마음으로 자신에 찬 발걸음을 내디디던 그들은 얼마 안 가서 라마의 정적이 갈수록 무겁게 내리누르는 느낌을 피할 수 없었다. 옮기는 발자국도, 내뱉는 말 한마디도 즉시 메아리 없는 공허 속으로 사라져 갔다. 5백 미터쯤 걸어가자 캘버트는 더 이상 견디기 힘들었다.

그는 이런저런 재주가 많았는데 그중에는 대수롭지 않은 것도 있었다. 이를테면 휘파람을 불면서 지난 2백 년 동안의 영화 주제곡들을 줄줄이 엮어낼 수 있었다. "헤이 호, 헤이 호, 일은 끝나고 우리는 간다네." 어울리게도 디즈니의 〈행진하는 난장이들〉로 시작한 그는 저음의 베이스를 순조롭게 넘기기 어렵게 되자 재빨리 〈콰이강의 다리〉로 넘어갔다. 대충 연대순으로 진행하면서 계속 서사시들을 불러대던 그는 20세기 말 시드 크라스만의 유명한 〈나폴레옹〉을 끝으로 마무리를 지었다.

그의 시도는 좋았지만 아쉽게도 별 효과가 없었고 사기를 진작시키지도 못했다. 라마는 바흐나 베토벤, 시벨리우스와 같은 웅장함을 원하고 있었다. 노턴 선장이 나중을 위해 숨을 아끼라는 충고를 하려는 참에 이 젊은 사관도 그의 노력이 부질없음을 깨달았다. 그들은 그 이후 간헐적인 우주선과의 연락 외에는 계속 침묵에 싸인 채 전진해 갔다. 이번 판에는 라마가 승리한 것이다.

이번 탐사는 처음이니만큼 노턴 선장은 여유를 두어 돌아가기로 했다. '파리'라고 이름 붙인 지역은 정확히 앞쪽으로, 계단이 끝나는 곳과 라마의 바다 해안 사이의 중간쯤에 자리 잡고 있었다. 그러나 그들이 가는 길 오른쪽 1킬로미터 옆에는 매우 뚜렷하고 신비스럽기까지 한 특이한 지형이 있었는데, 그들은 그것을 '곧은 계곡'이라고 이름 지었다. 그것은 고랑이나 참호처럼 보였으며 40미터쯤의 깊이에 폭은 1백 미터 정도였고 양쪽 면은 부드러운 경사를 그리고 있었다. 모두 관개용 수로 아니면 운하쯤으로 여겼는데, 계단과 마찬가지로 같은 모양의 것이 더 있어서 라마의 내면을 삼등분하고 있었다.

계곡의 길이는 10킬로미터가량 되었고 바다에 닿기 직전에 잘린 것처럼 갑자기 끝나 있었다. 그것이 정말 물이 흐르는 통로라면 이상한 일이 아닐 수 없었다. 계곡들은 바다 건너 저편에서 다시 나타나 계속 이어져서 남극지역까지 10킬로미터 이상을 곧추 달리고 있었다.

쾌적하게 15분가량 걸어간 그들은 '곧은 계곡'의 가장자리 부분에 다다르자 잠시 바닥의 깊이를 주의 깊게 들여다보았다. 완만한 사면의 경사는 정확히 60도를 이루고 있었고 아무런 발판이나 계단도 없었다. 바닥에는 얼음처럼 보이는 하얀 물질이 넓게 깔려 있었다. '직접 분석해 보면 궁금증이 풀리겠지.' 노턴 선장은 내려가 보기로 했다.

캘버트와 보리스가 버팀대 역할을 하면서 드리운 밧줄을 잡고 노턴 선장은 천천히 가파른 사면을 내려갔다. 그러나 바닥에 닿으면서 미끌미끌한 얼음의 감촉을 기대했던 그의 생각은 완전히 빗나갔다. 마찰력이 너무 커서 전혀 미끄럽지 않았다. 이 물질은 아마 유리나 수정 비슷한 종류인 모양이군. 손가락으로 건드려 보니 차갑고 단단했다.

노턴 선장은 서치라이트 쪽으로 몸을 돌리고는 손으로 빛을 가린 채 얼어붙은 호수 위에서 얼음의 두께를 재어 보듯이 수정 같은 물질의 두께를 가늠해 보려고 자세히 들여다보았다. 그렇지만 아무것도 보이지 않았으며, 심지어 헬멧의 램프로 집중적으로 빛을 비추어 봐도 마찬가지였다. '이 물질은 반투명 물질인가 보군. 만약 이것이 얼어 있는 액체라면, 그 물질의 녹는점은 물보다 훨씬 높겠는걸.'

노턴 선장은 지질탐사용 공구함에서 망치를 꺼내 가볍게 두드렸다. 망치는 둔한 소리를 내며 되튕겼다. 점점 세게 두드려봐도 아무 소용이 없었다. 그리고 마침내 온 힘을 다해 내리치려는 순간 노턴 선장은 문득 동작을 멈췄다.

이 물질을 금가게 하는 것은 어려울 것 같았다. 그러나 만약 그렇게 한다면? 지금 그는 널따란 유리창 위에 서서 그걸 깨뜨리려는 야만인일지도 모른다. 나중에 더 적당한 기회가 있을 것이고, 적어도 지금은 유용한 정보를 하나 얻은 셈이다. 그것은 이 계곡이 운하일 가능성은 거의 없다는 것이었다. 갑자기 끊겼다가 다시 이어지는 특이한 도랑일 뿐이고 어디로 향하는지 알 수 없다. 만약 한때 액체가 흐르는 통로였다면 말라붙은 얼룩 같은 것이 남아 있지 않겠는가? 그러나 모든 것이 너무도 찬란하고 깨끗했다. 마치 바로 어제 만들어진 것처럼.

노턴 선장은 또다시 라마의 가장 기본적인 미스터리와 맞닥뜨린 것이다. 이번에는 피해 간다는 것이 불가능했다. 그는 상상력이 풍부한 편이었으므로 이런저런 온갖 가능성을 고려해 봤지만, 도저히 지금의 의혹을 설명할 방법이 없었다. 그러나 한편으론 이제 처음으로 예감이 아닌 예상을 할 수 있으리란 느낌이 들었다. '이것들은 우리가 보는 그대로의 사물이

아니다. 수백만 년의 연륜과 아주 산뜻한 새로움이 공존하는 매우 이상한 장소이다.'

깊은 생각에 잠긴 채 노턴 선장은 계곡의 바닥을 따라 천천히 걷기 시작했다. 그의 허리에 감긴 밧줄을 잡고 있는 계곡 가장자리의 동료들도 따라 걸었다. 노턴 선장은 더 이상 흥미로운 발견을 기대하고 있지는 않았지만, 이 이상한 느낌을 계속 캐보고 싶었다. 뭔가가 그의 신경을 건드리고 있었다. 그것은 라마의 설명할 수 없는 새로움의 느낌과는 아무런 관계가 없는 것이었다.

10여 미터쯤 걸었을 때 갑자기 그것이 번개처럼 노턴 선장의 뇌리를 스치고 지나갔다. '이곳을 알고 있다. 전에 이곳에 와본 적이 있다.'

설사 지구나, 아니면 비슷한 행성에서라도 이런 느낌은 그다지 기분 좋은 것이 못 되지만 생각보다 흔히 겪는 일이기도 하다. 대부분의 사람은 그런 느낌을 오래전에 잃어버린 사진 속의 풍경이나 단순한 우연의 일치라고 여겼고, 만약 신비 사상에 젖어 있는 사람이라면 다른 사람이 보내는 텔레파시나 심지어는 자신의 미래의 모습이 반영된 것으로 받아들였다.

'그렇지만 인간 중 그 누구도 이곳을 접해 보았다는 것은 불가능한 일인데….' 이 점이 노턴 선장을 충격에 빠뜨렸다. 몇 초 동안 노턴 선장은 못 박힌 듯 꼼짝하지 않고 서서 감정을 정돈하려고 애썼다. 질서 있게 펼쳐져 있던 그의 우주가 갑자기 거꾸로 뒤집히는 듯했다. 여태껏 아주 무시하고 살아왔던 알 수 없는 초자연적인 세계를 흘끗 보고는 현기증을 느꼈다.

그리고 마침내 그는 안도의 숨을 내쉬었다. 기억이 그를 구한 것이다. 놀라서 소용돌이치던 가슴이 차츰 가라앉고 대신 뚜렷하게 떠오르는 젊은 시절의 어떤 날이 그 자리를 메워갔다.

그처럼 가파른 벽돌 사이에 서서 끝없이 길게 뻗어 있는 계곡을 쳐다본 적이 있었다. 정말 그런 적이 있었다. 그러나 그때는 양 사면이 잘 다듬어진 잔디로 덮여 있었고, 바닥은 반질반질한 수정이 아니라 온통 자갈이었다.

30년 전 영국에서 여름방학을 보낼 때의 일이었다. 어떤 여학생 때문에 (그녀의 얼굴이 떠올랐지만, 이름은 기억나지 않았다) 노턴 선장은 당시 이공계열 대학원생들에게 인기였던 산업고고학 강좌를 수강했다. 그들은 버려진 탄광과 공장 등을 찾아다니면서 녹슨 용광로나 증기기관 따위를 오르거나, 믿기지 않을 만큼 원시적인 (그리고 아직도 위험한) 핵발전 원자로를 보면서 눈을 휘둥그레 뜨곤 했다.

그들이 본 전부가 다 진짜는 아니었다. 사람들은 일상의 모습들을 보존하는 데에 그리 주의를 기울이지 않기 때문에 수세기가 흐르면 대부분은 유실되고 없어졌다. 그렇지만 일단 복제품이 필요하다고 생각되면 아낌없는 노력을 투입하기 마련이었다.

그래서 젊은 시절의 노턴 선장은 자기보다도 나이를 덜 먹은, 2백 년 전 모델의 기관차 안에서 보일러에 값비싼 석탄을 마구 삽질해 넣으면서 시속 1백 킬로미터의 속도를 즐기고 있었다. 총 30킬로미터 연장의 '대서부 철로'는 발굴해서 쓸 만하게 손질하느라 비싼 대가를 치르긴 했지만, 그 옛날의 진짜 철길 그대로의 모습을 재현해 내었다.

날카로운 기적 소리와 함께 그들은 산허리를 돌아, 안개 긴 어둠 속으로 빛을 비추며 질주해 들어갔다. 꽝장히 긴 시간이 흐르고 나서 그들은 터널을 빠져나와 이번에는 양쪽으로 끝없이 이어진 제방 사이를 달렸다. 잔디로 뒤덮인 비탈은 완전한 일직선을 그리며 앞으로 뻗어 있었다. 오랫동안 잊고 있었던 그 추억어린 장면은 지금 그가 서 있는 곳과 매우 흡사한 광경이었다.

"뭡니까, 선장님?" 보리스가 소리쳤다. "뭔가 발견했습니까?"

노턴 선장은 정신을 차리고 현실로 돌아오자 어쩐지 가슴이 답답해지는 것을 느꼈다. '그래, 이곳엔 뭔가 미스터리가 있다. 그렇지만 그것은 결코 인간이 이해할 수 있는 수준을 넘어서는 것은 아니다.' 그는 한 가지 경험을 얻게 되었지만 그렇다고 다른 사람들에게 알기 쉽게 전해 줄 수 있는 성질의 것은 아니었다. '아무튼, 라마가 나를 압도하도록 놔둘 수는 없다. 이 탐사가 실패로 돌아가는 것은 물론이고, 어쩌면 미쳐 버릴지도 몰라.'

"아니야. 이 아래엔 아무것도 없어." 그는 위의 동료들에게 소리쳐 대답했다. "나를 끌어올려 줘. 곧장 파리로 간다."

14

폭풍 경보

"제가 이 위원회의 긴급 소집을 요청한 이유는….''행성연합에 파견된 보스 박사가 말을 꺼냈다. "페레라 박사가 뭔가 중요한 내용을 전해야 한다고 했기 때문입니다. 그는 가장 빠른 긴급 회선을 통해 지금 즉시 노턴 선장과 통화할 것을 주장하고 있습니다. 아아, 글쎄 그건 좀 어려운 일이겠습니다만. 아무튼 페레라 박사가 할 얘기는 다소 기술적인 문제인데 그전에 간단히 현재 상황을 정리해 보는 게 좋을 것 같군요. 프라이스 박사께서 말씀하시겠습니다. 아, 그렇지. 몇몇 분이 불참에 대한 양해를 구해 오셨습니다. 루이스 샌즈 경은 회장을 맡고 계신 협의회 참석차 지구로 떠나셨고, 테일러 박사도 죄송하다는 말씀을 전해 오셨습니다."

보스 박사는 테일러의 불참에는 내심 반가워하고 있었다.

라마가 자신의 전문 분야와는 별 인연이 없다는 사실이 갈수록 명백해짐에 따라 그 인류학자는 흥미를 잃어가고 있었다. 다른 많은 사람처럼 그 역시도 우주를 떠돌아다니던 라마가 이미 죽어버린 세계라는 데에 비통한 실망감을 맛보고 있었다. 라마인들의 생활양식이나 전통의식에 대해 충격적인 연구결과를 발표할 기회는 없는 것이다. 어쩌면 다른 이들은 화석이나 유물을 발견할지도 모르지만 그런 건 콘래드 테일러에게는 별 감흥을 불러일으키지 못하는 것이었다. 그가 부랴부랴 다시 뛰어오는 경우라면 폼페이나 테라의 그 유명한 벽화처럼 뛰어난 예술품이 발견되는 때일 것이다.

셸마 프라이스는 완전히 반대 입장이었다. 발굴된 유적을 현재의 거주인들이 손을 대거나 훼손해서 냉정한 과학적 조사를 방해하는 건 좋지 않다. 지중해의 밑바닥 같은 곳은 이상적인 장소였다. 적어도 도시 계획가들이나 조경예술가들이 훼방 놓기 전까지는 말이다. 라마는 그 점에선 안전한 편이지만 그녀 역시 직접 가볼 수 없다는 사실이 미치도록 안타까운 노릇이었다. 그것은 1억 킬로미터 저편에 있었다.

"모두 알고 계시다시피…," 프라이스 박사가 이야기를 시작했다. "노턴 선장은 아무런 문제도 없이 30킬로미터 가까이 전진했습니다. 그는 지도에 '곧은 계곡'으로 표시된 이상한 도랑 같은 곳을 탐사했는데, 그 지형의 목적은 아직 아무도 모릅니다. 그렇지만 그것은 매우 중요한 것임은 틀림없어요. 라마의 바다 부분만 빼고는 라마 전체에 뻗어 있거든요. 그리고 정확히 1백20도씩 떨어져서 똑같은 도랑이 두 개 더 있습니다.

그리고서 탐사대는 왼쪽으로, 그 지역을 북극으로 본다면 동쪽이라고 해도 좋겠지만, 아무튼 돌아서 파리까지 갔습니다. 이 사진을 보세요. 이건 중심축에서 망원카메라로 잡은 것인데, 수백 개의 건물이 있고 그 사이로 넓은 길이 나 있지 않습니까?

그리고 이 사진들은 노턴 선장 일행이 찍은 겁니다. 만약 파리가 도시라면, 상당히 특별한 형태라고 볼 수밖에 없습니다. 건물에 창문이나 심지어 입구조차 보이지 않는다는 점을 주목해 주십시오! 전부 다 평면적이고 직각형입니다. 게다가 높이도 35미터로 똑같습니다. 또 건물들은 모두 땅바닥이 밀려 올라온 모양입니다. 아무런 이음매나 연결쇠도 보이지 않아요. 여기 이 바닥 부분의 확대 사진을 보세요. 건물 벽이 그냥 땅바닥과 이어져 있지요?

제 느낌으로는 이곳은 거주 구역이 아닌 듯하군요. 무슨 저장창고쯤으로 생각됩니다. 이 사진을 보시죠. 모든 거리에는 폭이 약 5센티미터쯤 되는 좁은 홈 같은 것이 나 있습니다. 그리고 이 홈들은 예외 없이 모든 건물 안으로 들어가고 있어요. 20세기 초반의 시내 전차 궤도와 아주 비슷한 형태입니다. 분명 어떤 운송 시스템의 일부일 거예요.

사람들이 사는 집들 하나하나마다 대중교통수단이 연결된다는 것은 생각할 수 없습니다. 경제적으로도 불합리하죠. 몇백 미터 정도는 사람들이 걷는 편이 훨씬 나으니까요. 그렇지만 이 건물들이 어떤 무거운 물건을 저장하기 위한 용도로 지어진 것이라면 말이 됩니다."

"한 가지 질문해도 되겠습니까?" 지구 대사가 말했다.

"물론입니다, 로버트 경."

"노턴 선장은 건물 안에 들어가 보지 못했습니까?"

"네, 그렇습니다. 그의 보고를 들으시면 그가 얼마나 좌절감을 느꼈는지 아실 거예요. 도대체 입구를 찾을 수가 없어서 지하에 있나 생각했다는군요. 그러다가 그 홈을 발견하고서는 다시 생각을 바꿨다고 합니다."

"벽을 깨고 들어가려는 시도는 안 했습니까?"

"폭파하거나 중장비를 동원하지 않는 한, 달리 좋은 수가 없었다고 하더군요. 그렇지만 다른 모든 방법이 실패하기 전에는 그런 최후의 수단을 쓰고 싶지 않다고 했습니다."

"뭔지 알겠습니다!" 데니스 솔로몬이 갑자기 소리쳤다. "고치요, 누에고치!"

"…실례지만 뭐라고 하셨죠?"

"이미 수백 년 전에 개발된 기술이지요." 과학사가는 계속 얘기하기 시작했다. "좀약 같은 거지요. 만약 뭔가를 오래도록 보존하려 한다면, 그것을 플라스틱으로 밀봉 포장한 뒤 불활성 가스를 주입해 둡니다. 원래는 전쟁 시 군 장비를 보호하기 위해 사용된 방법입니다만, 지금도 박물관 같이 저장 공간이 모자란 곳에서는 널리 이용하는 방법이지요. 스미소니언 박물관 지하에도 1백 년 묵은 고치가 있습니다. 지금 그 안에 무엇이 들어 있는지는 아무도 모르지요."

페레라 박사는 인내심이 강한 편이 아니었다. 그는 자신의 폭탄선언을 언제 터뜨릴 수 있을지 전전긍긍하고 있었지만, 마침내 더는 참을 수 없게 되었다.

"잠깐만, 대사! 흥미로운 얘기입니다만, 제 것이 더 급한 내용입니다."

"…달리 다른 의견이 없으시다면, 좋습니다. 페레라 박사."

테일러와 달리 그 외계생물학자에게는 결코 라마가 실망스러운 존재가 아니었다. 물론 외계생물체를 발견한다는 기대감은 사라졌어도 이 환상적인 세계를 건설한 외계인들이 남긴 유물은 언젠가 발견될 것을 확신하고 있었다. 인데버 호가 라마에 머물 수 있는 시간은 얼마 남지 않았지만, 탐사는 이제 막 시작되었을 뿐이다.

그러나 지금은, 만약 그의 계산이 정확하다면, 인간이 라마와 접촉할 수 있는 시간은 그가 안타까워하던 만큼보다도 훨씬 더 단축될 수밖에 없다. 모두 한 가지 사실을 간과하고 있었다. 그것은 너무도 당연하기에 아무도 주의를 기울이지 않았다.

"가장 최근의 정보에 따르면," 페레라 박사가 얘기하기 시작했다. "현재 탐사대 한 조가 라마의 바다로 가고 있고, 따로 다른 한 조는 알파 계단 밑에서 보급 기지를 세우는 중입니다. 그 기지가 완성되면 노턴 선장은 적어도 두 개 조의 탐사대를 동시에 가동하려고 계획하고 있습니다. 제한된 인원을 최대의 효율로 운용하려는 것입니다.

좋은 생각이긴 합니다만, 그럴 시간이 없습니다. 사실 저는 긴급 경보를 전해 주려는 것입니다. 12시간 이내에 그곳에서 완전히 철수해야 합니다. 설명을 해드리지요.

라마가 그처럼 가까이 다가왔음에도 불구하고 단지 소수의 사람만이 그 점을 언급했다는 사실에 놀랐습니다. 지금 라마는 완전히 금성 궤도 안쪽으로 들어와 있습니다만, 아직 그 내부는 얼어붙은 그대로입니다. 그러나 그 거리에서 직접 태양빛을 받는 물체라면 섭씨 5백 정도로 달구어져 있을 것입니다.

물론 라마가 그렇게 뜨겁지 않은 이유는 충분히 데워지지 않았기 때문이지요. 우주 공간을 지나오면서 라마는 거의 절대영도, 즉 영하 2백70도 이하로 내려가 있었습니다. 이제 그것은 태양에 접근하면서 바깥의 표면 온도가 납이 녹을 정도로 올라가 있을 겁니다. 그렇지만 그 열기가 두꺼운 껍질을 통과할 때까지 안쪽은 차가운 그대로일 겁니다.

식후의 디저트 중에서도 그 비슷한 것이 있는 듯한데, 속엔 아이스크림이 들고 껍데기는 뜨거운 그 뭐라더라, 생각이 안 나는군요….”

“'알래스카 구이' 말이군요. 공교롭게도 행성연합 만찬에서 인기 있는 메뉴입니다.”

“고맙습니다, 로버트 경. 라마는 지금 그와 같은 상태지요. 그렇지만 오래가진 않을 겁니다. 몇 주 내로 태양열이 안쪽까지 침투할 것이고, 그렇게 되면 삽시간에 온도가 올라가겠지요. 그러나 그게 문제가 아닙니다. 인데버 호가 떠날 즈음엔 열대 기후 정도밖엔 안 될 테니까."

"그러면 도대체 뭐가 문제란 말입니까?"

"한마디로 말씀드릴 수 있습니다, 대사. 허리케인입니다."

15

바닷가

라마 안에는 이제 스무 명이 넘는 사람들이 들어가 있었다. 그중 여섯 명은 계단 아래의 표면에, 그리고 나머지는 에어록과 계단을 오르내리며 장비와 소모품들을 운반하는 중이었다. 인데버 호에는 최소한의 필수 인원만 남아 있어, 사실상 빈 배나 다름없었다. 우주선은 이제 침팬지 네 마리가 조종하게 되었다는 우스갯소리가 떠돌기 시작했다. 골디가 선장 노릇을 하고 있다는 것이다.

최초로 전면적인 탐사에 들어가면서 노턴 선장은 몇 가지 안전수칙을 세웠는데 그중에는 인류가 우주여행을 시작한 초창기 시절부터 어김없이 지켜온 것이 있었다. 모든 탐사 조에는 라마에 들어가 본 유경험자가 반드시 한 명씩 낄 것, 그러나 한 명 이상은 안 된다. 그래야만 모든 사람이 가장 빠르고 효과적으로 정보를 전달받을 수 있을 것이다.

그래서 라마의 바다를 향한 첫 탐사조의 조장은 수석 의무 사관인 로라 에른스트였지만, 실질적으로는 막 파리에서 돌아온 보리스 로드리고가 이끌고 있었다. 제3의 조원은 중심축에서 예비조로 대기하고 있던 피터 루소였다. 그는 우주관측 장비의 전문가였지만 이번에는 그의 두 눈과 자그마한 휴대용 망원경만이 그가 의지하고 있는 전부였다.

알파 계단에서 바다까지는 15킬로미터 정도 떨어져 있었으나 라마의 낮은 중력을 고려한다면 지구의 8킬로미터쯤에 해당하는 거리였다. 로라 에른스트는 자신의 신체를 기준으로 적응성을 시험해 보고자 다소 발걸음을 빨리했다. 그들은 거리의 절반 지점에서 30분간 휴식한 뒤 3시간의 지루한 여정을 묵묵히 답파했다.

라마의 반향 없는 적막한 어둠 속에서 서치라이트만을 의지한 채 앞으로 계속 걷는 것은 몹시도 단조로운 일이었다. 불빛이 바닥에 그리는 동그라미는 갈수록 타원으로 길게 늘어졌다. 타원이 점점 길어지는 것만이 앞으로 나아가고 있다는 유일한 표시였다. 만약 중심축에서 계속해서 전진 거리를 확인해 주지 않았다면 그들은 1킬로미터를 갔는지 5킬로미터를 갔는지, 아니면 10킬로미터를 갔는지 알 수 없었을 것이다. 그들은 단지 이음매가 없는 매끈한 금속성의 바닥을 수백만 년의 밤에 싸인 채 말없이 걸을 뿐이었다.

그러나 마침내, 이제는 많이 약해진 불빛 속에서 뭔가 새로운 것이 나타났다. 지구에서라면 그것은 수평선이라 불릴 것이다. 이제껏 걸어왔던 평지가 갑자기 끝난 것이다. 그들 앞쪽에 바다가 있었다.

"1백 미터 정도밖에 안 남았습니다." 중심축의 통제본부에서 알려왔다. "속도를 좀 늦추기 바랍니다."

그럴 필요는 별로 없었지만, 그들은 이미 발걸음을 늦추고 있었다. 그들이 서 있는 바닥에서 해수면까지는 (그것이 진짜 바다인지, 아니면 또 다른 미지의 수정체 물질인지는 알 수 없지만) 50미터의 수직 절벽으로 이루어져 있었다. 노턴 선장은 대원들에게 뭐든지 상식적으로 지레짐작하는 실수를 하지 않게 조심하라고 일렀으나, 바다를 채운 물질이 얼음인 것은 거의 확실해 보였다. 그러나 이쪽의 절벽이 50미터인 데 반해, 건너편의 남쪽 해안은 5백 미터나 되는 이유는 무엇일까?

그들은 마치 또 다른 별천지로 들어가는 듯했다. 불빛이 그리는 타원은 절벽에서 갑자기 잘려 다가갈수록 점점 짧아졌다. 그 대신 저 멀리 바다 위로 그들의 그림자가 거대한 모습으로 떠올라서 그들의 동작 하나하나가 마치 괴물처럼 확대되어 움직였다. 서치라이트에 의지하여 길을 오는 동안 그림자들은 동반자처럼 친근해졌지만 이제 절벽에서 잘려 멀리 떨어지고 나니 더 이상 그들의 일부가 아닌 것 같았다. 그 그림자들은 라마의 바다에서 생겨나와 자신들의 영역으로 들어오기를 벼르고 있는 괴물처럼 보였다.

지금 그들은 50미터 높이의 벼랑 끝에 서 있기에 처음으로 라마의 굽어 있는 만곡(彎曲)을 감상할 수 있게 되었다. 그렇지만 아무도 얼어붙은 호수가 하늘 위로 치솟아 있는 광경을 본 적이 없었으므로 눈 앞에 펼쳐진 장면을 받아들이는 데 애를 먹고 있었다. 머리가 혼란스러워져서 눈을 통해 입력된 영상에 대한 적당한 해석을 찾느라 우왕좌왕하고 있는 것이다. 시각적 환상에 관한 연구를 한 적이 있는 로라 박사에게는 하늘로 솟은 것이 아니라 거의 수평으로 둥그렇게 굽은 만을 보고 있는 것처럼 느껴졌다. 이 환상 같은 현실을 받아들이기 위해서는 상당히 의식적인 노력이 필요했다.

라마의 회전축 방향을 따라 앞으로만 시야를 한정하면 별 문제 없이 논리와 일치했다. 적어도 몇 킬로미터는 라마가 편평한 것처럼 보였으며, 실제로도 편평했다. 그리고 그 범위를 넘어 그들의 괴물 그림자가 있는 곳을 지난 곳에 섬이 있었다.

"중심축, 들리는가." 로라 박사가 무전 연락을 했다. "뉴욕에 서치라이트를 비춰줘요."

불빛의 타원이 갑자기 그들에게서 떠나 바다를 가로질러 가기 시작했다. 발밑의 깎아지른 벼랑이 보이지 않게 되자 그들은 반사적으로 몇 발자국씩 뒤로 물러났다. 잠시 뒤 마치 무대 위의 마술처럼 뉴욕의 마천루가 둥실 떠올랐다.

그 옛날의 맨해튼과 비슷하다는 인상은 단지 피상적인 것에 지나지 않았다. 이 우주의 도시는 그 나름의 독특한 모습을 간직하고 있었다. 로라 박사는 뉴욕을 보면 볼수록 그것이 도시가 아니라는 것을 확신하게 되었다.

진짜 뉴욕은 다른 모든 인간의 거주 지역과 마찬가지로 결코 완성된 적이 없었다. 더더구나 완성을 바라고 설계되지도 않았다. 그러나 이것은 전체적으로 완전한 균형과 패턴을 갖추고 있다. 비록 너무도 복잡해서 알아채기가 쉽지 않지만, 어떤 특수한 목적을 위해 기계를 고안해 만들 듯 고도의 지성을 가진 존재가 기획하고 설계하여 완성한 것처럼 보였다. 일단 만들어지고 나면 더 이상 변화나 성장의 가능성은 없는 것이다.

서치라이트는 천천히 이동하면서 탑이며 돔이며 연결된 구체(球體)며 얼기설기 얽힌 관 따위를 비추었다. 간혹 매끄러운 면이 빛에 반사되어 번쩍거려서 처음에는 누군가가 신호를 보내는 줄 알고 깜짝 놀라기도 했다.

그러나 중심축에서 찍은 고밀도 확대 사진들이 제공한 것보다 더 새로운 발견은 결국 없었다. 몇 분 뒤 그들은 다시 서치라이트를 불러들여 절벽을 따라 동쪽으로 걷기 시작했다. 바다로 내려가는 계단이나 통로가 어딘가에 있지 않겠냐는 그럴듯한 의견이 나왔기 때문이다. 노련한 선원 출신인 루비 반즈의 흥미로운 추측이었다.

"바다가 있는 곳에는 반드시 항구와 도크가 있습니다. 그리고 배도 있죠. 배를 만든 솜씨를 보면 그 문화에 대한 모든 것을 알 수 있습니다."

동료들은 루비의 생각 폭이 다소 좁다고 여겼지만, 적어도 흥미로운 것임은 틀림없었다.

로라 박사가 수색을 거의 포기하고 내려갈 밧줄을 준비하려는 즈음, 보리스가 좁은 계단을 발견했다. 아무런 표시나 손잡이가 없어서 이런 어두운 벼랑에서는 미처 보지 못하고 지나치기에 십상이었다. 그리고 그 계단은 아무 데로도 연결되어 있지 않은 듯했다. 50미터의 수직 벽을 급경사로 내려가서 그냥 바닷속으로 사라지고 있었다.

그들은 헬멧의 조명등으로 계단을 찬찬히 살펴보고 별 위험이 없음을 확인했다. 노턴 선장의 승낙을 받은 몇 분 뒤, 로라 박사는 얼어붙은 바다의 표면을 조심스럽게 디디고 있었다.

그녀의 발은 거의 아무런 마찰 없이 앞뒤로 미끄러졌다. 얼음의 감촉과 똑같았다. 사실 그것은 얼음이었다.

망치로 내리치자 눈에 익은 모습으로 얼음에 금이 가면서 채집하고도 남을 만큼의 조각들이 깨져 나왔다. 샘플 용기에 담아 빛에 비쳐 보았을 때는 이미 녹기 시작한 것도 있었는데, 녹은 물은 다소 흐렸다. 그녀는 조심스럽게 냄새를 맡아보았다.

"괜찮겠습니까?" 보리스가 다소 걱정스럽게 소리쳤다.

"날 믿어, 보리스." 로라가 대답했다. "이곳에 내 탐지기를 빠져나온 세균이 있었다면, 우리의 보험증권은 벌써 일주일 전에 휴지가 되었을 거야."

그러나 보리스의 우려는 공연한 것이 아니었다. 그간 실시했던 모든 검사에도 불구하고 이곳의 물질이 어떤 알 수 없는 독성이나 질병을 유발하게 될 위험은 충분히 있었다. 정상적인 상황이라면 로라 박사는 결코 경솔한 행동을 하지 않았을 것이다. 하지만 지금은 해야 할 일이 엄청나게 많은 데 비해 시간은 턱없이 모자랐다. 설령 나중에 인데버 호를 통째로 소독하는 한이 있더라도 차라리 그편을 택하는 게 나을 것이다.

"이건 물이야. 하지만 마시고 싶을 정도는 아니고. 양식장의 썩은 해조류 냄새가 나. 당장 분석해 보고 싶은 마음이 간절한걸."

"얼음은 걸어가도 될 만큼 안전합니까?"

"그렇지, 바위처럼 단단해."

"그럼, 걸어서 뉴욕까지 갈 수 있겠군요."

"그럴 수 있을까? 피터, 얼음 위를 4킬로미터나 걸어가 본 적 있어?"

"아아, 무슨 얘긴지 알겠습니다. 라비에게 스케이트를 몇 켤레 준비해 달라고 하면 어떤 표정을 지을까! 그렇지만 그게 있다고 해도 탈 줄 아는 사람이 별로 없을 텐데요."

"그리고 또 다른 문제가 있습니다." 보리스가 끼어들었다. "지금 기온이 거의 녹는점까지 올라간 것을 알고 있습니까? 머잖아 얼음이 녹기 시작할 겁니다. 우리 중에 4킬로미터를 헤엄칠 수 있는 사람이 얼마나 있습니까? 좋은 방법이 아닌 것 같습니다."

로라 박사는 다시 절벽 위로 올라와서 의기양양하게 샘플 용기를 들어 보였다.

"좋아. 이런 구정물 몇 방울 얻자고 그 먼 길을 걸어온 건 좀 억울하지만, 아마 이것은 라마에 대해 지금까지 얻은 정보보다 훨씬 더 많은 걸 알려 줄 거야. 자, 이제 돌아갈까?"

그들은 저 멀리 중심축의 아련한 불빛을 향해 점잖게 통통 뛰기 시작했다. 이처럼 낮은 중력에서는 가장 쾌적한 방법이었다. 그들은 가끔 등 뒤에 두고 온 얼어붙은 호수 안의 신비스런 섬을 돌아보았다.

그리고 로라 박사는 단 한 번 그의 뺨에 희미한 산들바람이 와 닿는 것을 느꼈다. 그러나 바람이 다시 느껴지지 않았기에 그녀는 곧 그 사실을 잊어버렸다.

16

킬라케쿠아

"페레라 박사께서도 잘 아시다시피, 우리 중엔 수리기상학에 대해 잘 아는 사람이 별로 없습니다. 그러니 괜찮으시다면 우리의 무지에 대해 배려해 주시면 좋겠군요." 보스 박사가 다소 자존심을 억누르며 얘기했다.

"물론이죠." 외계생물학자는 조금도 계면쩍어하지 않고 대답했다. "조만간 라마에서 일어날 일을 그대로 설명하는 것이 가장 이해하기 쉬울 겁니다.

태양 복사열이 내부로 침투함에 따라 지금 라마의 온도는 계속 상승하고 있습니다. 가장 최근에 제가 입수한 바로는 이미 녹는점 정도까지 올라갔다고 하더군요. 라마의 바다는 이제 곧 녹기 시작할 겁니다. 그리고 지구에서와는 달리 그것은 바닥에서부터 위로 녹아 올라올 겁니다. 그렇게 되면 여러 가지 흥미로운 효과가 생기겠지만, 제가 주목하는 것은 대기입니다.

라마의 대기는 더워질수록 팽창해서 가운데의 회전축 방향으로 솟아오르려 할 겁니다. 바로 이게 문제입니다. 바닥에서는 거의 움직이지 않고 있지만, 사실은 시속 8백 킬로미터가 넘는 라마의 자전과 함께 돌고 있는 겁니다. 그러던 것이 가운데로 솟아오르게 되면 그 속도와 운동량을 그대로 유지하려고 합니다. 그렇지만 물론 그럴 수는 없지요. 따라서 결과적으로 엄청난 돌풍과 난류가 생기는 것입니다. 그 풍속은 제가 계산한 바에 따르면 시속 이삼백 킬로미터는 될 겁니다.

말이 난 김에 얘깁니다만 지구에서도 그와 똑같은 현상이 일어나고 있지요. 적도의 공기가 더워져서 팽창하면, 위로 상승해서 남쪽이나 북쪽으로 흘러가 이와 같은 일이 벌어지게 됩니다. 참고로 지구의 자전 속도는 시속 1천6백 킬로미터입니다."

"아, 무역풍 말이군요! 지리학 시간에 들었던 기억이 납니다."

"맞습니다. 로버트 경, 라마에도 격렬한 무역풍이 불게 되는 겁니다. 그렇지만 거기선 단지 몇 시간 동안만 지속할 겁니다. 그리고선 일종의 평형상태로 되돌아가겠지요. 그나저나 노턴 선장에게 가능한 한 빨리 철수하라고 전해 주어야겠습니다. 여기 제가 문안을 써왔어요."

'마치 아시아나 아프리카 외딴 지역의 야간캠프 같군.' 노턴 선장은 혼잣말로 중얼거렸다. 흩어져 있는 침낭이며 접는 의자, 간이 책상, 휴대용 발전기, 조명기구, 전기처리식 간이화장실, 그리고 그 밖의 잡다한 과학 장비들은 이곳이 지구 밖의 외계라는 사실을 거의 잊게 해주었다. 특히 대원들이 생명유지장치 없이 일하고 있는 모습을 보면 더욱 그러했다.

알파 캠프를 세우는 일은 힘든 작업이었다. 모든 짐은 사람의 손으로 운반되어 에어록을 거쳐 오고, 중심축에서는 아래로 미끄러지도록 던져 내렸다. 그러면 밑에서는 그걸 받아서 포장을 풀었다. 가끔 속도를 줄이려고 매달아 놓은 낙하산이 접혀서 제구실을 못 하면 화물은 평원 위로 1킬로미터쯤 미끄러져 가서 애를 먹었다. 몇몇 대원은 탈것을 이용하자고 요청해 왔지만, 노턴 선장은 그때마다 이를 단호하게 금지했다. 그러나 위급한 경우에는 그 조치를 다시 생각해 볼 것이다.

이 모든 장비는 앞으로 철수할 때가 되면 그냥 남겨둘 작정이었다. 이걸 다시 회수해 갈 만큼의 여력은 생각하기 어려웠다. 사실은 불가능했다. 이처럼 신비하고 깨끗한 곳을 인간들이 더럽힌다는 생각에 노턴 선장은 몇 번이나 까닭 모를 부끄러움을 느꼈다. 마침내 떠나야 할 순간이 오면 금쪽같은 시간을 다소 쪼개서라도 단정하게 정돈해 놓고 싶었다. 비록 있을 법한 일은 아니지만 몇백만 년이 지나면 라마는 또 다른 어느 항성계로 들어갈 것이고, 우리와 같은 방문자를 맞게 될 것이다. 노턴 선장은 그들에게 지구의 인상을 깨끗하게 남겨줘야겠다고 생각했다.

한편 그에게는 좀 더 코앞에 닥친 문제가 기다리고 있었다. 지난 24시간 동안 화성과 지구의 가족으로부터 거의 똑같은 메시지를 받았던 것이다. 그것은 꽤 이상한 우연이었다. 화성과 지구에서 각각 편안하게 지내고 있는 그의 아내들이, 예민해지기 쉬운 긴장 상태를 서로 동정한 것인지도 모른다. 지금 영웅이 되다시피 한 노턴 선장에 대해 그들은 다소 노골적으로 가족에 대한 책임을 일깨워주고 있었다.

그는 접는 의자를 집어 들고 현란한 조명을 피해 캠프를 둘러싸고 있는 어둠 속으로 몇 발짝 나갔다. 어수선한 소란을 피해 혼자만의 시간을 가질 수 있는 유일한 방법이었다. 번잡함을 의식적으로 등 뒤로 하고 그는 목에 걸린 녹음기에 말하기 시작했다.

"개인 서신, 화성과 지구에 한 통씩. 잘 지내지, 여보. 내가 몹시도 게으르다는 걸 잘 알아. 하지만 최소한의 필수 인원만 남긴 채 일주일째 배를 떠나 있는 중이야. 우리는 지금 라마 안에 있는 알파라는 계단 아래에서 캠핑하고 있어.

지금 3개 조의 탐사대가 나가서 평원을 조사하고 있지만, 진행 속도가 아주 느린 편이야. 달리 탈것도 없이 걸어 다니기 때문이지. 전기 자전거가 몇 대 있다면 안성맞춤이겠는데. 의무사관인 로라 에른스트를 만나본 적이 있겠…"

그는 순간 멈칫했다. '로라가 두 아내 중 한 사람을 만나보긴 했는데 누구였더라? 이건 지우는 게 낫겠군.'

그는 녹음기를 조작하곤 다시 시작했다.

"우리 의무사관인 로라가 첫 번째 팀을 이끌고 여기서 15킬로미터 떨어진 라마의 바다를 다녀왔어. 그녀는 거기서 얼음을 발견했는데 우리 예상대로였지. 그렇지만 그 물은 마실 정도는 아니었어. 로라 박사 말로는 묽게 탄 유기물 수프 같다는 거야. 거의 모든 종류의 탄소 화합물, 그리고 질산염, 인산염, 또 열 가지가 넘는 금속 성분이 들어 있어. 생명의 흔적이 될 만한 건 없고, 더더구나 미생물의 사체 따위는 찾아볼 수 없었어. 우린 아직 라마인들의 생화학에 대해서는 별로 알아내지 못했지만, 우리와 크게 다른 것 같지는 않아."

희미한 바람이 스쳐 가면서 머리카락을 늘어뜨려 그의 눈을 찔렀다. '그동안 너무 바빠서 이발할 틈이 없었는데 다음에 헬멧을 쓰기 전까진 손질을 좀 해야겠군.'

"언론을 통해, 파리나 그 밖에 우리가 탐사한 바다 이쪽 편의 도시 사진들을 보았을 거야. 런던, 로마, 모스크바 말이야. 그것들은 보면 볼수록 뭔가 살아 있는 존재를 위해 건설된 것 같지는 않아. 파리는 거대한 창고들 같고 런던은 파이프로 연결된 양수기 같은 것이 실린더와 함께 모여 있어. 모든 건 철저히 밀봉되어 있고 폭파하거나 레이저를 이용하지 않으면 달리 뚫고 들어갈 방법이 없는 것 같아. 우리는 선택의 여지가 없을 때까진 그런 수단을 쓰지 않을 거야. 그리고 로마와 모스크바는…."

"실례합니다, 선장님. 지구에서 긴급 전문입니다."

'하필 지금 무슨? 가족을 위해 단 몇 분간 시간을 내기조차 어렵구나.' 노턴 선장은 꿍하면서 생각했다.

그는 전문을 받아들고 그리 급한 것이 아니라는 걸 확인하려는 듯 재빨리 훑어봤다. 그러고 나서 그는 다시 찬찬히 읽기 시작했다.

'라마 위원회라는 건 또 뭔가? 왜 이런 게 있다는 얘기를 안 해주었지?' 그는 오만 가지 협회며 연맹이며 전문가 집단들이 (대부분 진지했지만 개중에는 미치광이들도 있었다) 그와 연락하고 싶어 한다는 사실을 알고 있었다. 통제본부는 이런 사람들을 잘 막아주었고 중요하다고 간주하지 않으면 메시지를 전해 주지 않았다.

"시속 2백 킬로미터의 강풍… 아마도 갑자기 닥칠 것이다…." 그래, 좀 생각을 해봐야겠군. 그렇지만 심각하게 받아들이기엔 너무나도 고요한 밤인데. 그리고 이제 막 본격적인 탐사를 시작한 참인데 놀라 생쥐마냥 달아난다는 게 얼마나 우스꽝스러운 노릇인가.

노턴 선장은 또 눈으로 흘러내린 머리카락을 쓸어올리려고 손을 들었다. 그러고는 얼어붙은 듯 동작을 멈췄다.

그는 지난 몇 시간 동안 희미한 바람을 여러 번 느꼈다. 그러나 그것은 아주 약한 것이었기에 완전히 무시하고 있었다. 어쨌거나 그는 우주선의 선장이지 돛단배의 선장이 아니었으므로. 지금까지는 대기의 움직임에 관해 조금도 관심을 기울이지 않았다. '저 먼 옛날에 죽은 최초의 인데버 호 선장이라면 과연 이런 때 어떻게 행동했을까?

지난 몇 년 동안 위기의 순간이 닥칠 때마다 노턴 선장은 혼자 이렇게 자문하곤 했다. 아직 누구에게도 얘기한 적 없는 그만의 비밀이기도 했다. 그리고 인생의 모든 소중한 순간들처럼 이 습관도 우연한 기회에 생겨난 것이었다.

우주선의 이름은 역사상 가장 유명한 탐험선 중에서 따온 것이었다. 그런 사실을 안 것은 그가 인데버 호의 선장을 맡은 지 몇 달이 지난 뒤의 일이었다. 사실 지난 4백 년간 바다에 열댓 척, 우주에 두 척의 인데버 호가 있었지만, 그 원조는 휘트비(쿡 선장이 살았던 영국의 도시)에서 건조된 3백70톤급 석탄선이었다. 대영제국 해군의 제임스 쿡 선장이 1768년부터 1771년까지 전 세계를 탐험할 때 몰고 다녔던 바로 그 배.

가벼운 호기심이 삽시간에 광적인 정열로 변해서 그는 거의 강박적으로 쿡 선장에 관한 모든 자료를 찾아 읽기 시작했다. 그 결과 그는 그 위대한 탐험가에 관한 세계적인 권위자 중 한 사람이 되었고 그 당시의 항해일지를 줄줄 외다시피할 수 있었다.

그처럼 원시적인 장비를 가지고, 한 사람이 그토록 많은 일을 했다는 사실은 아직도 믿기지 않을 정도였다. 그러나 쿡 선장은 단지 뛰어난 항해가일 뿐만 아니라 과학자이자, 저 야만스러운 지배구조의 시대에서 인본주의자였다. 그는 부하들을 따뜻하고 친절하게 대했으며 분명 그 점은 비범한 것이었다. 더구나 알려지지 않은 사실은 그가 처음 발견한 땅에서 가끔 적대적인 태도를 보이는 원주민들에게도 똑같이 인간적으로 대했다는 점이다.

결코 이루어질 수 없다는 것을 잘 알지만, 쿡 선장이 세계를 돌아다녔던 그 경로를 그대로 따라가 봤으면 하는 것이 노턴 선장의 개인적인 소망이었다. 한번은 아쉬우나마 쿡 선장이 봤다면 놀랄 만한 화려한 출발을 한 적도 있었다. 그는 극지 궤도에서 곧바로 호주 북동쪽에 있는 그레이트 배리어 리프로 날아와 4백 킬로미터 위 상공에서 죽은 산호로 이뤄진 거대한 섬의 장관을 굽어보았다. 어느 맑게 갠 날 이른 아침이었다. 파도가 부서지면서 드러나는 하얀 거품이 퀸즐랜드 주의 해안을 드러내고 있었다.

그는 5분 만에 2천 킬로미터 길이의 거대한 산호초 여행을 마쳤다. 최초의 인데버 호가 몇 주일에 걸쳐 험난하게 헤쳐 간 길을 그는 한 번에 쓱 돌아보았다. 그리고 그 배가 산호초와 부딪치면서 부서진 것을 수리하려고 예인해 올렸던 강어귀도 망원경으로 보았다. 그의 이름을 딴 쿡타운 시도 보았다.

1년 뒤, 하와이의 인공위성 추적소를 방문했을 때 그는 좀 더 인상적인 경험을 하게 되었다. 그가 수중익선을 타고 처음 킬라케쿠아 만으로 갔을 때는 황량한 화산암의 절벽들을 순식간에 지나치면서 놀라움 내지는 난처함까지 느꼈다. 과학자, 기술자, 우주인들의 그룹이 안내인을 따라 번쩍이는 금속 탑 앞을 지나쳐갔다. 1968년의 대해일로 유실된 기념비를 새로이 세워 놓은 것이었다. 그들은 검고 반들반들한 용암 바위

위로 몇 발자국 더 걸어갔다. 바닷물 바로 앞에 작은 금속판이 있었다. 가끔 작은 파도가 밀려와 그 위에서 부서졌지만, 노턴 선장이 허리를 굽혀서 거기에 쓰인 글들을 읽는 데에는 별 지장이 없었다.

1779년 2월 14일
제임스 쿡 선장이 이 지점에서 원주민에게 살해당하다.

1928년 8월 18일
쿡의 1백50주년 기념판이 이 자리에 헌납되다.

2079년 2월 14일
3백 주년 기념으로 지금의 이 기념판이 헌납되다.

그것은 몇 년 전, 그리고 수백만 킬로미터 밖에서의 일이었다. 그렇지만 지금과 같은 순간에는 믿음직스러운 쿡 선장이 아주 가까이에 있는 것처럼 느껴졌다. 마음 깊은 곳에서 그는 묻곤 했다. '어때요, 선장. 당신 같으면 어떻게 하실 겁니까?' 확실한 판단을 내리기엔 정보가 부족해서 직관에 의지해야 할 때 그는 종종 이런 게임을 즐겼다. 그것은 쿡 선장의 뛰어난 재능이기도 했다. 그의 선택은 언제나 옳았다. 킬라케쿠아 만에서 최후를 맞기 전까지는.

전문을 전해 준 대원은 선장이 침묵에 잠긴 채 라마의 밤을 쳐다보고 있는 동안 참을성 있게 기다리고 있었다. 4킬로미터 떨어진 두 지점에서 탐사조의 불빛이 어른거리는 모습이 선명하게 보였다.

긴급사태시에는 저들을 한 시간 내로 불러들일 수 있다. 노턴 선장은 혼자 생각했다. 그리고 아마 그 정도면 충분할 것이다.

그는 돌아섰다. "이 메시지를 전하게. 행성통신을 통해 라마 위원회 앞으로. 당신들의 경고를 잘 받았습니다. 경계조치를 취하겠습니다. '갑자기 닥친다'는 말이 무슨 뜻인지 좀 더 자세히 말해 주시기 바랍니다. 노턴 선장, 인데버 호."

그는 메시지를 전해 받은 대원이 분주한 불빛 속으로 사라지는 모습을 바라본 뒤 다시 녹음기를 켰다. 그러나 아까의 감정과 생각이 다시 떠오르지 않았다. '결국 나중에 적당한 시간을 다시 내야겠군.'

가족으로서의 의무를 소홀히 하게 될 때는 쿡 선장도 별 도움이 되지 않았다. 그러나 그는 갑자기 불쌍한 엘리자베스 쿡이 얼마나 그의 남편을 만나보기 어려웠는가를 생각해 냈다. 그것도 겨우 16년간의 결혼 생활 동안. 그런데도 그녀는 남편에게 여섯 아이를 낳아 주었고 나중에는 그들보다도 오래 살았다.

전파의 속도로 10분 되는 거리 이상 떨어져 본 적이 없는 노턴 선장의 아내들로서는 그다지 불평할 것도 없는 일이었다.

17

봄

라마에서 맞는 처음 며칠간 '밤'에는 잠을 이루기가 쉽지 않았다. 미지의 신비를 품은 어둠도 위압적이었지만, 더욱 견딜 수 없게 만드는 것은 적막한 침묵이었다. 소음이 전혀 없는 상태는 정상이 아니다. 인간의 감각은 언제나 최소한의 자극이 필요하며 만약 그렇게 되지 않으면 인간의 마음이 그 대체물을 만들어 내는 것이다.

그래서 많은 대원이 취침 중에 이상한 소음이 들린다거나 심지어는 누군가가 자꾸 속삭인다고 불평했다. 물로 그것들은 환청이었는데 잠에서 깨어나면 아무에게도 들리지 않았기 때문이다. 로라 박사는 간단하고도 효과적인 처방을 내려서 취침시간 동안 부드럽고 감미로운 음악으로 알파 기지를 다독여 주었다.

그러나 노턴 선장에게는 지금 이 밤의 멜로디가 거추장스럽기만 했다. 그는 긴장한 채로 어둠을 향해 귀를 기울이고 있었다. 그는 자신이 듣고자 하는 소리가 어떤 것인지 알고 있었지만 가냘픈 미풍이 가끔 뺨을 스쳐 지나갈 뿐, 먼 곳에서 바람이 몰아치는 소리는 전혀 들리지 않았다. 바다 가까이에 나가 있는 탐사대도 아무런 이상을 보고해 오지 않았다.

마침내 우주선 시간으로 자정이 되자 그도 잠을 청했다. 통신실에는 언제나 한 명 이상이 돌발적인 긴급 신호에 대비하고 있으므로 별다른 예방조치는 필요하지 않다고 생각한 것이다. 폭풍이라면 노턴 선장이나 알파 기지의 사람들을 깨울 정도로 소리를 내지 않고는 갑자기 발생할 수 없을 것이다.

갑자기 하늘이 무너지는 것처럼, 아니 라마가 둘로 쪼개지는 것처럼 보였다. 처음엔 날카로운 금이 가기 시작하더니 순식간에 수만 채의 유리 집들이 부서져 내리는 소리가 났다. 그것은 단지 몇 분간 지속되었을 뿐이지만 몇 시간처럼 느껴졌다. 먼 곳에서 그 소리가 계속 이어지고 있을 때 노턴 선장은 통신실로 뛰어들었다.

"중심축! 무슨 일인가?"

"아, 선장님. 바다 쪽입니다. 지금 조명을 준비하는 중입니다."

머리 위 8킬로미터 지점에서 서치라이트가 켜지더니 불빛은 재빨리 평지를 달려가기 시작했다. 불빛이 바다에 다다르자 이번에는 얼어붙은 해면을 따라 쭉 훑어갔다. 그 거대한 원을 4분의 1쯤 따라 돌았을 때 불빛이 멈추었다.

하늘에, 아직 하늘이라고밖에 달리 부를 만한 명칭이 없는 그곳에 뭔가 이상한 일이 일어나고 있었다. 처음에 노턴 선장은 바다가 끓고 있는 줄 알았다. 그것은 더 이상 영원과도 같은 겨울의 품에서 얌전히 얼어붙은 얼음이 아니었다. 수 킬로미터의 넓은 지역에 걸쳐 격렬한 움직임이 일어나고 있었다. 그리고 색깔이 변하고 있었다. 넓은 흰색의 띠가 얼음 위를 달려가고 있었다.

갑자기 3백 미터는 됨직한 널따란 얼음판 하나가 마치 문이 열리듯이 서서히 솟아올랐다. 천천히 그리고 장엄하게 그것은 하늘로 솟아올라 수없이 많은 얼음조각과 물방울들을 반짝이며 서치라이트에 자태를 드러내었다. 그러고는 다시 바닷속으로 미끄러져 들어가 사라졌다. 가라앉은 지점에서 흰 파도가 생겨나 사방으로 흩어졌다.

이미 노턴 선장은 무슨 일이 일어난 것인가를 깨닫고 있었다. 얼음이 깨지고 있었다. 지난 몇 주 동안 바다 밑 깊은 곳에서부터 얼음이 계속 녹아 올라온 것이다. 바다에서 들려오는 울부짖음이 이 작은 세계를 이리저리 메아리치며 가득 채우는 바람에 정신을 집중하기가 곤란했지만, 그는 저런 극적인 장면이 벌어진 이유를 생각해 보려 애썼다. 지구에서는 얼어붙은 호수나 강이 녹아도 저렇게 요란스럽지는 않다.

'아하, 그렇군! 당연한 일이야.' 태양 복사열이 라마의 바깥 표면에서부터 안쪽으로 전달되어 오기 때문에 바다는 밑바닥에서부터 위로 녹아 올라온 것이다. 그리고 얼음은 물로 바뀌면서 부피가 다소 줄어들게 된다.

그래서 바다 밑의 녹은 물은 위의 얼음층을 지탱해 주지 못하고 그 아래로 가라앉게 된다. 날이 갈수록 위의 얼음층이 버티는 모습은 위태롭게 되고 마침내는 교각이 부서진 다리가 무너지듯이 제힘에 못 이겨 부서져 내리는 것이다. 결국 얼음층은 수없이 많은 작은 유빙들로 분해되어 바닷물 위를 떠돌면서 서로 부딪치고 비비다가 마침내 모두 녹아버리게 될 것이다. 노턴 선장은 썰매를 타고 뉴욕까지 가려 했던 계획을 생각해 내곤 등에 식은땀을 흘렸다.

바다의 격동은 이미 수그러지고 있었다. 물과 얼음의 한판 대결에 소강상태가 왔다. 온도가 계속 상승하고 있으므로 몇 시간 내로 마지막 얼음조각은 사라져 버리고 물이 승리를 거둘 것은 뻔하다. 그러나 길게 보면 최후의 승리자는 얼음일 것이다. 라마가 태양을 돌아 또다시 가없는 우주의 심연으로 향하면 영원과도 같은 겨울의 시대가 다시 군림할 것이기 때문이다.

노턴 선장은 혼란한 정신을 수습한 다음, 바다 가까이에 나가 있는 탐사조를 불렀다. 다행히 보리스는 즉시 응답해 왔다. 바닷물이 그들에게까지는 미치지 못한 것이다. 어떤 파도도 절벽을 넘어오지는 못했다. 보리스가 침착하게 덧붙였다. "왜 벼랑이 있는지 이제 알 것 같습니다." 노턴 선장은 침묵으로 동의했지만, 의혹은 여전했다. 그렇다 해도 남쪽 절벽이 이쪽보다 열 배나 높은 이유는 설명되지 않는다.

서치라이트는 계속 바다를 이리저리 비추고 다녔다. 잠에서 깬 바다는 갈수록 얌전해지고 있었고 뒤집힌 얼음조각들 사이로 끓는 듯했던 흰 거품도 더는 보이지 않았다. 15분쯤 지나자 격렬했던 드라마도 사실상 끝이 났다.

그러나 라마는 이제 침묵의 세계가 아니었다. 마치 긴 잠에서 깨어난 양 얼음들이 서로 부딪치고 갈아대는 소리가 끊이지 않았다.

"봄이 좀 늦었군." 노턴 선장은 혼잣말했다. "어쨌든 겨울은 끝났어."

산들바람이 불어와 그의 얼굴을 쓸었다. 이제껏 맞지 못했던 센 바람이었다. 라마는 충분히 경고한 셈이다. 이제는 떠나야 할 시간이다.

중간 지점쯤 이르렀을 때 노턴 선장은 다시 한 번 어둠에 고마움을 느꼈다. 그의 앞에는 아직도 1만 개쯤의 계단이 남아 있다는 걸 잘 알지만, 위도 아래도 어둠에 싸여 보이지 않았다. 마음속으로는 갈수록 깎아지른 듯한 경사로 바뀌는 기나긴 계단의 모습이 보였으나 실제로 눈에 들어오는 것은 극히 일부분이었고 심리적으로도 그편이 더 견디기 쉬웠다.

이 길을 오르는 것은 그로서는 두 번째였는데 이미 처음에 겪은 실수에서 몇 가지 교훈을 얻고 있었다. 중력이 낮은 만큼 더 빨리 오르고 싶은 유혹은 떨치기 어려운 것이다. 내딛는 발걸음마다 몹시도 가벼워서 느릿느릿한 박자로 맞추기가 힘들었다. 그러나 그렇게 하지 않으면 수천 걸음을 뗀 뒤부터 허벅다리와 종아리에 이상한 통증이 오기 시작한다. 평소에는 있는 줄도 몰랐던 근육들이 아우성치며 저항하기 시작하면 긴긴 시간 동안 제자리에서 휴식을 취해야만 했다. 처음 이 계단을 오를 때 노턴 선장은 걸은 시간보다 쉰 시간이 더 많았다. 그러고도 충분하지 않았다. 그 뒤 이틀간 그는 다리에 경련과 쥐가 나서 고통을 겪었고 우주선의 무중력 상태로 돌아가지 않았더라면 거의 아무 일도 하지 못했을 것이다.

그래서 지금 그는 마치 노인처럼 아주 천천히 발걸음을 옮기고 있었다. 그는 다른 대원들의 출발을 확인한 뒤 맨 마지막으로 알파 기지를 떠났다. 그의 앞에는 5백 미터에 걸쳐 대원들이 긴 행렬을 이루고 있었다. 그는 암흑의 경사로에서 그들의 불빛이 움직여가는 모습을 바라보았다.

노턴 선장은 이번 임무의 실패에 마음이 아파서 이것이 제발 일시적인 후퇴이기를 간절히 바라고 있었다. 그들이 중심축에 다다르면 광폭한 대기의 운동이 멎을 때까지 기다릴 수 있으리라. 아마 그곳은 태풍의 눈처럼 고요할 것이고 그들이 예상하는 폭풍이 올 때까지 안전하게 기다릴 수 있을 것이다.

다시 그는 지구에서 전해 온 위험한 추측을 떠올리며 결론으로 비약했다. 하나의 세계에 대한 기상학이란 설사 안정된 상태라 하더라도 엄청나게 복잡한 변수들이 얽혀 있기 마련이다. 수세기에 걸쳐 축적된 연구에도 불구하고 아직 지구의 기상 상태를 완벽히 예측하는 일은 불가능했다. 그리고 라마 역시 단순히 신기한 존재가 아니라 급속한 대기의 변화가 일어나고 있는 하나의 세계인 것이다. 지난 몇 시간 동안 온도는 눈에 띄게 올라갔지만, 폭풍의 징조는 전혀 보이지 않았다. 다만 산들바람만이 방향도 없이 이리저리 불어댈 뿐이었다.

그들은 5킬로미터를 올라왔는데 갈수록 낮아지는 중력을 고려하면 지구에서의 2킬로미터 정도에 해당하는 거리였다. 위에서 세 번째 플랫폼에 도달하자 그들은 한 시간 동안 쉬면서 간단히 요기하고 다리 근육을 주물렀다. 그곳은 그들이 별거북함 없이 숨 쉴 수 있는 마지막 지점이었다. 그 옛날 히말라야의 등산가들처럼 그들은 산소 호흡기를 그곳에 벗어두고 내려갔는데 이제 마지막 힘을 쓰기 위해 다시 그것들을 착용해야 했다.

한 시간 뒤 그들은 계단의 꼭대기, 사다리가 시작되는 곳에 이르렀다. 그들 앞에는 수직의 사다리가 1킬로미터 정도 높이로 버티고 서 있었다. 중력이 지구의 10퍼센트 미만이라는 점이 다행이었다. 30분간 휴식하면서 산소의 여유량을 확인한 뒤 그들은 마지막 여정에 올랐다.

노턴 선장은 모든 대원이 안전하게 출발했음을 확인하고는 앞사람과 20미터 정도의 간격을 두고 사다리에 붙었다. 이제부터 사다리를 붙잡고 몸을 끌어올리는 일만 지겹도록 남은 것이다. 마음을 비운 채 사다리의 단을 세는 것이 가장 좋은 방법이었다. 1백, 2백, 3백, 4백….

그는 1천2백50을 세었을 때 뭔가 이상한 점을 발견했다. 바로 눈앞에서 헬멧의 불빛에 비친 사다리의 색깔이 이상했다. 너무 밝았다.

노턴 선장이 자세를 가다듬거나 대원들에게 경고할 틈조차도 없었다. 모든 것이 눈 깜짝할 사이에 일어났다.

강렬한 빛이 진동하면서 갑자기 라마의 새벽이 밝아왔다.

18

새벽

너무나도 눈이 부셔서 노턴 선장은 1분가량 눈꺼풀을 꾹 누르고 있어야만 했다. 그러고는 손가락 사이를 아주 조금 벌려 눈앞의 벽을 쳐다보았다. 몇 번 눈을 깜박거리면서 눈물을 떨친 다음 그는 천천히 등 뒤로 시선을 돌렸다.

그는 단지 몇 초 동안만 견뎠을 뿐이다. 그의 눈이 다시 꽉 감겼다. 불빛 때문이 아니었다. 처음으로 마주친 라마의 엄청난 전체 광경에 압도된 것이다.

노턴 선장은 자신이 무엇을 보게 될지 예상하였다. 그런데도 그 외경스런 거대함에 그는 넋이 나갔다. 주체할 수 없이 온몸이 덜덜 떨려왔고, 물에 빠진 사람이 구명대를 잡듯 그는 필사적으로 사다리를 붙들어 쥐었다. 손목 위의 팔뚝과 이미 피로해진 다리 근육이 꼬이기 시작했다. 만약 중력이 그처럼 낮지만 않았다면 그는 추락하고 말았을 것이다.

다행히, 우주비행사로서 받은 훈련이 효과를 나타내며 위기에 대한 최초의 대응을 끌어냈다. 눈을 계속 감은 채 그를 둘러싼 괴물 같은 조망을 잊으려고 애쓰면서 그는 천천히, 그리고 깊게 숨을 내쉬었다. 몸속의 피로와 독기를 뱉어버리고 신선한 공기를 폐 안에 불어넣었다.

곧 그는 기분이 한결 좋아진 걸 느꼈지만, 눈을 뜨기 전에 한 가지 할 일이 더 남아 있었다. 말 안 듣는 아이를 달래듯이 중얼거리며 힘들게 오른쪽 손아귀를 풀어서는 자신의 허리께로 가져갔다. 그리고 안전띠의 죔쇠를 풀어 그 고리를 사다리의 단에 걸었다. 이제 무슨 일이 벌어져도 추락하지는 않겠지.

그는 몇 번 더 숨을 몰아쉰 다음 계속 눈을 감은 채로 무전기를 켰다. 자신의 목소리가 차분하고 아직도 권위가 실려 있기를 바라면서 입을 열었다. "선장이다. 모두 괜찮은가?"

대원들의 이름을 하나씩 호명해 가면서, 그리고 그들의 대답을 들으면서 (아직도 떨고 있는 목소리도 있었다) 자신감과 자존심이 차츰 돌아왔다. 사람들은 모두 무사했고 그의 지시를 기다리고 있었다. 노턴 선장은 새삼 자신이 선장임을 되새겼다.

"받아들일 자신이 있다고 확신할 때까지는 눈을 뜨지 마라. 광경은 완전히 압도적이다. 누구든지 감당할 수 없다고 생각되면 뒤돌아보지 말고 그냥 올라가라. 명심하라, 조금만 올라가면 무중력 지대다. 거기까지만 가면 떨어지지 않는다."

고도로 훈련된 우주인들에게 그와 같이 기본적인 사실을 얘기해 줄 필요는 없었으나 노턴 선장 자신은 끊임없이 머릿속에서 그 사실을 되뇌었다. 무중력 지대에 대한 생각은 일종의 부적과도 같이 그에게 힘이 되어주었다. 눈에 보이는 광경이야 어떻든 간에 라마가 그를 8킬로미터 아래의 바닥으로 잡아당길 수는 없다.

다시 눈을 뜨고 이 거대한 세계를 쳐다봐야 한다는 생각이 갈수록 그의 자부심과 자존심의 문제로 떠올랐다. 그러나 그전에 자기 몸을 통제할 수 있어야 했다.

그는 사다리에서 두 손을 떼고 단을 왼팔로 감았다. 계속 주먹을 쥐었다 폈다 하면서 근육의 경직이 풀어지기를 기다렸다. 마침내 완전히 정상으로 돌아오자 눈을 뜨고는 천천히 고개를 돌렸다.

첫 번째 받은 인상은 파르스름함이었다. 라마를 충만하게 비추고 있는 빛은 태양광선과는 달랐고 전기 아크등과 흡사했다. 그러니까 라마인들의 태양은 우리 것보다 더 뜨거운 모양이군, 하고 노턴 선장은 생각했다. 틀림없이 천문학자들의 흥미를 끌 일이다.

그리고 이제 그는 저 신비의 도랑, '곧은 계곡'과 그 쌍둥이 계곡들이 왜 있는지 알 수 있었다. 그것들은 바로 기다란 줄 모양의 인공 태양이었다. 라마 안에는 그런 선형 태양들이 같은 간격을 두고 나란히 세 줄씩 여섯 개가 빛나고 있었다. 그 기다란 빛의 띠들이 마주 보는 건너편 라마의 내벽을 환히 비쳤다. 노턴 선장은 그것들이 다시 꺼지는 일 없이 영원히 낮을 밝힐 것인지, 아니면 상황에 따라 켜졌다 꺼졌다 하는 것인지 궁금했다.

계속 그 빛의 막대기를 바라보고 있노라니 눈이 다시 아파져 왔다. 이번에는 별 부끄러움을 느끼지 않고 잠시 눈을 감았다. 처음에 눈으로 본 광경으로 인해 받았던 충격에서 어느 정도 회복되자 그는 더욱더 심각한 문제에 생각이 미쳤다.

'누가, 아니면 무엇이 라마의 불을 켰는가?'

동원할 수 있는 가장 민감한 계측장비들로 탐사와 실험을 했지만, 라마는 완전한 불모지대였다. 그러나 지금 무엇인가 자연적인 현상이라고는 설명할 수 없는 일이 일어났다. 이곳에 생명은 없어도 의식이나 지각은 있는지도 모른다. 기나긴 잠에서 깨어난 로봇들이 돌아다니는지도 알 수 없다. 아마도 이 인공 태양의 점등은 프로그램되지 않았던 일종의 발작인지도 모른다. 죽어가는 거대한 기계가 낯선 태양의 생소한 열기와 마주치자 아주 영원히 침묵 속에 가라앉기 직전에 단말마의 헐떡거림으로 저항하는 것일 수도 있다.

그러나 노턴 선장은 그렇게 단순한 설명을 믿을 수 없었다. 조각 그림 맞추기의 조각들이 제자리를 찾기 시작했지만, 아직 대부분은 알 수 없는 미지의 그것이다. 이를테면 조금도 낡은 흔적이 없이 지금 막 만들어진 듯한 저 설명할 수 없는 새로움은 무엇인가.

그런 생각들은 막연하게 불안한, 아니 두려운 느낌을 불러

올 것 같았으나 왠지 그쪽은 아닌 것 같았다. 노턴 선장은 오히려 환희에 가까운 흥분을 느끼고 있었다. '이곳엔 우리가 기대하는 것보다 훨씬 많은 것이 기다리고 있는지도 모른다. 기다리자. 라마 위원회가 이 소식을 들을 때까지.'

그는 차분한 마음으로 다시 눈을 떴다. 그리고 눈에 보이는 모든 것들을 차근차근 살펴보기 시작했다.

먼저 그는 일종의 준거 좌표계를 세워야만 했다. 그가 보고 있는 것은 이제까지 인류가 본 것 가운데 가장 커다란 닫힌 공간이었고 그것을 나름대로 뜯어보기 위해서는 마음속에 지도를 그려야만 했다.

중력이 너무 약하기 때문에 그가 원하는 대로 '위'와 '아래'의 방향을 정하거나 바꾸려면 상당히 의식적인 노력이 필요했다. 그러나 어떤 방향들은 위험할 정도로 심리적인 혼란을 불러왔으므로 그런 기미가 보이면 얼른 생각을 바꾸었다.

깊이 50킬로미터, 폭 16킬로미터인 우물 속을 바라보고 있다는 가정이 가장 안전한 방법이었다. 이렇게 여기면 방향 감각의 혼란은 없었지만 몇 가지 심각한 단점도 있었다.

그는 마을이며 도시, 그리고 그 밖에 형형색색의 갖가지 지형들이 우물 벽에 고정되어 있다고 가정했다. 하늘에 매달린 여러 가지 복잡한 구조물들은 커다란 콘서트홀의 샹들리에처럼 여기면 그만이었으므로 별문제가 아니었다. 가장 받아들이기 곤란한 것은 라마의 바다였다.

그것은 우물 벽 중간쯤에, 지탱해 주는 아무런 구조물도 없이 완전히 한 바퀴 빙 둘려 있는 물의 띠였다. 그것이 물이라는 사실은 의심의 여지가 없었다. 밝은 파란색 바탕에 아직도 남아 있는 얼음조각들이 군데군데 반짝이고 있었다. 그러나 머리 위 20킬로미터의 벽에 수직으로 펼쳐진 바다라는 기괴한 현상이 갈수록 어지러움을 일으켜 그는 다른 관점을 찾기 시작했다.

방향 감각을 90도 회전시키자 우물은 순식간에 양 끝이 막힌 기다란 굴로 바뀌었다. 아래 방향은 지금 자신이 매달린 사다리의 아래쪽과 일치했다. 마침내 모든 것이 제대로 보이는 것 같았다.

그는 지금 16킬로미터 높이의 완만하게 굽은 절벽에 붙어 있으며 머리 위의 나머지 부분은 호를 그리며 천장과 이어져 있다. 아래에는 5킬로미터가량 사다리가 내려가 있고 그 밑에 좁은 테라스가 있다. 거기서부터 계단이 시작되어 처음에는 중력이 낮은 지역을 거의 수직으로 내려가다가 다섯 군데의 플랫폼을 거치면서 경사가 점점 완만해지고 마침내 저 멀리 평지에 이르러 끝난다. 처음 이삼 킬로미터는 계단을 하나하나 식별할 수 있었지만 그 아래는 그냥 기다란 띠처럼 이어지고 있었다.

그 거대한 계단의 전체 길이와 높이가 너무나도 압도적이기 때문에 오히려 실감이 나지 않았다. 노턴 선장은 다시 한번 에베레스트 산을 떠올리면서 그 크기에 경외감을 느끼고 있었다. 그는 이 계단의 높이가 히말라야 산맥만큼이나 된다는 사실을 새삼 깨달았지만, 그 비교는 무의미한 것이었다.

또한 그 알파 계단은 다른 두 개의 쌍둥이, 베타 및 감마와도 비교하기가 쉽지 않았다. 그것들은 부드러운 곡선을 그리면서 머리 위 하늘에 아련하게 걸려 있었다. 노턴 선장은 자신이 안전하게 매달려 있음을 확인한 뒤 잠시 고개를 들어 베타와 감마를 쳐다보았다. 그리고 의식적으로 그들의 존재를 잊어버리려고 했다.

생각을 많이 하면 할수록, 일부러 피하려는 라마의 또 다른 모습이 자꾸만 떠올랐다. 수직으로 선 원기둥, 또는 우물로 보는 관점이 그것이었다. 사실 지금 그가 있는 곳은 천장이지 바닥이 아니었다. 50킬로미터 아래의 바닥을 등 뒤에 둔 채 천장에 거꾸로 매달린 벌레와도 같았다. 그러한 자신의 모습이 문득문득 자각될 때마다 그는 필사적으로 공포를 이겨내려고 이를 악물었다.

머잖아 이러한 공포는 사라져 갈 것을 노턴 선장은 확신했다. 적어도 우주 공간을 실제로 접해 본 사람이라면 라마에 대한 경이와 신비로 공포를 몰아낼 수 있을 것이다. 아마도 지구 표면을 벗어나 보지 못한 사람은, 그래서 자기 주위에 가득 펼쳐진 우주 공간과 반짝이는 별들의 모습을 본 적이 없는 사람은 이 라마의 압도적인 조망도 견디지 못하리라. 그러나 만약 견딜 수 있는 사람이 있다면(노턴 선장은 스스로에게 단호한 대답을 했다), 바로 인데버 호의 선장과 그 선원들이리라.

그는 크로노미터*를 보았다. 단지 2분밖에 지나지 않았으나 그는 일생을 보낸 것 같았다. 이제는 희미해진 중력과 관성을 별 어려움 없이 거스르면서 그는 다시 사다리의 나머지를 오르기 시작했다. 에어록에 들어서기 직전 그는 고개를 돌려 다시 한 번 라마의 내부를 둘러보았다.

지난 몇 분 사이에도 변화가 있었다. 바다에서 안개가 피어오르고 있었다. 처음에는 유령 같은 하얀 안개 기둥들이 라마의 자전 방향으로 천천히 기울어지더니, 솟아오른 대기가 그 초과속도를 잃으면서 일어난 돌풍에 휩쓸려 흩어져 버렸다. 이 원기둥 모양의 세계에서 불기 시작한 무역풍이 하늘과 바닥에 붙은 지형들을 어루만지기 시작했다. 기간을 알 수 없는 잠에서 깨어난 열대의 폭풍이 이제 막 몰아닥치려 하고 있었다.

---

* 항해나 비행 시 사용하는 정밀시계

19

수성의 경고

　라마 위원회의 위원들이 빠짐없이 참석한 것은 몇 주 만에
처음이었다. 솔로몬 교수는 태평양 밑바닥의 해저 계곡에서
채굴 기법을 연구하다가 뛰쳐나왔다. 테일러 박사가 다시 나
타난 것은 그다지 놀랄 일이 아니었다. 이제 라마에는 적어도
하찮은 유물 이상의 것이 있을지도 모른다는 가능성이 그를
희망에 부풀도록 만든 것이다.

　의장은 라마의 폭풍에 대한 예언이 사실로 나타나자 페레
라 박사에게 더욱 많은 것을, 심지어는 독단적으로라도 좋다
는 식으로 기대하는 눈치였다. 놀랍게도 그가 보기에 페레라
는 가라앉은 분위기였고 다른 사람들의 축하인사를 다소 거북
하다는 듯이 받아들이고 있었다.

　그 외계생물학자는 사실 굴욕감을 느끼고 있었다. 라마의

바다가 그처럼 요란스럽게 깨지면서 녹는다는 것은 폭풍보다도 더 자명한 현상임에도 불구하고 자신은 그걸 미처 예견하지 못했던 것이다. 대기가 뜨거워지면 상승한다는 사실에만 생각이 미치고 얼음이 녹으면 부피가 준다는 것을 깜박 놓친 것은 그로서는 어이없는 일이었다. 하지만 그는 곧 그 일에 대한 것을 잊어버리고 본래의 자신에 찬 모습으로 돌아왔다.

의장이 그에게 발언권을 주면서 앞으로 어떤 기상변화를 예상하는지 질문하자 그는 조심스럽게 답변을 시작했다.

"라마와 같이 예외적인 세계에서는 그 기상변화의 양상도 우리와는 매우 다를 것이란 점을 주지해야만 합니다. 만약 제 계산이 틀림없다면 더 이상 폭풍은 생기지 않고 곧 안정된 상태가 될 겁니다. 근일점에 다다를 때까지는 말입니다. 그리고서도 얼마 동안은 온도가 점차 올라가겠지요. 그러나 그 훨씬 전에 인데버 호는 라마를 떠나야만 하므로 별 상관은 없을 듯합니다."

"그럼 다시 라마 안으로 들어가도 안전하겠습니까?"

"음, 그럴 겁니다. 48시간 안에 확실히 알게 되겠지요."

"다시 들어가야 합니다. 반드시." 수성 대사가 얘기를 꺼냈다. "라마에 대해 가능한 한 모든 것을 알아야만 합니다. 지금 상황은 완전히 바뀌었습니다."

"…무슨 말씀인지 짐작이 갑니다만, 좀 더 자세하게 설명해 주실 수 있겠습니까?

"물론이지요. 지금까지 우리는 라마에 생명이 없거나 아니면 적어도 조종되고 있지 않다고 생각해 왔습니다. 그러나 이제 더 이상은 그게 버려진 유령선이라고 여길 수 없게 된 겁니다. 그 안에 생명체가 없다고 하지만 어떤 임무를 수행하도록 프로그램된 로봇 장치일지도 모르는 것 아닙니까? 그리고 그 임무라는 것이 우리에겐 극히 위험한 것일 수도 있습니다. 정말 생각하고 싶지 않은 일입니다만, 우리는 자기방어를 고려해 봐야만 합니다."

여기저기서 의견에 반대하는 웅성거림이 일어났으므로 의장은 손을 들어 정리해야 했다.

"수성 대사의 말을 끝까지 들어봅시다!" 의장이 변호하면서 소리쳤다. "싫든 좋든 그건 심각하게 생각해 봐야만 할 문제입니다."

"대사께 최대한의 예의를 표하며 말씀드립니다만," 테일러가 노골적인 불만의 목소리로 끼어들었다. "그런 순진하고 악의에 찬 공포는 완전히 배제할 수 있다고 생각합니다. 라마인들처럼 발달한 문명인이라면 그에 상응하는 도덕적 수준도 매우 높을 것입니다. 그렇지 않았다면 그들은 스스로 자멸했을 테니까요. 마치 우리가 20세기에 그렇게 될 뻔했던 것처럼 말입니다. 저는 이 사실을 최근의 저작《에토스와 코스모스》에서 명쾌하게 증명해 놓았습니다. 보내드릴 테니 한번 읽어 보시면 좋겠습니다만."

"아. 네, 고맙습니다. 워낙 바빠서 서문이나 제대로 볼 수 있을지 모르겠습니다만, 대강의 논리는 저도 잘 알고 있습니다. 그렇지만 이런 경우를 생각해 보셨습니까? 우리는 개미떼들에 아무런 적의도 가지지 않을 수 있지만, 만약 그 개미떼가 있는 곳에 집을 지으려 한다면….”

“판도라의 상자 얘기만큼이나 어이없군요! 그건 무조건적인 외계인 공포증에 지나지 않습니다.”

“자자, 여러분! 이래서야 아무런 결론도 얻을 수 없습니다. 대사, 말씀을 계속하십시오.”

38만 킬로미터 떨어져 있는 의장이 콘래드 테일러에게 눈을 부라렸다. 테일러는 한차례 분출한 화산이 잠잠해지듯 마지못해 수그러들었다.

“감사합니다. 위험은 생각하는 것만큼 대단하지 않을 수도 있지만, 인류의 미래와 관계되는 문제인 이상 단순히 운에 맡길 수만은 없습니다. 그리고 특히 우리 헤르미안들은 더더욱 신경을 곤두세우고 있습니다. 우리에겐 다른 어느 곳보다도 더 중대한 문제입니다.”

테일러가 콧방귀를 뀌었다가 다시 의장의 눈 흘김을 받고 계면쩍은 표정을 지었다.

“왜 다른 행성보다 수성이 더 심각하단 말입니까?” 의장이 의아하다는 듯 질문했다.

“상황이 흘러가는 모습을 보십시오. 라마는 이미 수성 궤도 안쪽으로 들어와 있습니다. 그것이 태양을 돌아 다시 바깥쪽 우주 공간으로 향할 것이라는 얘기는 단지 추측에 불과합니다. 그것이 속도를 줄일 거라는 생각은 안 해 보셨습니까?

30일쯤 지나면 라마는 근일점에 다다르는데 만약 거기서 속도를 줄인다면 우리 과학자들 말로는 태양에서 겨우 2천5백만 킬로미터 떨어진 채 공전궤도를 탈 수 있다고 합니다. 그 위치에서라면 태양계를 거의 다스리다시피 할 수도 있단 말입니다."

오랫동안 아무도, 테일러조차도 입을 열지 않았다. 자신이 속한 공동체의 처지를 충실하게 대변하고 있는 수성 대사로 인해 모든 위원은 독특한 입장에 있는 헤르미안에 대한 생각을 정리하고 있었다.

대다수의 사람은 수성을 거의 지옥이나 다름없다고 생각하곤 했다. 적어도 태양계 안에는 그와 같은 곳이 없었다. 그러나 헤르미안들은 그들의 기묘한 행성에 자부심을 느끼고 있었고, 1년보다 더 긴 하루에, 두 번씩 일어나는 일출과 일몰에, 녹은 금속이 흐르는 강들에 애착이 있었다. 그에 비하면 달이나 화성은 시시한 편이었다. 다만 금성은 사람이 발을 딛기 전부터 수성보다 더 척박한 형편이라는 사실이 알려져 있었다.

그러나 예상과 달리 수성은 여러 가지 면에서 태양계의 핵심적인 존재임이 입증되었다. 우주시대가 거의 1세기 정도나 지나도록 사람들은 그런 명백한 사실을 깨닫지 못했다. 하지만 지금 헤르미안들은 그 누구도 그 점을 잊지 않도록 하고 있었다.

인간이 직접 가보기 오래전부터 수성은 그 비정상적으로 높은 밀도 때문에 무거운 원소를 많이 포함하고 있을 것이라는 예측들을 하곤 했지만, 인류 문명에서 가장 수요가 큰 금속 원소들이 고갈의 조짐을 보이기 전까지는 개발의 손길이 미치지 못했다. 그리고 마침내 수성은 그 엄청난 광물자원과 지구에서보다 10배는 더 큰 태양 에너지로 인해 보물단지로 주목받았다.

무한정의 에너지, 그리고 무한정의 금속광물자원이 있는 곳. 그런 곳이 수성이었다. 자기반발력을 이용한 거대한 발사기로 생산물들을 태양계 안의 그 어느 지점으로도 쏘아 보낼 수 있었다. 또한 합성된 초우라늄 동위원소의 형태로, 아니면 순수한 레이저의 형태로 에너지 그 자체도 수출할 수 있었다. 한번은 헤르미안의 에너지로 목성을 녹이자는 제안이 나왔다. 그러나 이 제안은 수성 이외의 다른 행성들에서는 그다지 환영받지 못했다. 목성을 요리할 수 있는 기술을 가진 헤르미안들이 언제 자신들을 위협할지도 모른다는 불길한 가능성에 생각이 미친 것이다.

헤르미안들을 대하는 태도에는 그래서 그와 같은 우려가 항상 잠재적으로 깔렸다. 그들은 그 거친 땅을 개척한 끈기와 기술과 방법으로 존경받고 있었지만, 아무도 그들을 좋아하지는 않았고 더구나 신뢰하지도 않았다.

한편 그들의 처지를 이해할 필요도 있었다. 헤르미안들이 태양을 자신들의 전유물인 양 취급한다는 우스갯소리도 있었지만 때때로 그런 느낌을 주는 것도 사실이었다. 그 둘은 떼려야 뗄 수 없는 애증 관계로 묶여 있었다. 바이킹이 바다와

맺은 관계처럼, 히말라야와 네팔인들처럼, 그리고 툰드라의 에스키모처럼. 만약 뭔가가 그들의 삶을 점유하고 결정하는 그 사이로 끼어든다면 가장 불행해지는 사람들도 그들이었다.

마침내 의장이 긴 침묵을 깨뜨렸다. 그는 지구에서 보는 태양과 수성에서 보는 태양이 어떻게 다를 것인가를 상상하고는 몸을 떨었다. 그래서 헤르미안을 거친 기술자들의 집단 정도로 보면서도 그들의 생각을 진지하게 받아들였다.

"대사의 말씀에는 일리가 있다고 생각합니다." 그가 천천히 입을 열었다. "무슨 제안이라도 있으십니까?"

"네, 그렇습니다. 무엇을 할 것인가 결정하기 전에 우선 정보가 충분해야 합니다. 적절한 단어인지 모르겠습니다만, 우리는 지금 라마의 지형을 알고 있지만, 그것이 어떤 능력을 갖추고 있는지는 모릅니다. 그리고 모든 문제의 핵심은 바로 이 점입니다. 라마가 자가추진장치를 가지고 있느냐, 즉 스스로 궤도를 바꿀 수 있느냐 하는 것입니다. 저는 페레라 박사의 의견에 대단히 흥미가 있습니다."

"그러잖아도 그 점에 대해 많이 생각해 봤습니다." 외계생물학자가 답했다. "물론 라마는 최초에 어떤 발사장치에 의해서 움직이는 힘을 받았겠지요. 그렇지만 그건 어디까지나 외부에서 주어진 추진력입니다. 만약 라마 내부에 어떤 종류의 추진장치가 있다면 아직 우린 그걸 찾아내지 못한 셈입니다. 라마의 선체 바깥 부분에는 로켓추진장치나 그 비슷한 어떤 장치도 없다는 것을 확인했습니다."

"숨겨져 있을 수도 있지요."

"그렇지요. 하지만 그럴 가능성은 별로 없는 것 같습니다. 게다가 연료탱크는 있을 것 아닙니까? 지진탐지기로 조사해 봤지만, 선체는 속이 꽉 차 있고 빈 곳이 없었습니다. 북쪽 뚜껑의 빈 공간들은 전부 다 에어록이었습니다.

라마의 남쪽이 남아 있습니다만, 10킬로미터 폭의 바다 때문에 노턴 선장이 가보지 못하고 있습니다. 남극에는 갖가지 흥미로운 모양의 장치나 구조물들이 있는데, 모두 사진을 보셨지요? 그것들이 뭔지는 사람마다 해석이 구구합니다.

그러나 저는 이것 한 가지는 꽤 확신하고 있습니다. 만약 라마가 어떤 종류든지 추진장치를 갖고 있다면 그건 현재의 우리 지식을 완전히 뛰어넘는 그 어떤 미지의 원리일 거라는 점입니다. 아마도 라마인들은 우리가 지난 2백 년 동안 전설적으로 얘기해 오던 '우주추진'의 방법을 쓰고 있을 것입니다."

"그건 성급한 결론 아닙니까?"

"절대 그렇지 않습니다. 만약 라마인들이 우주추진 기술을 가지고 있다면, 비록 그 원리나 작동형식에 대해서는 전혀 모른다 하더라도, 그것만으로도 대단한 발견입니다. 적어도 그런 것이 가능하다는 얘기니까요."

"그 우주추진이라는 게 뭡니까?" 지구 대사가 다소 애처롭게 물었다.

"작용-반작용 법칙의 로켓 추진식이 아닌, 그 밖의 모든 추진 방법을 통칭하는 것입니다, 로버트 경. 만약 가능하다면 반중력 같은 것은 좋은 예가 됩니다. 현재까지 우리 지식으로는 그런 추진력을 어떤 분야에서 찾아봐야 할지조차 막막한 수준이고, 사실 대부분의 과학자는 그런 방법이 있을지조차 반신반의하고 있지요."

"그런 건 없습니다." 데이비슨 교수가 반론했다. "이미 뉴턴이 증명했습니다. 작용-반작용의 법칙을 무시하고는 어떤 운동도 불가능합니다. 우주추진이라니 허황한 얘기예요. 제 말이 옳습니다."

"교수님 말씀이 맞겠지요." 페레라는 평소답지 않게 부드러운 어조로 얘기했다. "그렇지만 라마가 우주추진장치를 갖고 있지 않다면, 다른 아무런 추진장치도 갖고 있지 않은 겁니다. 우리가 아는 어떤 방법으로도 거대한 연료 탱크는 반드시 필요한데 라마에는 그런 공간이 없습니다."

솔로몬 교수가 얘기를 꺼냈다. "그런 거대한 하나의 세계가 마구 움직일 수 있습니까? 그 안에 있는 물체들은 어떻게 되는 겁니까? 전부 다 나사로 죄든지 해서 바닥에 고정해야 할 것 아닙니까? 몹시 불편하겠군요."

"글쎄요, 아마 가속도가 매우 낮을 것입니다. 가장 큰 문제는 바닷물이지요. 정지하려면 그 물이…."

페레라의 목소리가 쑥 들어가고 눈동자가 위로 올라갔다. 간질 발작의 초기 증세가 나타난 것처럼 보였다. 또는 심장에 갑작스러운 충격을 받은 모습 같기도 했다. 주위 사람들이 놀라서 그를 쳐다보는데 갑자기 그가 제 모습을 되찾았다. 그는 주먹으로 책상을 치며 소리쳤다. "그렇습니다! 그걸로 모든 게 설명됩니다. 남쪽 절벽, 왜 그런지 이제야 알겠습니다!"

"…난 아직 모르겠습니다만." 달에서 온 대사가 모두를 대신해서 심드렁하게 말했다.

"여기 이 라마의 지도를 보십시오." 페레라는 흥분한 채로 지도를 펼쳤다. "모두 지도 가지고 계시죠? 보시다시피 라마의 바다 양면은 라마의 내부를 한 바퀴 완전히 두르면서 절벽으로 막혀 있습니다. 북쪽 절벽의 높이는 50미터밖에 안 되지요. 그런데 남쪽은 5백 미터란 말입니다. 왜 이렇게 차이가 날까요? 아무도 논리적인 이유를 생각해 보지 않았습니다.

그렇지만 라마가 스스로 추진할 수 있다고 가정해 봅시다. 가속의 방향은 북쪽이라 하고 말입니다. 그러면 바다의 물은 뒤로 밀리게 됩니다. 그래서 물의 수위는 남쪽에서는 수백 미터가 올라갈 것입니다. 바로 그래서 절벽이 있는 겁니다. 그리고 그…."

그는 미친 듯이 무언가를 갈겨쓰기 시작했다. 놀라우리만큼 짧은 시간이 지나고(20초도 안 되었다), 그는 의기양양하게 고개를 들었다.

"이 절벽의 높이를 알면 라마의 최고가속도를 계산해 낼 수 있습니다. 만약 그 속도가 중력의 2퍼센트 이상이 되면 바닷물은 남쪽 대륙 위로 범람할 것입니다."

"50분의 1이라면 너무 적은 수치 아닙니까?"

"1천만 메가톤의 질량에서는 작은 게 아닙니다. 천문학적인 규모의 운동이지요."

"정말 고맙습니다, 페레라 박사. 많은 걸 생각하게 해주셨습니다." 수성 대사가 말했다. "의장님, 노턴 선장에게 남극 지역을 꼭 탐사해 보도록 지시할 수 없겠습니까?"

"그도 최선을 다하고 있습니다. 물론 바다가 장애물이지요. 그들은 아마 뗏목 같은 걸 만들고 있는 모양입니다. 그러니까 적어도 뉴욕에는 갈 수 있을 거예요."

"남극 지역이 더 중요할지도 모릅니다. 아무튼 이 자료들을 연합의회로 가지고 가서 안건으로 상정해야겠습니다. 승인을 해주시겠습니까?"

아무도 반대하지 않았다. 심지어 테일러 박사조차도. 그러나 회의가 끝나서 각자 자리를 뜨거나 입체영상회로의 스위치를 끄려는 데 루이스 경이 손을 들었다.

그 원로 사학자는 평소 말수가 적기 때문에 그가 얘기할 때는 모두 주의 깊게 경청했다.

"만약 라마가 살아 있고 이제껏 얘기했던 능력도 갖추고 있다고 가정해 봅시다. 군사학에서는 예로부터 이런 말이 있습니다. '능력이 의도를 의미하지는 않는다'라는…."

"그 의도를 알기 위해서 얼마나 더 기다려야만 합니까?" 수성 대사가 물었다. "우리가 그걸 알아챘을 때는 이미 한참 늦은 뒤일 겁니다."

"이미 늦었어요. 우리가 라마에 미칠 수 있는 능력은 없습니다. 솔직히 말해서 그럴 수나 있는지조차 의심스러워요."

"그 말씀은 받아들이기 어렵군요, 루이스 경. 우리가 할 수 있는 건 많습니다. 필요하다고만 결정되면 말입니다. 그렇지만 시간이 너무 없습니다. 라마는 태양의 열기에 의해 데워지고 있는 우주의 알입니다. 그게 언제 부화할지는 아무도 모르는 겁니다."

의장은 놀라움을 감추지 않은 표정으로 수성 대사를 쳐다보았다. 오랜 외교관 생활 동안 이처럼 놀란 적이 별로 없었다. 헤르미안 사람이 그렇게 시적인 표현을 하리라곤 상상도 못 했기 때문이었다.

20

계시록

    대원 중의 누군가가 그를 '노턴 선장님', 혹은 더 나쁘게 '미스터 노턴' 하고 부를 때는 뭔가 심각한 일이 있는 것이다. 그는 보리스가 자신을 그런 식으로 불러본 적이 없다는 사실을 깨닫고는 '상황이 더 심각하구나' 하고 생각했다. 평소에도 보리스는 진지하고 침착한 사람이었다.

    "무슨 일인가, 보리스?" 그들 뒤로 선실 문이 닫히자 노턴 선장은 물었다.

    "선장님, 긴급 회선을 통해서 지구에 전문을 보낼 수 있도록 허가해 주셨으면 합니다."

    긴급 회선을 이용하는 것은 아주 특별한 경우에만 한정된 일이었다. 일반적인 신호의 송출은 대개 가까운 행성의 중계를 통해서였으며, 지금은 수성을 거쳐서 송수신하고 있었다.

실제로 전파가 나르는 시간은 몇 분에 불과했지만, 전문이 원하는 사람에게 전달되려면 대여섯 시간은 걸려야 했다. 대부분의 경우 그 정도 시간은 별로 문제가 안 되었지만, 비상시에는 선장의 재량으로 비용이 많이 드는 대신 훨씬 빠른 직통회선을 이용할 수 있었다.

"물론 자네도 알겠지만, 내게 이해할 만한 이유를 말해 줘야겠어. 알다시피 통신 주파수대 대역은 지금 자료를 송신하느라 붐비고 있으니까. 개인적인 일인가?"

"아닙니다, 선장님. 그보다 더 중요한 일입니다. 제 전문은 제5예수교 본부 앞으로 보내려는 것입니다."

'오, 이런. 이 일을 어떻게 처리한다?' 노턴 선장은 속으로 생각했다.

"설명을 해주면 고맙겠군."

그가 흥미를 느낀 것은 사실이지만 단순히 호기심 때문만은 아니었다. 보리스에게 허가를 내주는 건 노턴 선장 자신도 정당화시켜야 하는 일인 것이다.

맑고 파란 눈이 그를 쳐다보고 있었다. 보리스는 자제력을 잃는 법이 없었으며 완전한 자신감과는 좀 다른 그 무엇을 항상 풍기고 있었다. 모든 제5예수교 교인들이 다 그랬다. 그것이 그들의 신앙에서 우러나오는 장점이었으며 또한 그들 각자를 훌륭한 우주인으로 돋보이게 만드는 요건이었다. 그러나 그들의 맹목적인 믿음은 계시의 은총을 받지 못한 다른 사람들을 간혹 성가시게 하기도 했다.

"라마가 나타난 목적과 관계있는 일입니다, 선장님. 저는 그 목적을 알아냈다고 생각합니다."

"계속 이야기해봐."

"상황을 보십시오. 여기 완전히 속이 비고 생명도 없는 세계가 출현했습니다. 그런데 인간이 생존하기에는 아주 알맞은 환경입니다. 물도 있고 대기도 호흡할 수 있습니다. 그리고 저 광막한 우주의 심연에서 정확히 태양계를 겨냥하고 날아왔습니다. 순전히 우연이라기엔 너무나도 믿기 어려운 일입니다. 게다가 모든 게 새것 같은 느낌은 단순한 것이 아닙니다. 마치 한 번도 사용된 일이 없는 것 같습니다."

이미 열 번도 더 넘게 고민해 봤던 내용이다. 노턴 선장은 생각했다. '보리스가 무얼 더 덧붙일 수 있다는 거지?'

"우리의 신앙에는 비록 어떤 형태일지는 몰라도 그와 같은 방문을 기다리라는 말씀이 있었습니다. 성경이 이끌어주고 있지요. 만약 이것이 재림이 아니라면 제2의 심판일 겁니다. 노아에 관한 이야기는 최초의 심판을 설명하고 있습니다. 저는 라마가, 구원받은 자들을 구하러 온 우주의 방주라고 믿습니다."

선실 안에는 잠시 침묵이 흘렀다. 노턴 선장은 할 말을 잃어서 그런 것이 아니라 오히려 너무나 많은 질문이 한꺼번에 떠올라서 적절한 걸 고르고 있었다.

마침내 그는 가능한 한 애매하고 부드러운 목소리로 입을 열었다. "난 자네의 신앙에 동참하지는 않지만, 매우 관심을 끄는 생각이야. 분명히 설득력이 있는 얘기군." 그는 결코 겉치레나 마음이 없는 말을 한 것이 아니었다. 종교적인 껍질만 벗긴다면 보리스의 이론은 적어도 다른 열댓 가지의 주장들보다 설득력이 있었다. 인류 전체에 치명적인 재앙이 닥치려 하고 있고, 호의를 품은 어떤 발달한 외계 지성이 그 사실을 미리 알았다면? 그렇다면 모든 것이 명쾌하게 설명된다. 그러나 몇 가지 문제점은 여전히 남는다.

"질문을 몇 가지 해볼게, 보리스. 라마는 3주일 안으로 근일점에 이르게 돼. 그리고선 태양을 돌아 다시 왔던 만큼이나 빠른 속도로 머나먼 우주로 나가버릴 거야. 심판의 날치고는 너무 시간이 부족하지 않아? 그리고 구원을 받는 그… 저, 선택된 사람들이 옮겨 타기에도 말이야."

"맞습니다. 그러므로 라마는 근일점에 다다르면서 속도를 줄여 정지궤도로 바꿀 겁니다. 아마도 지구 궤도에서 보면 원일점이 되는 위치일 겁니다. 그리고 나면 계속 속도를 조절해서 마침내 지구와 랑데부하게 되겠지요."

'아아, 이건 상당히 그럴듯한 얘기다. 만약 라마가 태양계에 남으려 한다면 지금 길을 제대로 가고 있다. 가장 효과적인 감속 방법은 가능한 한 태양에 접근한 다음 방향 조작으로 운동량을 태양에 빼앗기면서 속도를 줄이는 것이다. 만약 보리스의 이론이 맞는다면, 아니 약간 다른 점이 있더라도 곧 실제로 실험이 있는 셈이므로 사실 여부가 드러나게 된다.'

"한 가지 더 있어, 보리스. 무엇이 라마를 조종하고 있지?"

"거기에 대한 말씀은 교리에 없었습니다. 아마 로봇일지도 모르지요. 아니면 영혼일 수도 있고요. 그렇다면 그 안에 생물학적인 생명의 흔적이 없다는 사실도 설명되겠지요."

'유령의 소행성'. 왜 갑자기 이 말이 불쑥 기억에서 솟아올랐을까? 그는 그러고 나서야 몇 년 전 읽었던 시시한 얘기가 생각났다. 그렇지만 보리스에게는 그것을 읽어 본 적이 있는지 물어보지 않기를 잘한 것 같았다. 남들도 자기와 같은 독서 취향을 가졌는지 자신이 서질 않았기 때문이었다.

"이렇게 하지, 보리스." 갑자기 마음을 굳히면서 그는 말했다. 상황이 너무 어렵게 꼬이기 전에 끝내고 싶었다. 적당한 타협안이 생각났다.

"자네 생각을 1천 단어 정도로 요약해 줄 수 있겠어?"

"네, 할 수 있습니다."

"좋아. 그걸 논리적인 과학 이론처럼 정리해 준다면 긴급 회선을 통해 라마 위원회로 보내겠어. 그러면 동시에 사본 한 부는 제5예수교 본부로도 전해질 거야. 모두 만족하겠지."

"고맙습니다, 선장님. 진심으로 감사드립니다."

"오, 이건 내가 봐주는 게 아니야. 나는 위원회가 어떻게 생각할지 궁금해. 내가 비록 자네의 신앙과는 의견을 달리하지만, 자네가 뭔가 중요한 점을 지적한 것만은 틀림없어."

"아무튼, 근일점에 다다르면 알게 되겠지요?"

"그렇지. 근일점에 다다르면 알게 되겠지."

보리스가 나간 뒤 노턴 선장은 통신실을 불러 필요한 준비

를 시켰다. 그는 문제를 깔끔하게 해결해 냈다고 스스로 대견
해하고 있었다. 게다가 보리스가 옳았을 경우를 가정해 보면,
자신이 구원받는 사람들 축에 낄 가능성이 커지지 않겠는가.

21

폭풍 이후

이제는 익숙해진 에어록의 긴 터널을 떠 가면서 문득 노턴 선장은 조급한 마음에 너무 서두르는 게 아닌가 하는 생각이 들었다. 그들은 인데버 호로 철수해 48시간을, 금쪽같은 이틀의 시간을 기다렸다. 비상사태가 발생하면 즉시 출발할 수 있도록 만반의 준비를 하고 대기했지만, 아무 일도 일어나지 않았다. 라마에 두고 온 관측 계기 중 별다른 이상을 보내온 것은 하나도 없었다. 게다가 중심축에 설치해 둔 TV 카메라는 안개가 자욱하게 끼는 바람에 시계가 겨우 몇 미터 이내로 떨어져 버려서 맥이 빠졌다. 그 카메라 주위의 안개는 지금에야 걷혀 가는 중이었다.

그들이 마지막 에어록의 관문을 지나 실뜨기 놀이를 한 것처럼 얼기설기 겹쳐진 밧줄들에 의지해서 중심축 가까이 왔을 때, 처음으로 놀란 것은 라마의 빛이 달라졌다는 사실이었다. 이전처럼 강하고 거친 파란 색이 아니었다. 그것은 이제 부드럽고 아스라한, 마치 지구의 약간 흐린 날을 연상하게 하는 빛이었다.

노턴 선장은 자전축을 중심으로 라마의 전경을 돌아보았다. 광채가 나는 하얀 벽으로 둘러싸인, 커다란 동굴 같은 모습의 저 이상한 구조물들이 솟은 남극까지 펼쳐져 있었다. 라마의 내부는 완전히 구름에 덮여 있었으며 조그만 틈 하나도 보이지 않았다. 구름층의 최상부는 선명하게 경계가 지워져 있어서 폭이 오륙 킬로미터는 되어 보이는 또 하나의 새하얀 원통이, 자전하는 이 거대한 세계 안에 선명하게 모습을 드러내고 있었다. 몇 조각의 새털구름이 길을 잃은 떠돌이처럼 여기저기 떠다녔다.

라마의 여섯 개의 인공 태양이 그 거대한 구름의 원통을 바깥쪽에서 비추고 있었다. 이곳 북쪽에 있는 세 개의 태양은 구름층 사이로 선명한 빛의 띠와 같은 모습을 드러냈지만, 바다 건너 남쪽 대륙의 태양들은 흐릿한 윤곽만이 떠올라 있을 뿐이었다.

'저 구름 아래에선 지금 무슨 일이 벌어지고 있을까? 하여간 이 기막힌 대칭 형태를 만들어 낸 폭풍은 이제 사라져 버린 게 분명하다. 별다른 위험이 없다면 이제 내려가도 안전할 듯 싶군.' 노턴 선장은 생각했다.

이번의 재탐사팀은 폭풍이 오기 전에 라마 깊숙이까지 들어가 봤던 사람들로 구성하는 게 좋을 것 같았다. 이번에는 마이런의 신체상태가 의무사관 로라의 합격 판정을 받았는데, 마이런 자신은 전에 입던 유니폼이 꽉 껴서 이젠 안 입을 거라고 강변하고 있었다.

머서와 캘버트, 그리고 마이런이 능숙한 솜씨로 날렵하게 사다리를 '헤엄쳐' 내려가는 모습을 바라보면서 노턴 선장은 새삼 상황이 얼마나 변화했는지를 실감하고 있었다. 처음엔 완전한 암흑과 추위 속에서 저곳을 내려갔지만, 지금은 밝고 따뜻하다. 게다가 그때는 라마가 아주 죽어 있는 세계라는 느낌을 지울 수가 없었다. 물론 생물학적인 관점에서 보자면 그 점은 사실일지도 모른다. 그렇지만 이제는 뭔가 묘하게 마음을 움직이는 것이 있었다. 보리스 로드리고의 말마따나 라마의 '영혼'이 깨어난 것이다.

그들이 사다리 끝의 플랫폼에 도착하여 계단을 내려갈 준비를 할 때 머서는 늘 그렇듯 측정기로 대기를 분석하였다. 옆사람이 아무런 거북함도 느끼지 않고 멀쩡하게 라마의 공기로 숨을 쉬고 있어도, 그는 항상 철두철미한 성격 탓에 스스로 확신을 하기 전에는 절대로 헬멧을 벗지 않았다. 왜 그렇게 유별난 조심성을 보이느냐고 누군가가 질문할라치면 그는 언제나 이렇게 대꾸하곤 했다. "사람의 감각이란 건 굉장히 불완전한 거야. 자네 스스로 기분이 좋다고 느낄지 모르지만 숨을 한 모금 더 쉰 다음엔 앞으로 발딱 고꾸라질 수도 있어."

머서는 계기를 들여다보았다. "제기랄!"

"왜 그래?" 캘버트가 의아한 듯 물었다.

"수치가 너무 높아서 못 읽겠어. 이상한데, 한 번도 이런 적이 없었는데 말이야. 내 산소 호흡기로 확인을 해봐야겠어."

머서는 휴대용 대기분석기를 자신의 산소통에 연결해 보고는 한동안 침묵에 잠겨 뭔가를 골똘히 생각하고 있었다. 동료들은 불안한 눈초리로 그런 그를 쳐다보았다. 머서가 이렇게까지 마음 쓰는 일이라면 정말로 심각한 것이다.

머서는 분석기를 떼어내고는 다시 라마의 대기를 측정했다. 그리고 중심축을 불러냈다.

"선장님! 산소 농도를 측정해 봐주시겠습니까?"

꽤 오랜 시간이 흐르도록 응답이 없었다. 이윽고 노턴 선장의 목소리가 들렸다. "잠시만 기다려 줘. 내 계기가 좀 이상하군."

머서의 얼굴에 희미한 미소가 떠올랐다.

"50퍼센트가 넘지요? 그렇지 않습니까?"

"맞아! 어떻게 된 거지?"

"라마 안에 있는 사람들이 죄다 산소 호흡기를 벗어도 된다는 얘기지요. 어떻습니까? 숨 쉴 만합니까?"

"아직 잘 모르겠어." 노턴 선장의 목소리는 의혹에 가득 차 있었다. "이게 사실이라면 믿기지 않는데…." 더 이상 할 얘기는 없었다. 다른 모든 우주인과 마찬가지로 노턴 선장도 상황이 너무 좋아질 때는 오히려 의심이 깊어지는 것이다.

머서는 마스크를 약간 늦추고는 조심스럽게 라마의 공기를 들이쉬었다. 전혀 거북함이 없었다. 사다리가 끝나는 그 지점의 높이에서는 처음으로 아무런 불편 없이 호흡할 수 있었다. 곰팡내 나는 케케묵은 죽음의 냄새도, 기관지를 거북하게 하던 극도의 건조함도 사라졌다. 습도는 놀랍게도 80퍼센트를 가리키고 있었는데 두말할 나위도 없이 바다의 얼음이 녹은 탓이었다. 대기는 후텁지근했지만, 결코 기분이 나쁘지 않았고, 그저 어느 여름날의 저녁 같은 느낌이었다. 머서는 열대지방의 해변을 떠올리고 있었다. 라마의 기후가 지난 며칠 사이에 극적인 변화를 보인 것이다.

그러면 왜? 습도가 올라간 것은 별문제가 아닌데 산소 농도의 급격한 상승은 설명이 곤란했다. 동료들과 다시 내려가기 시작하면서 머서는 마음속으로 복잡한 계산을 펼쳤지만, 구름층에 다다를 때까지도 별 뾰족한 결론을 얻지 못하고 있었다.

순간적으로 전혀 다른 세상에 들어선 것 같은 아주 신기한 경험이었다. 그들은 맑고 투명한 라마의 공기 속에서 하강 속도가 너무 빨라지는 것을 막기 위해 계단 옆의 손잡이를 꽉 쥐어가며 느릿느릿 내려가고 있었다. 그러다가 갑자기 앞을 가리는 뿌연 안개 속으로 들어갔다. 시계는 고작 몇 미터에 불과했다. 머서가 순간적으로 멈춰 서는 바람에 뒤에 오던 캘버트도 황급히 손잡이를 꽉 잡고 멈춰 섰다. 그러자 맨 뒤에서 따르던 마이런은 캘버트와 부딪쳐서 하마터면 손잡이를 놓칠 뻔했다.

"자자, 느긋하게 가자고." 머서가 말했다. "앞사람이 보일

정도까지만 간격을 좀 넓히자. 그리고 절대로 속도를 높이지
마. 언제 또 내가 갑자기 멈춰 설지 모르니까."

괴괴한 침묵 속에서 그들은 안개 속을 계속 미끄러져 내려
갔다. 캘버트의 눈엔 10미터 앞에서 가고 있는 머서의 모습이
흐릿한 그림자로 보였고, 뒤를 돌아보면 역시 같은 거리에 마
이런의 유령 같은 모습이 있었다. 지난번 라마의 밤에 칠흑 같
은 어둠 속에서 내려갈 때보다 더 으스스한 분위기였다. 그때
는 서치라이트가 앞길을 비추어주었지만, 지금은 마치 빛이
닿지 않는 깊은 바닷속을 잠수해 가는 것 같았다.

얼마만큼 내려왔는지 알 수 없었던 차에 머서가 또 갑자기
멈춰 서자 캘버트는 네 번째 플랫폼에 거의 다 이르렀을 것이
라고 짐작했다. 다시 그들이 가까이 모인 뒤 머서가 속삭였다.
"들어 봐! 무슨 소리가 들리지 않나?"

"맞아." 잠시 뒤 마이런이 맞장구쳤다. "바람 소리 같은데."

캘버트는 반신반의하고 있었다. 그는 머리를 앞뒤로 돌리
면서 안개 속에서 희미하게 들여오는 소리의 방향을 가늠하려
고 애썼지만, 곧 포기하고 말았다.

그들은 하강을 계속했다. 네 번째 플랫폼을 지나 다음 단
계의 계단으로 들어섰다. 어느덧 그들의 귀에 익을 정도로 소
리가 점점 커지고 있었다. 다섯 번째 플랫폼까지 절반 정도
의 거리를 왔을 때 마이런이 캘버트에게 말했다. "이젠 확실
히 들리지?"

미처 깨닫지 못하고 있었지만, 그들은 지구 이외에 세계에

서는 거의 기대할 수 없는 소리를 듣고 있었다. 거리를 알 수 없는 근원지에서 안개 속을 통해 들리는 그 아스라한 굉음은 마치 폭포처럼 일정한 소리였다.

몇 분 뒤 구름층은 시작될 때처럼 갑자기 끝나 버렸다. 그들은 이번엔 눈부신 라마의 햇살에다 낮게 깔린 구름의 반사광까지 받으며 눈에 익은 완만한 곡선의 평면을 굽어보고 있었다. 평면의 만곡이 이루는 거대한 원이 구름에 가려 보이지 않았기 때문에 어지러운 느낌이 훨씬 덜했다. 이제는 아주 넓은 계곡을 보고 있다고 여겨도 별 어색함이 없었다. 위쪽으로 치켜올라간 바다의 양 끝도 바깥쪽으로 향해 있는 것처럼 보였다.

그들은 다섯 번째와 여섯 번째 플랫폼에서 각각 휴식을 취하며 구름층을 통과했다고 보고하고는 긴장에 싸여 탐사를 계속했다. 그들이 보기에 구름 아래 평면에는 아무것도 변한 것이 없었지만, 위쪽 돔에는 라마가 낳은 또 하나의 경이로운 광경이 기다리고 있었다.

그들이 들었던 소리의 발원지가 그곳에 있었다. 구름에 가려 보이지 않는 원천에서 삼사 킬로미터의 높이로 떨어져 내리는 폭포가 있었다. 그들은 몇 분간 말없이 그 광경을 쳐다보았다. 자신들의 눈을 믿을 수 없다는 표정이었다. 머릿속의 논리는 이런 자전하는 세계에서는 어떤 물체도 직선을 그리며 낙하할 수 없다는 사실을 계속 일깨워주고 있었지만, 벽에서 비스듬히 굽어진 폭포의 물줄기가 그 원천에서 정확히 수직으로 몇 킬로미터를 내려와 떨어지는 광경은 뭔가 초자연적인 기괴함을 느끼게 했다.

"만약 갈릴레오가 여기서 태어났다면," 머서가 천천히 입을 떼었다. "물체의 운동 법칙을 연구하다가 미쳐버렸을 거야."

"글쎄, 나는 알 것 같은데." 캘버트가 말했다. "저 광경에 홀린 건 매한가지지만. 어때요, 교수님께선?"

"이상할 게 뭐 있어?" 마이런이 대답했다. "코리올리 효과의 아주 정확한 본보기 아냐? 이 광경을 내가 가르치던 학생들에게 보여줄 수 있으면 참 좋겠군."

머서는 생각에 잠긴 표정으로 거대한 띠를 이룬 라마의 바다를 바라보았다.

"저 바닷물에 뭔가 변화가 생긴 걸 알아볼 수 있겠어?" 마침내 그가 물었다.

"물론이지, 이젠 더 이상 푸른색이 아니네. 완두 색깔인걸. 어떻게 된 거지?"

"아마도 지구에서 일어난 일과 마찬가지겠지. 로라 박사가 말하길 저 바닷물은 유기물 수프라고 하지 않았나? 생명이 합성되어 나오길 기다리는 거야."

"단 며칠 사이에 말인가! 맙소사, 지구에선 수백만 년이 걸렸다는 사실을 잊진 않았겠지."

"3억7천5백만 년이 걸렸어. 최근의 연구에 따르면. 이제 산소 농도가 올라간 이유를 알겠어. 라마는 무산소 시대를 거쳐서 이제 광합성 식물을 만들어 낸 거야. 겨우 48시간 동안에. 내일은 과연 뭐가 나올까?

22

항해

　노턴 선장 일행이 계단을 다 내려오자 또 다른 충격이 기다리고 있었다. 처음엔 뭔가가 캠프를 뒤집어엎고 지나가면서 난장판을 만들어 놓고 자질구레한 물건들은 싹 쓸어간 것처럼 보였다. 그러나 간단한 조사를 마치고 나자 그들의 놀란 가슴은 다소 멋쩍은 짜증으로 바뀌었다.

　다름 아닌 폭풍이 범인이었다. 그들이 떠나기 전에 모든 물건을 밧줄로 묶어 놓았지만, 워낙 엉성했던지 세찬 돌풍에 거의 풀어져 버렸다. 흩어진 장비들을 모두 회수하는 데에는 꼬박 며칠의 시간이 걸렸다.

　그 밖에는 별다른 이상이 보이지 않았다. 폭풍을 몰고 왔던 짧은 봄이 지나감에 따라 라마의 침묵조차 다시 제자리를 찾았다. 그리고 평면의 가장자리에는 수백만 년 만에 처음으로 배를 기다리는 잔잔한 바다가 있었다.

"샴페인을 터뜨리면서 명명식을 해야 하는 것 아닙니까?"

"설사 우주선에 샴페인이 있다 해도 그런 쓸데없는 낭비는 용납 못 해. 어쨌든 이젠 너무 늦지 않았나? 이미 진수를 해버린 셈이니."

"적어도 가라앉진 않고 떠 있네. 네가 내기에서 이겼어, 제임스. 지구에 돌아가서 셈을 치를게."

"이름을 지어 줘야지. 누구 좋은 생각 없어요?"

이런저런 얘기들이 바다로 내려가는 계단에서 왁자지껄하게 들려왔다. 그들 아래에는 여섯 개의 빈 드럼통과 금속제 뼈대로 만들어진 뗏목이 떠 있었다. 그것은 알파 캠프에서 조립되었고 임시로 갖다 붙인 바퀴를 굴려 10킬로미터 이상 평원을 가로질러 끌어오느라 모든 사람이 며칠 동안 달라붙다시피 했다. 일종의 도박이었지만 그 정도 대가는 치를 만한 일이었다.

위험 부담이 큰 대신 얻게 될 소득도 대단할 것이다. 5킬로미터 저쪽 뉴욕에서 그림자도 없이 빛나고 있는 저 수수께끼의 탑이며 건물들이 라마에 발을 들여놓은 직후부터 줄곧 그들을 유혹하고 있었다. 저곳이 이 거대한 세계의 심장부라는 점에 대해선 아무도 의심하는 사람이 없었다. 그들로선 달리 할 일이 없다면 반드시 뉴욕에 가봐야 했다.

"아직 이 배 이름을 못 지었잖아요. 선장님, 좋은 이름 없을까요?"

노턴 선장은 싱긋 미소를 지었다가 갑자기 진지한 표정이 되었다.

"아주 좋은 이름이 있어. 레졸루션 호라고 하지."

"왜죠?"

"쿡 선장이 탔던 탐험선 중의 하나야. 어울리는 이름이지. 이 배가 이름값을 해주길 빌어야겠군."

모두 생각에 잠긴 듯 침묵이 흘렀다. 잠시 뒤 뗏목의 설계를 도맡다시피 했던 루비가 지원자를 세 명 받겠다고 말하자 모두 손을 들었다.

"아아, 미안하지만 구명대는 네 개뿐이에요. 보리스, 제임스, 피터. 당신들은 배를 타본 경험이 있지요? 우리 멋지게 한 번 해봅시다."

일개 하사관이 일을 주도해 나가는 것에 대해서 아무도 이상스럽게 여기지 않았다. 루비 반즈는 인데버 호의 승무원 중 유일하게 항해사 면허를 가진 사람이었다. 그녀는 트라이머란*을 몰고 단독으로 태평양을 횡단한 경력을 가지고 있으므로 잔잔한 물에서 몇 킬로미터를 가는 일 정도는 그녀의 솜씨로 보아 별 어려움이 없을 듯싶었다.

처음 라마의 바다를 봤던 순간부터 루비는 꼭 이 항해를 성사시켜 보겠다고 굳게 다짐했었다. 인류가 지구에서 바다와 씨름한 지 수천 년이 흘렀지만 이처럼 머나먼 곳에서 배를 타

---

* 선체 3개를 나란히 연결한 보트

본 사람은 아무도 없었다. 지난 며칠간 그녀의 마음속에서 엉뚱하게도 노랫가락이 계속 맴돌고 있었는데 어쩐지 그걸 떨쳐 버릴 수가 없었다. "노를 저어 가자, 라마의 바다로⋯." 결국 그 노랫말은 지금 그녀의 현실로 나타난 것이다.

루비의 승객들은 각자 양동이를 엎어 놓은 임시변통의 좌석에 자리를 잡았다. 루비는 연료 밸브를 열었다. 20킬로와트의 모터가 힘차게 돌아가기 시작했다. 체인에 연결된 감속기어의 이빨들이 흐릿해지더니 레졸루션 호가 마침내 움직였다. 나머지 대원들의 환호를 받으며 배는 천천히 앞으로 나아갔다.

루비는 현재의 하중에서 시속 15킬로미터 정도까지 달려주기를 바랐지만 어쨌든 10킬로미터는 넘을 것이다. 벼랑을 따라 5백 미터의 시험항해로를 미리 측정해 놓은 상태였는데 루비는 이를 5분 30초 만에 왕복했다. 반환점을 도는 데 걸린 시간까지 고려하면 시속 12킬로미터의 속력이었다. 그녀는 만족했다.

아무런 기계장치의 도움 없이 세 사람이 젓는 노와 루비의 노련한 조타 솜씨로는 원래 속력의 약 25퍼센트를 낼 수 있었다. 그러므로 만약 모터가 고장 나더라도 두어 시간이면 돌아올 수 있다. 농축 연료 한 개로도 바다를 일주하는 데 충분한 동력을 얻을 수 있지만, 그녀는 여분으로 두 개를 더 챙겨 안전한 곳에 넣어두었다. 이제는 안개도 완전히 걷혔으므로 루비같이 조심스러운 뱃사람일지라도 별 주저함이 없이 배를 몰 수 있었다.

루비는 다시 해안으로 올라서면서 맵시 있게 경계를 했다.

"레졸루션 호의 시험항해를 성공적으로 끝마쳤습니다. 이제 출항 지시만 내리시면 됩니다."

"좋아, 매우 좋아…. 제독! 준비는 언제 끝나는가?"

"보급품을 싣자마자, 그리고 출항 허가가 나는 즉시 가능합니다."

"그러면 새벽에 떠나기로 하지."

"넷, 알겠습니다!"

바닷길 5킬로미터는 지도에선 별로 먼 거리가 아니지만 실제로 배를 타고 가보면 완전히 딴판이란 걸 금방 알 수 있다. 항해한 지 10분밖에 안 되었으나 그들이 떠나 온 북쪽 대륙의 50미터 벼랑은 아득히 멀어졌다. 그런데도 뉴욕은 조금도 가까워지지 않은 듯해서 신비로운 느낌을 더 하고 있었다.

배를 타고 가는 동안 그들이 육지를 관찰하는 데 쏟은 시간은 아주 미미했다. 그들은 아직도 바다의 신비에 흠뻑 빠져 있었다. 출항 초기에 다소 불안한 기분으로 주고받던 농담은 이미 그만둔 지 오래였고 모두 새로운 경험에 완전히 열중하고 있었다.

'나는 갈수록 새로운 경이로움을 제공하는 라마에 익숙해지고 있구나.' 노턴 선장은 생각했다. 레졸루션 호가 쿠릉쿠릉거리며 착실하게 앞으로 나아가는 동안 그들은 큰 파도 사이의 골에 갇혀 있는 듯한 착각을 몇 번이고 거듭했다. 라마의 바다는 양쪽으로 솟아올라 수직으로 섰다가 마침내 머리 위 16킬로미터 하늘에서 두 끝이 다시 만나는 거대한 파도의 아치처럼 보였다. 자연의 법칙이나 논리가 주는 확신에도 불구하고 그 누구도 저 하늘의 수백만 톤의 물이 갑자기 자신들에게 쏟아져 내릴 것 같은 느낌을 떨쳐 버릴 수 없었다.

그러나 그들은 대체로 들뜨고 흥분한 상태였다. 막연한 불안감은 느끼고 있었지만 실제로는 아무런 현실적인 위험도 없었다. 물론 바다 자체가 위험한 곳이라면 이야기가 달라지겠지만 말이다.

한 가지 고려해야 할 가능성은 있었다. 머서가 예측했던 대로 바닷물이 '살아' 있을 수 있다. 이제는 한 숟가락의 물에도 동그란 모양의 단세포형 유기조직체들이 수천 개씩 우글거리고 있었다. 한때 지구의 바다에도 존재했던 원시적인 플랑크톤과 매우 흡사한 모양이었다.

한 가지 결정적이 차이점이 있었는데, 라마의 미세조직체들에선 지구의 가장 원시적인 생명체들조차 반드시 갖추고 있는 핵과 그 밖의 몇몇 필수적인 요소들을 찾아볼 수 없었다. 그리고 로라 에른스트(원래 우주선의 의사인 그녀는 이제 생화학 연구자의 몫도 톡톡히 해내고 있었다)가 증명했다시피 그 조직체들이 산소를 만들어 내는 것은 분명했지만, 그 수가 너무 적었다. 라마 대기의 그처럼 높은 산소 농도를 유발한 원인으로 보기에는 그들의 수가 턱없이 부족했다. 한 숟가락당 수천이 아니라 수억 개는 있어야 했다.

그리고 그녀는 그 조직체들의 수가 빠른 속도로 줄고 있다는 사실을 발견했다. 그 감소 비율로 보아 라마의 새벽이 밝은 직후에는 지금보다 훨씬 많은 수가 있었을 것으로 짐작되었다. 마치 생명체들이 한순간에 폭발하듯 대량 발생한 뒤, 지구에서의 진화 과정보다 무려 1조 배쯤이나 빠른 속도로 압축하여 일어난 것만 같았다. 만약 그렇다면 그 조직체들은 스스로 소진되어가는 상태라고 볼 수 있다. 부유하는 미세조직체들은 마침내 분해되어 버리면서 자신들이 갖고 있던 화학 성분을 다시 바다로 돌려주는 것이다.

"만약 불가피하게 수영을 해야 한다면," 로라 박사가 배를 타는 사람들에게 경고했다. "입을 꼭 다물도록 해. 몇 방울쯤은 뱉어버리면 괜찮겠지만, 이 기묘한 유기질 금속염들이 뒤섞여서 몸속으로 들어가면 어떤 독성을 나타낼지 모르니까. 난 해독제를 만드느라 끙끙대는 일은 질색이야."

다행스럽게도 그럴 위험은 없을 듯했다. 레졸루션 호는 드럼통이 두 개 정도 구멍이 나도 계속 안정된 상태로 떠 있도록 만들어졌다. (하긴 이 얘기가 나왔을 때 캘버트가 음침하게 중얼거리긴 했다. "타이타닉 호를 기억하라고!") 설사 배가 가라앉더라도 조잡하나마 구명대에 의지하면 머리는 항상 수면 위로 내놓을 수 있었다. 로라 박사가 신신당부하긴 했어도 그녀 스스로는 라마의 바닷물에 몇 시간쯤 빠져 있는 게 아주 치명적인 위험이라고는 생각하지 않았다. 물론 그 이야기를 하지는 않았지만.

출발한 지 20분쯤 지나자 뉴욕은 아주 가까워졌다. 망원경과 확대 사진으로만 보아왔던 세밀한 것들이 이제 그들 앞에 거대하고 견고한 구조물의 자태를 드러내며 현실로 다가왔다. 뉴욕도 라마의 다른 부분들과 마찬가지로 모든 구조물이 3중으로 되어 있다는 사실이 새삼 경이로움을 불러일으켰다. 이 '도시'는 긴 타원형의 토대 위에 완전히 동일한 형태의 둥근 상부 구조물 지역 3개가 모여 이루어진 모습을 지니고 있었다. 그리고 중심축에서 찍었던 사진에도 잘 나타나 있었지만, 각각의 지역은 마치 120도 각도로 잘라놓은 파이처럼 다시 동일한 세 개의 부분으로 나뉘어 있었다. 이 점은 탐사하는 노턴 선장 일행에게도 더없이 일을 편리하게 해주는 것이다. 그들은 단지 전체 면적의 9분의 1만 샅샅이 훑어보면 뉴욕 전부를 탐사한 것과 다름없게 될 것이다. 그렇다 하더라도 그것조차 결코 간단한 일은 아니었다. 적어도 1제곱킬로미터 안의 모든 건물과 기계 설비들을 모두 조사해야 한다. 건물이나 탑 중에는 하늘 위로 수백 미터나 솟아 있는 것도 있었다.

라마인들은 '3의 여분을 갖는 미학'에 관한 한 거의 극치의 수준을 달성한 듯 보였다. 에어록에서, 중심축 아래의 계단에서, 그리고 인공 태양에서도 그들의 독특한 예술관을 감상할 수 있었다. 그리고 예를 들어 뉴욕처럼 더욱 중요한 곳에서는 그 철학이 한 걸음 더 나아간 '3중의 3중' 구조를 가진 형태로 구현되고 있었다.

섬을 둘러싸고 있는 제방 같은 것이 있었고 3개의 구역 중 가운데 쪽으로 계단이 나 있었다. 그 계단은 제방 위까지 이어져 있었으므로 루비는 그쪽으로 키를 조종해 갔다. 그곳의 해안에는 편리하게도 배를 묶어두기에 안성맞춤인 말뚝 같은 것도 있었는데, 그녀는 그것을 보고 나서 매우 흥분했다. 이제는 라마인들이 이 이상한 바다에서 탔던 선박이라도 발견하지 않고는 못 배길 듯이 보였다.

가장 먼저 기슭에 발을 내디딘 사람은 노턴 선장이었다. 그는 동행한 세 동료를 돌아보고 말했다. "내가 제방 꼭대기까지 올라갈 동안 배에서 기다리도록. 손을 흔들면 피터와 보리스가 올라오도록 하고, 루비는 계속 키를 잡고 있어. 만일 여차하면 언제라도 떠날 수 있도록 말이야. 그리고 만약 나한테 무슨 일이 생기면 머서에게 즉시 보고하고 그의 지시를 따르도록 해. 항상 판단은 신중하게 하되 절대 영웅이 되려 하지는 말라고. 알겠나!"

"네. 걱정하지 마십시오, 선장님. 행운을 빕니다."

노턴 선장은 행운이란 걸 그다지 믿는 사람이 아니었다. 그는 모든 변수를 철저하게 분석하고 반드시 빠져나올 구멍을 마련해 놓지 않고서는 절대로 낯선 상황에 뛰어드는 법이 없었다. 그러나 라마는 또다시 그에게 불문율을 깨뜨리도록 만들고 있었다. 3백50년 전 그가 존경하는 인물이 태평양과 그레이트 배리어 리프에서 마주친 상황처럼 지금 그는 완전히 미지의 환경에 둘러싸여 있었다. 그래, 그가 그랬듯이 나도 주변에서 일어나는 모든 일을 행운에 맡길 수밖에.

제방에 올라가는 계단은 처음에 출발했던 북쪽 해안의 절벽에 나 있던 것과 거의 똑같았다. '지금 그곳에서는 나머지 사람들이 일직선 방향으로 망원경을 통해서 내 모습을 지켜보고 있겠지.' '일직선 방향'은 지금은 아주 정확한 말이었다. 그 방향은 라마의 자전축과 평행했으므로 바다의 수면도 완전히 평평해 보였다. 적어도 태양계 안에서는 그처럼 완전하게 평평한 수면을 이루면서 물이 고여 있는 곳은 없을 것이다. 지구나 그 밖의 다른 천체들은 모두 공 모양이므로 그런 곳에 있는 모든 바다나 호수들의 표면도 전부 다 조금씩은 어느 방향으로나 굽어 있었다.

"꼭대기에 거의 다 왔다." 노턴 선장은 기록을 위해, 또 5킬로미터 밖에서 주의 깊게 듣고 있을 부선장을 위해 보고를 했다. "아직은 아무런 소리도 들리지 않는다. 방사능 수준도 정상이다. 이 제방이 어떤 방어막 구실을 할 경우에 대비해 측정 계기들은 전부 머리 위로 치켜든 채 전진하고 있다. 만약 이들이 적대적인 감정이 있다면 먼저 그것들을 겨냥하겠지."

물론 그는 농담하고 있었다. 라마가 진정 침입자들을 반가워하지 않았다면 이미 어떤 조처를 했을 것이다.

노턴 선장은 마침내 꼭대기에 올라섰다. 제방의 두께는 10미터 정도 되어 보였으며 그 너머엔 20미터 아래의 도시로 내려가는 계단과 비탈길이 나란히 번갈아가며 나 있었다. 그 제방은 뉴욕을 완전히 둘러싸고 있는 별과도 같았으므로 노턴 선장은 선 자리에서 도시 전체의 전경을 조망할 수 있었다.

　도시는 매우 복잡하여 어지러울 지경이었는데 노턴 선장은 먼저 천천히 카메라를 돌려 전체 광경을 담았다. 그러고는 손을 흔들어 해안의 동료들을 부른 뒤 무전기로 바다 건너에서 기다리는 사람들에게도 보고했다. "아무런 움직임도 없다. 적막 그 자체다. 자, 이제 뉴욕 탐사를 시작한다."

23

라마국 뉴욕시

'도시가 아니다. 이건 기계다.' 노턴 선장은 탐사를 시작한 지 10분 만에 결론을 내렸고, 섬 전체를 횡단한 뒤에도 그런 생각을 바꿀 만한 일은 생기지 않았다. 도시라면 원래 거주자들이 어떤 사람이든 간에 숙박설비 같은 일종의 편의 시설은 갖추고 있기 마련이다. 지하에라도 있다면 모를까 이곳에는 그 비슷한 것조차 전혀 눈에 띄지 않았다. 그리고 만약 지하에 있다면 입구나 계단, 아니면 승강기 같은 것이라도 있어야 할 것 아닌가? 노턴 선장 일행은 문 같은 건 하나도 찾아볼 수 없었다.

그가 지구에서 보아온 곳 중 뉴욕과 가장 근접한 모습을 가진 곳은 거대하고 복잡한 화학 공장이었다. 그렇지만 원료야적장이라든가 그것들을 운반하는 운송장치 같은 것은 하나도

183

보이지 않았다. 그 완성품이라는 게 어떤 것인지조차 상상할 수 없는 노릇이었지만. 도무지 종잡을 수 없는 곳이었으므로 노턴 선장과 동료들은 다소 좌절감을 느끼고 있었다.

"누구든 짐작 가는 게 없나?" 마침내 노턴 선장은 자신의 얘기를 듣고 있는 모든 사람에게 말을 꺼냈다. "이곳이 만약 공장이라면 도대체 무엇을 만들어 내는 걸까? 그리고 원자재는 어디서 공급을 받고?"

"이건 어떨까요, 선장님?" 저 멀리 남쪽 대륙의 해안에서 머서가 말했다. "바다에서 원료를 취하는 겁니다. 로라 박사가 말했듯이 바닷물 속엔 오만 가지 물질들이 포함되어 있지 않습니까?"

그건 그럴듯한 생각이었고 노턴 선장도 이미 짚어본 바였다. 바다를 향해 파이프가 매설되어 있는지도 모른다. 사실 화학 공장이라면 많은 양의 물이 필요하므로 반드시 파이프가 있어야만 한다. 그러나 그는 그럴듯한 해석일수록 더 의심하였다. 이제까지 그런 생각들이 틀렸던 경우를 너무도 자주 접해 왔다.

"일리 있는 말이야, 머서. 그렇다면 뉴욕은 바닷물로 뭘 만들어 내는 거지?"

오랫동안 남쪽 대륙의 해안에서도, 중심축에서도, 그리고 우주선에 있는 그 누구도 입을 열지 않았다. 그리고 예기치 못한 목소리가 들려왔다.

"간단합니다. 선장님. 그런데 이 얘길 하면 모두 웃을 텐데요."

"아니야, 라비. 어서 얘기해 봐."

보급사관이자 침팬지 관리자인 라비 맥앤드류스는 인데버호에 남아 있는 유일한 승무원으로서 기술적인 토론이 벌어질 때는 그다지 흥미를 보이지 않는 사람이었다. 그의 지능지수는 보통이었고 과학적 지식도 최소한의 수준에 불과했지만, 그의 타고난 기민성은 모두가 존경하고 있었다.

"글쎄, 그곳이 공장이라면 말입니다, 선장님. 그리고 바닷물에서 원료를 공급받는 것이라면, 좀 차이는 있겠지만 결국 지구에서 일어나는 일과 마찬가지 아니겠습니까? 나는 뉴욕이… 라마인들을 만들어 내는 공장이라고 생각합니다."

어디에서 누군가가 쿡쿡거렸지만, 곧 조용해져서 아무도 누군지 알아채지 못했다.

"라비, 자네도 알겠지만," 마침내 노턴 선장이 말을 꺼냈다. "자네 이론이 터무니없는 소리 같긴 해도 분명히 진실일 가능성은 있어. 하여간 내가 이 섬을 떠날 때까지는 증명되지 않았으면 좋겠군."

이 우주의 뉴욕은 맨해튼 섬과 거의 비슷한 면적을 갖고 있었으나 지형은 전혀 딴판이었다. 쭉 뻗은 큰길은 별로 없었고 짧고 구불구불 호를 그리는 미로와 그 사이를 연결하는 방사상의 관으로 꽉 차 있었다. 다행히도 라마 안에서 방향을 잃어버릴 위험은 없었다. 하늘을 한 번 쳐다보기만 하면 이 세계의 남과 북을 금방 찾을 수 있다.

그들은 교차로를 만날 때마다 촬영하기 위해 멈추어 섰다. 그렇게 얻은 수백 장의 사진들을 모두 정리하고 나면 지루한 작업이 되겠지만, 그런대로 괜찮은 축소 모형을 만들어 낼 수 있을 것이다. 노턴 선장은 그렇게 완성된 그림 맞추기 퍼즐이 아마도 여러 세대 동안 과학자들을 괴롭힐 것이라고 생각했다.

이곳 뉴욕의 쥐죽은 듯한 침묵에 익숙해지는 일은 라마의 평원에서보다 더욱 힘든 일이었다. 기계든 도시든 항상 어떤 소음이 나기 마련이다. 그러나 가느다란 전기 진동음도, 기계 장치의 희미한 동작 소리 같은 것도 전혀 들려오지 않았다. 노턴 선장은 몇 번이고 건물의 벽이나 땅에 귀를 대고 주의 깊게 어떤 소리든 감지해 보려 했지만 모두 허사였다. 그저 자신의 심장 뛰는 소리밖에 들리지 않았다.

기계는 잠을 자는 것이다. 시운전을 해보기나 한 것일까? 그리고 이 기계가 깨어난다면 도대체 무엇을 목적으로 움직이는 것일까? 보기에는 모든 것이 완벽한 상태였다. 어딘가에 숨겨져 있을 참을성 많은 컴퓨터의 회로 하나만 건드리면 갑자기 도시 전체가 생기를 되찾아 요란스럽게 돌아갈 것만 같았다.

마침내 그들은 도시의 반대편 끝까지 도달한 뒤 제방 위로 올라가서 남쪽 바다를 굽어보았다. 그들의 접근을 막고 있는 남쪽 대륙의 5백 미터 절벽을 노턴 선장은 오래도록 바라보았다. 그것은 라마의 절반에 해당하는 지역에 그들의 발길이 닿지 못하도록 차단하고 있었다. 망원경으로 조사해 본 바에 따르면 남쪽 지역은 가장 복잡하고 다양한 구조물들이 밀집해 있는 곳이었다. 그들이 서 있는 지점에서는 어쩐지 험악하고 불길한 어둠에 싸여 있는 듯 보여서 5백 미터 벼랑은 마치 한 명의 죄수를 가두어 놓기 위해 대륙 전체를 둘러싼 담벼락처럼 여겨졌다. 라마를 한 바퀴 돌아 둘러쳐진 그 절벽에는 계단은 물론 접근할 수 있는 길이 아무 데도 보이지 않았다.

그는 라마인들이 어떻게 남쪽 대륙에서 뉴욕으로 올 수 있는지 의아했다. 아마 그들은 바다 밑에 어떤 교통수단을 마련해 두었거나, 아니면 비행기 같은 것을 이용했을지도 모른다. 도시 안에는 착륙장으로 쓸 만한 넓은 공터가 많이 있었다. '라마인들이 이용했던 탈것을 발견한다면 대단한 수확이 될 텐데. 게다가 그걸 조작하는 방법까지 알아내면 금상첨화겠지. 물론 수십만 년이 지난 뒤에도 연료장치가 제 기능을 다 할지는 알 수 없겠지만 말이야.' 겉보기엔 차고나 격납고처럼 보이는 구조물들이 수도 없이 보였지만 마치 봉인을 해 둔 것처럼 모두가 매끈했고 창문 하나 없었다. 언젠가는 폭약이나 레이저 광선을 써야겠지. 노턴 선장은 무뚝뚝하게 생각했다. 그는 그런 방법만큼은 가능한 한 최후의 순간까지 쓰고 싶지 않았다.

그가 그런 야만적인 수단을 혐오하는 것은 자존심 때문이었지만, 부분적으론 겁이 나서이기도 했다. 그는 결코 이해하지 못하는 것을 마구 때려 부수는 원시인처럼 행동하고 싶

지 않았다. 초대받지 않은 손님인 이상 분수에 맞게 행동해
야 한다.

겁이 난다는 말은 좀 지나친 표현이었고, 오히려 염려된다
는 말이 적절했다. 라마인들은 모든 것을 치밀한 계획에 따라
이루어 놓은 듯 보였다. 노턴 선장은 '라마의 것에 손대지 말
라'는 경고문을 굳이 발견하지 않더라도 애당초 이 섬을 떠날
땐 빈손으로 갈 작정을 하고 있었다.

24

잠자리

　제임스 팩은 인데버 호의 사관 중 가장 나이가 어렸고, 먼 우
주로 나오는 임무에 참가한 것이 이번으로 네 번째였다. 그는
패기 넘치는 사나이였으며 곧 진급할 대상이었으나, 또한 심
각한 법규위반을 저지르기도 했다. 그러므로 그가 결심을 굳
히기까지 오랜 시간이 걸린 것은 별로 이상한 일이 아니었다.
　아마도 도박이 될 터였다. 만약 진다면 그는 심각한 문제
에 직면하게 된다. 그의 경력에 오점을 남기는 정도로 그치는
것이 아니라 목숨이 달린 일이기도 했다. 그렇지만 성공한다
면 그는 영웅이 되는 것이다. 그에게 결단을 내리도록 부추긴
것은, 그러나 다른 이유였다. 이 기회를 놓쳐버린다면 남은
평생을 후회와 아쉬움 속에서 보내게 될 것이 뻔했다. 그런
데도 노턴 선장에게 개인면담 요청을 하고 나서도 계속 주저

하고 있었다.

'이런 때에 무슨 일이지?' 노턴 선장은 젊은 사관의 모호한 표정을 뜯어보며 속으로 자문했다. 보리스 로드리고와의 미묘한 면담이 떠올랐다. '아니, 그건 아니다. 제임스는 분명히 종교에 심취하는 타입은 아니다. 이 친구가 직무 외에 관심을 가지는 것이라면 운동과 여자뿐이고 또 되도록 그 둘이 결합한 것을 즐기려 한다.'

분명히 전자일 리는 없겠지만 한편 노턴 선장으로서는 여자 문제가 아니길 간절히 바라고 있었다. 그는 우주선 사관으로서 부딪칠 수 있는 어려움은 거의 다 겪어 본 편이었으나 단 한 가지 예외가 있었다. 오래전 임무 수행 중의 우주선에서 승무원이 아이를 낳은 적이 있었다. 그 일은 그 뒤 숱한 농담의 주제가 되었을 뿐 한 번도 재발한 적은 없었지만, 그런 낭패스런 일이 다시 일어나는 것은 어디까지나 시간문제일 뿐이었다.

"그래, 제임스. 무슨 일이야?"

"선장님, 제가 한 가지 생각이 있습니다. 아마도 남쪽 대륙에 갈 수 있을 것 같습니다. 어쩌면 남극까지도."

"계속 말해 봐. 어떤 방법으로 간단 말이지?"

"저… 날아서 가는 겁니다."

"이봐 제임스. 나는 그런 제안을 적어도 다섯 가지는 받았어. 지구에서 보내온 말도 안 되는 것들까지 합치면 훨씬 더되지. 우주복에 추진장치를 다는 방법을 연구해 봤지만, 공기

저항 때문에 별 효과를 기대할 수가 없었어. 10킬로미터도 가기 전에 연료가 다 소모되어 버린단 말이야."

"알고 있습니다. 그렇지만 제게 방법이 있습니다."

제임스의 태도는 자신만만함과 억제된 불안감이 묘하게 결합한 꼴이었다. 노턴 선장은 혼란스러웠다. '이 친구는 도대체 무얼 걱정하는 거지? 자신의 상관은 생각해 볼 가치도 없는 제안이라도 그냥 웃어넘기고는 절대 문제 삼지 않을 사람이란 걸 잘 알고 있을 텐데.'

"좋아, 계속 들어보기로 하지. 만약 잘 되면 자네 진급이 빨리 되도록 추천해 주겠어."

농담 반 진담 반인 그의 말은 그러나 별 효과가 없었다. 제임스는 어설픈 미소를 짓더니 몇 번이고 말을 빙빙 돌린 끝에 완곡하게 본론을 끄집어내기 시작했다.

"선장님도 알고 계시겠지만, 저는 지난해에 월면 올림픽에 참가했습니다."

"물론이지. 자네가 우승을 못 해서 나도 유감이야."

"장비가 좋지 않았습니다. 어느 부분이 나빴는지 저도 압니다. 제 친구가 지금 화성에서 비밀리에 새로운 모델을 만들고 있죠. 모두 놀라게 해줄 겁니다."

"화성에서? 내가 알기론…."

"하는 사람이 별로 없지요. 그곳에선 아직 운동 자체가 생소한 단계니까요. 잔테 스포츠 돔에서만 시범적으로 하고 있습니다. 그렇지만 태양계에서 공기역학이 가장 잘 들어맞는 곳은 화성입니다. 만약 그곳에서 날 수 있다면, 다른 어느 곳에서도 가능한 겁니다.

제 생각엔 말입니다. 화성 친구들이 가진 기술을 총동원해서 정말 좋은 걸 만들어 낸다면 달에서도 분명히 잘 날 수 있을 거라고 확신합니다. 중력이 반밖에 안 되니까요."

"이치에 닿는 말이군. 그런데 그게 지금 우리에게 무슨 도움이 된다는 거지?"

노턴 선장은 짐작이 가기 시작했지만, 제임스가 무슨 말을 하려는지 듣고 싶었다.

"네, 저는 화성의 포트 로웰에 있는 몇몇 친구들과 조합을 결성했습니다. 그 친구들은 아주 고급의 인력 비행기를 하나 만들었는데 이전에는 아무도 고안해 내지 못했던 장치들을 많이 부착시켰지요. 달의 중력으로 올림픽 돔에서라면 틀림없이 굉장한 반응들을 보일 겁니다."

"그리고 자네는 금메달을 따게 되겠지."

"저도 바라는 바입니다."

"내가 자네 생각을 말해 볼 테니 맞는지 들어 봐. 자전거 비행기가 6분의 1 중력의 월면 올림픽에 나갈 수 있다면 라마에서는 더욱더 효과적일 테지. 무중력이나 다름없으니 말이야. 자전축을 따라서 남극까지 곧장 날아갔다가 다시 돌아온다는 것 아닌가?"

"그렇습니다. 아주 쉬운 일이지요. 편도로는 쉬지 않고 가면 세 시간쯤 걸릴 겁니다. 물론 축에 근접한 고도에 머물러 있는 한, 마음만 먹으면 아무 때나 쉴 수 있지요."

"거 참, 훌륭한 생각이야. 축하해. 자전거 비행기가 우주탐사장비 목록에 들어 있지 않은 것이 정말 안타깝지만 말이야."

제임스는 말을 꺼내려고 적당한 단어를 찾느라 애를 먹고 있었다. 그는 몇 번이고 입을 열었지만 아무런 말도 하지 않았다.

"좋아, 제임스. 꽤 걱정되는 모양인데 절대 비밀을 보장해 주지. 그걸 어떻게 몰래 우주선에 실었나?"

"저…, 포장에 '오락용 기구'라는 딱지를 붙였습니다."

"흠, 자네로서는 거짓말을 한 것도 아니군. 무게는 얼마나 되지?"

"20킬로그램밖에 안 됩니다."

"'20킬로그램밖에'라고! 하긴 생각보다 무거운 편은 아니군. 아니, 인력 비행기를 어떻게 그렇게 가볍게 만들 수 있지?"

"15킬로그램짜리도 있습니다. 너무 허약해서 방향을 틀라 치면 그냥 부서져 버리기 일쑤지만. 제 '잠자리'는 그럴 염려는 없습니다. 말씀드렸다시피 아주 고등비행용으로 만들어졌거든요."

"잠자리라… 좋은 이름이군. 그럼, 자네 계획을 말해 줘. 그래야 자네의 진급을 추천할지 아니면 군법회의로 보낼지 결정할 수 있을 테니까. 어쩌면 둘 다일지도 모르겠지만."

25

시험비행

'잠자리'는 정말 어울리는 이름이었다. 끝으로 갈수록 가늘
어지는 모양의 긴 날개는 너무나도 투명해서 눈에 보이지도
않을 정도였다. 마치 비눗방울이 날개의 가느다란 뼈대를 둘
러싼 것처럼 비스듬한 각도에서 보면 찬란한 무지개색을 띠
었는데, 그 재질은 분자 몇 개의 두께에 불과한 유기질 섬유
였지만 시속 50킬로미터의 바람 속에서도 기체를 지탱할 만
큼 강인한 것이었다.

조종사이면서 동시에 엔진이기도 하고 또 항법장치이기도
한 제임스는 잠자리의 무게 중심에 있는 작은 좌석에 반쯤 누
운 자세로 자리를 잡게 되어 있었는데 이는 공기의 저항을 조
금이라도 줄이려는 방편이었다. 조종 장치는 단지 막대기 하
나뿐이었으며 그 조종간은 앞뒤 좌우로 움직이게 되어 있었

고, 또 유일한 '계기'로서 프로펠러 앞에 댕기가 달려 있었다. 무게추가 달린 그 댕기는 풍향을 알려주는 구실을 했다.

제임스는 중심축에서 잠자리의 조립을 일단 마치고 나서는 그 누구도 손대지 못하게 했다. 섣불리 손댔다가는 잠자리 골격의 섬유 가닥들이 부러지기 쉬웠으므로 당연한 조치였지만, 눈에 띌 듯 말 듯 신비스럽게 빛나는 날개를 보면 그 누구라도 한 번쯤 쓰다듬고픈 유혹을 억누르기 어려웠다. 정말로 거기에 무언가가 있기는 한 것인지 의심스러울 정도였다.

제임스가 그 이상한 비행기에 올라타는 모습을 바라보면서 노턴 선장은 또 다른 생각을 펼치기 시작했다. 만약 바다 건너편 지역에서 저 연약해 보이는 지주들이 부러지기라도 한다면 제임스가 다시 돌아올 방법은 없다. 설사 안전하게 착륙할 수 있어도 마찬가지다. 그리고 또 한 가지 우주 탐사 시의 절대적인 금기를 깨뜨리는 것은, 그가 단지 혼자서, 그리고 아무런 동무도 기대할 수 없는 상태로 완전한 미지의 장소에 간다는 사실이다. 그가 항상 눈에 보이는 곳에 있을 것이며 또 언제나 통신할 수 있다는 것만이 그나마 위안이 되었다. 만약 제임스가 사고를 당한다면 그에게 어떤 일이 일어날지는 불 보듯 뻔한 일이었다.

그렇지만 이 기회를 그냥 놓쳐버리기엔 너무 아까운 것도 사실이었다. 만약 운명이나 신의 섭리라는 것을 믿는다면 라마의 남쪽 지역을 자세히 살필 수 있도록 신이 주는 기회를 거부해 버리는 셈이다. 제임스는 자신이 하려는 일이 어떤 것인지를 그 누구보다도 잘 알고 있었다. 분명히 이번 일은 위험을 스스로 자처하는 꼴이다. 만약 행운이 따르지 않아 실패한다 해도 어쩔 수 없다. 그 누구도 운수를 자기 마음대로 다루지는 못하니까.

"자, 명심해서 들어, 제임스." 로라가 말했다. "절대로 체력을 낭비해선 안 돼. 자전축의 고도에선 산소의 농도가 희박하다는 걸 꼭 새겨두라고. 만약 숨 쉬는 게 불편해지면 언제든지 그 자리에 멈춰서 심호흡을 해. 단 30초 동안만, 그 이상은 말고."

제임스는 건성으로 고개를 끄덕거리면서 조종간을 점검하고 있었다. 조종석 뒤 5미터쯤에 하나의 작은 뭉치를 이룬 방향타 제어장치들이 동체 바깥쪽으로 달려 있었다. 제임스가 조종간을 잡아당겼다 밀었다 하자 부품들이 따라서 움직였고 양 날개 중간쯤에 달린 파리채 모양의 보조날개가 아래위로 도리질했다.

"내가 프로펠러를 돌려줄까? 시동을 걸어야지?" 옛날 20세기의 전쟁영화 장면을 떠올리면서 조 캘버트가 농담했다. "점화! 시동!" 제임스 말고는 아무도 그가 무슨 소리를 하는지 못 알아들었겠지만, 긴장을 푸는 데는 도움이 되었다.

아주 천천히, 제임스는 페달을 밟기 시작했다. 날개와 마찬가지로 가느다란 뼈대에 보일 듯 말 듯 한 막을 씌운 넓적한 프로펠러가 천천히 돌아갔다. 그것은 몇 바퀴 돌더니 홀연히 시야에서 사라져 버렸고, 그러고는 잠자리가 날아올랐다.

잠자리는 중심축에서 위쪽(또는 바깥쪽)으로 곧장 떠올라서 라마의 자전축을 따라 천천히 떠갔다. 제임스는 몇백 미터쯤 가다가 발을 멈춰 보았다. 공기를 밀면서 나아가는 물체가 아무런 동작도 없이 공중의 한 지점에 가만히 떠 있는 모습은 정말로 기묘한 것이었다. 대형 우주정거장 같은 몇몇 제한적인 조건들을 제외한다면 이런 일이 가능한 것은 이곳이 처음일 것이다.

"할 만한가?" 노턴 선장이 물었다.

"네, 말은 잘 듣는데 기체가 좀 불안정하군요. 왜 이런지는 알겠습니다. 무중력 상태거든요. 1킬로미터쯤 내려가면 괜찮을 겁니다."

"좀 기다려. 그렇게 내려가도 안전할까?"

고도를 낮춘다면 제임스로서는 가장 이로운 점을 스스로 포기하는 것이다. 잠자리가 정확히 라마의 자전축과 같은 고도에 위치하는 한 그와 그의 비행기는 무게가 완전히 제로이므로, 그는 손 하나 까닥 않고 계속 떠 있을 뿐만 아니라 원한다면 잠을 잘 수도 있다. 그러나 조금만 벗어나면 즉시 라마의 자전에 의한 원심력으로 인공중력이 생겨나는 것이다.

그러므로 자전축을 일단 벗어나면 그는 계속 고도를 잃게 된다. 동시에 중력은 계속 증가하므로 가속을 받아서 마침내 바닥에 떨어질 때는 불행한 결과가 빚어질 수도 있다. 바닥에서의 중력은 잠자리가 견딜 수 있는 한계의 두 배에 달하므로 설령 제임스가 멋지게 착륙을 해내더라도 결코 두 번 다시 이

류할 수는 없다.

그러나 제임스는 이미 이 모든 점을 고려하고 있었고 스스로 확고한 자신감을 느끼고 있었다. 10분의 1 중력에선 잠자리를 다루는 데 아무 문제가 없다. 그리고 공기가 희박한 곳에선 조종이 더 쉽다.

저 아래 알파 계단을 따라 엇비슷한 평행선을 그리면서 잠자리는 한가롭게 하늘을 천천히 떠갔다. 어떤 각도에서는 비행기가 거의 눈에 띄지 않았으므로 제임스는 혼자 공중에 떠서 맹렬하게 페달을 밟고 있는 것처럼 보였다. 제임스는 힘차게 페달을 밟아 시속 30킬로미터 정도까지 올린 뒤 발을 멈추고 천천히 활공하면서 조종 감각을 익히고는 다시 가속하는 과정을 되풀이했다. 그리고 그는 라마의 표면과 일정한 거리를 유지하도록 계속 주의하는 것도 잊지 않았다.

좀 더 고도를 낮추자 잠자리가 훨씬 더 말을 잘 듣는 것을 확연하게 느낄 수 있었다. 기체는 이제 흔들리지 않았고 두 날개는 7킬로미터 아래 라마의 바닥과 평행하게 안정된 자리를 잡았다. 제임스는 커다랗게 원을 몇 바퀴 그리고는 다시 힘차게 페달을 밟아 위로 올라갔다. 지켜보고 있던 동료들의 머리 위 몇 미터쯤에서 멈춘 제임스는 비로소 이 연약한 비행기를 어떻게 안전하게 착륙시켜야 할지 생각해 보지 않았음을 깨닫고 뒤늦은 낭패감을 느꼈다.

"밧줄을 던져 줄까?" 노턴 선장이 심각하게 물었다.

"아닙니다, 선장님. 저 혼자서 해내야지요. 남쪽으로 가면 아무도 도와줄 사람이 없잖습니까?"

제임스는 조종석에 앉은 채 한동안 생각에 잠겨 있다가 움찔움찔 페달을 밟아서 잠자리를 중심축 가까이 몰아갔다. 비행기는 공기저항 때문에 곧 운동량을 잃었으므로 다시 제자리에 멈추었다. 밧줄들이 실뜨기한 것처럼 얽혀 있는 곳에서 5미터가량 떨어진 곳에 잠자리를 두고 제임스는 둥둥 떠 가서 가까운 밧줄을 움켜쥐었다. 그리고 날렵하게 몸을 돌려 천천히 다가오는 잠자리를 손으로 조심스레 붙들었다. 아주 세련된 동작이었으므로 한바탕 박수갈채가 쏟아졌다.

"손목 좀 봐, 제임스." 로라가 이야기했다. "이 주머니를 주먹으로 한 번 쳐봐. 그리고 혈액검사를 해야겠는데 샘플을 약간만 좀, 자… 아, 그리고 숨 쉬는 데는 아무런 불편함이 없었어?"

"이 고도에서만 좀 거북할 뿐이죠. 그런데 혈액검사는 왜?"

"당분도를 재어 보려는 거야. 그러면 체력을 얼마나 소모했는지 알 수 있어. 임무를 수행하는 데 필요한 연료가 충분한지를 확실히 해야 하잖아? 그런데 자전거 비행기를 제일 오래 탄 기록은 얼마나 되지?"

"2시간 25분 3초 6입니다. 물론 달에서지요. 올림픽 돔의 2킬로미터 원형 코스에서요."

"그러면 여섯 시간쯤 버틸 수 있겠어?"

"어려울 거 없죠. 아무 때나 멈춰서 쉴 수 있으니까. 달에서 인력 비행기를 타는 건 여기에서보다 두 배는 힘든 일입니다."

"좋아, 제임스. 배의 연구실로 가자. 이 혈액의 분석이 끝나는 즉시 갈 수 있는지 없는지 얘기해 줄게. 부질없는 희망을 주려는 건 아니지만, 당신은 할 수 있을 것 같군."

제임스의 하얀 얼굴에 만족스러운 미소가 함빡 피어났다. 의무사관 로라를 따라 에어록을 지나가면서 제임스는 남은 동료들에게 단단히 주의를 시켰다. "절대로 건드리지 말아요, 제발. 날개에 손을 대면 정말 안 됩니다."

"걱정하지 말게, 제임스." 노턴 선장이 다짐했다. "잠자리에는 그 누구도 접근 금지다. 나를 포함해서."

26

라마의 목소리

자신이 감행하는 모험이 얼마나 심각한 것인지 바다에 다다를 때까지 제임스 자신도 실감하지 못하고 있었다. 지금까지는 잘 알고 있는 지역만을 지나왔다. 기체에 큰 결함이 없는 한 아무 때나 착륙해서 몇 시간만 걸어가면 기지로 갈 수 있었다.

이제 그런 선택의 여지가 사라졌다. 만약 그가 바다로 내려간다면 십중팔구 그 독성이 있는 물에 빠지는 불쾌한 경험을 피할 수가 없다. 그리고 설사 남쪽 대륙에 안전하게 착륙할 수 있어도 인데버 호는 태양에 가까워지기 전에 라마를 떠나야 하므로 그 전에 자신을 구하러 오기는 불가능했다.

그는 또한 예측할 수 있는 형태의 재난은 실제로는 잘 일어나지 않는다는 사실도 잘 알고 있었다. 완전히 미지의 영역으로 들어가는 만큼 앞으로 얼마나 놀랄 일들이 많이 생길지 알수 없었다. 만약 뭔가 날아다니는 물체가 있고 그것이 잠자리의 침입을 반가워하지 않는다면? 그는 비둘기보다 큰 것이라면 그게 무엇이든 간에 공중전을 벌이고픈 마음이 추호도 없었다. 치명적인 부분에 아주 작은 구멍 몇 개만 나면 잠자리는비행기의 기능을 완전히 잃어버리고 말 것이다.

그렇지만 아무런 위험이 없다면 힘들여 성취하는 것도 없고 결국 모험이라고 할 수도 없다. 지금 그와 자리를 바꿔기꺼이 이 일을 대신하겠다고 나설 사람이 수백만 명은 있을것이다. 제임스가 가는 곳은 이제까지 그 누구의 발길도 닿지않았을 뿐만 아니라 앞으로도 닿지 못할 것이다. 역사를 통틀어 라마의 남쪽 지역을 가보는 유일한 사람이었다. 공포가 엄습할 때마다 그는 그런 사실을 떠올리며 마음을 달랬다.

제임스는 이제 그를 둘러싼 세계의 공중에 앉아 있는 것이익숙해졌다. 자전축에서 2킬로미터가량 낮게 날고 있었으므로 위와 아래의 감각을 분명하게 느낄 수 있었다. 바닥은 6킬로미터 아래였고 거대한 아치의 하늘은 10킬로미터 위에 있었으며 그 하늘의 천장 근처에는 런던이, 곧바로 앞쪽에는 뉴욕이 있었다.

"잠자리." 중심축에서 얘기했다. "고도가 좀 낮다. 지금 자전축에서 2천2백 미터 아래다."

"고맙습니다." 제임스가 응답했다. "올라가겠습니다. 2천이 되면 알려주기 바랍니다."

그가 잠시도 주의를 게을리할 수 없는 것이 고도였다. 그냥 두면 저절로 아래로 내려갈 뿐만 아니라 지금 잠자리의 고도가 정확히 얼마인지 알려주는 계기가 전혀 없었다. 만약 무중력 고도에서 너무 떨어져 버리면 다시는 올라갈 수 없다. 다행히 여유는 많은 편이었고 또 중심축에서는 동료들이 망원경으로 그의 비행을 계속 주시하고 있었다.

이제 바다를 거의 벗어난 채 시속 20킬로미터 정도를 일정하게 유지하고 있다. 5분 이내에 뉴욕 상공에 도달할 것이다. 뉴욕 섬의 모습이 마치 라마의 바다를 영원히 돌고 도는 배의 모습처럼 다가오기 시작했다.

제임스는 뉴욕 상공에 도달하자 한 바퀴 원을 그리면서 텔레비전 카메라가 흔들리지 않는 그림을 잡을 수 있도록 때때로 멈춰 섰다. 건물들, 탑들, 그리고 여러 가지 공장이며 발전소같이 보이는 것들을 내려다보는 일은 재미있긴 했지만 별 소득은 없었다. 그 복잡한 것들은 아무리 오랫동안 쳐다봐도 도무지 뭐가 뭔지 하나도 짐작되지 않았다. 카메라는 그가 실제로 보고 느끼는 것보다 훨씬 더 세밀한 그림들을 제공할 것이다. 그리고 어느 날엔가는, 아마도 몇 년 뒤에 어떤 학생이 그 사진에서 라마의 신비를 푸는 열쇠를 발견할지도 모른다.

뉴욕을 떠난 뒤 다시 바다로 접어든 제임스는 15분 만에 횡단을 마쳤다. 제임스는 미처 모르고 있었지만, 바다에서 열심히 발을 눌렀다가 남쪽 해안에 들어서면서 저도 모르게 긴장이 풀려 속도가 몇 킬로미터나 떨어졌다. 완전히 낯선 지역에 들어와 있었지만 이제 적어도 육지 위를 날고 있었다.

남쪽 대륙의 경계를 이루는 깎아지른 절벽 위를 지나자마자 제임스는 카메라를 한 바퀴 돌려 남쪽 지역의 전경을 잡았다.

"멋지군!" 중심축에서 외쳤다. "지도 만드는 사람들이 좋아하겠는걸. 기분이 어떤가?"

"좋습니다. 약간 피곤하긴 하지만 예상했던 정도입니다. 지금 남극에서 얼마나 떨어져 있죠?"

"15.6킬로미터다."

"10킬로미터가 되면 말해 주십시오. 그때 휴식을 취하겠습니다. 제가 고도를 유지하는지 계속 지켜봐 주십시오. 5킬로미터 남은 지점에서 자전축으로 올라가겠습니다."

20분 뒤 제임스는 자신을 둘러싸고 있는 세계의 끄트머리에 도달했다. 여기서부터는 원기둥 모양의 구역이 끝나고 남극의 돔으로 들어간다.

그는 출발 전 중심축에서 몇 시간 동안 망원경을 붙잡고 남쪽 지역의 지형을 머릿속에 새겨 넣었지만, 지금 자신을 둘러싸고 있는 이 압도적인 광경을 받아들이기엔 부족한 준비였음을 절감하게 되었다.

라마의 북쪽 지역과 남쪽 지역은 어느 모로 보나 전혀 다른 모습이었다. 이곳엔 세쌍둥이 계단도, 좁다랗고 동그란 테라스도, 그리고 중심축에서 평면으로 뻗어 내린 완만한 곡면의 벽도 없었다. 그 대신 길이 5킬로미터는 됨직한 거대한 뿔이 남극의 자전축 지점에서 뻗어 나와 있었다. 그리고 그 둘레에는 절반 크기의 버금 뿔 여섯 개가 같은 간격으로 빙 돌아가며 솟아 있었다. 전체 모습은 마치 동굴 꼭대기에 절묘하게 대칭을 이루어 달린 종유석처럼 보였다. 반대로 보면 커다란 분화구 안에 세워진 거대한 캄보디아식 사원의 뾰족탑 같기도 했다.

바닥의 평면으로부터 솟아올라 그 가느다랗고 뾰족한 뿔들을 떠받치는 거대한 벽받이가 있었다. 라마 전체의 무게를 지탱할 만큼 거대한 것이었는데 만약 누군가가 가정한 대로 그것이 라마의 외부 추진장치의 일부라면 실제로 이 어마어마한 세계를 떠받치는 기능을 맡고 있을 것이다.

제임스는 조심스럽게 접근했다. 뿔과의 거리가 1백 미터쯤되자 발을 멈추고 잠자리가 저 혼자 떠 있도록 내버려 두었다. 방사능을 측정해 보니 라마 내부의 평균과 별 차이 없는 매우 낮은 수준이었다. 인류가 가진 계기로는 잡아낼 수 없는 어떤 힘이 작용하고 있을지도 모르지만 설사 그렇다 해도 그것은 피할 수 없는 위험이다.

"뭐가 보이나?" 중심축에서 걱정스럽게 물어왔다.

"그냥 큰 뿔입니다. 아주 반반해서 흠집 하나 없습니다. 끝이 얼마나 뾰족한지 바느질을 해도 될 것 같습니다. 가까이 가기가 겁날 정도입니다."

그의 말은 반은 진담이었다. 그처럼 거대한 물체가 기하학적으로 완벽한 정점을 가진 원뿔 모양으로 존재한다는 사실이 믿기지 않았다. 제임스는 핀으로 꿰뚫려 고정된 곤충들의 표본을 본 적이 있지만, 자신의 잠자리도 그와 같은 운명을 겪게 할 생각은 전혀 없었다.

제임스는 천천히 페달을 밟아 뿔의 지름이 수 미터 정도 되는 끄트머리 지점까지 와서 다시 멈추었다. 그리고 작은 상자를 열어서 조심스럽게 야구공만 한 물체를 꺼내어 뿔의 표면으로 던졌다. 둥둥 떠가는 그 공을 따라 보일 듯 말 듯 한 실가닥이 풀리고 있었다.

끈끈이 공은 부드럽게 뿔의 표면에 맞더니 되튕기지 않았다. 제임스는 실을 살짝 잡아당겨 보고는 다시 좀 더 세게 끌어당겼다. 낚시꾼이 고기를 낚아 올리듯 천천히 실을 잡아당겨 잠자리를 가까이 대고는 손을 뻗쳐 뿔의 표면을 만져보았다.

'이것도 일종의 착륙이라고 할 수 있겠지.' 제임스는 그리 생각하며 중심축에 보고했다. "마찰이 거의 없는 유리 같은 감촉이고 약간 따뜻합니다. 끈끈이 공의 효과가 썩 좋습니다. 여기다가 마이크를 대어 보겠습니다. 마이크가 잘 붙었나 봐 주십시오. 연결합니다. 뭐가 들립니까?"

한참 뒤 중심축의 맥 빠진 소리가 들려왔다. "아무것도. 늘 있는 잡음뿐이다. 뭐든 금속으로 두드려 보겠나? 그러면 적어도 속이 비었는지는 알 수 있을 테니까."

"알겠습니다. 자, 어떻습니까?"

"뿔을 따라서 나란히 날아가면서 매 5백 미터마다 검사해 보는 게 좋겠다. 뭔가 이상한 게 있는지 계속 살펴보고 안전하다는 판단이 서면 버금뿔 쪽으로 건너가 보도록 하라. 단, 문제없이 무중력 고도로 돌아올 수 있다고 확신할 때에 한해서다."

"버금뿔들은 자전축에서 3킬로미터 거리입니다. 그 정도 내려가도 달의 중력보다는 약간 높습니다. 애초에 잠자리를 설계할 때 예상했던 수준이니까 조금만 힘을 쓰면 됩니다."

"제임스, 나 선장이다. 자네 카메라가 잡은 그림을 보면 내 생각엔 버금뿔들은 중심의 뿔하고 똑같은 것 같다군. 그냥 그곳에서 망원렌즈로 가능한 한 자세히 잡아 보도록 해. 뭔가 중요한 것을 발견하지 않는다면 자네가 낮은 중력 고도에서 벗어나지 않았으면 좋겠어. 그리고 그 뿔에 대해 같이 연구해 보기로 하지."

"알겠습니다, 선장님." 대답하는 제임스의 목소리엔 알 듯 말 듯 한 안도감이 배어 있었다. "중심뿔 가까이에 계속 머물러 있겠습니다. 자, 다시 갑니다."

엄청나게 높고 가파른 산봉우리 사이의 좁은 골짜기를 곧바로 떨어져 내리는 느낌이었다. 뿔은 이제 그의 앞에 1킬로미터가량 뻗어 있었고 버금뿔 여섯 개가 올라와 있는 모습도 어렴풋이 보였다. 아치를 그린 완만한 곡선의 바닥과 벽받이가 빠르게 다가왔다. 제임스는 그 거대한 구조물 어딘가에 안전하게 착륙할 수 있지 않을까 생각했다. 뿔의 지름이 점점 커지면서 고도도 자꾸 낮아져서, 끈끈이 공의 연약한 흡착력으로 버티기에는 중력이 너무 강해져 있었다.

남극으로 가까이 가면 갈수록 제임스는 커다란 성당의 둥근 천장 밑으로 날아드는 참새 같은 기분을 느끼고 있었다. 사실 지구에는 이곳의 1백 분의 1 크기만 한 성당조차 건립된 적이 없지만, 그는 그곳이 정말로 무슨 납골당이나 그 비슷한 장소는 아닐까 궁금해하다가 곧 그 생각을 물리쳐 버렸다. 라마 어느 곳에도 예술적인 표현으로 짐작되는 흔적을 찾아볼 수 없었다. 모든 것은 순전히 어떤 기능을 위해서만 존재했다. 아마도 라마인들은 우주의 신비와 그 궁극의 비밀을 일찌감치 깨달아서 지구 인류 문명의 원동력인 동경과 야심에는 초연한 것인지도 모른다.

그다지 깊이가 있다고는 할 수 없는 제임스의 철학에 그런 생각은 아주 재미없고 생소한 것이었다. 그는 갑자기 사람들과 접촉을 하고픈 욕구를 느끼고는 먼 곳의 동료들에게 현재 상황을 알렸다.

"다시 말해 달라, 잠자리." 중심축에서 말했다. "잘 안 들린다. 그쪽 소리가 흔들린다."

"반복합니다. 6번 버금뿔의 뿌리 부분에 와 있습니다. 지금 끈끈이 공으로 잠자리를 잡아당기는 중입니다."

"전부 다 알아듣지 못했다. 내 말 잘 들리는가?"

"그렇습니다. 완벽합니다. 반복합니다. 완벽하게 잘 들립니다."

"천천히 수를 세어보라."

208

"하나, 둘, 셋, 넷….."

"잘 안 들린다. 15초 동안 신호음을 보내라. 그리고 다시 육성으로 해보라."

"지금 보냅니다."

제임스는 라마의 어느 곳에 있더라도 자신의 위치를 알릴 수 있는 저출력의 신호 발신기를 켜고 초를 거꾸로 세어나갔다. 잠시 뒤 다시 중심축에 이야기하는 그의 목소리는 다소 구슬픈 어조였다. "무슨 일입니까? 이제 제 말이 잘 들립니까?"

중심축에선 못 들은 모양이었다. 왜냐하면 이번에는 15초 동안 텔레비전 신호를 보내도록 요구했기 때문이다. 제임스가 질문을 두 번째 반복할 때까지 중심축에선 아무 말도 없었다.

"다시 얘기하게 되어 반갑다, 잠자리. 이제 문제없다. 그런데 그쪽이 뭔가 이상하다. 들어보라."

수신기에서 조금 전 자신이 보낸 귀에 익은 신호음이 들려왔다. 한동안은 정상이었다. 그러다가 이상야릇한 변조파가 슬금슬금 끼어들었다. 1천 헤르츠의 신호음이, 아주 낮아서 귀에 들릴 듯 말 듯 한 진동파에 의해 간섭당하고 있었다. 마치 베이스 가수가 제일 낮은 음으로 목을 떠는 듯한 소리였다. 그리고 그 변조파 자체도 스스로 진동하고 있었다. 올라갔다 내려갔다, 올라갔다 내려갔다, 그렇게 약 5초 간격으로 떨리고 있었다.

제임스의 무전기에는 아무런 이상도 없었다. 전파변조는 외부에서 비롯된 것이다. 그게 어떤 건지, 그리고 무엇을 의미하는지는 제임스로서도 상상조차 할 수 없었다.

중심축에서도 그럴듯한 설명은 없었지만 한 가지 이론을 제안했다.

"우리 생각엔 자네가 약 10헤르츠의 주파수대를 가진 굉장히 강력하고, 아마도 자성을 가진 어떤 힘의 영향권 안에 들어가 있다고 여겨진다. 몹시 강력하므로 틀림없이 위험할 것 같으니, 즉시 그곳에서 벗어나기 바란다. 그 힘은 좁은 범위의 국부적인 영향력을 가졌을 것이다. 신호 발신기를 다시 켜라. 그러면 우리가 재발신해 주겠다. 간섭이 점점 적어지는 쪽으로 날아가면 그 힘에서 벗어날 수 있을 것이다."

제임스는 착륙하려던 시도를 포기하고 황급히 끈끈이 공을 거두어들였다. 크게 원을 그리며 잠자리의 방향을 돌리고는 이어폰의 신호음이 떨리는 것을 주의 깊게 들으며 힘차게 페달을 밟았다. 몇 미터 가기도 전에 변조파의 강도가 급속하게 떨어지는 것이 느껴졌다. 중심축에서 예측한 대로 그 힘은 매우 국소적인 영향력을 미치고 있었다.

그는 변조파가 사라지기 직전에 신호음 가장자리의 마지막 진동을 확인하듯 잠시 멈추어 섰다. 원시의 야만인이 거대한 동력 변환기의 낮은 진동음을 살짝 엿듣고는 겁을 집어먹은 채 도망가는 꼴이었다. 그 야만인은, 위력을 발휘할 때를 기다리고 있는 엄청난 에너지가 갈 길을 못 찾고 누출되는 소리를 들었다고 생각하고 있었다.

제임스는 그게 무슨 소리이든 간에 더 이상 들리지 않아 기뺐다. 거대한 구조물들이 자신을 압도하는 남극 지역은 외로운 나그네 혼자서 라마의 목소리를 듣기에는 결코 어울리는 장소가 아니었다.

27

전기 바람

제임스가 기수를 돌리자 라마의 북쪽은 믿을 수 없을 만큼 멀어 보였다. 이 엄청난 세계의 한쪽 끝을 막은 돔에 Y자를 새기고 있는 세 개의 거대한 계단들조차 보일 듯 말 듯 희미했다. 그리고 라마의 바다는 너무도 넓게 보여서 잠자리의 가냘픈 날개가 조금만 이상을 보이면 마치 이카루스와 같은 운명으로 삼켜 버리려는 듯 으름장을 놓고 있었다.

그러나 그는 이제까지 비행하는 동안 아무런 문제도 겪지 않았고 약간 피로를 느끼긴 했지만 걱정되는 일은 하나도 없었다. 식량이나 물통은 건드리지도 않았고 또 휴식을 취하기엔 너무 흥분해 있었다. 돌아가는 길엔 좀 긴장을 풀고 느긋하게 갈 참이었다. 또한 가는 길이 올 때보다 20킬로미터 정도 짧을 수 있다는 점도 그를 안심하게 했다. 바다를 지나가기만

하면 북쪽 대륙 아무 데서나 비상착륙을 해도 된다. 한참 걸어야 하니 좀 성가신 일이긴 할 것이다. 게다가 그러면 안타까운 건 잠자리를 포기해야 한다. 아무튼 제임스는 이런 생각으로 여유 있게 날아가고 있었다.

그는 뿔의 끄트머리 쪽을 향해 나란히 비행하면서 착실하게 고도를 올려갔다. 그 거대한 바늘의 끝은 아직 1킬로미터 정도 앞에 있었는데 제임스는 간간이 이 뿔이 라마의 자전축처럼 느껴지곤 했다.

뿔 끝에 다다를 즈음 그는 뭔가 기묘한 느낌을 받았다. 이상한 예감 같은 것이 심리적으로, 그리고 분명히 감각적으로도 그를 덮치고 있었다. 갑자기 옛날에 우연히 마주쳤던 글귀가 떠올랐는데 하나도 도움이 되지 않는 것이었다. '누군가가 너의 무덤 위를 걷고 있다.'*

처음에 제임스는 대수롭지 않게 생각하고 계속 페달을 밟았다. 애매한 불쾌감을 굳이 중심축에 알리고 싶은 생각은 전혀 없었으나 갈수록 그 언짢은 느낌이 점점 강해져서 마침내 무시할 수가 없게 되었다. 분명히 심리적인 것이 아니었다. 제임스는 그렇게 마음이 여린 사람이 아니다. 글자 그대로 그의 살갗에 뭔가 스멀스멀하는 느낌이 있었다.

제임스는 발을 멈추고 심각하게 상황을 살펴보기 시작했다. 그를 더 안절부절못하게 하는 것은 이 으슥한 느낌이 전혀

---

* 까닭 없이 몸이 오싹할 때 쓰는 영어의 관용적 표현

생소한 것이 아니라는 사실이었는데, 전에 어디서 이런 걸 경험했는지 도대체 기억해 낼 수가 없었다.

그는 자기 주변을 살펴보았다. 아무것도 이상한 건 없었다. 수백 미터 앞까지 거대한 뿔이 뻗어 있고 그 앞으로 라마의 신비스런 세계가 펼쳐져 있다. 8킬로미터 아래에는 제임스 외에 그 누구도 보지 못한 경이로운 남쪽 지역의 지형이 마치 쪽모이 세공을 한 듯이 복잡하게 깔려 있었다. 완전히 생경한, 그러면서도 이제는 친숙한 풍경에서도 이 기묘한 불쾌감의 원인을 찾아낼 수는 없었다.

뭔가가 그의 손등을 간질였다. 제임스는 무슨 벌레가 날아와 앉았나 보다 생각하고 보지도 않고 다른 손으로 쓸어 버렸다. 아니 쓸어 버리려고 손을 얹었다가 문득 자신의 어리석음을 깨닫고는 멈추었다. 물론 라마 안에 벌레 따위는 있을 리 없는 것이다….

제임스는 손을 들어 올려 쳐다보고는 다소 당혹한 심정이 되었다. 그 근질근질한 느낌은 여전히 남아 있을 뿐만 아니라 팔뚝의 털들이 죄다 쭈뼛쭈뼛 곤두서 있었다. 손들 들어 쓰다듬어 보니 머리카락도 마찬가지였다.

'바로 이것 때문이었군. 나는 지금 굉장히 강력한 전기장 안에 있어.' 그가 느꼈던 그 야릇한 불쾌감은 지구에서도 천둥이 치기 전에 종종 덮치던 것이었다.

자신의 처지를 깨닫자 제임스는 갑자기 당황하기 시작했다. 이제까지 그는 한 번도 이처럼 물리적으로 위험한 상황에

부닥쳐 본 적이 없었다. 다른 모든 우주인처럼 제임스도 갑자기 장비가 말을 안 들어 자신이 위기에 처했다고 오판했던 경험이 있었다. 그런 일들은 대개 몇 분 만에 실수나 경험 미숙에서 오는 해프닝으로 밝혀졌고 그는 한바탕 웃어 버리곤 했다.

그러나 이번에는 재빠르게 빠져나갈 방법이라곤 없었다. 제임스는 완전히 벌거벗겨진 채 이 낯설고 혹독한 하늘에서 언제 분노를 터뜨릴지 모르는 엄청난 힘의 그물에 갇혀 버린 심정이었다. 원래 부서지기 쉬운 잠자리였지만 이젠 있으나 마나 한 천 조각에 불과했다. 최초의 천둥소리를 만나는 즉시 잠자리는 산산조각이 날 것이다.

"중심축!" 제임스는 다급하게 외쳤다. "제 주위에서 전기장의 강도가 계속 증가하고 있습니다. 당장에라도 번개가 내리칠 것 같습니다."

제임스가 간신히 말을 마칠 때쯤 그의 뒤쪽 멀리에서 불꽃이 팍팍 튀었다. 그가 셈을 시작해서 열을 세기도 전에 우르릉거리는 소리가 들려왔다. 그리고 3킬로미터 밖의 버금뿔들 쪽으로 돌아온 메아리가 도착했다. 그가 그쪽을 쳐다보니 각 뿔 하나하나마다 불꽃이 튀고 있었다. 방전된 불꽃들이 뿔 끝에서 수백 미터 길이로 뻗어 서로 돌아가며 너울너울 춤추는 모습이 마치 거대한 전동기를 보는 것 같았다.

버금뿔들 사이에서 벌어지는 일들은 중심뿔에서는 더 큰 규모로 일어날 것이다. 제임스가 취할 수 있는 행동 중 제일 현명한 것은 가능한 한 빨리 이 위험한 구조물에서 멀리 벗어나

깨끗한 하늘로 들어가는 것이다. 그는 다시 힘차게 페달을 밟으면서 잠자리가 견딜 수 있는 한도 내에서 가속을 더했다. 그와 동시에 잠자리는 고도를 잃기 시작했지만, 제임스는 중력이 더 강한 높이로 떨어지는 위험을 기꺼이 감수할 작정이었다. 8킬로미터의 고도는 만일의 추락을 대비하기에는 너무 높았다.

중심뿔의 불길한 모습에서 아직 아무런 움직임도 엿보이지 않았지만, 제임스는 엄청난 전하가 그 주위에서 꿈틀거리고 있음을 믿어 의심치 않았다. 때때로 그의 뒤쪽에서 들려오는 불꽃 터지는 소리가 라마의 내부를 돌고 돌며 메아리쳤다. 이처럼 맑은 하늘에서 천둥소리가 울리는 것이 제임스에겐 매우 이상하게 여겨졌지만, 곧 그것은 기상 현상이 아님을 깨달았다. 어쩌면 라마의 남극 돔 어딘가의 숨겨진 곳에서 에너지가 약간 누출되는 하찮은 일일 수도 있다. 그렇지만 하필 왜 지금? 그리고 그보다 더 중요한 것은, 이다음엔 무엇이 오는 걸까?

뿔의 꼭짓점을 무사히 지난 제임스는 곧 전기장의 영향력에서 벗어나기를 간절히 바라며 계속 페달을 밟아댔다. 그러나 이제 또 다른 문제가 그를 곤혹스럽게 만들었다. 대기의 움직임이 점점 거칠어지기 시작했다. 잠자리 조종이 갈수록 어려워졌다. 난데없이 불어오는 바람 때문에 잠자리의 가냘픈 뼈대가 위태롭게 삐걱거렸다. 그는 자기 몸의 격렬한 움직임을 부드럽게 잡아 보려고 악전고투하며 속절없이 페달을 계속 밟았다. 잠자리는 그의 신체 일부나 다름없었기 때문에 어느 정도 효과는 있었지만 한 번 흔들릴 때마다 날개나 기체의 뼈대에서 나는 날카로운 비명 같은 소리가 몹시 신경을 거슬리게 했다.

그리고 그를 불안하게 만드는 것이 또 있었다. 가스 같은 것이 좁은 틈 사이로 세차게 새어나가는 소리가 희미하게 들려왔다. 점점 커지는 그 소리는 중심뿔 쪽에서 들려오고 있었다. 밸브에서 엄청난 압력으로 가스가 새어나가는 듯한 소리였는데 제임스는 그게 지금 자신을 괴롭히는 난기류와 무슨 관계가 있지 않나 하는 생각이 들었다. 그것이 무슨 소리이건 간에 그에게는 불안감만 더해 줄 뿐 결코 반가운 것이 못 되었다.

제임스는 틈틈이 자신이 처한 위기를 중심축에 알렸으나 헐떡거리며 짤막하게 전해져 오는 그의 얘기를 듣고도 누구하나 도움이 될 만한 충고나 앞으로 일어날 일을 알려주지 못했다. 그러나 제임스로서는 친구들의 목소리를 듣는 것만으로도 위안이 되었다. 한편으론 다시는 그들의 얼굴을 못 보게 되지나 않을까 하는 생각이 차츰 고개를 들고 있었다.

대기의 교란은 갈수록 격렬해지고 있었다. 제임스는 마치 제트기류에서 빠져드는 듯한 느낌을 받았다. 그는 지구에서 고공 글라이더의 기록 경신에 도전하다가 실제로 그런 경험을 한 적이 있었지만, 라마에선 도대체 무엇이 제트기류를 만들어 낸단 말인가?

잠시 자신의 질문에 대한 답을 생각해 보던 제임스는 곧 결론을 얻었다.

그가 들었던 소리는 엄청난 전하로 뿔 근처의 공기가 순식간에 이온화되어 한꺼번에 바깥쪽으로 빠져나가면서 생긴 것이었다. 라마의 자전축에서 사방으로 흩어지는 대기의 자리를 메우기 위해 바깥쪽의 공기가 기압이 낮은 자전축 쪽으로 밀려들어 오는 것이다. 제임스는 이제 한층 더 위협적이 된 거대한 원뿔을 돌아보면서 사납게 몰아쳐 오는 난기류의 경계를 눈으로 확인하려고 애썼다. 아마도 가장 좋은 길은 저 쉭쉭거리는 소리에 귀를 기울이면서 그로부터 가능한 한 멀리 떨어지는 방법일 것이다.

라마는 적어도 기회는 주고 있었다. 그의 뒤쪽에선 불꽃이 계속 튀어나와 온통 하늘을 메우다시피 했다. 제임스가 돌아다보니 불꽃들이 여섯 갈래로 나뉘어서 중심뿔과 각 버금뿔들의 꼭짓점을 이으며 댕기처럼 춤을 추고 있었다. 그리고 세찬 진동이 잠자리를 덮쳤다.

28

이카루스

　잠자리가 일견 우아한 모습으로 접히고 뒤틀리기 시작할
때 제임스는 가까스로 외쳤다. "날개가 휘어졌습니다. 추락할
것 같습니다." 왼쪽 날개가 중간에서 완전히 접혀 버리더니 바
깥 부분이 떠다니는 낙엽처럼 날아가 버렸다. 오른쪽 날개는
좀 더 복잡한 과정을 겪었다. 날갯죽지 부근이 뒤틀렸다가 갑
자기 제자리로 돌아가면서 끄트머리가 비행기 꼬리 부분을 덮
쳐서 한데 엉겨 버렸다. 제임스는 천천히 떨어지고 있는 구멍
난 연을 탄 듯한 느낌이었다.
　아직 완전히 절망적인 상황은 아니다. 프로펠러는 작동 중
이고 체력이 다하지 않는 한 어느 정도는 조종할 수 있다. 아
마도 5분 정도는 버텨줄 것 같다.
　'어떻게 바다까지 갈 수 있는 희망은 없을까? 안 되겠다.

너무 멀다.' 문득 자신이 지구에서와 같은 생각을 하고 있음을 깨달았다. 제임스는 훌륭한 수영선수이기도 했지만, 바다에서 구조되기까지는 몇 시간이 걸릴 것이고 이미 그때쯤이면 저 유독한 바닷물이 자신의 목숨을 앗아간 뒤일 것이다. 유일한 희망이라면 안전하게 육지에 착륙하는 것이다. '남쪽 해안의 깎아지른 듯한 절벽을 통과하는 문제는 나중에 생각해 보자. 만약 '나중'이 있다면.'

아직 10분의 1 정도의 중력지대에 있었으므로 잠자리는 매우 천천히 떨어지고 있었지만, 자전축에서 계속 멀어지고 있는 만큼 곧 가속이 붙을 것이다. 그러나 사납게 요동하고 있는 공기의 저항이 그의 추락속도를 다소 늦춰 줄 듯했다. 잠자리는 비록 엔진이 힘을 쓰지 못하더라도 쓸 만한 낙하산 구실은 할 것이다. 기력이 다한 제임스는 단 몇 킬로그램의 추진력밖에 낼 수 없었지만, 그것이 사느냐 죽느냐를 가름하게 될 수도 있었다. 그것은 또한 그의 마지막 희망이었다.

중심축에선 아무런 말도 없었다. 제임스의 동료들은 지금 그에게 일어나고 있는 일을 똑똑히 보고 있겠지만 도움이 될 만한 얘기를 해줄 수 없다는 사실도 뼈저리게 느끼고 있으리라. 지금 제임스는 이제껏 해본 중에서 가장 세련된 고난도 조종술을 구사하고 있었다. '관중이 적어서 유감이군. 더구나 이 기술을 제대로 알아보고 감상해 줄 사람이 없다니.' 그는 마음속으로 쓸쓸하게 웃었다.

잠자리는 커다란 원을 그리며 나선형으로 계속 떨어져 내렸다. 나선의 경사가 완만하면 완만할수록 그가 살아날 수 있는 확률도 높아진다. 열심히 밟고 있는 페달은 잠자리의 공중 부양력을 다소나마 지탱해 주고 있었지만, 제임스는 날개가 완전히 떨어져 나갈 것을 우려해 온 힘을 다 쏟고 있지는 않았다. 나선을 그리며 떨어지는 잠자리가 남쪽을 향할 때마다 라마가 그를 위해 펼쳐 주는 듯한 복잡하고 환상적인 풍경이 눈에 들어왔다.

중심뿔과 그 주위의 버금뿔들 사이에 걸친 불꽃의 댕기들은 여전히 번쩍거리며 춤추었고 게다가 지금은 빙빙 돌아가고 있었다. 여섯 개의 뿔이 달린 커다란 불꽃 왕관이 수초마다 한 바퀴씩 라마의 자전 방향과 반대로 회전하고 있었다. 제임스는 커다란 전동기가 돌아가는 것을 보는 느낌이었는데 아마 실제로도 그와 비슷한 형상일 것이다.

평평한 나선을 그리면서 바닥까지 절반가량 떨어졌을 즈음 갑자기 불꽃들의 난무가 멈추었다. 하늘을 가득 메웠던 그 불쾌한 느낌의 전하도 사라져서 뻣뻣하게 곤두섰던 머리카락이 다시 내려앉은 걸 보지 않고도 알 수 있었다. 이제 생존을 위해 필사적으로 몸부림치는 마지막 몇 분간 그의 신경을 거슬리거나 방해하는 것은 없어졌다.

그가 추락할 지역이 대충 눈에 들어왔으므로 제임스는 주의 깊게 지형을 살피기 시작했다. 저 아래엔 완전히 대조적인 무늬와 색상을 지닌 서양 장기판 같은 모습이 펼쳐져 있었다. 미치광이 조경사가 상상의 날개를 마음껏 펼쳐서 고스란히 실현해 놓은 듯한 인상이었다. 장기판의 각각의 네모는 한 변이 1킬로미터쯤 되어 보였고 대부분은 평평한 것 같았지만, 그 색깔과 결의 모양이 너무나도 다양해서 과연 표면이 단단한 것인지 확신할 수가 없었다. 제임스는 착륙 지점을 선택하는 것을 마지막 순간까지 미루기로 했다. 정말로 선택할 수 있다면.

최후의 몇백 미터가 남았을 때 그는 마지막으로 중심축을 불러냈다.

"아직 조종이 약간은 가능합니다. 30초 정도 있으면 땅에 닿을 것 같습니다. 그때 다시 호출하겠습니다."

너무도 낙관적인 생각이라는 것을 모두 잘 알고 있었지만, 제임스는 안녕이라고 말하는 것을 애써 거부했다. 자신이 마지막 순간까지 두려워하지 않고 용감하게 운명과 맞서 싸웠다는 사실을 동료들이 알아주었으면 하고 바랐다.

실제로 그는 거의 공포를 느끼지 않고 있었는데 평소 자기가 그렇듯 뛰어나게 용감한 사람이라고는 생각하지 않았기 때문에 자신도 내심 놀라고 있었다. 자기 자신과는 전혀 상관없는 어느 낯선 이의 처절한 투쟁을 담담히 지켜보는 느낌이었다. 게다가 그는 잠자리가 떨어지면서 연출해 내는 여러 가지 공기역학적 움직임들과 변화하는 변수들의 양상을 전문가의 시각으로 관찰하고 있었다. 단 한 가지 마음을 건드리는 것은 이제 잃어버린 기회들에 대한 아쉬움이었다. 다음번 월면 올림픽에 참가할 수 없다는 가장 중요한 사실을 비롯해서…. 적어도 한 가지 미래는 결정되었다. 이제는 잠자리의 멋진 비행 모습을 결코 달에서는 선보일 수 없을 것이다.

1백 미터 남았다. 대지속도(對地速度)는 그렇게 빠른 것 같지 않았지만 실제로 땅에 부딪히는 속도는 얼마나 될까? 한 가지 행운이 있었다. 바로 아래의 지형이 아주 평평하다는 것이다. 제임스는 마지막 젖 먹던 힘까지 쏟아부어 페달을 밟았다. 지금이다!

그럭저럭 제구실을 해왔던 오른쪽 날개가 마침내 날갯죽지에서 찢어져 나가 버렸다. 잠자리가 빙글빙글 돌기 시작하자 제임스는 체중을 이리저리 옮기면서 회전을 멈추어 보려고 필사적으로 몸부림쳤다. 바닥에 떨어질 때 그는 16킬로미터 위 하늘의 완만한 곡선 벽을 똑바로 바라보고 있었다.

'하늘이 저렇게 딱딱하다니, 터무니없는 일이다. 말도 안 된다.'

29

첫 번째 접촉

의식이 돌아오고 나서 처음으로 느낀 것은 머리가 빠개지는 듯한 통증이었다. 어쨌든 아직 살아 있다는 증거였으므로 제임스는 반가운 생각이 앞섰다.

그가 몸을 움직여 보려 하자 온몸이 뻐근하게 욱신거리며 격렬하게 저항해 왔다. 고통을 참으며 조심스럽게 뒤척여 보니 그래도 어디 한군데 부러진 곳은 없는 듯했다.

천천히 눈을 떠보았다. 그러자 곧바로 하늘의 인공 태양이 시야에 가득 차서 그 강렬한 빛을 못 견디고 얼른 다시 감았다. 이 지독한 두통이 눈까지 그런 강렬한 자극을 받는 건 그다지 도움이 되지 않을 것이다.

눈을 뜨려면 얼마나 있어야 할까 하며, 그 자리에 그대로 누운 채 기력이 회복되기를 기다리는데 갑자기 바로 앞에서

버석거리는 소리가 들렸다. 천천히 머리를 그쪽으로 돌리고 과감히 눈을 뜬 제임스는 하마터면 다시 기절할 뻔했다.

5미터도 안 되는 거리에서 아주 커다란 게같이 생긴 생물이 불쌍한 잠자리의 잔해를 뜯어 먹고 있었다. 제임스는 제정신이 돌아오자 곧 천천히, 그리고 조용조용 몸을 굴려 괴물에게서 멀리 떨어졌다. 당장에라도 그 괴물이 더 먹음직스런 음식이 있음을 알아채곤 집게발로 자신을 낚아챌 것만 같아 잠시도 눈을 뗄 수 없었다. 그러나 그 생물은 제임스의 존재를 전혀 눈치채지 못한 듯했다. 10미터쯤 떨어졌을 때 그는 조심스럽게 상반신을 일으켜 세워 일어나 앉았다.

좀 더 먼 거리에서 바라보니 그 괴물은 그렇게 무시무시한 인상은 아니었다. 그 생물은 2미터 길이에 폭은 1미터쯤 되는 납작하고 낮은 몸뚱이를 가지고 있었고 각각 관절이 세 군데씩 있는 여섯 개의 다리가 몸체를 지탱하고 있었다. 그리고 처음에 그놈이 잠자리의 잔해를 먹어 삼킨다고 생각한 건 착각이었다. 사실 그 생물의 어디에도 입 같은 건 보이지 않았다. 그저 가위 같은 집게발로 잠자리의 잔해를 잘게 부수는 작업만을 능숙하게 수행하고 있었다. 섬뜩하게도 사람의 손처럼 보이는 것을 비롯한 여러 가지 모양의 집게발들이 몸체에 나란히 한 줄로 달려 있었고 그것들은 넘겨받은 잠자리의 부스러기를 차례차례 옮겨 괴물의 등 위에 한 무더기로 쌓아 올리고 있었다.

그런데 저것은 과연 '생물'일까? 첫 번째로 떠오른 의문을 풀기 위해 제임스는 차근차근 생각을 펼쳐 나갔다. '저 괴물의 동작은 꽤 높은 지능을 가진 생물이 뚜렷한 목적을 가지고 행동하는 것처럼 보인다. 본능에 따라 움직이는 동물이라면 무엇 때문에 자전거 비행기를 잘게 조각낸단 말인가? 둥지를 틀려고 잡동사니들을 모으는 중이라면 또 모르지만.'

여전히 그의 존재는 안중에도 없이 작업에 열중인 그 게를 예의 주시하면서 제임스는 일어서려고 끙끙거렸다. 몇 발짝 비틀거린 끝에 그럭저럭 걷게 되었지만, 과연 저 게보다 더 빨리 뛰어갈 수 있을까? 그는 무전기가 여전히 작동할 것임을 믿어 의심치 않고 스위치를 올렸다. 그가 별 탈 없이 살아날 정도라면 견고한 전자회로가 추락할 때 박살 나지는 않았을 것이었다.

"중심축, 들립니까?" 제임스는 힘없이 중얼거렸다.

"맙소사, 살아 있었군! 괜찮아?"

"약간 충격을 받았을 뿐입니다. 그것보다 이걸 좀 봐주기 바랍니다."

제임스는 카메라를 게 쪽으로 돌렸다. 그놈은 마침 잠자리의 날개를 죄다 썰어 놓은 참이었다.

"도대체 저게 뭔가? 왜 자네 비행기를 부수는 거지?"

"저도 알고 싶습니다. 저 게가 잠자리를 아주 끝장내 버렸습니다. 이제 저한테 올지 모르기 때문에 좀 물러나겠습니다."

제임스는 천천히 뒷걸음질 치면서도 게에게서 눈을 떼지 않았다. 그놈은 이제 그 자리에서 빙빙 돌면서 점점 큰 원을 그리고 있었는데 혹시 못 보고 지나친 조각이 없나 찾는 듯 보였다. 처음으로 그 괴물의 전체 모습을 샅샅이 볼 수 있었다.

최초의 충격은 어느 정도 가라앉았으므로 좀 더 침착하게 관찰하니 그 생물들은 아주 멋진 모습을 지니고 있었다. 무심결에 '게'라고 이름 붙였지만, 사실은 딱정벌레가 더 어울렸다. 저렇게 큰 딱정벌레는 있을 리가 없으므로 미처 그런 생각이 안 떠올랐을 뿐. 그 괴물의 등딱지는 번쩍번쩍 금속 광택이 났다. 제임스가 보건대 금속이 틀림없는 듯했다.

'흥미로운 생각이다. 만약 저것이 생물이 아니라 로봇이라면?' 제임스는 그런 생각을 하면서 그 게의 온몸 구석구석을 주의 깊게 살펴보았다. '입이 있다면 분명 저 다용도 칼처럼 생긴 집게발들 사이에서 찾을 수 있겠지.' 집게발들은 극성스런 보이스카우트 소년이 본다면 탐을 낼 정도였다. 족집게, 탐침, 줄, 게다가 송곳 같은 것도 있었다. 그러나 그 정도로는 별로 도움이 안 된다. 지구에서도 그런 발들을 가진 곤충을, 아니 더한 것들도 얼마든지 찾아볼 수 있다. 로봇인지 생물인지 알 수 없는 그 의문은 제임스의 마음속에 완전히 수수께끼로 남게 되었다.

눈을 보면 확실히 알 수 있을지도 모른다고 생각했지만, 막상 찾아보고 나니 더 애매한 모습이었다. 보호막 같은 것에 깊숙이 가려져 있어서 생물체처럼 젤리 형태인지 아니면 유리 같은 재질의 렌즈인지 식별하는 것이 불가능했다. 놀랄 만큼 선명한 파란색의 그 눈에선 아무런 감정도 엿볼 수 없었다. 그리고 그 눈은 제임스를 몇 번이나 향했음에도 불구하고 흥미를 느끼는 깜박임 따위는 전혀 보이지 않았다. 그런 점에서 제임스는 저 괴물의 지능 수준을 알 수 있을 것 같았다. 로봇이건 생물이건 인간을 완전히 무시한다면 아주 영리한 놈이라고 볼 수는 없을 것이다.

게는 돌아다니던 행동을 중지하고 마치 무슨 명령을 듣고 있는 것처럼 몇 초 동안 가만히 서 있었다. 그리고 구르는 듯한 기묘한 걸음걸이로 똑바른 직선을 그리며 바다 쪽을 향해 시속 5킬로미터 정도의 속도로 이동하기 시작했다. 제임스는 애지중지하던 잠자리의 비참한 운명을 접하고 멍한 표정을 지었다가, 문득 그 잔해를 가져가는 괴물에 생각이 미쳐 돌아보니 이미 수백 미터나 앞질러 가고 있었다. 분노에 찬 그는 추격을 시작했다.

제임스의 행동이 완전히 이성을 잃은 충동에서 비롯된 것은 아니었다. 게는 바다를 향하고 있었는데 제임스 또한 구조를 기대한다면 그쪽 방향뿐이었다. 그리고 과연 저 괴물이 잠자리의 잔해를 가지고 무엇을 하려는 건지 몹시 궁금하기도 했다. '분명히 저놈의 지능이나 행동의 동기 따위를 알 수 있는 실마리가 잡히겠지.'

온몸이 쑤시고 뻐근했으므로 몇 분이 지나서야 확신에 찬 전진을 계속하는 게를 따라잡을 수 있었다. 제임스는 그놈이 자신의 추격에 별다른 반응을 보이지 않고 있음을 확인할 때까지 일정한 거리를 두고 그 뒤를 계속 따라갔다. 그러다가 게의 등에 수북이 쌓인 잠자리의 잔해 사이에서 물통과 비상식량이 눈에 들어왔다. 갑자기 허기와 갈증이 몰려왔다.

이 남쪽 대륙에서 그가 가진 유일한 식량과 물이 시속 5킬로미터의 속도를 조금도 늦추지 않은 채 무자비하게 그에게서 멀어져 가고 있었다. '어떤 위험을 무릅쓰고서라도 저것만은 꼭 가져야 한다.'

제임스는 조심스럽게 게의 오른쪽 뒤로 접근했다. 그 위치에서는 게의 다리가 움직이는 복잡한 모습을 자세히 관찰할 수 있었으므로 다음 순간 그 게가 어떤 움직임을 보일지 정확히 예측할 수 있게 되었다. 행동을 감행하기 직전에 제임스는 짧게 중얼거렸다. "잠깐 실례." 그러고는 물통과 비상식량을 잽싸게 낚아챘다.

제임스는 설마 자기가 소매치기 기술을 써먹게 될 줄은 꿈에도 몰랐으나 자신이 거둔 성공에 희희낙락했다. 1초도 되기 전에 다시 멀리 떨어졌지만, 게는 줄기찬 발걸음을 조금도 늦추지 않았다.

그는 10미터가량 떨어져서 물통으로 입술을 축이고는 압축한 고깃덩어리를 씹기 시작했다. 작은 승리가 그의 행복한 느낌을 더해 주었다. 이제 암담한 앞날에 대해서도 과감하게 관심을 두게 되었다.

살아 있는 한 희망은 있다. 막상 구조받을 방법이라곤 하나도 생각나지 않았지만 말이다. 설사 그의 동료들이 바다를 건너온다고 한들 어떻게 저 5백 미터 절벽을 내려갈 것인가? '어쨌든 방법을 찾아낼 테니 기다려라.' 중심축에선 약속했었다.
'그 절벽이 라마를 완전히 한 바퀴 싸고돌지는 않았을 것이다.
어딘가 끊어진 곳이 있을 것이다.' 제임스는 그렇지 않을 거
라고 대답하고픈 유혹을 겨우 참았다. 그들의 말을 믿는 편이
차라리 희망적이었다.

　라마 안에서 길을 갈 때 가장 신기한 일 중의 하나는 목적
한 지점이 어디든지 간에 항상 시야에 들어온다는 사실이었
다. 원통의 내면에 펼쳐진 세계였으므로 그 어느 장소든지 가
려진 곳은 없었다. 모든 곳이 드러나 있었다. 잠시 뒤 제임스
는 게가 향하는 목적지를 알게 되었다. 라마 내벽의 완만한 곡
선을 따라 땅이 솟아오르는 듯이 보이는 지역에 약 5백 미터
너비의 커다란 구덩이가 있었다. 중심축에서 관측했던 남쪽
대륙의 커다란 세 구덩이 중 하나로 그 깊이는 알 수 없었다.
세 구덩이는 모두 달의 분화구 이름을 붙여놓았는데, 그가 접
근하고 있는 곳은 코페르니쿠스였다. 라마의 코페르니쿠스에
는 외륜산도 분화구 가운데의 산봉우리도 없었으므로 그다지
적절한 이름이라고 할 수는 없었다. 그저 완전한 수직 벽을 가
진 우물 또는 수직 갱도처럼 보였다.

　아래를 들여다볼 만큼 가까이 접근했을 때 제임스는 그곳
이 어두운 빛깔의 녹색 액체가 가득 찬 웅덩이임을 알게 되
었다. 수면은 약 5백 미터 아래에 있었다. 라마의 바다 수면
과 비슷했으므로 그는 그곳이 바다와 연결된 것은 아닌지 궁
금해졌다.

우물 벽 안쪽에는 나선형 모양으로 비탈길이 나 있었다. 깎아지른 벽의 안쪽으로 완전히 들어가 있어서 마치 총신이나 포신의 안쪽에 새겨진 홈을 보는 듯한 인상이었다. 어지러울 정도로 대단히 많은 원을 그리고 있어서 그는 그 길을 따라 시선을 옮기다가 자꾸 헷갈리기만 했는데, 찬찬히 살펴보니 비탈길은 하나가 아니라 세 개였다. 세 길은 정확히 1백20도의 각도로 떨어져서 독립적인 나선형 경로를 아래쪽으로 뻗치고 있었다. 라마의 다른 어느 곳에서 본 것보다도 가장 강렬한 인상을 주는 독특한 건축술의 표본이었다.

그 길들은 수면을 지나 그대로 불투명한 액체 속으로 사라지고 있었다. 수면 근처에 어두운 동굴 내지는 터널 같은 것들이 여럿 보였다. 어쩐지 음침한 느낌이었는데 제임스는 과연 그곳에 무엇이 살고 있을지 궁금했다. '아마도 라마인들은 양서류였던 모양이군.'

게가 우물 가까이 접근했으므로 그는 비탈길을 내려가려나 보다 생각했다. 잠자리의 잔해들을 누구에겐가 가져가서 심사라도 받을 셈인가? 그러나 게는 똑바로 우물 가장자리로 가더니 조금도 주저하지 않고 몸을 거의 절반 가까이 우물 안쪽으로 쑥 내밀었다. 몇 센티미터만 잘못 움직이면 그대로 떨어질 것 같았다. 게는 기운차게 몸을 흔들어서 잠자리의 잔해들을 낙엽처럼 우수수 우물 아래로 떨어뜨렸다. 그 광경을 바라보던 제임스의 눈에 눈물이 어렸다. '결국 이놈의 지능은 이 정도밖에 안 되는구나.'

쓰레기를 처분하고 난 게는 몸을 돌리더니 10미터밖에 떨어져 있지 않은 제임스를 향해 똑바로 다가오기 시작했다. 나도 똑같이 처리하려는 건가? 그는 당황했다. 빠르게 접근하고 있는 저 괴물의 모습을 중심축에서도 자세히 볼 수 있도록 카메라가 흔들리지 않았으면 하고 생각했다. "어떻게 해야 됩니까?" 제임스는 그다지 도움이 될 만한 얘기를 기대하지는 않으면서도 불안하게 무전기를 잡고 속삭였다. 자신이 역사에 남을 일을 한다는 것이 그나마 작은 위안이 되었다. 이 일이 앞으로 어떻게 기록되고 역사에 남을 것인가 하는 생각이 순간적으로 마음속에 스쳐 갔다. 이제까지 이런 외계 생물과의 만남은 순전히 이론적으로만 예상되었을 뿐 실제로 부딪쳐 보는 것은 자신이 처음인 것이다.

"그것이 적대감을 가졌다고 확신하기 전까지는 먼저 도망가지 마라." 중심축에선 작은 소리로 응답했다. 도망가다니, 어디로? 제임스는 생각했다. 1백 미터 경주라면 저놈을 이길지도 모르지만 줄기차게 쫓아오면 결국 체력이 다해서 잡히고 말 것이다.

제임스는 천천히 양팔을 벌려서 위로 쳐들었다. 사람들은 2백 년 동안 이 몸짓에 대해 논쟁을 벌여왔다. 우주의 어느 곳에서건, 그리고 어느 생물이건 이 몸짓을 '봐라, 아무런 무기도 갖고 있지 않다'라는 뜻으로 받아들여 줄 것인가? 그러나 아무도 더 좋은 방법을 생각해 내지는 못했다.

게는 전혀 반응이 없었고 발걸음을 늦추지도 않았다. 완전히 제임스를 무시한 채 똑바로 그의 옆을 지나 계속 확신에 찬 듯한 움직임 그대로 걸어가 버렸다. 제임스는 심한 당혹감을 느꼈다. 호모 사피엔스를 대표해서 긴장 속에 접촉을 준비했던 최초의 외계 생물은 그의 존재에 전혀 관심을 두지 않고 성큼성큼 남쪽으로 멀어져 가고 있었다.

제임스는 이제껏 살아오면서 그처럼 심하게 모욕감을 느껴 본 것이 없었지만, 곧 그의 유머 감각이 상처 입은 자존심을 살려주었다. '움직이는 쓰레기 처리장치한테 무시당한다고 해봤자 뭐 그리 대단한 일도 아니잖아. 오히려 한 동아리라도 만난 듯이 반갑게 인사해 오면 그게 더 우스운 일이지.'

그는 다시 코페르니쿠스 우물로 돌아가서 아래의 침침한 액체 표면을 내려다보았다. 처음으로 뭔가 커다랗고 불확실한 모양의 물체가 수면 아래에서 천천히 왔다 갔다 움직이고 있음을 깨달았다. 그런데 그중의 하나가 물 밖으로 나와 가까운 비탈길을 올라오기 시작했다. 다리가 많이 달린 물통 모양이었다. '저 정도 속도라면, 여기까지 올라오는 데 한 시간은 걸리겠군. 만약 날 위협하려고 오는 거라면 무척이나 동작이 느린 친구다.'

그런데 수면 바로 위의 동굴 같은 구멍 근처에서 좀 더 빠른 움직임이 보였다. 뭔가 아주 빠르게 비탈길을 올라오는 것이 있었다. 자세히 보려 했지만, 그 형체를 똑똑히 식별할 수가 없었을 뿐만 아니라 정확히 초점을 잡아 보기도 어려웠다. 사람 크기의 먼지 회오리 같은 모양이었다.

제임스는 눈을 깜박거리고 머리를 흔들었다. 잠시 눈을 꾹 감았다가 다시 떠보니 그 유령 같은 물체는 간 곳 없이 사라지고 말았다.

'아마도 추락 때의 충격이 생각했던 것보다 심했던 모양이군.' 환각을 경험한 것은 이번이 처음이었다. 제임스는 그 사실을 중심축에 보고하지 않았다.

그는 비탈길을 내려가 볼까 하다가 그만두기로 했다. 분명히 체력 소모밖에 안 될 것이다.

그런 결정을 내리는 데 조금 전에 환각으로 본 허깨비가 어떤 영향을 미친 것은 아니었다. 제임스는 유령이라는 것을 전혀 믿지 않는 사람이었다.

30

꽃

제임스는 갈수록 체력이 떨어지면서 갈증이 멈추지 않았지
만 이곳에서는 마실 만한 물을 구할 수 없다는 사실을 잘 알
고 있었다. 물통의 물로는 잘해야 일주일 정도를 버틸 수 있을
뿐이다. 그렇지만 무엇 때문에? 머잖아 지구 최고의 두뇌들이
자신이 처한 곤경에 관심을 집중할 것이고 노턴 선장에겐 여
러 가지 제안들이 홍수처럼 쏟아질 것이 뻔하다. 그러나 제임
스로서는 아무리 생각해 봐도 5백 미터 절벽을 내려갈 방법이
있을 것 같지 않았다. 설사 긴 밧줄을 갖고 있다 하더라도 그
걸 잡아맬 말뚝 같은 건 아무 데도 없다.

'하지만 노력해 보지도 않고 포기하는 건 어리석은 일이다.
남자다운 태도라고 할 수도 없지.' 어쨌든 구조대는 바다로 올
것이므로 그쪽으로 가는 동안에는 아무 일도 없는 것처럼 자

신의 본래 임무에 충실할 수 있다. 앞으로 지나갈 곳의 복잡하고 신기한 지형은 이제 그 누구도 다시 관찰하거나 사진 찍을 기회가 없을 테니 제임스의 기록은 그가 죽은 뒤에도 영원히 불후의 업적으로서 기려질 것이다. 사실 제임스로서는 얻을 수만 있다면 그보다 더 기뻐워할 명예가 몇 가지 더 있었지만, 아예 없는 것보다는 나았다.

잠자리가 비참한 종말을 고한 장소는 바다에서 3킬로미터밖에 떨어져 있지 않았으나 그곳까지 곧장 똑바로 갈 수 있는 길은 보이지 않았다. 몇 군데 구역은 그가 통과하기엔 벅찬 장애물이었다. 그러나 돌아갈 수 있는 길이 여러 갈래로 나 있으므로 제임스는 별로 걱정하지 않았다. 그런 길들은 전체지형과 함께 마치 펼친 지도처럼 한눈에 들어왔다.

시간은 넉넉했으므로 좀 돌아가더라도 흥미로운 곳부터 살펴보기로 했다. 오른쪽 1킬로미터쯤에 유리조각품이나 보석 전시장처럼 반짝거리는 구역이 있었다. 제임스의 발걸음이 먼저 그쪽으로 향한 것도 설마 하는 마음에서였는데, 아무리 막다른 운명에 처한 사람이라도 수천 제곱미터에 이르는 보석 덩어리를 보면 슬며시 관심이 생기지 않을 수 없을 것이다.

제임스가 가까이 가서 발견한 것은 모래 위로 솟아오른 수백만 개의 수정기둥들이었다. 그는 그다지 실망하진 않았다. 그보다 바로 옆의 장기판처럼 복잡한 모양의 구역이 더 흥미를 끌었다. 그곳은 불규칙적으로 배열된 금속기둥들로 뒤덮여 있었는데 그 기둥들은 속이 비어 있는 듯했다. 기둥들은

1미터도 안 되는 것부터 5미터가 넘는 것까지 다양한 높이로 솟아 있었다. 그러나 기둥들 가운데로 뚫고 지나갈 수는 없었다. 탱크라도 타고 뭉개면서 지나간다면 모르지만.

제임스는 교차로가 나올 때까지 수정기둥과 금속기둥 사이를 계속 걸어갔다. 오른쪽 앞은 철사로 짠 융단 같은 것이 덮인 구역이었다. 제임스는 한 가닥 뽑아보려고 짜임새를 벌리고 힘을 써보았지만 끊을 수가 없었다.

왼쪽은 6각형의 타일로 쪽 맞추기를 해놓은 곳이었는데 아주 매끈하게 박혀 있어서 이음매가 전혀 보이지 않았다. 타일의 색깔은 일곱 가지 무지개색이 골고루 있었으며 그 어느 것도 이웃한 것과 같은 색으로 나란히 있는 것은 없었다. 제임스는 혹시 어떤 경계선 같은 것이 있지 않을까 해서 같은 색이 나란히 있는 타일들을 찾으며 몇 분을 허비했지만 결국 포기하고 말았다.

교차로 부근의 풍경을 천천히 카메라로 잡으면서 제임스는 중심축의 동료들에게 힘없이 중얼거렸다. "이게 다 뭐라고 생각합니까? 난 지금 커다란 그림 맞추기 놀이판에 갇힌 것 같습니다. 아니면 라마인들의 미술관이라도 되는 걸까요?"

"우리도 궁금하긴 마찬가지다. 그렇지만 라마인들이 예술을 즐겼다고 짐작할 만한 증거는 하나도 보지 못했다. 성급히 결론을 내리지 말고 좀 더 관찰하자."

다음 교차로에서 마주친 광경도 별 도움은 안 되었다. 한 구역은 완전히 빈 공터였는데 바닥은 매우 미끄럽고 딱딱했으며 우중충한 회색빛을 띠고 있었다. 다른 하나는 수십억 개의 작은 구멍이 뚫린 부드러운 스펀지의 평야였다. 제임스가 발로 디뎌 보았더니 바닥을 알 수 없는 모래 늪처럼 출렁거려서 현기증이 날 정도였다.

제임스는 그다음 교차로에서 더욱 흥미로운 것을 발견했다. 일정하게 1미터 깊이로 나 있는 고랑과, 줄 같은 것으로 다듬어 놓은 듯한 표면 질감을 제외하면 갈아놓은 밭이나 다름없는 터가 펼쳐져 있었다. 그러나 제임스는 그곳엔 별로 관심을 두지 않았는데, 왜냐하면 그 옆에는 이제까지 본 것 중에서 가장 그럴싸한 추리를 가능케 하는 광경이 펼쳐져 있었다. 드디어 뭔가 이해할 수 있을 것 같았다. 게다가 제임스의 생각대로라면 그것은 매우 뜻밖의 모습이었다.

구역 전체가 울타리로 둘러싸여 있는 매우 고풍스러운 풍경이었다. 지구에서도 이런 케케묵은 모습은 한 번밖에 보지 못했을 정도였다. 금속 같아 보이는 말뚝들이 5미터 간격으로 박혔고 여섯 가닥의 철사가 그들 사이를 팽팽하게 달리고 있었다.

그 울타리 너머 안쪽엔 똑같은 모습의 두 번째 울타리가 또 둘렸고 다시 그 안쪽엔 세 번째 울타리가 있었다. 라마의 그 독특한 여분의 미학이 드러난 또 하나의 본보기였다. 그 안에 가둔 것이 무엇인지는 몰라도 울타리를 뚫고 나오기는 상당히 어려워 보였다. 울타리 안으로 들어가는 입구도 보이지 않았다. 만약 이 안에 짐승을 가두어 두었다 해도, 울타리 한 칸을 열어서 짐승을 몰고 드나들 만한 곳도 없었다. 그러나 울타리 안쪽 터의 한가운데엔 코페르니쿠스의 축소판 같은 구덩이가 하나 있었다.

다른 상황에서라도 제임스는 결코 망설이거나 하지는 않았겠지만 어쨌든 지금은 손해 볼 것이 없었으므로 그는 단숨에 세 겹의 울타리를 넘어 구덩이까지 가서 그 안을 들여다보았다.

코페르니쿠스와 달리 이것의 깊이는 50미터밖에 안 되었다. 바닥에는 세 군데의 동굴 같은 출구가 있었는데 각각 크기는 코끼리도 충분히 통과할 만큼 넉넉했다. 그리고 그뿐이었다.

한동안 구덩이를 들여다보던 제임스는 저 아래 바닥의 구조에 어울리는 것이라면 승강기뿐일 것이라고 결론지었다. 그러나 승강기가 무엇을 실어 날랐을지는 그로서도 전혀 짐작할수 없었고 다만 아주 큰 것, 그리고 아마도 위험한 것이 아니었을까 추측해 볼 따름이었다.

그 뒤 몇 시간 동안 제임스는 바닷가를 따라 10여 킬로미터가량 걸었다. 장기판 구역의 모습들이 기억에서 희미해지기 시작했다. 그가 본 것 중에는 철사로 그물세공을 한 듯 보이는 커다란 천막이 있었다. 그것은 거대한 새장을 연상케 했다. 얼어붙은 액체로 보이는 물질이 가득 찬 웅덩이도 있었는데 그 표면엔 소용돌이치던 모양이 그대로 남아 있었다. 조심스럽게 손을 대보았더니 몹시 딱딱했다. 같은 모습의 웅덩이

중 검은색을 띠는 것도 있었다. 색이 너무 진해서 초점을 맞추어 쳐다보기도 힘들었고 만져봐야만 뭔가가 있다는 것을 알 정도였다.

그리고 뭔가 알 듯 모를 듯한 풍경이 나타났다. 남쪽으로 밭(달리 걸맞은 말이 없었다)이 나란히 줄지어 있었다. 마치 지구에서 보았던 실험농장 같은 인상이었다. 밭들은 고르게 다듬어 놓은 흙 같은 것이 부드럽게 깔렸는데 그 흙은 금속 질감 일색인 라마에선 처음 보는 것이었다.

그 광활한 대지는 개간되지 않은 땅으로, 결코 재배된 적이 없는 수확물을 기다리고 있었다. 제임스는 그곳이 과연 무슨 용도로 쓰이는 곳인지 몹시 궁금했는데, 왜냐하면 라마인들처럼 진보된 문명인들이 과연 농업과 같은 원시적인 형태의 행위를 했을지 의심스러웠기 때문이다. 지구에서조차도 지금은 인기 있는 취미이자 일부 희귀하고 값비싼 음식물을 얻는 수단으로만 이용될 뿐이었다. 그러나 그가 보기에 그곳은 밭으로 이용할 수 있도록 정성 들여 준비된 것이 틀림없었다. 그처럼 정갈하게 골라진 흙을 본 적이 없었다. 밭의 각 구획은 단단하고 투명한 플라스틱판들이 널따랗게 덮고 있었는데 제임스가 약간 잘라내어 보려고 칼을 댔지만, 표면에 긁히기만 할 뿐이었다.

내륙 쪽으로 멀리까지 그런 밭들이 펼쳐져 있었다. 그리고 그 가운데엔 철사와 기둥들로 이루어진 복잡한 구조물들이 많이 있었는데 아마도 덩굴 식물을 떠받쳐 주기 위한 것인 듯싶었다. 그들의 모습은 마치 잎이 다 떨어지고 가지만 앙상하게 남은 한겨울의 나무처럼 을씨년스럽고 황량했다. 그들이야말로 진정 혹독하고 기나긴 겨울을 지나온 셈이며 지난 몇 주 동안 맛본 빛과 따뜻함은 앞으로도 끝없이 계속될 추운 계절 사이를 잠시 비집고 들어온 데 지나지 않을 것이다.

제임스가 발걸음을 멈추고 남쪽으로 향한 금속 구조물들의 미로를 좀 더 가까이에서 살펴보도록 끌어들인 것이 무엇인지 제임스 자신도 알 수 없었다. 그는 자신도 모르는 사이에 주변에 펼쳐진 풍경 하나하나를 세밀하게 짚어보기 시작했다. 이 환상적이고 생경한 경치 중에 무언가가 마음에 걸리는 것이 있었다.

이삼백 미터 떨어진 곳에 철사와 기둥들이 얽혀 있는 곳이 있었는데, 그곳에 작은 반점이 하나 있었다. 시야의 한계 근처에서 어른거리는 그 얼룩은 너무도 작아서 주의를 끌 만한 것이 못 되었다. 만약 이곳이 지구였다면 그 누구도 두 번 다시 돌아보지 않았을 것이다. 그것이 제임스의 신경을 건드린 이유는 그것이 제임스에게 지구를 떠올리게 하는 그 무엇이 있었기 때문이다.

그는 자신이 잘못 본 것이 아님을 확신하기 전까지는 중심축에 알리지 않았고, 그렇게 은근히 기대했던 결과는 과연 제임스를 실망하게 하지 않았다. 몇 미터 가까이 접근하자 그것은 놀랍게도 이 불모의 세계에 불쑥 나타난 생명체라는 사실을 알게 된 것이다. 그것은 여기 남쪽 대륙의 구석에 외로운 한 떨기 광채로 피어난 꽃이었다.

다가가서 살펴본 제임스는 뭔가 잘못되었다는 사실을 알게 되었다. 땅 위에 덮인 장막 가운데에는 구멍이 하나 나 있었다. 그 덮개는 잘 다듬어 놓은 토양이 외부 생명체로부터의 오염되는 것을 방지하기 위해 씌워놓은 것으로 생각되었는데 그 틈 사이로 어른의 새끼손가락만 한 녹색 줄기가 뻗쳐 올라와서 철사를 감고 있었다. 지면에서 1미터쯤 위에 나 있는 푸르스름한 잎은 제임스가 보아온 그 어떤 식물의 이파리와도 닮지 않은, 차라리 깃털에 가까운 모습이었다. 줄기는 눈높이까지 뻗어 올라 있었는데 그 끝에 처음 그의 시선을 끌었던 꽃송이가 달려 있었다. 한 떨기로 보았던 그 꽃이 사실은 작은 꽃송이 세 개가 달라붙어 있는 것임을 깨달았지만 이제 그것은 새삼 놀라운 일도 아니었다.

꽃잎은 깊이가 5센티미터쯤 되고 밝은 빛깔을 띤 관 모양이었다. 송이마다 꽃잎이 쉰 개쯤 달리고 푸른색, 보라색, 그리고 녹색의 금속 광택을 내는 모습이 식물이라기보다는 나비의 날개에 가까웠다. 제임스는 식물학에 대해선 아는 바가 없었지만, 수술과 암술에 해당하는 것이 전혀 보이지 않는 점이 이상했다. 지구의 꽃들과 비슷한 모양을 한 것은 그저 우연의 일치에 불과한 것일까? 어쩌면 산호와 유사한 종류인지도 모른다. 하여간 어느 경우에나 생식을 매개하거나 먹이가 되는 작은 생물의 존재를 암시하는 것이겠지만.

그건 그다지 중요한 문제가 아니었다. 과학적으로 뭐라고

정의되든 제임스에게는 그저 한 떨기 꽃일 뿐이었다. 기묘한 기적과도 같은, 라마답지 않은 이 작은 존재가 제임스로 하여금 앞으로 다시는 볼 수 없는 모든 것들을 되새기게 해주었다. 제임스는 그것을 갖기로 했다.

간단한 일은 아니었다. 그는 꽃과 10미터쯤 떨어져 있는데 그사이엔 가느다란 막대들로 짜인 격자세공이 꽉 들어차 있었다. 그것들은 한 변이 40센티미터쯤 되는 입방체가 줄줄이 이어진 구조였는데 제임스가 자전거 비행기를 탈 만큼 호리호리하고 유연한 몸을 갖고 있지 않았다면 기어들어갈 엄두를 못 냈을 것이다. 그 틈으로 비집고 들어가는 것은 그런대로 가능해 보였으나 도로 나올 때가 문제였다. 그 안에서 방향을 바꾼다는 것은 도저히 불가능해 보였으므로 그냥 뒷걸음질 치는 수밖엔 별도리가 없었다.

제임스가 꽃의 모양을 자세히 설명하면서 여러 각도에서 잡은 그림을 보내자 중심축에선 그의 발견에 대단히 흥분했다. '저걸 따러 가겠다'고 말했을 땐 제임스의 짐작대로 아무도 반대하는 사람이 없었다. 이제 그의 목숨은 그 자신에게 달린 만큼 아무도 감 놔라 배 놔라 할 처지가 아니었다.

제임스는 입고 있던 옷을 모두 벗어버리고 부드러운 금속 막대의 격자에 달려들어 그 틈 속으로 꿈틀꿈틀 기어들어갔다. 아주 꼭 들어맞았다. 감방의 쇠창살 사이로 빠져나가려는 탈옥수가 된 기분이었다. 완전히 몸을 밀어 넣는 데 성공한 제임스는 다시 뒤로 움직여 보면서 문제가 없는지 확인했다. 앞으로 뻗친 팔을 잡아당기는 대신 밀어야 했으므로 앞으로 갈 때보다 훨씬 성가신 일이었으나 그럭저럭 빠져나올 만했다.

제임스는 내성적인 사색가라기보다는 박력 있는 행동파였다. 좁은 공간에서 낑낑거리면서도 왜 내가 돈키호테식의 연기를 벌이고 있는지 푸념하느라 시간을 허비하지 않았다. 이제껏 살아오면서 꽃에 관심을 가져본 적은 한 번도 없었지만, 지금은 한 송이의 꽃을 위해 마지막 남은 체력을 모두 투자하는 도박을 하고 있었다.

그 꽃이 아주 특별한 것이며 과학적으로 이루 말로 다 못할 가치를 지니고 있음은 새삼 얘기할 필요도 없었다. 그러나 제임스가 그걸 원하는 이유는 그 꽃이 자신과 생명의 세계, 그리고 자신과 자신의 고향 행성을 잇는 마지막 연결고리였기 때문이다.

그러나 꽃을 쥐기 직전에 갑자기 양심의 가책이 밀려왔다. '아마도 라마 전체에서 유일하게 피어난 꽃일 텐데, 내가 이렇게 해도 되는 걸까? 아니, 애초에 라마인들의 계획에는 포함되지 않았던 것이니까….' 대충 변명은 되었다. 너무 늦게, 아니면 너무 일찍 성숙해 버린 돌연변이가 틀림없었다. 그러나 제임스가 머뭇거린 것은 한순간이었고 정말로 심각하게 평계를 구했던 것은 아니었다. 그는 팔을 뻗었고, 꽃대를 쥐었고, 그러고는 와락 잡아챘다.

꽃은 별 저항 없이 꺾였다. 제임스는 천천히 뒷걸음질 치기 전에 이파리도 두 장 꺾었다. 이제 자유로운 손이 하나뿐이었으므로 빠져나가는 길은 몹시 힘들고 고통스럽기까지 했다. 얼마 못 가서 가던 길을 멈추고 숨을 몰아쉬어야 했다. 그때 문득 깃털 같은 잎들이 오그라들면서 꽃송이가 꺾인 줄기가 천천히 지지 막대에서 풀리는 모습이 눈에 들어왔다. 제임스가 놀라움과 황홀함이 뒤섞인 심정으로 바라보는 동안 그 식물 전체가 땅속으로 들어가고 있었다. 마치 치명적인 상처를 입은 뱀이 구멍 속으로 사라지듯이.

'내가 그만 이 아름다운 것을 죽여버렸구나.' 제임스는 생각했다. 하지만 라마 역시 이미 그를 죽음의 운명으로 몰아넣지 않았던가. 제임스는 꽃 한 송이를 소유할 수 있는 대가를 마땅히 지불한 것이다.

31

한계 속도

    노턴 선장은 이제껏 부하를 잃어본 적이 없었고, 지금도 그 럴 생각이 없기는 마찬가지였다. 그는 제임스가 남쪽으로 출 발하기 전부터 사고가 났을 경우 그를 구조할 방법을 이리저 리 궁리해 왔다. 그러나 문제가 생각보다 까다로워서 결국 아 무런 뾰족한 수도 마련해 내지 못했다. 그저 가능할 것 같은 방법들을 하나하나 지워나가는 일이 노턴 선장이 했던 전부 였을 뿐이었다.

    중력이 약하다고는 하지만 도대체 어떻게 해야 5백 미터의 수직 절벽을 올라갈 수 있을까? 장비가 제대로 갖추어져 있고 등반 훈련을 받은 사람이라면 그다지 어려운 일도 아닐 것이 다. 그러나 인데버 호에는 암벽 등반 장비도 없을뿐더러 저 거 울같이 반반한 절벽에 수백 개의 못을 박아 넣을 재간을 가진 사람도 없었다.

심지어 노턴 선장은 스스로 생각해도 좀 어처구니없는 방법까지 고려해 보았다. 끈끈이 판을 침팬지들에게 달아주고 절벽을 기어오르게 한다면? 그러나 그 묘안도 실현 가능성은 있을지 모르지만, 장비를 만들고 시험해 보는 데 걸리는 시간이 문제였다. 게다가 침팬지를 훈련시키려면…. 그 모든 일을 떠맡아 만족스럽게 해낼 사람이 과연 있을지 의심스러웠다.

그렇다면 좀 더 고급의 기술을 사용하는 건 어떨까? 우주 유영용 분사추진장치라면 어떻게 해볼 도리가 없을까? 그러나 무중력 상태에서 사용하도록 설계된 그 장비는 라마에서 쓰기엔 추진력이 너무 약했다. 한 사람의 무게도 감당하지 못할 게 틀림없었다.

우주유영용 추진기에 밧줄만을 매달고 원격 조종해서 올려보내는 방법은 가능할 것 같았다. 노턴 선장은 이 생각을 마이런에게 얘기해 보았다가 즉시 퇴짜를 맞았는데, 그 기술자 말에 의하면 안정성에 중대한 결함이 있다는 것이다. 그 문제를 해결해 볼 수는 있지만, 상당히 시간이 걸리기 때문에 태양을 향해 시시각각 다가가고 있는 그들로서는 도저히 여유가 없었다.

풍선을 띄울 수는 없을까? 천을 마련해서 작은 기구를 만들고 그 안에 가벼운 기체를 불어넣을 수만 있다면…. 노턴 선장은 마침내 한 가닥 희망을 발견하고 끈기있게 검토를 거듭했다. 제임스의 소식이 온 세상에 알려져 한 사람이 죽느냐 사느냐의 문제가 곧 갖가지 별난 이론들을 끌어내기 시작한 것은 바로 그즈음이었다.

제임스가 남쪽 대륙에서 바닷가를 따라 고달픈 여행을 계속하고 있을 때, 태양계 인구의 절반쯤 되는 사람들이 그를 구할 수 있는 묘안을 짜내느라 한 번씩은 고민하고 있었다. 통제본부에는 수없이 많은 제안이 접수되었고, 면밀한 검토를 거쳐 1천에 하나꼴로 인데버 호에 전달되었다. 칼라일 페레라 박사의 제안은 각각 행성통신의 라마 위원회 임시회선과 본부 전용회선을 통해 두 번 도착하였다. 그 방법이 고안되어 나올 동안 한 과학자의 두뇌가 5분가량 돌아갔고, 인데버 호에 전달되는 동안에는 컴퓨터가 1백만 분의 1초 정도 작동했다.

처음에 노턴 선장은 누군가가 짓궂은 농담을 한 줄 알았다. 그리고 그는 발신자의 이름을 보았고, 같이 붙어 있는 계산 결과를 보고 나서는 황급히 전문을 다시 읽어 보았다.

노턴 선장은 그 전문을 칼 머서에게 건네주었다.

"이거 어떻게 생각해?" 그는 가능한 한 냉정한 목소리로 물었다.

머서는 재빨리 읽어 보고는 소리쳤다. "아차차, 이런 바보같이! 맞습니다. 물론 이런 방법이 가능하죠."

"정말인가?"

"이 사람은 폭풍이 올 것도 정확히 예언하지 않았습니까? 이 방법은 우리가 반드시 생각해 봤어야 했는데…. 저도 머리가 둔해진 모양입니다."

"나도 마찬가지야. 그나저나 이걸 제임스한테 어떻게 잘 설명해 주지?"

"제 생각엔 지금은 말해 주지 않는 게 좋을 겁니다. 마지막에 가서 얘기하는 게 나아요. 저 같아도 이런 소리를 들으면 …. 그냥 구조 작업이 잘 될 것 같다고만 말해 주지요."

바다 건너 북쪽 해안까지 눈에 들어왔고 레졸루션 호가 오는 방향도 대충 알고 있었지만, 제임스는 그 작은 배가 뉴욕을 지났을 때까지도 좀처럼 찾아낼 수 없었다. 저기에 여섯 사람이나 타고 있다니 믿기지 않았다. 게다가 뭔지는 모르지만, 자신을 구조할 장비까지 싣고서.

1킬로미터 정도로 가까워지자 노턴 선장을 알아볼 수 있었으므로 손을 흔들었다. 잠시 뒤 선장도 제임스를 알아보고 손을 흔들며 응답했다.

"건강한 모습을 다시 보니 기뻐, 제임스." 무전기에서 들뜬 목소리가 들려왔다. "자네를 두고 가지는 않을 거라고 내가 약속했지? 이제 안심이 되겠지?"

'아직은.' 제임스는 속으로 생각했다. 마지막으로 자신의 기분을 북돋워 주려는 안타까운 배려가 아닐까 의심스러운 것이다. '그래도 선장님이 작별 인사를 하기 위해 바다를 건너오지는 않았겠지. 분명히 무슨 일인가 하려고 왔을 거야.'

"물론 안심하겠지요." 제임스가 대답했다. "레졸루션 호의 갑판에 올라간 다음이라면 말입니다. 이제 어떻게 하려는지 말씀을 좀 해주시겠습니까?"

레졸루션 호는 벼랑 끝에서 1백 미터쯤 떨어진 지점까지 오자 속도를 늦추었다. 제임스가 뚫어지게 살펴봐도 그 배에선 아무런 장비도 찾아볼 수 없었다. 자기가 보게 되리라고 기대한 장비가 무엇인지도 몰랐지만.

"미안해, 제임스. 자네에게 쓸데없이 걱정거리만 주는 것 같아 일부러 얘기를 안 했어."

제임스의 가슴이 철렁 내려앉았다. 갑자기 불길한 예감이 몰려왔다.

'아니, 저 양반이 도대체 무슨 소리를 하는 거지?'

레졸루션 호는 50미터까지 접근하곤 그 자리에 멈추었다. 물론 5백 미터 아래였다. 제임스는 눈을 커다랗게 뜬 채 무전기에서 들려오는 선장의 목소리를 들으며 그를 내려다보았다.

"자아, 제임스. 자네는 틀림없이 안전할 테니까 걱정하지 마. 그저 담이 좀 크면 된다고. 자네야 워낙 담이 크니까 별문제 없을 거야. 거기서… 뛰어내려!"

"5백 미터를 말입니까!"

"그래, 지구 중력의 반밖에 안 돼."

"그래서요! 지구에선 2백5십 미터를 뛰어내려 보셨습니까?"

"입 닥쳐, 안 그러면 다음 휴가는 없는 줄 알아. 이건 자네 자신을 위해서 반드시 해야만 하는 일이야. 들어 봐. 단순히 한계 속도의 문제라고. 이런 중력과 대기밀도에선 추락속도가 시속 90킬로미터를 절대로 넘지 못해. 2백 미터를 떨어지든 2천 미터를 떨어지든 마찬가지야. 90킬로미터라면 좀 불편하긴 하겠지만, 우리가 훈련받을 땐 그보다 더한 조건도 있었어. 이건 해야만 하는 일이야. 차분하게 내 말을 들어."

"…말씀을 듣지요. 그편이 더 나을 것 같군요."

선장이 다시 얘기하는 동안 제임스는 참견하지 않았고 말이 끝난 뒤에도 가만히 있었다. 그래, 그럴듯하다. 천재쯤 되는 사람이라야 생각해 냈음 직할 정도로 어이없이 간단한 방법이다. 그리고 아마도 대부분의 사람은 자기가 천재라고는 생각지 않을 테니까.

제임스는 자유낙하의 스릴을 만끽하는 스카이다이빙은 해본 경험이 없었기 때문에 까마득한 절벽을 뛰어내리기 위해서는 마음의 준비가 필요했다. 초고층 빌딩 두 채의 옥상 사이에다 널빤지를 걸쳐놓은 그 위를 걸어가라고 하면 실제로 할 수 있는 사람은 거의 없을 것이다. 물론 아주 튼튼한 널빤지를 써서 이론적으로는 완벽하게 안전이 보장되는 경우의 얘기다. 제임스는 이제야 왜 선장이 구조 방법에 대해서 어물어물 자세한 설명을 회피해 왔는지 알 수 있었다. 지금 그는 걱정할 시간도, 반대할 궁리를 할 시간도 없었다.

"서두르지는 말고." 5백 미터 아래에서 노턴 선장이 설득력 있는 목소리로 말했다. "그렇지만 빠를수록 좋지."

제임스는 그의 소중한 기념품, 라마에 피어난 단 한 떨기 꽃을 쳐다보았다. 그는 그것을 때 묻은 손수건으로 조심스럽게 싸서 매듭을 지은 다음 벼랑 끝에서 가볍게 던졌다.

마치 제임스를 안심시키려는 듯 그것은 천천히, 그리고 한 들거리면서 아주 오랫동안 떨어져 내려갔다. 갈수록 점점 작아져서 마침내 시야에서 사라져 버렸는데 그때 레졸루션 호가 다가와 그것을 찾아냈다.

"아름답군!" 선장이 흥분에 찬 소리로 외쳤다. "이 꽃엔 분명히 자네 이름이 붙을 거야. 좋아. 자네 차례야."

제임스는 열대 기후가 된 라마에서 입고 있던 유일한 윗도리였던 셔츠를 벗어서 신중하게 펼쳤다. 남쪽 대륙에서 혼자 떠돌아다니는 동안 몇 번이나 비리려고 했던 것이지만 이제 이것이 그의 목숨을 구하게 될지도 모른다.

그동안 홀로 탐험했던 남쪽 대륙을 그는 마지막으로 돌아보았다. 저 멀리 불길하게 튀어나온 중심뿔과 버금뿔들의 모습이 눈에 들어왔다. 제임스는 셔츠를 단단히 움켜쥐고 달리기 시작했다. 그리고 가능한 한 절벽에서 멀리 떨어지도록 있는 힘껏 뛰었다.

추락속도는 그렇게 빠른 것 같지 않았다. 제임스의 새로운 경험은 20초가량 계속되었는데, 시시각각 세차게 부딪쳐 올라오는 맞바람과 저 아래에서 점점 커지는 레졸루션 호에 주의해야 했으므로 결코 넉넉한 시간은 아니었다. 양손으로 머리 위에 펼쳐 든 셔츠가 바람을 받아 둥그렇게 부푼 모양이 되었다.

그것은 낙하산으로서는 그다지 썩 좋은 구실을 하지 못했다. 그의 추락속도를 몇 킬로미터나마 줄여주긴 하겠지만, 결정적인 도움이 되는 것은 아니었다. 그보다는 그의 몸이 수직으로 선 상태를 유지하도록 해주는 더 중요한 일을 했으므로 제임스는 곧추선 자세로 바다에 떨어질 수 있었다.

제임스는 저 아래 바다가 위로 솟아올라 올 뿐 자신은 움직이지 않고 있다는 인상을 받았다. 일단 몸을 던지자 두려운 느낌은 들지 않았다. 사실은 자신에게 솔직히 얘기해 주지 않던 선장에게 일종의 분노를 느끼고 있었다.

'미리 말해 주었다면 정말로 내가 뛰어내리는 데 겁을 먹었을 거라고 생각한 것일까?'

마지막 순간에 그는 셔츠를 놓아버리고 숨을 깊이 들이마신 다음 두 손으로 입과 코를 틀어막았다. 교육받은 대로 몸을 뻣뻣하게 하고 두 발을 함께 모아 붙였다. 그는 마치 창이 꽂히듯 깔끔한 입수 동작을 보여주었다.

"다이빙 보드에서 뛰어내리는 것과 마찬가지야." 뛰어내리기 전, 노턴 선장은 장담했었다. "그냥 똑바로 떨어지기만 한다면 된다고."

"만약 똑바로 떨어지지 못하면요?"

"그럼 올라가서 다시 뛰어내리면 되지."

뭔가가 그의 발바닥을 때렸다. 단단하지만 지독하게 심한 건 아니었다. 수백만 개의 끈적거리는 손들이 그의 온몸을 잡아 뜯는 것 같았다. 귀에서는 굉음이 울렸고 높은 압력이 고막을 짓눌렀으며 두 눈을 꽉 감고 있음에도 불구하고 바다 깊숙한 곳에서 덮쳐 오는 어둠을 느낄 수 있었다.

제임스는 온 힘을 다해 희미한 빛이 느껴지는 위쪽으로 헤엄치기 시작했다. 한 번 깜박였던 눈은 다시 뜰 수 없었다. 독성이 있는 바닷물은 눈에 몹시 쓰렸다. 방향을 잃고 내가 진짜 위로 올라가고 있나 걱정하기도 하면서 그는 계속 헤엄을 쳤다. 영원과도 같은 시간이 흐른 듯했다. 제임스는 과감하게 한 번씩 눈을 떠보았고 그때마다 빛은 점점 더 가까워졌다.

그는 물 밖으로 튀어나온 순간에도 눈을 꽉 감고 있었다. 깊숙이 숨을 들이켜 감미로운 공기를 한껏 머금고 나서는, 몸을 돌려 주위를 둘러보았다.

레졸루션 호가 그를 향해 전속력으로 달려오고 있었다. 몇 초 뒤 사람들의 손이 그를 붙잡고 갑판 위로 끌어올렸다.

"물 많이 먹었나?" 선장이 걱정스럽게 물었다.

"아닙니다."

"자, 어쨌든 이걸로 입을 헹구어 내도록 해. 그래야 좋을 거야. 지금 기분이 어때?"

"잘 모르겠습니다. 몇 분만 기다려 보면…. 아, 고맙습니다, 모두." 잠시 뒤 제임스의 몸이 반응을 보이기 시작했으므로 몇 분씩 기다릴 것도 없었다.

"토할 것 같아요." 그는 고통스럽게 외쳤다.

동료들은 의아한 눈길로 제임스를 처다보았다.

"바다가 이렇게 잔잔한데, 편평한 물 위에서 말이야?" 루비가 반문했다. 제임스의 욕지기가 배를 모는 자신의 솜씨에 대한 즉각적인 반응이라고 생각한 모양이었다.

"편평하다고는 말할 수 없지." 선장이 손을 들어 하늘을 두르고 있는 바다의 띠를 가리키며 미소 지었다. "뭐, 그리 부끄러워할 건 없어. 아무래도 물을 좀 먹었잖아. 자, 빨리 게워 내라고."

제임스가 영웅답지 않은 모습으로 축 처져 있을 때 그들의 뒤 하늘에서 불빛이 번쩍였다. 모두 남극 쪽으로 눈길을 돌렸고 제임스도 순간적으로 고통을 잊고 바라보았다. 뿔들이 불꽃놀이를 다시 시작하고 있었다.

1킬로미터가 넘을 듯한 불꽃들이 중앙의 뿔 끝에서 주변에 둘러선 버금뿔들을 이으며 너울거렸다. 그러더니 마치 투명인간이 춤을 추면서 빙빙 돌리는 것처럼 그 불꽃들은 또다시 돌아가기 시작했다. 보고 있는 사이에 회전 속도가 점점 빨라지더니 마침내 그것은 흐릿하게 번쩍거리는 원뿔 모양이 되었다.

그들 중 누구도 그처럼 경외감을 불러일으키는 광경을 접해 본 사람은 없었다. 게다가 그 먼 거리에서도 불꽃이 튀는 소리가 우르릉거려 보는 사람을 완전히 압도했다. 불꽃의 광란은 5분가량 계속되더니 마치 누군가 스위치를 내리기라도한 것처럼 갑자기 끝나 버렸다.

"라마 위원회가 이 광경을 보면 뭐라고 할지 궁금하군." 노턴 선장이 딱히 누구에게랄 것도 없이 중얼거렸다. "저게 뭔지 그럴듯하게 설명해 볼 사람 누구 없나?"

그 누구도 입을 뗄 겨를이 없었다. 왜냐하면 그 순간 중심축에서 흥분한 목소리가 그들을 불렀기 때문이었다.

"레졸루션 호! 괜찮습니까? 그걸 느꼈습니까?"

"느끼다니 뭘 말인가?"

"지진이 일어난 것 같습니다. 저 남극의 불꽃들이 움직임을 멈춘 직후에 진동이 있었습니다."

"피해는 없나?"

"없는 것 같습니다. 그렇게 심한 건 아니었습니다. 그래도 몸이 한동안 흔들렸습니다."

"우리는 아무것도 느끼지 못했다. 바다에 떠 있어서 알아채기 힘들 것이다."

"아, 그렇군요! 제가 바보같이…. 어쨌든 지금은 완전히 가라앉은 것 같습니다. 다음번까지는."

"그래, 다음번까지는."

노턴 선장이 되받았다. '라마의 신비는 갈수록 불어나기만 하는군. 뭔가를 발견하면 발견할수록 아는 것은 점점 줄어든다….'

갑자기 조타석에서 날카로운 외침이 들려왔다.

"선장님, 저… 저기 하늘을 보십시오!"

노턴 선장은 재빨리 고개를 들어 하늘을 두르고 있는 바다의 띠를 훑어보았다. 거의 천장까지 올라간 시선이 자전축 건너 반대편 지점에서 멈추었다.

"오! 맙소사." 그는 낮게 신음했다. 그곳에 '다음번'이 현실로 나타나 있었다.

　영원히 이어지는 라마의 바다를 따라 거대한 파도가 그들을 향해 덮쳐 내려오고 있었다.

32

파도

그 충격적인 순간에도 노턴 선장이 가장 먼저 생각한 것은 그가 지휘하는 우주선의 안전이었다.

"인데버 호! 상황을 보고하라!"

"아무 이상 없습니다, 선장님." 부선장의 침착한 목소리가 들려왔다. "가벼운 진동을 감지했습니다만, 피해를 볼 정도는 아니었습니다. 라마의 위치에 미세한 변화가 생겼습니다. 함교에서 말하기로는 0.2도가량 돌아갔다고 합니다. 그리고 자전 속도도 약간 변한 것 같습니다. 몇 분 내로 자세한 수치를 알려드리겠습니다."

'그래, 이제 시작되었군.' 노턴 선장은 생각했다. 기대했던 것보다 훨씬 이르다. 아직 근일점에 도달하려면 멀었고 궤도 변화를 시작하기에 적당한 시점도 아니었다. 그러나 라마가 일종의 준비 작업에 들어갔다는 것은 의심할 바 없어 보였다. 아마 앞으로는 더 놀라운 일들이 닥쳐올 것이다.

그 순간에도 하늘에 걸린 띠의 바다에선 최초의 충격에 의한 파도가 거침없이 밀려 내려오고 있었다. 아직 10킬로미터가량 떨어져 있는 그 파도는 북쪽에서 남쪽 해안에 이르는 바다의 전체 폭을 모두 차지한 채 양 끝에 흰 물거품을 일으키며 시시각각 다가오고 있었다. 육지 쪽이 하얀 거품의 벽을 이루고 있는 것과는 대조적으로 바다 가운데의 깊은 물에선 보일 듯 말 듯 한 파란 선이 양 측면보다 훨씬 빠른 속도로 달려오고 있었다. 얕은 바닥에서 저항을 받는 양쪽 해안에선 파도의 흐름이 계속 가운데로 활처럼 굽어 들어왔으므로 중앙 부분과는 점점 거리가 벌어졌다.

"루비, 이건 자네 일인 것 같군. 어떻게 해야 하지?" 노턴 선장이 절박하게 물었다.

루비는 배를 멈추고 그냥 떠 있도록 놔둔 채 상황을 꼼꼼하게 살피고 있었다. 노턴 선장이 보기에 그녀는 전혀 놀란 표정이 아니었고 오히려 새로운 기록에 도전하는 육상선수처럼 가벼운 흥분을 머금은 채 흥미로워하는 기색이었다.

"지금 이 위치의 수심을 측정해 봐야겠는데요. 만약 깊은 물이라면 걱정할 건 하나도 없어요."

"그렇다면 됐군. 우린 지금 해안에서 4킬로미터쯤 떨어져 있으니까."

"그래요. 그렇지만 좀 더 확실하게 살펴봐야겠습니다."

그녀는 다시 레졸루션 호의 동력을 살리고는 다가오는 파도를 향해 똑바로 배를 몰았다. 노턴 선장이 보기에 다가오고 있는 파도의 중앙 부분은 5분 정도면 배와 만날 것 같았다. 그러나 그것은 1미터쯤 솟은 잔물결에 불과했으므로 크게 심각한 위험은 아니었다. 배를 위기로 몰아넣을 수 있는 실질적인 위협은 그 뒤를 따라오고 있는 광포한 거품의 벽이었다.

갑자기 바다 한가운데서 파도가 긴 폭으로 솟아오르며 주춤거렸다. 해수면 바로 아래에 잠겨 있던 수 킬로미터 길이의 거대한 칸막이벽과 부딪친 것이다. 그와 동시에 양쪽 끄트머리의 하얀 거품들도 가운데로 몰리면서 기세가 한풀 꺾였다.

'바닷물이 요동하는 것을 방지하는 격리판이로군.' 노턴 선장은 깨달았다. '인데버 호의 연료탱크에 있는 것과 마찬가지야. 물론 크기는 수천 배 차이가 나지만. 분명히 이 바닷속에는 어떤 파도라도 곧 잠잠하게 가라앉힐 수 있는 칸막이들이 복잡하게 설치되어 있을 것이다. 그렇다면 지금 문제는 단 한 가지, 과연 우리 밑에 그 벽 중의 하나가 있을 것인가?'

루비는 노턴 선장보다도 한 걸음 앞서 나갔다. 그녀는 레졸루션 호를 정지시키고 닻을 던져 내렸다. 그것은 겨우 5미터를 가라앉더니 멈추었다.

"끌어올려요!" 그녀가 선원들에게 소리쳤다. "여기서 빨리 벗어나야 해요!"

물론 노턴 선장도 같은 생각이었다. 그렇지만 어느 쪽으로? 루비는 전속력으로 배를 몰아서 파도를 향해 돌진했다.

이제 5킬로미터도 안 남았다. 접근하고 있는 파도의 소리가 처음으로 귀에 들려왔다. 아직 아련하지만 우르릉거리는 굉음이 분명히 들렸다. 설마 라마 안에서는 들어보리라고 기대하지 않았던 것이었다. 그때 소리가 변했다. 내려오던 파도가 다시 칸막이벽과 부딪친 것이다. 양쪽에 거느리던 하얀 벽들도 부서졌다.

노턴 선장은 칸막이벽들이 같은 간격으로 서 있다고 가정하고 그 벽들 사이가 얼마나 되는지 어림해 보았다. 만약 그가 옳다면 파도가 이곳까지 오기 전에 벽을 하나 더 만날 것이고, 뗏목이 벽과 벽 사이의 깊은 물에 자리 잡고 있는 한 그들은 안전한 것이다.

루비는 동력을 끊고 다시 닻을 던졌다. 30미터를 내려갔지만, 바닥에 닿지 않았다.

"자, 이제 됐습니다." 그녀가 한숨을 돌리며 말했다. "그렇지만 엔진은 걸어두어야겠군요."

이제는 양쪽 해안을 따라 다가오는 하얀 거품들뿐이었다. 바다 가운데 부분은 다시 평정을 되찾아서, 보일 듯 말 듯 한 파란 선을 그리며 달려오는 잔물결밖엔 없었다. 루비는 배의 방향을 그쪽으로 잡고 언제라도 전속력으로 달려갈 준비를 하고 있었다.

그 순간 그들의 2킬로미터 앞에서 다시 파도가 하얗게 솟아올랐다. 거대한 거품 덩어리가 마치 성난 갈기처럼 부글거리며 활처럼 안쪽으로 굽었고, 울부짖는 듯한 굉음이 라마 전체에 요란하게 울렸다. 16킬로미터 위까지 뻗어 있는 라마의 바다 자체가 거대한 파도처럼 보였고 그 위에 작은 파도가 포개어져서 내려오는 모습은 마치 거대한 산비탈을 휩쓸어 내리는 눈사태 같았다. 그들을 삽시간에 삼켜 버릴 수 있을 만한 눈사태였다.

루비는 동료들의 얼굴에 나타난 표정을 분명히 읽었을 것이다. 그녀가 파도 소리에 지지 않을 만큼 고함을 쳤다. "뭘 그렇게 무서워해요! 난 저보다 더 큰 것도 타봤다고요." 그러나 루비의 말은 반드시 진실이라고는 할 수 없었는데, 그녀의 경험은 전부 다 파도타기 전용으로 만들어진 배였지 이처럼 임시변통으로 급조된 뗏목은 아니었다. "하여튼 뛰어내리게 되더라도 제가 얘기할 때까지 기다리십시오. 다들 구명대 챙기고."

'마치 싸움을 눈앞에 둔 바이킹 전사처럼 당당하군. 순간순간을 즐기고 있는 기색이 역력해. 그녀의 자신감을 믿어도 좋을 것이다. 우리가 완전히 잘못 짚은 게 아니라면.' 노턴 선장은 루비를 바라보며 그렇게 생각했다.

파도는 끊임없이 솟아오르고 무너지고 하면서 계속 다가왔다. 그 높이는 점점 내려갔지만, 여전히 앞길을 막는 것은 뭐든지 압도해 버리려는 듯 저항할 수 없는 자연의 위력을 과시하고 있었다.

그리고 몇 초 사이에 또다시 그것은 마치 바닥으로부터 잡아당겨 지듯 가라앉아 버렸다. 간신히 칸막이벽을 통과한 파도는 깊은 물로 들어와 전열을 수습했지만 이미 세력은 많이 약화되었다. 약 1분가량 지난 뒤 마침내 노턴 선장 일행과 만났을 때는 겨우 레졸루션 호를 몇 번 아래위로 흔들었을 뿐이다. 루비는 전속력으로 배를 북쪽으로 몰기 시작했다.

"고맙네, 루비. 정말 눈부시더군. 그런데 저 파도가 바다를 한 바퀴 돌아서 다시 오기 전에 육지에 가닿을 수 있을까?"

"아마 힘들 겁니다. 20분 정도면 돌아올 테니까요. 그렇지만 그 파도는 거의 힘을 못 쓸 걸요. 알아차리기조차 힘들 겁니다."

파도가 마침내 지나갔으므로 그들은 긴장을 풀고 항해를 즐기기 시작했다. 사실 육지에 올라서기 전까지는 그 누구도 완전히 마음을 놓을 수 없었지만. 파도가 남기고 간 흔적이 물을 휘저어 곳곳에 소용돌이를 만들었고 더불어 그 독특한 산(酸) 냄새도 피어올랐다. "짓눌린 개미한테서 나는 냄새 같아요." 제임스가 잘 비유했듯이 그다지 기분 좋은 냄새는 아니었지만, 그들이 예상했던 것과는 달리 욕지기는 나지 않았다. 인간의 생리 기관이란 완전히 생소한 것에는 어떻게 반응해야 할지 모르는 모양이었다.

1분 뒤에 파도의 선두 부분이 다시 칸막이벽에 부딪혔다. 배 뒷전에서 본 그 광경은 그다지 인상적이지 않았기에 배에 탄 사람들은 지레 겁먹었던 것이 쑥스러워졌다. 그들은 스스로를 라마의 바다 정복자처럼 느끼기 시작했다.

그러므로 1백 미터도 채 떨어지지 않은 곳에서 천천히 회전하는 바퀴 같은 것이 물 위로 솟아올랐을 때는 모두 놀라움이 그만큼 더 컸다. 금속성의 광택이 번쩍이는 바퀴살은 길이가 5미터나 되었고, 그것은 물방울을 튀기면서 다시 물속으로 들어갔다. 강렬한 라마의 인공 태양 빛 아래에서 눈부시게 번쩍거리며 돌다가 다시 사라진 것이다. 마치 관 모양의 팔을 가진 불가사리처럼 보였는데, 군데군데 상처를 입은 모습이었다.

얼핏 본 것만으로는 그것이 동물인지 기계인지 분간할 수가 없었다. 잠시 뒤 그것은 다시 퍼덕거리며 수면으로 떠올라서 아직 남아 있는 파도의 흔적을 따라 아래위로 흔들거렸다.

각각 관절이 달린 팔이 모두 아홉 개 있었으며 그것들은 모두 가운데의 접시 모양 몸체에서 방사상으로 뻗어 나와 있었다. 그중 두 개는 부러져서 관절 바깥 부분이 끊어지고 없었다. 다른 팔들은 마치 다용도 칼처럼 제각기 복잡한 장치들이 달려 있었는데 그 모습은 제임스로 하여금 남쪽 대륙에서 마주쳤던 게를 떠올리게 했다. 아마도 둘은 같은 진화의 길을 거쳐왔거나, 또는 같은 설계자에 의해서 만들어졌거나 둘 중 하나일 것이다.

둥근 몸체의 가운데에는 조그만 망대 같은 것이 튀어나와 있고 거기에 커다란 눈이 세 개 달려 있었다. 둘은 감겨 있었지만 한 눈은 뜬 채였다. 그러나 그것도 눈동자 따위는 보이지 않는 장님 눈이었다. 누가 봐도 그 낯선 괴물은 죽음의 고통 속에서 최후를 맞으려 하는 것임이 분명했다. 바닷속에서 파도와 칸막이벽이 부딪칠 때 심한 타격을 맞은 것이다.

그때 또 다른 것이 나타났다. 아직도 팔들을 가냘프게 흐

느적거리고 있는 불가사리 둘레에 그보다 작은 괴물이 두 마리 떠올랐다. 기형적으로 크게 자란 바닷가재 같은 모습이었다. 그들은 불가사리에게 달려들어 능숙한 솜씨로 조각을 내기 시작했는데, 불가사리는 자신의 커다란 집게발로 충분히 그들을 제압하고도 남을 것 같았지만, 전혀 저항하지 않았다.

다시 제임스는 잠자리를 요절냈던 게를 떠올렸다. 지금 눈앞에서 계속되고 있는 일방적인 싸움을 주의 깊게 바라본 결과 자신의 예측을 금방 확인할 수 있었다.

"선장님, 보십시오." 제임스가 낮은 목소리로 얘기했다. "저놈들은 잡아먹고 있는 게 아닙니다. 사실 입 같은 건 달리지도 않았어요. 그냥 작은 조각으로 자르기만 하는 겁니다. 제 잠자리에게 했던 짓하고 똑같습니다."

"자네 말대로군. 그냥, 저… 부서진 기계를 분해하는 것처럼." 노턴 선장은 얼굴을 찡그렸다. "그렇지만 고장 난 기계한테서는 이런 냄새가 안 날 텐데."

그 순간 다른 생각이 그의 뇌리를 스쳤다.

"맙소사! 저것들이 우리한테 오면 어떻게 되지? 루비, 최대한 빨리 해안으로 가!"

레졸루션 호는 연료가 충분히 남아 있는지 점검해 볼 새도 없이 전속력으로 달렸다. 그들 뒤의 불가사리는 (달리 마땅한 이름을 붙일 수가 없었다) 아홉 개의 팔이 하나씩 잘려나가더니 마침내 극적인 최후를 맞아 바닷속으로 가라앉아 버렸다.

레졸루션 호를 추격하는 것은 아무것도 없었지만, 마침내 해안에 닿은 배를 끌어올리고 모두 땅에 발을 내디딜 때까지 그 누구도 편히 숨을 쉬지 못했다.

노턴 선장은 저 신비스럽고 기분 나쁜 바다의 띠를 돌아보면서 다시는 저곳에서 배를 타지 않겠노라고 우울한 결심을 내렸다. '알 수 없는 것이 너무나 많아. 알 수 없는 위험들이.'

그는 뉴욕의 탑과 건물들, 그리고 그 도시를 둘러싼 벽과 그 너머 남쪽 대륙의 어두운 절벽을 바라보았다. 이제 그들은 호기심 많은 사람의 발길에서 완전히 벗어날 것이다.

노턴 선장은 또다시 라마의 신들을 유혹하고픈 생각은 없었다.

33

거미

노턴 선장은 새로운 방침을 세웠다. 이제부터 알파 캠프에는 적어도 세 사람의 인원이 24시간 대기하고 그중 한 명은 반드시 깨어 있어야 한다. 그리고 모든 탐사조는 반드시 같은 길로만 다니도록 했다. 비록 적대감을 나타낸 적은 없지만, 정체불명의 괴물들이 라마 안을 돌아다니고 있으므로 돌발 사태가 발생할 가능성을 최소화하자는 것이다.

또한, 중심축에서는 배율이 높은 망원경으로 모든 곳을 살피면서 파수의 역할을 다하고 있었다. 그 위치에선 라마의 내부 전체가 시야에 들어왔고 남극도 단지 몇백 미터 떨어진 거리에 있는 것처럼 살펴볼 수 있었다. 탐사조가 나가 있는 지역엔 항상 중심축의 망원경이 따라다녔다. 이러면 뜻밖의 일이 발생할 가능성은 거의 없어 보였다. 대비는 완벽했다. 그리고 완전히 실패했다.

저녁 식사 뒤 취침시각인 22시가 되기 조금 전에 노턴 선장과 보리스, 캘버트, 그리고 로라는 언제나처럼 뉴스를 보고 있었다. 특별히 인데버 호를 위해 수성의 인페르노에서 전송해 주는 것이다. 남쪽 대륙에서 제임스가 찍었던 사진들, 그리고 라마의 바다를 건너 돌아오는 장면 등은 보는 사람들 모두에게 흥분을 불러일으켰다. 과학자들, 뉴스 해설자들, 그리고 라마 위원회의 위원들 각자가 모두 나름대로 의견을 내놓았는데 그중 서로 비슷한 내용은 거의 없었다. 제임스가 만났던 게같이 생긴 것이 동물인지, 기계인지, 진짜 라마인지, 아니면 그 어느 것도 아닌 또 다른 알 수 없는 존재인지 아무도 자신 있게 말하지 못했다.

거대한 불가사리가 바닷가재에게 사정없이 작두질 당하는 광경을 다들 메스꺼운 기분으로 바라보고 있을 때였다. 문득 그들은 자신들 외에 또 누군가가 있음을 깨달았다. 캠프에 침입자가 있었다.

제일 먼저 그것을 본 사람은 로라였다. 그녀는 놀라서 얼어붙었다가 간신히 속삭이듯 말했다. "움직이지 마십시오, 선장님. 천천히 고개를 오른쪽으로 돌려보십시오."

노턴 선장은 고개를 돌렸다. 10미터 거리에 뭔가가 있었다. 축구공만 한 둥근 몸체에서 다리 세 개가 삼각대처럼 뻗어 나와 지탱하고 있었다. 몸체를 둘러서 세 개의 눈이 달려 있었는데 아마도 3백60도 전 방향을 볼 수 있는 듯했다. 그리고 몸

아래에는 회초리같이 가느다란 더듬이 세 가닥이 바닥까지 늘어뜨려져 있었다. 그것의 키는 사람만 했고 전체적으로 전혀 위협적인 인상은 아니었지만, 아무튼 사람들은 저런 것이 몰래 들어오는 것도 모르고 주의를 소홀히 했던 것을 변명하고 싶지는 않았다. 노턴 선장은 그것이 다리가 셋 달린 거미로밖에 보이지 않았지만 어떻게 대처해야 할지 곤혹스러웠다. 지구에는 다리가 셋 달린 짐승이 없으므로 이 거미가 어떤 모양으로 움직일지도 전혀 예측할 수 없었다.

"의사 선생, 저게 도대체 뭐라고 생각해?" 그는 텔레비전의 볼륨을 줄이면서 낮게 중얼거렸다.

"전형적인 라마의 예술이네요. 그 3의 균형 말입니다. 우리를 해롭게 할 수는 없을 것 같은데요. 저 더듬이가 좀 거슬리긴 하지만. 해파리같이 독이 있는지도 모르죠. 그냥 꼼짝 말고 앉아서 어떻게 하나 두고 보는 게 좋겠어요."

그 거미는 몇 분 동안 노턴 선장 일행을 멀거니 바라보고 있더니 갑자기 움직이기 시작했다. 그 모습을 보자 비로소 왜 저것이 들어오는 것을 몰랐는지 깨달을 수 있었는데, 그 움직이는 모양은 인간의 눈과 마음이 따라가기에는 너무도 복잡한 패턴이었다.

노턴 선장이 눈여겨본 바에 의하면, 고속 촬영을 한 그림을 봐야 증명이 되겠지만, 각각의 다리가 교대로 회전축 역할을 하면서 몸이 빙글빙글 돌아가고 있었다. 그리고 확실하지는 않았지만 몇 '걸음'마다 회전 방향을 바꾸는 것 같았다. 또 땅에 늘어뜨린 더듬이들은 다리 사이로 마치 번개 불처럼 깜박거렸다. 최고 속도는, 이 역시 함부로 평가할 성질의 것은 아니지만, 적어도 시속 30킬로미터는 되었다.

그것은 순식간에 캠프를 한 바퀴 돌면서 모든 장비를 검사했다. 야전 침대며 접는 의자와 책상이며 통신 장비며 식료품 상자며 카메라며 전기처리식 화장실이며 물탱크며 공구들 등등, 자신을 바라보고 있는 네 사람을 제외하곤 무엇 하나 빠뜨리지 않고 살피고 있었다. 분명히 사람과 생명이 없는 물체를 구분할 정도의 지능은 가지고 있었다. 그것의 행동은 대단히 체계적으로 호기심을 채우고 있다는 인상을 주었다.

"저걸 조사해 봤으면 좋겠는데!" 거미의 기묘한 발레 동작을 물끄러미 쳐다보고 있던 로라가 다소 간절한 어조로 얘기했다. "잡아 보는 게 어때요?"

"어떻게요?" 캘버트의 반문은 당연하였다.

"옛날 원시시대 때 사냥꾼들은 줄의 양 끝에 돌을 매달고는 그걸 발 빠른 짐승들의 다리에 던져 엉키게 해서 잡았잖아요? 아마 상처를 입히지는 않을 거예요."

"내 생각에 그런 방법은 별로…." 노턴 선장이 말했다. "아무튼 그게 통한다 해도 그렇게 할 수는 없어. 위험을 사서 불러들이는 것일지도 모르잖아. 저것의 지능이 얼마나 되는지도 모르고…. 그런 방법이라면 분명 저 다리를 부러뜨릴 거야. 그다음엔 라마에서든 지구에서든 모두로부터 좋은 소리는 못 듣게 될걸."

"하지만 난 견본이 필요해요."

"제임스가 가져온 꽃으로 만족해. 저 거미가 당신에게 협조하겠다고 말한다면 또 몰라도, 물리적인 강제는 안 돼. 만약 외계에서 날아온 뭔가가 지구에 착륙해서 당신을 해부용 견본으로 삼으려 하면 당신은 기분이 좋겠어?"

"뭐, 꼭 해부하겠다는 건 아닙니다만…." 로라가 말했지만, 그 목소리엔 설득력이 없었다. "그냥 조사해 보고 싶어서 그래요."

"뭐, 외계에서 온 방문자들도 당신에게 그렇게 말할 수 있겠지. 그렇지만 당신이 그들을 믿기 전까지는 여전히 편안한 심정은 못 될걸. 저것의 눈에 위협으로 간주될 수 있는 행동은 무엇이든 삼가야 해."

노턴 선장은 물론 우주선의 훈령을 인용한 것이었으며 로라도 그걸 알고 있었다. 학문의 요구는 우주 외교보다 우선권이 떨어지는 것이다.

사실 그런 거창한 이유를 끌어다 댈 필요도 없었다. 그 거미를 그냥 놔두는 것은 기본적인 도리였다. 그들은 초대받지 않은 불청객이고, 라마 안으로 들어와도 좋다는 허락은 더더구나 받은 적이 없었다.

거미는 조사를 다 마친 듯했다. 빠른 속도로 캠프를 한 바퀴 더 돌더니 직각으로 방향을 바꿔 계단으로 향했다.

"저게 계단을 올라가려는 걸까요?" 로라의 의문은 즉시 풀렸다. 거미는 그들을 완전히 무시한 채 조금도 속도를 늦추지 않고 완만한 경사의 계단을 오르기 시작했다.

"중심축." 노턴 선장이 말했다. "곧 손님이 도착할 것이다. 지금 즉시 알파 계단 맨 아랫부분을 살펴보라. 아, 그리고 우리 캠프를 잘 감시해 줘서 고맙다."

노턴 선장의 빈정거림이 이해되기까지는 잠시 시간이 걸렸다. 그리고서 중심축의 근무자는 이런저런 변명을 늘어놓기 시작했다.

"에에 저…, 여기서는 뭐가 뭔지 잘 안 보입니다. 선장님 말씀을 듣고 보니…. 그런데 저게 뭐죠?"

"나도 자네보다 더 아는 게 없어." 노턴 선장은 대답과 함께 경계경보 단추를 눌렀다. "여기는 알파 캠프다. 모든 탐사조는 들어라. 방금 이곳에 다리가 셋 달린 거미 같은 물체가 나타났다. 다리가 매우 가늘고 키는 2미터가량이며 몸뚱이는 작다. 빙빙 돌면서 몹시 빠르게 움직인다. 해로운 것 같지는 않으나 굉장히 호기심이 강하다. 모르는 사이에 가까이 접근하기 쉽다. 각자 응답하기 바란다."

15킬로미터 동쪽에 있는 런던에서 맨 먼저 보고해 왔다.

"아무 이상 없습니다, 선장님."

서쪽으로 역시 15킬로미터 떨어진 로마에서는 다소 졸린 목소리가 들려왔다.

"여기도 이상 없습니다, 선장님. 어어… 잠시만…."

"뭔가?"

"몇 분 전에 이 밑에 볼펜을 놔뒀는데…, 없어졌어요! 이런…. 아!"

"무슨 일인지 차근차근 설명을 해봐!"

"믿기지 않습니다, 선장님. 저는 뭐든지 항상 기록합니다. 선장님도 잘 알고 계시듯이 그게 뭐 다른 사람을 성가시게 하는 건 아니죠. 제가 애용하는 건 2백 년도 더 된 골동품 볼펜인데 5미터쯤 떨어진 땅바닥에 가 있었습니다! 지금 가져왔어요. 다행히 아무런 손상도 안 입었습니다."

"그게 어떻게 해서 거기 가 있었다고 생각하나?"

"저어…, 제가 잠시 졸았나 봅니다. 오늘은 좀 힘든 하루였습니다."

노턴 선장은 한숨을 내쉬었지만, 잔소리는 그만두었다. 사실 인원이 너무 모자랐고 또 이 거대한 세계를 탐사하기에는 시간이 너무 촉박했다. 사명감으로는 피로를 완전히 극복해낼 수 없다. 그는 자신이 쓸데없이 위험요인을 가중하는 식의 운영을 하는 것은 아닌가 생각해 보았다. 가능한 한 광범위한 지역을 탐사할 욕심으로 제한된 인원을 너무 잘게 쪼개는 건지도 모른다. 그러나 그는 하루하루 사정없이 흐르고 있는 시간과 그들 주변의 풀리지 않는 신비의 세계를 잠시도 잊어본 적이 없었다. 무슨 일이 벌어질 것만 같은 확신은 갈수록 점점 더 굳어졌고, 근일점에 도달하기 훨씬 전에 라마를 떠나야만 하리라는 예감이 계속 그를 압박하고 있었다. 근일점에? 그렇다. 어떤 식으로든 라마가 궤도 변화를 하게 되는 마지막 순간이 다가오고 있었다.

"중심축, 로마, 런던, 모두 들어라. 밤사이에 계속해서 30분 간격으로 상황을 보고하기 바란다. 지금부터는 언제 어느 때에 예고 없이 방문객이 나타날지 모른다. 그중 몇몇은 상당히 위험할 것이다. 아무튼 무슨 일이 있더라도… 사고를 당해서는 안 된다. 모두 이 점을 명심하라."

우주비행사가 되기까지 혹독한 훈련을 겪은 부하들을 노턴 선장이 결코 못 미더워 하는 것은 아니었다. 그러나 그들 중 누구도 오랜 옛날부터 이론적으로 예견되었던 '지성을 가진 외계인과의 물리적 접촉'이 자신의 세대에서 실제로 일어나리라고는 생각지도 못했다. 하물며 자기 자신이 주인공이 되리라고는 더더구나….

훈련은 훈련일 따름이고 현실은 또 별개이다. 오랜 원시시대부터 인간에게 잠재된 자기방어의 본능이 위기의 순간에 닥치면 갑자기 나타나지 않는다고 그 누구도 장담할 수 없다. 그렇지만 라마 안에서 마주치는 그 어떤 존재에게도 적대적인 인상을 주지 않는 것이 가장 중요한 일이다. 불상사가 발생하기 전까지는 물론이고, 설사 불상사가 발생한 뒤에라도 마찬가지다.

노턴 선장은 절대로 후세에 자신이 최초의 우주 전쟁을 일으킨 사람으로 기록되는 걸 원하지는 않았다.

그로부터 몇 시간 뒤에는 수백 마리의 거미 떼들이 평원을 누비고 있었다. 망원경을 통해서 본 남쪽 대륙도 마찬가지였고, 단지 뉴욕만이 예외인 듯했다.

그들은 사람들에겐 전혀 관심을 보이지 않았고, 얼마 뒤에는 사람들도 꺽다리 거미들을 별로 신경 쓰지 않게 되었다. 때때로 의무사관의 눈이 도발적으로 번뜩이는 것을 제외하곤. '운 나쁜 거미 한 마리가 우연히 사고라도 당하는 것처럼 그녀를 기쁘게 해줄 일은 없겠군.' 노턴 선장은 속으로 웃었다. 그렇게 되면 그 재수 없는 거미는 틀림없이 그녀의 손에 의해 학문의 제단에 바쳐지는 운명을 맞게 될 것이다.

거미들은 사실상 지능이 거의 없다고 생각되었다. 몸통은 어느 모로 보나 두뇌를 담기에는 너무 작았고, 게다가 움직이는 에너지는 어디에 저장해 두었는지 도대체 알 수 없었다. 그런데도 그들의 행동은 목적성이 뚜렷했고 아주 잘 조정되어 있었다. 그들의 발길이 닿지 않는 곳은 없었지만, 한 번 간 곳은 절대로 다시 가는 법이 없었다. 노턴 선장은 그들이 뭔가를 찾고 있다는 인상을 자주 받았다. 그게 무엇인지는 모르지만, 아무튼 아직 찾아내지 못한 듯했다.

기나긴 세 개의 계단을 비웃듯이 그들은 중심축까지도 오르락내리락했는데, 중력이 제로에 가깝긴 하지만 수직 사다리를 어떻게 올라가는 것인지 모두 궁금했다. 로라는 그들이 빨판을 이용할 거라고 예상했다.

그러는 동안에 마침내 그녀는 그렇게 갈망하던 표본을 하나 얻게 되었다. 거미 한 마리가 수직 벽을 오르다 떨어졌다고 중심축에서 알려온 것이다. 첫 번째 플랫폼에 그냥 쓰러져 있는데 죽었거나 못쓰게 된 것 같다고 알려왔다. 그때 로라가 계단을 오른 기록은 그 뒤 아무도 깨지 못했다.

그녀가 플랫폼에 도착해 보니 낮은 중력에도 불구하고 다리가 모두 부러져 있었다. 눈은 뜨고 있었지만, 외부의 자극에 전혀 반응하지 않았다. '막 사망한 사람의 시체라도 약간은 생명의 흔적이 남아 있기 마련인데.' 로라는 생각했다. 그녀는 거미를 인데버 호의 실험실로 가져가자마자 해부하기 시작했다.

거미의 몸체는 너무나 약해서 그녀가 손도 별로 대지 않았는데 모두 조각나고 말았다. 그녀는 먼저 다리의 관절을 분리한 다음, 커다랗게 나 있는 세 개의 원을 따라 절개하여 마치 귤껍질 벗기듯 몸체의 껍질을 벗겨냈다.

잠시 어리둥절한 순간이 지났다. 로라가 알아보거나 심지어 짐작할 만한 건 그 몸에서 하나도 없었다. 주의 깊게 사진을 몇 장 찍은 다음 그녀는 외과수술용 메스를 집어 들었다.

'어디부터 절개를 시작할까?' 눈을 감고 아무 데나 짚이는 대로 시작할까도 생각해 봤지만, 그건 과학적이라고 할 수 없다.

칼날은 전혀 저항 없이 미끄러졌다. 그 순간 의무사관 로라의 전혀 점잖지 못한 비명이 인데버 호의 끝에서 끝까지 울려 퍼졌다.

놀란 침팬지들을 달래느라 라비는 20분가량 성가신 시간을 보내야 했다.

34

대단히 유감이오나

"자, 신사 숙녀 여러분. 모두 아시다시피, 지난 모임 뒤로 무척 많은 일이 있었습니다. 지금 논의해야 할 것들이 많습니다. 결정해야 할 것도 상당하지요. 저는 그런 점에서 우리의 훌륭한 위원이신 수성 대사의 불참을 상당히 아쉽게 생각하는 바입니다." 화성 대사인 보스 박사가 입을 열었다.

마지막 말은 반드시 정확하다고는 할 수 없었다. 보스 박사로 말하자면 수성 대사의 불참은 하나도 아쉬운 일이 아니었다. 오히려 그 헤르미안이 참석할까 봐 은근히 걱정했다는 것이 사실에 가까웠다. 아무튼 외교적 직관으로 무슨 일이 생겼다는 것은 알고 있었지만, 탁월한 그의 정보 수집력에도 불구하고 그게 어떤 일인지에 대해서는 전혀 단서를 얻을 수가 없었다.

유감의 뜻을 전해 온 수성 대사의 편지는 공손한 말투였지만 그의 심중이 드러나 있지는 않았다. 피할 수 없는 긴급한 일 때문에 도저히 회의에 직접 참석할 수 없으며, 전송 영상으로도 곤란하다는 것이었다. 보스 박사는 라마보다 더 급하고 피할 수 없는 일이 도대체 무엇일지 짐작이 가지 않았다.

"자, 우선 두 분이 말씀하실 것이 있으시답니다. 먼저 데이비슨 교수님의 얘기부터 들어보도록 하지요."

회의석 한쪽 일단의 과학자들에게서 수군거리는 소리가 들렸다. 그들 중 대부분은 그 천문학자가 우주자문위원회의 회장으로 그다지 적합한 인물이 아니라고 여기고 있었는데, 그 이유는 그가 완고하게 고수하는 우주관 때문이었다. 그 원로 교수는 별과 은하들의 광대한 우주에서 지성을 가진 존재란 비정상적이며, 그런 존재에 지나친 관심을 두는 것 자체가 오류라고 늘 주장해 왔다. 그러나 데이비슨 교수의 그런 관점은, 이를테면 그와 정반대의 견해를 취하는 페레라 박사와 같은 외계생물학자들에게 전혀 환영받지 못하고 있었다. 외계생물학자들은 우주가 존재하는 유일한 목적이야말로 지성의 창조라고 믿고 있었으며, 순수한 천문학적 현상들을 논할 땐 종종 냉소적인 태도를 보이는 경향이 있었다. 그들은 '단순한 무기 물질'이라는 말을 즐겨 애용했다.

"친애하는 대사님," 데이비슨 교수는 말을 시작했다. "저는 지난 며칠간 라마가 보인 매우 흥미 있는 움직임들을 계속 분석해 왔습니다. 이제 그 결과를 말씀드리지요. 몇 가지는 매우 놀랄 만한 내용입니다."

페레라 박사가 놀란 표정으로 쳐다보더니 짐짓 태연한 기색으로 되돌아갔다. 데이비슨 교수가 놀랄 만한 내용이라면 자신에게는 당연하다는 태도였다.

"우선 뭣보다도 그 젊은 쏘위(그는 소위를 '쏘위'라고 발음했다)가 남쪽 대륙을 날아가는 동안 몇 가지 주목할 만한 일들이 계속 일어났습니다. 전기 방전은 매우 거대한 규모이긴 했습니다만 크게 중요한 사건은 아닙니다. 예상과는 달리 관측된 에너지가 소규모였다는 데서 그런 추측이 가능합니다. 그러나 그 일은 우연인지는 몰라도 라마의 자전 속도 변화, 그리고 미세한 자세 변화와 때를 같이해서 일어났습니다. 라마 정도의 물체가 우주 공간에서 방향을 조금이라도 바꾸려면 매우 엄청난 에너지가 필요합니다. 그… 저… 제임스 쏘위의 목숨을 앗아갈 뻔했던 전기 방전은 단지 부산물에 불과했을 겁니다. 남극에서의 그 거대한 불꽃을 발생시키기 위해 불가피하게 수반된 최소한의 손실이었을 겁니다.

저는 여기서 두 가지 결론을 끌어낼 수 있었습니다. 우주선이, 라마는 비록 믿을 수 없을 만큼 크긴 하지만 우주선이라고 봐야 할 겁니다. 그런 우주선이 자세를 바꾼다는 건 대개 궤도의 변화를 의미합니다. 따라서 라마가 다시 태양계 밖으로 나가지 않고 태양을 도는 또 하나의 행성이 되려 하고 있다는 주장을 이제는 심각하게 받아들여야 하는 겁니다.

그리고 그 가정이 사실이라면 인데버 호는 당장 닻을 올려

야 합니다. 아, 우주선에도 이런 표현을 씁니까? 아무튼, 인데
버 호가 계속 라마와 물리적으로 접촉해 있는 것은 매우 위험
한 일입니다. 이미 노턴 선장도 이 점을 잘 알고 있으리라 여
겨집니다만, 그래도 다시 경고를 해주어야 합니다."

"대단히 감사합니다, 데이비슨 교수. 아 네, 솔로몬 교수?"

"몇 말씀 덧붙이고 싶군요." 과학사가가 얘기를 시작했다.
"라마는 그 어떤 분사 추진이나 반작용 장치도 사용하지 않고
자세를 바꾸었습니다. 제가 보기에 이 사실은 단지 두 가지 가
능성만을 시사하고 있습니다.

첫 번째는 내부에 자이로스코프*나, 아니면 그에 상당하는
뭔가가 있다는 것입니다. 굉장히 거대한 크기여야 하겠지요.
그렇다면 어디에 있을까요?

두 번째 가능성은 우리의 물리학 체계를 완전히 뒤집는 것
입니다. 즉 반작용이 없는 추진장치를 쓰고 있다는 것이죠. 이
른바 우주추진이라고들 말하는 겁니다. 데이비슨 교수께서는
그 존재를 부정하셨지만. 만약 이게 사실이라면 라마는 어떤
행동이라도 취할 수 있습니다. 우리가 무슨 수를 써도 라마의
움직임을 방해하지는 못할 겁니다. 설사 우리의 물리학에 입
각한 방법이라 할지라도 말이죠."

모두 당혹한 표정을 감추지 않고 있었다. 한편 원로 천문학

---

* 관성유도장치의 핵심 부분. 천체의 자전에 대해 반대 방향으로 움직이는 성질
이 있다.

자는 자신이 말려 들어가는 것을 거부했는데, 그로서는 온종일 논쟁의 주인공이 될 생각은 없었다.

"괜찮으시다면 나는 내가 아는 물리의 법칙을 계속 고수할 작정입니다. 누가 그걸 가지고 위협이라도 하지 않는 한. 우리가 라마 안에서 자이로스코프를 발견하지 못한다면 그건 좀 더 자세히 살피지 않았거나 정확한 위치를 모르기 때문일 겁니다."

보스 박사는 페레라가 갈수록 조바심내고 있음을 알고 있었다. 그 외계생물학자는 지난 오랜 세월 추론만을 즐길 수밖에 없는 처지였지만 이제 처음으로 확고한 증거를 얻었다. 오랫동안 검증 없는 이론만의 불모지였던 그의 전문 분야는 이제 라마가 나타남으로써 하룻밤 사이에 백만장자가 된 이상으로 희열을 맛보고 있었다.

"고맙습니다. 자, 또 말씀하실 분이 없으신지. 그러면 페레라 박사, 뭔가 중요한 얘기를 하실 것 같은데요?"

"감사합니다, 대사님. 모두 아시다시피 마침내 라마의 생명체 표본을 드디어 얻었습니다. 그리고 다른 몇 가지는 아주 가까운 거리에서 관찰할 수 있었죠. 인데버 호의 로라 의무사관이 그 거미같이 생긴 것을 해부하여 자세한 보고서를 보내왔습니다. 우선 말씀드립니다만 그 내용에는 몇 가지 대단히 놀라운 점이 있습니다. 저도 다른 경우였다면 도저히 믿지 않았을 겁니다.

그 거미는 완전한 유기체였으나 화학 성분은 여러 가지 면에서 우리의 것과 전혀 딴판이었습니다. 다량의 경금속이 포함되어 있더군요. 저는 몇 가지 기본적인 이유에서 그것을 동물이라고 부를 수는 없다고 생각합니다.

우선 그것은 입도, 위도, 창자도 없는 것 같습니다. 음식물을 섭취, 소화하는 기관이라곤 전혀 없는 것입니다. 그리고 숨구멍이나 허파, 혈액, 생식기 등도 보이지 않습니다.

그러면 도대체 가진 게 뭘까 하는 의문이 당연히 생기실 겁니다. 말씀드리죠. 우선 세 다리와 밑으로 늘어뜨린 더듬이 같은 것들을 움직이는 간단한 근육 조직이 있습니다. 그리고 뇌도 있습니다. 꽤 복잡한 형태인데 주로 발달한 세 개의 눈을 통제하는 시각 중추의 역할을 한다고 생각합니다. 그러나 몸체의 80퍼센트를 차지하고 있는 것은 벌집처럼 생긴 커다란 축전지들이었습니다. 로라 박사가 해부를 시작하자마자 불쾌한 경험을 한 것도 그 때문이었죠. 그녀가 운이 좋았다면 미리 알아챌 수도 있었을 겁니다. 왜냐하면 그런 것은 지구의 생명체에도 존재하거든요. 물론 극히 일부의 수생동물에 한정되지만요.

라마의 '거미' 몸체 대부분은 축전지에 불과합니다. 전기뱀장어나 전기가오리 등에서 볼 수 있는 축전지 말입니다. 그러나 그들과는 달리 거미는 방어용으로 전기를 사용하는 것 같지 않습니다. 아마 움직이는 동력 그 자체인 것 같습니다. 소화기관이나 호흡기관이 없는 것은 그래서 설명이 됩니다. 그런 원시적인 방법이 필요 없는 것이지요. 또 그러므로 진공 상태에서도 전혀 불편 없이 행동할 수 있을 겁니다.

이상에서 말씀드릴 수 있는 건, 어느 점으로 보나 그 거미는 그저 움직이는 눈에 불과하다는 사실입니다. 복잡한 조작이 가능한 손이나 발 따위도 없고 더듬이는 너무 약합니다. 만약 저보고 그 거미가 도대체 뭔지 한마디로 말해 보라고 한다면, 저는 그것을 정찰용 장비라고 하겠습니다.

거미의 행동은 분명히 그런 명칭에 걸맞은 것입니다. 모든 거미가 하는 일이라곤 그저 이리저리 돌아다니면서 뭐든지 살피는 것뿐입니다. 사실 그게 그들이 할 수 있는 유일한 일이기도 하죠.

그러나 다른 동물들은 그렇지 않습니다. '게'나 '불가사리' 그리고 '상어'들은, 더 적절한 명칭이 있으면 얘기해 주십시오, 분명히 환경에 조작을 가할 수 있는 기관들이 달려 있으며, 각각 다양하게 분화된 기능을 하고 있습니다. 아마 그들도 전기로 움직일 것이고 따라서 거미와 마찬가지로 입 같은 건 없을 겁니다.

이상과 같은 내용에서 생물학상 근본적인 문제가 제기됨을 모두 아실 겁니다. 과연 그와 같은 동물이 자연적으로 진화하여 생겨날 수 있는가? 저는 절대로 그렇지 않다고 생각합니다. 그들은 기계처럼 특정한 목적을 위해 의도적으로 설계되었습니다. 만약 그것을 정의하라면, 저는 그것이 로봇, 정확히는 일종의 생체 로봇이라고 생각합니다. 지구에는 그와 비슷한 것이 없습니다.

라마가 우주선이라면 그들은 승무원의 일부일 것입니다. 그들이 어떻게 태어났느냐, 또는 만들어졌느냐 하는 것은 제 능력 밖의 문제입니다. 그러나 뉴욕에서 그 답을 찾을 수 있지 않을까 추측해 봅니다. 만약 노턴 선장과 그의 일행들이 가능한 한 오래 머문다면 갈수록 더 복잡하고 예측불허의 행동을 하는 동물들과 만나게 될 겁니다. 어쩌면 라마인들을 만나게 될지도 모르지요. 그 세계를 만들어 낸 창조자들 말입니다.

만약 그런 일이 실제로 일어난다면, 여러분, 이제 모든 의혹은 더 이상 존재하지 않을 것입니다."

35

속달 우편

곤히 잠든 채 달콤한 꿈속을 거닐던 노턴 선장을 개인용 호출기가 사정없이 깨웠다. 꿈에서 그는 화성에서 가족과 함께 즐거운 휴일을 보내고 있었다. 태양계 최대 화산 올림포스 산의 거대한 산봉우리 위를 날면서 눈 덮인 꼭대기를 경외 어린 눈으로 내려다보고 있었다. 귀여운 빌리 녀석이 뭐라고 막 얘기를 할 참이었다. 그러나 그게 무슨 얘기일지는 이제 영원히 알 수 없게 되었다.

그의 달콤한 꿈을 밀어내고 들려온 현실의 소리는 인데버호에 남아 있는 부선장의 음성이었다.

"깨워서 미안합니다, 선장님. 본부에서 '지급' 전문입니다." 제리가 말했다.

"무슨 내용이야?" 노턴 선장이 잠이 덜 깬 목소리로 대답했다.

"전 모릅니다. 암호로 되어 있어서요. 선장님만 볼 수 있습니다."

노턴 선장은 정신이 번쩍 들었다. 그런 전문을 받아본 건 그동안의 경력 중에서 단 세 번뿐이었는데, 세 번 다 심각한 문제를 알리는 것이었다.

"이런 참! 어떻게 해야 하나?"

부선장은 대답하지 않았다. 두 사람 다 곤란한 입장임을 잘 알고 있었다. 이런 상황에서 우주선의 규칙이 장애물로 등장한 것이다. 대개 선장은 암호해독서가 있는 자신의 방에서 몇 분 이상 걸리는 거리 밖으로 나가는 경우가 드물었다. 하지만 지금 당장 출발한다 해도 너덧 시간 뒤에나 기진맥진한 채 배에 도착할 것이다. 지급 전문이란 그렇게 여유를 가지고 볼 성질의 것이 아니다.

"제리." 마침내 노턴 선장이 입을 열었다. "지금 통신실에 누가 있지?"

"아무도 없습니다. 제가 직접 호출한 겁니다."

"녹음기는 꺼졌고?"

"그렇습니다. 규칙대로라면 작동 중이어야 하는데 이상하지요?"

노턴 선장은 미소를 지었다. 제리는 같이 일해 본 사람들 가운데 가장 훌륭한 부선장이었다. 그는 모든 점을 헤아리고 있었다.

"좋아. 내 열쇠가 어디 있는지 알고 있지? 다시 호출할 때까지 기다리겠어."

10분 동안 노턴 선장은 애써 다른 일들을 생각하면서 초조한 마음을 달래려 했지만, 뜻대로 잘되지 않았다. 그는 쓸데없이 고민하는 것을 매우 싫어했다. 잠시만 기다리면 알게 될 전문의 내용을 이러쿵저러쿵 예상하며 걱정할 필요는 없다. 고민은 그 뒤에 시작해도 충분한 것이다.

다시 노턴 선장을 부르는 제리의 목소리는 매우 긴장되어 있었다.

"아주 급한 건 아닙니다, 선장님. 한 시간 정도는 늦어도 별 상관없습니다. 그렇지만 통신으로는 좀 곤란합니다. 전령을 보내서 직접 전달하겠습니다."

"왜 그렇게… 아, 좋아. 당신의 판단을 믿지. 누구를 보낼 건가?"

"제가 직접 가겠습니다. 중심축에 닿으면 연락드리지요."

"로라가 배를 책임져야겠군?"

"길어야 한 시간입니다. 즉시 배로 돌아오겠습니다."

의무사관이 유사시에 선장 노릇을 할 수 있도록 훈련받지는 않는 것처럼, 수술할 줄 아는 선장 또한 없다. 돌발적인 비상사태를 다룬다는 점에서 그 두 직무는 호환성이 있을 수도 있지만, 아무튼 추천할 만한 일은 아니다. 좋아, 어차피 규칙한 가지를 이미 어기고 있으니까.

"근무일지의 기록상으로는 당신은 배를 떠나는 것이 아니

287

야. 로라는 깨웠지?"

"네. 뜻밖의 기회에 아주 좋아하더군요."

"의사들은 대개 입이 무거우니 다행이군. 참, 본부에 답신은 보냈나?"

"물론입니다. 선장님 이름으로요."

"좋아. 그럼 기다리지."

이제 불안감에 휩싸여 걱정하는 일이 더더욱 불가피하게 되었다.

'아주 급하지는 않다. 그러나 통신으로는 곤란하다….'

한 가지는 확실해졌다. 이제 오늘 밤 잠은 다 잔 것이다.

36

감시자

피터 루소는 왜 자신이 이 일을 자원했는지 잘 알고 있었다. 어릴 때의 꿈이 현실로 이루어진 것이다. 예닐곱 살쯤 망원경을 처음 본 순간 그 매력에 완전히 빠져든 뒤, 그는 온갖 종류의 렌즈를 수집하면서 어린 시절을 보냈다. 판지로 만든 몸통에 렌즈를 바꿔 끼우면서 계속 배율을 높여가며 어느덧 달과 행성들, 가까운 우주정거장들의 모습이 눈에 익을 때까지 망원경을 만들고 또 만들었다. 그때쯤엔 이미 집 주위 반경 30킬로미터 이내의 풍경들은 거의 외우다시피 하고 있었다.

콜로라도의 산맥에서 태어난 그는 그래서 더 운이 좋은 편이었다. 어느 방향을 쳐다봐도 웅장한 자연이 경관이 눈에 들어왔고 아무리 보고 있어도 싫증이 나지 않았다. 매년 경솔한 등산가들의 등쌀에 시달리는 산봉우리들을 그는 편안하고 안전하게 집에 들어앉은 채로 몇 시간이고 오르내리며 탐험했다. 그렇게 해서 많은 것들을 보았지만 그래도 자신의 상상력을 충족시켜주지는 못했다. 바위 꼭대기 너머 망원경이 닿지 못하는 곳에는 신기한 생물들로 가득 찬 마법의 왕국이 있을 것만 같았다. 그러나 그는 망원경으로 볼 수 없는 먼 곳을 일부러 몇 년 동안은 가보지 않았다. 현실은 자신의 꿈에 전혀 미치지 못할 만큼 실망스러운 것이라는 사실을 이미 알고 있었기 때문이다.

지금 피터는 라마의 중심축에 앉아서 어린 시절의 꿈나라 풍경을 마음껏 즐기고 있었다. 그의 앞에 가득 펼쳐진 세계는 고향의 산맥보다는 작았지만 꿈이 아닌 현실이었다. 아니, 결코 작은 세계가 아니다. 4천 제곱킬로미터라는 공간은 한 사람이 일생을 바쳐 탐험해야 할 만큼 넓디넓은 세계다. 비록 변화라곤 없는 사멸의 유적일지라도 말이다.

그런데 라마에 생명이 나타났다. 무한한 가능성을 의미하는 존재였다. 설사 생체 로봇들이 진짜 생명체라고 할 수는 없을지라도 적어도 진짜와 아주 흡사한 역할은 다 하고 있었다.

바이옷(바이올로지칼 로봇). 누가 이 말을 제일 처음 쓰기 시작했는지는 아무도 알지 못했다. 아마 다들 부르기에 편하도록 자연적으로 생겨난 말인 듯싶었다. 바이옷 감시의 총책임을 맡은 피터는 전망 좋은 중심축에 자리를 잡고 난 뒤 얼마 지나지 않아서 그들의 행동 양식을 대략 이해하게 되었다.

거미는 움직이는 탐지기였다. 세 개의 눈과 촉각으로 라마 내부의 모든 것들을 검사하고 다녔다. 한때 수백 마리의 거미들이 우글거리면서 바쁘게 이리저리 돌아다녔지만 갈수록 수가 줄어들어 이틀 뒤에는 거의 자취를 감추었다. 지금은 어쩌다 한 마리도 보기 어려웠다.

거미들 대신 등장한 바이옷은 훨씬 더 인상적인 종류였는데 그들이 하는 일이란 게 워낙 뚜렷했으므로 이름을 붙이느라 전혀 고민할 필요가 없었다. 그 '유리창닦이'들은 매우 넓은 모양의 발을 갖고 있었으며 라마의 인공 태양 여섯 개를 닦고 광내는 것이 주 임무였다. 기다란 막대 모양의 인공 태양 위에 그들이 버글거릴 때면 라마의 지름을 건너 빛이 비치는 반대편에는 거대한 그림자 괴물들이 춤을 추었고, 때때로 그 수가 많을 때면 한동안 일식이 일어나기도 했다.

잠자리를 산산조각냈던, 게 모양의 바이옷은 '청소부'였다. 청소부들은 줄줄이 알파 캠프에 몰려와선 변두리에 쌓인 잡동사니나 쓰레기들을 죄다 말끔하게 쓸어갔다. 노턴 선장과 머서가 딱 버티고 서서 계속 그들을 훳훳 쫓아내지 않았다면 아마 캠프 전체가 남아나지 않았을 것이다. 그들을 쫓는 건 꽤 성가신 일이었지만 오래가진 않았다. 청소부들은 손을 대도 되는 것과 그렇지 않은 것들을 곧 식별하게 되었고, 이제 치워도 되겠느냐는 듯 주기적으로 다시 찾아오곤 했다. 사람들과 바이옷들 사이에 맺어진 매우 편리한 협정이었다. 또한 그런 점은 바이옷의 지능이 상당한 수준이라는 추측을 낳게 했다. 청소부들이든 아니면 어딘가 보이지 않는 곳에서 그들을 통제하는 존재든 모두 해당하는 얘기였다.

라마에서의 쓰레기 처치는 매우 간단했다. 모든 것은 그저 바다에 던져 버리면 그만이었다. 아마도 재활용될 수 있는 성분으로 분해되는 모양이었는데 그 과정은 상당히 빨랐다. 어느 날 밤사이에는 레졸루션 호가 사라져 버렸다. 루비 반즈가 몹시 상심했음은 말할 것도 없다. 노턴 선장은 그 뗏목이 자기 몫을 훌륭히 치러냈으며 이제 아무도 그 배를 다시 타지 못하게 할 참이었다며 그녀를 달래 주어야 했다. 상어들은 청소부들과 마찬가지로 쓰레기에 차별을 두지 않았다.

새로운 행성을 발견한 천문학자라 할지라도, 어느 날 피터가 새로운 모양의 바이옷을 발견했을 때만큼 기쁨과 흥분에 휩싸이지는 않았을 것이다. 그는 망원경으로 그 새로운 종류의 사진을 찍고는 몹시 기뻐했다. 어찌 된 일인지 흥미로운 모양의 바이옷들은 주로 남쪽 대륙에만 나타났으며 그 신비스런 뿔들 주변에서 뭔가 알 수 없는 일들을 수행하고 있었다. 때때로 빨판이 달린 듯한 지네들이 중심뿔 표면을 누비고 다녔고 버금뿔들에는 하마와 불도저가 합쳐진 듯한 억센 모양의 바이옷들이 왔다 갔다 했다. 심지어 목이 둘 달린(물론 머리도) 기린 같은 것도 있었는데 그들은 '기중기'인 듯했다.

여느 우주선과 마찬가지로 라마도 다시 먼 길을 떠나기 전에는 점검과 정비, 수리작업이 필요할 것이다. 라마의 승무원들은 일에 몰두하여 분주히 제 맡은 역할을 다하고 있다. 과연 승객은 언제쯤 나타나는 것일까?

바이웃의 분류가 피터의 주 임무는 아니었다. 멀리 나가 있는 두세 조의 탐사대들을 계속 살피면서 무슨 문제가 발생하지는 않는지 살피고, 뭔가가 접근하면 그들에게 경고해 주는 것이 그의 일이었다. 그는 여섯 시간마다 누구든 비번인 사람과 교대를 했지만 연달아 열두 시간을 망원경 앞에 앉아 있었던 적도 있었다. 그 결과 피터는 라마의 지형에 관한 한 그 누구보다도 탁월한 전문가가 되었다. 이제 그에게는 라마의 풍경이 어린 시절 콜로라도의 산맥만큼이나 친숙한 환경이었다.

누군가가 알파 에어록에서 빠져나오는 모습을 보자 곧 피터는 뭔가 심상치 않은 일이 일어났음을 직감했다. 취침시간 중에는 절대로 개인적인 이동이 없었으며 게다가 지금은 우주선 시간으로 자정이 넘은 시각이었다. 피터는 그러나 해야 할 일에 비해 현재 인원이 몹시 부족하다는 점을 생각하곤 나름대로 수긍하려다가, 나타난 사람이 누구인가를 알아채곤 더 크게 놀라고 말았다. 취침시간 중의 개인행동보다 더 심각한 규칙 위반 아닌가.

"부선장님! 배는 누가 맡고 있습니까?"

"내가 맡고 있지." 부선장이 헬멧을 열며 무뚝뚝하게 말했다. "나는 당직 근무 중엔 배를 떠나지 않아. 안 그런가?"

그는 우주복의 주머니를 열어 작은 깡통을 끄집어내었다. '농축 오렌지즙. 5리터용'이라는 딱지가 붙어 있었다.

"이것 좀 전해 줘, 피터. 선장님이 저 아래에서 기다리고 있어."

피터는 깡통을 받아들고 무게를 가늠해 보더니 말했다. "좀
더 무겁게 해야겠는데요. 가끔 첫 번째 플랫폼에서 걸려 버
려요."

"허허, 자네 도사가 다 되었군."

제리의 말은 틀린 것이 아니었다. 중심축 근무자는 누군가
잊어버렸거나 급히 필요한 작은 물건이 있으면 아래쪽으로 던
져 주는 역할도 겸하고 있었다. 중력이 낮은 지역을 거쳐서 코
리올리 효과를 고려해 물건이 캠프에서 너무 멀리 떨어진 곳
까지 굴러가지 않도록 잘 겨냥해서 던져야 했다. 그러면 8킬
로미터 아래에서 기다리던 사람이 물건을 받는 것이다. 피터
는 깡통을 쥔 채 몸을 고정하고는 내리받이의 절벽으로 힘껏
집어 던졌다. 똑바로 알파 캠프를 겨냥하지 않고 거의 30도 가
까이 틀어진 방향이었다.

내던져진 깡통은 그 즉시 공기의 저항을 받아 속도가 줄어
들었으나 다시 라마의 인공중력에 의해 일정 속도를 유지하
며 아래로 또 아래로 떨어졌다. 깡통은 사다리의 아래쪽 부분
을 한 번 때린 뒤 튀어 올라 천천히 첫 번째 플랫폼을 향해 내
려갔다.

"이제 됐습니다." 피터가 말했다. "내기할까요?"

"아니." 대답이 즉각 돌아왔다. "자네 쪽의 승산이 더 크
지 않나."

"스포츠맨은 아니시군요. 어쨌든 말씀해 드리죠. 깡통은

294

캠프에서 3백 미터 이내에 멈출 겁니다."

"그 정도라면 별로 가까운 것도 아닌걸?"

"언제든 직접 한번 던져 보십시오. 전에 캘버트가 던졌는데 몇 킬로미터나 벗어났지 말입니다."

깡통은 이제 북쪽 돔의 완만하게 굽은 벽을 굴러 내려가고 있었다. 높아진 중력이 깡통을 공중에서 끌어내린 것이다. 두 번째 플랫폼에 닿을 즈음 시속 이삼십 킬로미터로 굴러갈 것이고, 마침내는 마찰이 허용하는 최대 속도에 다다를 것이다.

"자, 어디 기다려 봅시다." 피터가 망원경 앞에 앉아 깡통을 포착하면서 얘기했다. "10분이면 닿을 겁니다. 아, 저기 선장님이 오네요. 여기서 사람들 식별하는 일에도 익숙해졌죠. 지금 선장님이 우리를 올려다보고 있습니다."

"망원경 덕분에 자네 눈의 배율도 많이 올라간 모양이군."

"하하, 그렇습니다. 라마 안에서 일어나는 일을 모두 아는 사람은 저밖에 없습니다. 적어도 제 생각엔 그렇습니다." 피터는 꾸짖는 듯한 표정으로 제리를 돌아보며 푸념조로 덧붙였다. "설마 다음번에 치약을 전해 달라고 하는 건 아니겠죠?"

그 이후엔 대화가 시들해졌다. 얼마 뒤 피터가 드디어 활기찬 목소리로 말했다. "아하, 내기하셨으면 좋았는데요. 선장님이 지금 깡통을 봤습니다. 겨우 50미터 앞에서 말입니다. 자, 임무는 끝났습니다."

"고마워, 피터. 아주 훌륭했어. 자, 이제 가서 눈 좀 붙이지 그래."

"자다니요! 저는 네 시까지 당직입니다."

"아, 미안해. 그래도 자네 잠 좀 자야 하지 않겠어? 이 멋진 세계를 꿈속에서도 봐야지."

우주 탐사 본부. 우주 탐사선 인데버 호 선장 앞. 지급. 비밀. 열람 즉시 파기 요망.

우주 파수대 컴퓨터에 의하면 대략 열흘 전 수성에서 발사된 듯한 초고속 물체가 라마에 접근 중임. 지금 궤도를 계속 유지할 경우 제322일 15시경에 라마와 만나게 됨. 그 전에 철수해야 할 것으로 생각됨. 다음 전문을 기다릴 것. 통제본부. 이상.

노턴 선장은 날짜를 외우기 위해 전문을 열 번쯤은 읽었다. 라마 안에서는 날짜가 바뀌어도 오늘이 며칠이나 되었는지 아리송하기 일쑤였으므로 달력을 쳐다봐야만 했다. 오늘은 제 315일이었다. 일주일밖에 안 남았구나.

전문은 몹시도 냉정했다. 내용뿐만 아니라 그 뒤에 도사린 의미도 그러했다. 헤르미안들은 정체불명의 물체를 비밀리에 발사했다는 그 행위 자체로 이미 우주법을 위반한 것이다. 결론은 명백했다. '정체불명의 물체'란 미사일일 수밖에 없다.

'그러나 왜?' 도대체 납득이 되지 않는다. 인데버 호를 위험에 빠뜨린다는 건 도저히 상상하기 어렵다. '그래, 아마도 수성인들은 곧 경고를 보내올 것이다.' 노턴 선장은 통제본부의 총사령관인 헨드릭스 제독이 직접 명령을 내리기 전에는 결코 철수할 의사가 없었지만, 아무튼 최악의 경우라도 몇 시간이면 완전 철수가 가능하다.

생각에 잠긴 채 천천히 전기처리식 화장실로 걸어간 그는 전문을 던져 넣고 소각시켰다. 안전하게 처리되었음을 알리는 눈부신 레이저 불꽃이 앉는 자리 밑의 틈 사이로 확 피어올랐다. 노턴 선장은 우울한 표정을 지었다. 다른 문제들은 이런 위생시설처럼 신속하고도 완전하게 해결될 수가 없으니….

37

미사일

미사일이 속도를 늦추기 위해 내뿜는 분사 플라스마 불꽃이 인데버 호의 망원경에 선명하게 포착되었다. 아직 5백만 킬로미터 밖이었다. 지급 전문의 내용은 그렇게 해서 승무원들 모두에게도 알려지게 되었고 결국 노턴 선장은 두 번째이자 아마도 마지막이 될 전면 철수를 명령하지 않을 수 없었다. 그러나 인데버 호는 선택의 여지가 없는 마지막 순간까지는 결코 라마를 떠나지 않을 것이다.

수성에서 온 이 달갑잖은 손님은 50킬로미터 밖에서 접근을 멈추고 정지궤도에 올랐다. 텔레비전 카메라로 라마의 상황을 살피고 있는 듯했다. 미사일의 머리에서 꼬리까지 여러 개의 안테나가 보였다. 항상 수성을 향하고 있는 지향성 접시 안테나와 그보다 작은 무지향성이 몇 개 있었다. '저것들을 통해서 무슨 지령이 오고 또 미사일은 무슨 정보를 보내고 있을까?' 노턴 선장은 궁금하지 않을 수 없었다.

그러나 헤르미안들이 라마에 대해 더 많이 아는 것은 없다. 인데버 호가 발견한 모든 사실은 태양계 구석구석까지 중계 방송되었다. 저 불청객은 이제까지의 모든 우주선 속도 기록을 깨뜨리면서 순식간에 라마 곁으로 날아왔다. 만든 사람의 의지와 목적을 단적으로 드러내는 사실이었다. 지금부터 세 시간 뒤면 행성연합 총회에서 수성 대사가 연설하기로 되어 있으므로 그 목적이 무엇인지는 곧 알게 되리라.

공식적으로는 미사일이란 존재하지 않았다. 아무런 인식 표시도 갖고 있지 않았고, 어떤 주파수대의 표준 신호도 내보내지 않았다. 말할 나위도 없는 중대한 위법 행위였지만 우주 파수대조차도 아직 공식적인 언급은 않고 있었다. 그저 모두 불안한 심정으로 수성이 다음에 취할 행동을 기다리고 있었다.

미사일의 존재가 알려진 지 사흘이 지났다. 그동안 수성인들은 입을 꾹 다문 채 완강하게 침묵을 지켰다. 헤르미안들은 원래 스스로 어울리는 행위라고 생각되면 고집스럽게 소신을 지키는 사람들이었다.

일부 심리학자들은 수성에서 태어나고 자란 사람들의 심리를 완전히 이해하는 것은 불가능하다고 주장했다. 수성보다 세 배나 무거운 중력의 지구에서 헤르미안들은 영원히 추방된 것이나 다름없었다. 그들은 그저 달에 가서 자기 조상의 (때로는 부모의) 행성을 바라볼 수는 있지만, 그 얼마 안 되는 거리를 결코 건널 수 없었다. 그들 스스로 애써 지구를 방문하고 싶지 않다고 얘기하는 것도 따지고 보면 당연하다.

부드러운 이슬비, 초록으로 물결치는 들판, 호수와 바다, 짙푸른 하늘…. 책에서나 볼 수 있는 이 모든 것들을 헤르미안들은 짐짓 대수롭지 않게 여기는 척했다. 수성에서는 엄청난 태양 에너지로 인해 낮 온도가 종종 섭씨 6백 도를 넘어가므로 표면에서는 단 1초도 견딜 수 없지만, 그들은 자기 행성을 닮은 탓인지 다소 거친 기질을 과시하는 편이었다. 사실 수성인들은 자연환경과 완전히 격리된 채 살아가고 있으므로 육체적으로는 허약한 편이었다. 지구에 오더라도 세 배의 중력은 견딜 수 있을지 모르지만 열대 지방에서는 무더위를 못 이기고 녹초가 될 것이다.

그러나 그들은 엄밀히 얘기하자면 강인한 사람들이다. 모든 것을 삼켜 버릴 듯이 이글거리는 태양이 바로 앞에 있다는 심리적 압박감, 수성의 단단한 땅껍질을 뚫고 들어가야 하는 공학적인 어려움, 불모의 행성에서 모든 생활필수품을 얻어야 하는 데 따른 모든 현실적 문제들 등등, 이 모든 것들이 수성에 또 하나의 스파르타 문화를 낳았다. 헤르미안들이 일으킨 사회와 문화는 참으로 경탄할 만한 것이었고, 그들 또한 별 주저 없이 신뢰할 수 있는 사람들이었다. 그들은 약속한 것은 비용이 얼마가 들어가든 반드시 해냈다. 수성인들 스스로 즐기는 우스갯소리 한 가지를 봐도 그들의 자부심을 헤아릴 수 있었다. 만약 태양이 폭발해서 신성이 되려는 조짐이 보인다 해도, 금액만 정해진다면 태양을 잠잠하게 가라앉히겠다는 계약서에 서명할 것이라는 내용이다. 한편 예술이나 철학, 또는 이론 수학에 관심을 보이는 어린이가 있다면 즉각 수경 농장으로 보내어 수성식 농사를 가르칠 것이라는 농담도 있었다. 이건 수성인이 아닌 사람들이 하는 우스갯소리다. 그러나 범법자와 정신병자에 관한 한은 결코 농담이 아니었다. 범죄란 수성에서는 도저히 용납될 수 없는 사치였다.

노턴 선장도 수성에 한 번 가본 적이 있었다. 다른 모든 방문자처럼 그 역시 강렬한 인상을 받았고 많은 헤르미안 친구들을 사귀었다. 그리고 포트 루시퍼에 사는 한 소녀와 사랑에 빠져 3년간의 계약 결혼에 서명하는 것을 진지하게 생각해 보기도 했으나 소녀의 부모가 완강하게 반대했다. 금성 궤도 밖에 사는 사람과의 결혼은 절대로 허락할 수 없다는 것이었는데, 결과적으로 잘된 일이었다.

"지구에서 지금 전문입니다, 선장님." 함교에서 연락이 왔다. "제독님의 육성에 예비용 전문이 함께 왔습니다. 준비됐습니까?"

"내용을 확인해 봐. 그리고 음성을 이리 보내도록."

"지금 갑니다."

헨드릭스 제독은 우주 역사에서도 아주 흔치 않은 일을 얘기하고 있었지만, 그의 목소리는 놀라울 만큼 차분하고 덤덤해서 일상적인 업무 지시를 듣는 기분이었다. 그러나 그 목소

301

리를 담은 전파는 미사일에서 불과 10킬로미터도 떨어지지 않은 곳을 지나쳐 온 것이다.

"인데버 호, 통제본부 총사령관이다. 현재 이쪽에서 파악한 상황을 간략하게 종합해서 얘기해 주겠다. 알다시피 14시 정각에 연합총회가 개최되며, 진행 상황은 그리로 생중계될 것이다. 회의 진행 결과에 따라 노턴 선장이 독자적으로 신속한 결정을 내리고 행동에 옮기는 것을 용인한다. 상황을 얘기하겠다.

보내 준 사진을 분석해 보았다. 수성에서 발사된 물체는 고속 추진형으로 개조된 표준형 우주 탐사선이며 사람은 타지 않았고 전파로 유도되고 있다. 처음 발사될 때에는 아마도 레이저 추진을 쓴 것 같다. 크기와 질량으로 미루어 봐서 5백에서 1천 메가톤쯤 되어 보이는 수소폭탄을 달고 있는 듯하다. 헤르미안들이 수성의 광산에서 일상적으로 쓰는 규모가 1백 메가톤이므로 그 정도의 폭탄을 만들어 내는 데 별 어려움은 없었을 것이다.

전문가들에 의하면 그 정도의 폭탄은 라마를 파괴할 수 있는 최소한의 크기라고 한다. 만약 미사일이 라마 겉껍질의 가장 얇은 부분, 즉 라마의 바다 바로 바깥쪽에 명중할 경우 껍데기는 파열되고 라마의 자전도 교란되어 버릴 것이다.

헤르미안들이 실제로 그런 행위를 감행한다면 아마 인데버 호에도 여유를 두고 경고를 보낼 것으로 생각한다. 인데버 호가 제공한 정보로 미루어 보건대 그 미사일이 폭발할 경우 방출되는 감마선은 사방 1천 킬로미터 안의 모든 물체에 치명적인 피해를 줄 것이다.

그러나 그 문제는 사소한 것이다. 라마가 폭파되면서 튀어나오는 파편들은 무게가 수 톤에 이를 것이고 또한 매우 빠른 속도로 회전하면서 사실상 무제한의 거리를 날아갈 것이다. 파편들이 라마의 자전축 방향으로는 튀어나오지 않을 것이므로, 그 방향으로 탈출하면 안전하게 벗어날 수 있을 것이다. 1만 킬로미터 정도 떨어지면 안전은 확실히 보장된다고 할 수 있다.

이 전문은 어떠한 방법을 쓰든 차단되지는 않을 것이다. 무작위로 모조전문들을 동시에 송신하고 있으니까. 암호를 쓰지 않고 직접 얘기할 수 있는 것도 그 때문이다. 노턴 선장의 답신은 보안이 유지되기 어려울 테니 말을 돌려서 하든지 아니면 암호를 쓰도록. 총회가 끝나는 대로 다시 연락하겠다. 통제본부 헨드릭스 제독. 이상.”

38

연합총회

역사책을 보면 그 옛날에 존재했던 세계 연합인 유엔은, 아무도 정말이라고 믿지는 않지만, 가맹국 수가 자그마치 1백72개에 달했던 적도 있다고 한다. 현재의 행성연합 멤버는 단 일곱뿐이었지만 그나마도 시끄러운 편이었다. 그들은 각각 태양에서 가까운 순서대로 수성, 지구, 달, 화성, 가니메데, 타이탄, 트리톤이다.

사실 이 명단은 수많은 작은 세계들이 빠져 있고 또 장래에 추가되기를 기다리는 개척지들이 줄 서 있는 잠정적인 것이다. 말 많은 사람들은 '행성연합'에 실제로는 행성보다 위성이 더 많다는 사실을 줄기차게 지적하곤 했다. 게다가 태양계의 행성 중 가장 큰 네 거인, 즉 목성, 토성, 천왕성, 그리고 해왕성이 빠져 있는 건 분명 모양이 좋지 않았다.

그러나 거대한 가스 덩어리에 사람이 살 수는 없다. 지금도 그렇지만 앞으로도 그럴 가능성은 거의 없을 것이다. 짙은 가스로 뒤덮인 금성도 그런 이유에서 사람이 살지 못했다. 가장 열성적인 천체 공학자들조차 금성의 개발에는 수 세기가 소요될 것이라는 점엔 의견을 같이했다. 단지, 헤르미안들만은 금성을 계속 주목하면서 장기적인 안목으로 타당성을 검토하고 있었다.

지구와 달이 각각 대표권을 행사한다는 사실도 심심찮은 논쟁거리였다. 다른 멤버들은 태양계의 일부 지역에 너무 지나친 권한을 준다고 불평했다. 그러나 달은 지구를 제외한 그 어느 곳보다 인구가 많았으며 바로 행성연합의 본부와 회의장이 있는 곳이기도 했다. 게다가 달과 지구는 어느 사안이든지 의견을 같이하는 경우가 거의 없었으므로 그들 둘이 위험한 연합을 결성할 가능성은 희박했다.

수성의 지배를 받는 소위 '이카루스 그룹'의 몇몇 소행성과, 토성 밖의 근일점에 있으면서 타이탄의 영향 아래에 있는 또 다른 몇몇 소행성들을 제외하면 화성은 대부분의 소행성을 거느리고 있었다. 언젠가는 팔라스, 베스타, 주노, 세레스 같은 커다란 소행성들도 독자적인 주권을 갖고 행성연합에 대표를 파견하게 될 것이며, 그때는 행성연합에서 새로이 '위성연합'이 분리되어 나올지도 모른다.

가니메데는 단지, 태양계 안의 다른 모든 행성을 합친 것보다 더 무거운 목성뿐만 아니라 그 주위를 도는 50여 개쯤 되는 모든 위성을 대표하고 있다. 법률가 중엔 그중 몇 개가 목성과 화성 사이의 '소행성대'를 들락거린다고 해서 문제로 삼기도 했다. 한편 타이탄도 마찬가지로 토성과 그 띠, 그리고 30개 남짓한 위성들의 대표였다.

트리톤의 경우는 사정이 좀 더 복잡했다. 태양계 안에 있는 인류의 영구 거주지 중 가장 바깥쪽 변두리에 있는 곳이 해왕성의 위성 중 맏형 뻘인 트리톤이었다. 그 결과 트리톤의 대사는 그 누구보다도 많은 감투를 쓰고 있었다. 천왕성과 그에 딸린 여덟 개의 위성(아직까지 그중 하나도 개척되지 못했다), 그리고 해왕성과 다른 세 개의 위성, 또 명왕성과 쓸쓸히 존재하는 하나의 위성, 마지막으로 위성 하나 없이 외롭게 가장 변두리 궤도를 도는 페르세포네 등, 이 모든 세계의 대표직도 트리톤의 대사가 겸임하고 있었다. 만약 페르세포네 밖에서 또 다른 행성이 발견된다면 그 또한 트리톤의 관할이 될 것이다. 머나먼 암흑세계에서 온 대사(트리톤 대사의 별명이었다)는 이따금 "혜성 대사직도 맡으시지요?"하는 푸념조의 농담을 듣기도 했다. 언젠가는 그 문제도 실제로 쟁점이 되겠지만 아직은 미래의 일이었다.

그러나 이제 그 미래의 일이 현실로 나타난 것이다. 여러 가지 면에서 볼 때 라마는 혜성이었다. 태양계 밖 아득한 우주의 심연에서 날아와 때로는 라마보다도 더 태양에 가깝게 접근하면서 쌍곡선 궤도를 타는 천체들은 혜성뿐이다. 어떤 우주법학자라도 그렇게 주장할 수 있으며 그중에서도 가장 확신을 하고 외치는 사람이 수성 대사였다.

"수성 대사의 발언을 허락합니다."

각 세계의 대표들은 태양에서 떨어진 순서대로 열을 지어 시계 반대 방향으로 자리 잡았으므로 수성 대사는 의장석 오른쪽 줄의 맨 끝에 앉아 있었다. 방금까지 그는 컴퓨터와 마주하고 있었는데, 발언권을 얻자 곧 자신만이 화면을 볼 수 있는 편광 안경을 벗고는 두툼한 노트 몇 권을 들고 힘차게 일어섰다.

"존경하는 의장님과 동료 대사 여러분, 우선 우리가 직면해 있는 현재 상황을 간단하게 정리해 보는 것으로 얘기를 시작할까 합니다."

몇몇 사람들이 '간단하게 정리한다'는 말을 듣곤 모두 다 들을 수 있을 정도의 낮은 신음소리를 냈다. 그러나 모두 수성 대사가 글자 그대로 얘기할 것을 기대하고 있었다.

"라마라는 이름이 붙은 거대한 우주선 또는 인공 소행성이라고 할 만한 것이 약 1년 전 목성 밖에서 우주 파수대에 포착되었습니다. 처음에 그것은 자연적인 천체로 여겨졌고 태양을 돌아 다시 우주 밖으로 나가는 쌍곡선 궤도를 타고 있는 것으로 생각되었습니다.

그러나 그 실체가 알려지게 된 뒤 태양 탐사선 인데버 호가 직접 랑데부하도록 명령을 받고 라마로 갔습니다. 노턴 선장과 대원들이 그 어려운 임무를 아주 훌륭하게 수행했으므로 그들에게 찬사를 보내는 것에 대해선 아무도 이의를 제기하지 않으시리라 확신합니다.

처음에는 모두 라마가 죽은 것으로 믿었습니다. 수십만 년 동안 완전히 얼어붙은 세계가 다시 살아나리라고는 생각할 수 없었기 때문이지요. 생물학적으로 엄밀하게 말하자면 이 것은 아직도 진실입니다. 아무리 복잡하거나 특이한 유기물질의 생명체라도 가사 상태로는 절대로 수 세기 이상 살아남을 수 없다는 것이 전문가들의 공통된 견해입니다. 설사 절대 0도에서라도 회생에 필요한 최소한의 세포 정보는 결국 남아 있는 양자 효과에 의해 지워져 버리기 때문입니다. 따라서 라마는 고고학적으로는 매우 중요한 의미가 있을지 모르지만, 결코 우주 정치적 문제를 일으키지는 않으리라고 생각되었습니다.

이제 그런 시각은 너무도 순진했던 것임이 명백하게 드러났습니다. 물론 라마가 그처럼 정확하게 태양을 겨냥하고 날아왔다는 사실에 대해 순전히 우연이라고만 생각할 수는 없다고 지적한 사람들도 있긴 했습니다만.

그렇더라도 라마는 단지 실패로 끝난 실험에 불과하다는 주장은 가능합니다. 아니, 실제로 그런 주장이 있었지요. 라마는 목표 지점에 마침내 도달했지만, 그것을 통제하는 지적 존재는 이미 죽고 없다는 얘기였습니다. 그러나 이 같은 관점은 매우 단순한 생각입니다. 우리와 직면해 있는 실체를 너무도 과소평가하는 것이지요.

우리는 비생물학적 존재의 생존 가능성을 고려해 넣지 않은 어리석음을 저질렀습니다. 매우 설득력이 있는 페레라 박사의 이론은 이제까지의 모든 사실과도 들어맞고 있습니다만, 그에 따르면 라마 안에서 발견된 짐승들은 분명히 얼마 전까지만 해도 존재하지 않았습니다. 그들의 원형이나 형판 같은 것이 어딘가의 중앙 정보 저장고에 보존되어 왔고 마침내 때가 되자 즉각 원재료로부터 제조되어 나오기 시작한 것입니다. 아마도 라마의 바다라는 유기물 수프가 그 원료겠지요. 그런 기술은 아직 우리의 능력 밖에 있는 것이지만 이론적으로는 전혀 문제가 없는 가능한 일입니다. 고체의 전자 회로에 기억된 정보는 살아 있는 유기물과는 달리 거의 무제한 보존될 수 있으니까요.

따라서 라마는 지금 완전히 정상 가동 상태로 돌아온 것입니다. 창조자가 누구이건 그들의 목적을 충실하게 구현시키기 위해서 말입니다. 라마인들 자신이 모두 1백만 년 전에 완전히 죽어 버렸는지, 아니면 다시 창조되어 태어나서 저 바이옷이라는 그들의 하인들과 합류하게 될지, 사실 우리의 입장에서 이 문제는 그다지 중요한 것이 아닙니다. 라마인들이 있건 없건 그들의 애초 의지는 계속 수행되고 있고 또 앞으로도 수행될 것이기 때문입니다.

라마는 지금도 자체 추진장치가 계속 작동 중이라는 증거를 보여주고 있습니다. 며칠 안에 라마는 근일점에 도달하게 되며 그곳에서 중대한 구도 수정을 할 것이 틀림없습니다.

그러므로 머잖아 우리 수성 정부의 관할권 안에서 또 하나의 행성이 탄생할 것입니다. 물론 계속된 항로 변경으로 태양에서 어느 정도 떨어진 지점에 정착할 가능성도 있습니다. 어쩌면 지구와 같은 행성의 둘레를 도는 위성이 될지도 모릅니다.

동료 대사 여러분, 따라서 우리는 지금 모든 형태의 가능성에 직면해 있습니다. 그중 몇 가지 경우는 매우 심각합니다. 그 미지의 존재가 호의적이며 어떤 식으로든 우리에게 해를 끼치지는 않을 것이라는 가정은 너무나도 어리석은 생각입니다. 그들은 태양계에서 뭔가를 얻기 위해 이곳으로 온 겁니다. 설사 그 목적이 단순히 과학적인 지식뿐이라 할지라도 그런 지식이 실제로 사용될 경우를 고려해 보십시오.

지금 우리의 상대는 우리보다 수백 년, 아니면 수천 년 앞선 고도 기술을 갖고 있습니다. 그리고 그들의 문화는 우리와는 전혀 공통점이 없을지도 모릅니다. 우리는 노턴 선장이 보내온 영상을 토대로 라마에서 발견된 바이옷들의 행동을 계속 연구해 왔습니다. 그 결과 확실한 결론을 얻을 수 있었습니다. 제 얘기를 들으시면 여러분들께서도 받아들일 겁니다.

우리 수성에는 고유의 생명체가 없어서 아쉽기는 합니다만, 그래도 지구의 모든 생명체에 대한 자료를 갖고 있습니다. 우리는 그중에서 라마와 가장 유사한 형태를 한 가지 발견했습니다.

그것은 바로 흰개미의 군집입니다. 흰개미의 군집은 라마처럼 인공적인 세계를 건설하고 그 환경을 스스로 통제하는 집단이지요. 라마처럼 제각기 독특한 역할을 하는 개미들, 예를 들어 일개미, 집 짓는 개미, 보모 개미 그리고 싸움 개미 등이 세계의 운영을 맡고 있습니다. 라마에도 여왕개미가 있는지는 모르겠지만, 제 생각으로는 뉴욕이라고 알려진 섬이 그와 유사한 기능을 하지 않나 여겨집니다.

이와 같은 비유를 확대하여 해석하는 건 분명 오류일 것입니다. 여러 가지 면에서 서로 일치하지 않는 점이 더 많습니다. 그러나 제가 여러분께 이런 말씀을 드리는 것은 다음과 같은 이유에서입니다. 인간과 흰개미 집단 사이에 도대체 어떤 수준의 상호 이해나 협조가 가능하겠습니까? 만약 서로의 이해가 엇갈리지 않는다면 얼마든지 상대를 받아들일 수 있습니다. 하지만 한쪽의 요구가 다른 쪽의 영토나 필수 자원이라면 더 이상 자비를 베풀 수는 없는 것 아닙니까?

다행히도 우리의 지식과 기술 수준은 언제라도 흰개미들을 물리칠 수 있을 정도입니다. 최종 승리는 마침내 흰개미들에게 돌아갈 것이라고 믿는 사람들도 몇몇 있겠지만 말입니다.

자, 이러한 내용을 염두에 두고 라마가 우리 인류에게 줄지도 모르는, 저는 반드시 준다고 하지는 않겠습니다만, 그 가공할 위협을 고려해 봅시다. 최악의 사태가 발생할 경우에 대비해서 우리가 그동안 취한 조치는 과연 무엇이었습니까? 아무것도 없습니다. 그저 논의하고 생각하고, 그다음엔 보고서 쓰기뿐이었습니다.

존경하는 동료 대사 여러분, 적어도 수성에서는 그 이상의 일을 했습니다. 태양계의 안전을 위한 어떤 행동도 실행할 수 있도록 용인한 2057년의 우주조약 제34조에 입각해서 우리는 라마를 향해 고성능 핵장치를 발사했습니다. 우리 역시 그것을 사용하지 않게 되기를 진심으로 바라고 있습니다. 그러나 우리는 이제 더 이상 과거와 같이 무력하지는 않습니다.

사전 협의 없이 일방적으로 행동을 취한 것에 대해선 논란의 여지가 있음을 인정합니다. 그러나 존경하는 의장님을 포함해서 지금 이 자리에 계신 분 중 충분한 시간 안에 적절한 조처를 할 수 있는 합의를 끌어낼 수 있다고 생각하시는 분이 과연 계신지요? 우리는 비단 우리 자신을 위해서 뿐만 아니라 인류 전체를 위해 행동하는 것입니다. 다가올 미래의 모든 세대는 언젠가 우리들의 선견지명에 감사를 표할 것입니다.

라마와 같은 훌륭한 인공 물체를 파괴하는 것은 비극이라는 사실을, 어쩌면 범죄일지도 모른다는 것을 우리도 인정합니다. 그러한 파국을 피할 수 있는 더 좋은 방법이 있다면 우리는 기꺼이 귀를 기울이겠습니다. 우리 인류의 생존이 보장되기만 한다면 말입니다. 시간은 거침없이 흐르고 있지만 다른 더 좋은 대안은 아직 아무도 내놓지 못했습니다.

앞으로 며칠 안에, 즉 라마가 근일점에 도달하기 전에 결정은 내려질 것입니다. 물론 인데버 호에는 충분한 여유를 두고 경고를 할 것입니다. 노턴 선장에게 언제 어느 때라도 한 시간 이내에 완전 철수가 가능하도록 대비하라고 권유할 것입니다. 라마는 긴박한 순간이 닥치면 예측할 수 없는 그 어떤 변화로 대응할지도 모릅니다.

　이상입니다. 의장님, 그리고 동료 대사 여러분. 경청해 주
셔서 감사합니다. 여러분들의 협조를 기대합니다."

39

특명

"어떤가, 보리스. 자네의 신앙은 헤르미안들에게도 적용이 되나?"

"물론입니다. 아주 분명하게 가려지지요." 보리스는 진지한 미소로 대답했다. "아주 오랜 옛날부터 계속되어 온 선과악의 대결입니다. 사람들은 그러한 싸움에서 어느 쪽이든 편을 들어야만 할 때가 있지요."

'나 역시 그와 비슷한 생각을 하고 있었어.' 노턴 선장은 속으로 혼잣말을 했다. 수성인들이 초래한 일은 아마도 보리스에겐 커다란 충격이었을 것이다. 그러나 그는 상황을 순종적으로 고분고분 받아들이는 사람은 아니다. 제5예수교 교인들은 다들 활기가 넘치고 유능한 사람들이다. 그들은 사실 헤르미안들과 여러모로 비슷한 점이 많다.

"무슨 계획이 있을 것 같은데, 보리스?"

"그렇습니다, 선장님. 아주 간단한 겁니다. 폭탄을 못 쓰게 만들어 버리면 그만이지요."

"흠, 그렇다면 어떤 방법으로?"

"작은 철사 절단기 하나면 충분합니다."

누구든 딴 사람이라면 노턴 선장은 농담으로 받아들였을 것이다. 그러나 보리스의 말은 진지했다.

"기다려 봐. 미사일엔 텔레비전 카메라가 달렸지 않나? 헤르미안들은 자리에 편히 앉아서 자네의 행동을 낱낱이 볼 수 있을 텐데."

"물론입니다. 그러나 그들이 할 수 있는 일 또한 그게 다지요. 제 모습을 담은 전파가 수성에 가닿을 때는 이미 늦은 겁니다. 제가 할 일은 10분이면 간단하게 끝낼 수 있으니까요."

"그런가? 그 사람들 꽤 원통해 하겠는걸. 그런데 폭탄에 누가 손대지 못하도록 어떤 함정을 설치해 놓았을지도 모르잖아?"

"그랬을 것 같지는 않습니다. 그 폭탄의 목표가 뭐지요? 그것은 우주 공간에서 임무를 수행하도록 특별히 제작된 것입니다. 따라서 통제본부에서 받는 직접 명령이 아니면 작동하지 않도록 어떤 안전장치를 해놓았을 겁니다. 저도 그 정도의 위험은 감수할 각오가 되어 있고요. 그 일 때문에 인데버 호가 위태로운 지경에 빠지지는 않을 것입니다. 모든 것을 책임지고 완수하겠습니다."

"나도 자네를 믿어." 노턴 선장이 말했다. 아주 기발한 생각이다. 터무니없을 정도로 무모하지만 그래서 그만큼 더 끌리는 방법이다. 노턴 선장은 헤르미안들로 하여금 좌절을 맛보게 해준다는 점이 특히 기분 좋았다. 그들이 그 위험한 장난감에 무슨 일이 생겼는지를 뒤늦게 깨닫고 나서 과연 어떤 반응을 나타낼지 생각만 해도 재미있었다.

그러나 다른 미묘한 문제도 많다. 노턴 선장이 곰곰 생각하면 할수록 문젯거리들이 더 복잡하게 펼쳐지는 듯했다. 그는 지금까지의 경력 중에서 가장 어렵고 부담스러운 결정을 내려야 한다.

아니, 그 정도는 과소평가한 것이다. 이제껏 그 어떤 선장도 내려보지 못한 어려운 결정을 해야만 하는 것이다. 인류 전체의 미래가 그에 좌우될지도 모른다. 만약 헤르미안들의 판단이 옳다면?

보리스가 나간 뒤 노턴 선장은 '들어오지 마시오' 표지의 불을 켰다. 마지막으로 그 표지의 스위치를 올렸던 것이 언제였는지도 기억이 나지 않았지만, 아직도 작동한다는 사실이 적잖이 놀라웠다. 붐비는 승무원들로 바쁜 우주선 한가운데에서 이제 그는 완전히 혼자가 되었다. 그와 함께 있는 사람은 단지 한 명, 제임스 쿡 선장뿐이었다. 그는 과거와 현재를 잇는 시간의 터널에서 노턴 선장을 지그시 쳐다보고 있었다.

지구와 의논하는 것은 불가능하다. 미사일에 중계 장치가 달려서 어떤 신호든지 중간에서 탐지당할 것이라는 경고를 이미 받았다. 즉 모든 책임은 오로지 노턴 선장에게만 지워지는 것이다.

과거 미합중국이라는 나라의 대통령에 관한 얘기를 들은 적이 있다. 트루먼인가, 페레스인가. 아무튼 자기 책상에다 'The buck stops here'*라는 말을 적어놓은 사람이 있었다. 노턴 선장은 과연 그 말이 무엇을 의미하는지는 정확히 몰랐으나, 자신이 선실의 자기 책상 앞에 멈추었던 것은 언제인지 기억하고 있었다.

그냥 가만히 있으면서 수성인들이 떠나라고 경고할 때만을 기다릴 수도 있다. 만약 그렇게 한다면 미래의 역사학자들 눈에는 어떻게 비칠 것인가? 노턴 선장은 후세에 영원히 남을 명예나 불명예 따위엔 별 관심이 없었지만, 그의 힘으로 막을 수도 있었던 우주 범죄의 한 공범으로 기억되는 일만은 예사롭게 넘어갈 수가 없었다.

보리스의 계획은 완전무결하다. 노턴 선장이 기대하는 대로 보리스는 모든 가능성을 예상하면서 빈틈없이 깔끔하게 일을 수행할 것이다. 있을 법한 일은 아니지만 설사 손을 대자마자 폭탄이 폭발한다 하더라도 인데버 호는 라마라는 방패 덕에 안전할 것이다. 보리스도 그런 일이 발생한다면 자신의 순간적인 승천의식으로 담담하게 받아들일 모양이었다.

---

* 모든 일의 책임은 내가 진다는 뜻

폭탄을 무력하게 만드는 일이 성공하더라도 문제가 완전히 매듭지어지는 것은 아니다. 헤르미안들을 완벽하게 묶어두지 않는 한 그들은 포기하지 않고 또 다른 시도를 해올 것이다. 그러나 적어도 몇 주의 시간은 벌 수 있다. 다른 미사일이 날아오기 훨씬 전에 라마는 근일점을 지나갈 것이다. 이미 그때는 라마에 겁을 집어먹고 있는 사람들의 걱정도 말끔히 씻겨진 뒤일 것이다. 아니면 그 반대거나….

하느냐 마느냐, 이것이 문제로다. 고전 속의 주인공인 햄릿과 이처럼 강한 유대감을 느끼기는 처음이었다. 선택의 갈림길에 있는 서로 반대 방향의 두 길에서 선과 악의 저울은 완벽하게 평형을 이루고 있는 것만 같았다. 그가 내려야 할 결정은 도덕적으로 가장 어려운 문제였다. 그러나 그가 옳았을 경우 지금 행동하지 않는다면 영원히 자신의 판단이 정당했음을 증명하기가 어렵게 된다.

논리와 논거를 따진답시고 미래의 갖가지 가능성을 무수히 그려보는 일에만 의존할 수는 없는 노릇이다. 그런 식으로 하자면 다람쥐 쳇바퀴 돌 듯 끝이 없다. 이제 마음속의 목소리에 귀를 기울여야 할 때가 온 것이다.

그는 수 세기의 시간을 뛰어넘어 쿡 선장의 맑고 잔잔한 눈길을 바라보았다.

"저도 동감입니다, 선장." 노턴 선장은 조용히 속삭였다. "인류는 양심에 따라 살아가야 합니다. 헤르미안들이 뭐라고 주장하건 생존만이 전부는 아닙니다."

그는 함교로 연결된 호출 단추를 누르고 천천히 말했다.
"보리스, 잠깐 와주겠어?"

그는 그리고서 눈을 감았다. 의자와 가죽끈에 엄지손가락을 걸고는 잠시나마 완전히 긴장을 푼 상태로 휴식을 즐기기 위해 몸의 힘을 뺐다. 다시 이런 휴식을 맛보려면 아마 상당히 긴 시간을 보내야만 할 것이다.

40

사보타지

소형 우주정에서 최소한의 장치만 남기고 나머지는 전부 제거했다. 그러자 우주정은 추진장치, 항법장치, 그리고 생명유지장치만 달린 쇠붙이 뼈대처럼 보였다. 부조종사 자리도 없애 버렸다. 불필요한 질량을 단 몇 킬로그램이라도 줄이면 그만큼 시간을 버는 것이다.

보리스가 굳이 혼자 가기를 고집하는 것도 그런 이유에서였지만, 그게 가장 큰 이유는 아니었다. 한 사람의 몸무게가 더해지면 그만큼 비행시간이 오래 걸릴뿐더러, 굳이 사람이 더 필요할 만큼 복잡하고 힘든 일도 아니라는 것이다. 벌거벗은 우주정은 이제 3분의 1g 가깝게 가속할 수 있게 되었다. 인데버 호에서 미사일까지는 4분이면 가닿으므로 여유가 6분이나 남는다. 그 정도면 충분하다.

보리스는 배를 떠나면서 뒤를 한번 흘끗 돌아보았다. 계획대로 우주정은 라마의 회전축 방향으로 솟아올라 북쪽 꼬투머리의 회전하는 원반에서 점점 멀어졌다. 미사일에 닿을 때쯤이면 그곳과 우주정 사이는 라마의 길이만큼 떨어져 있게 될 것이다.

북극 평원을 벗어나는 데 시간이 좀 걸렸다. 아직 미사일의 카메라는 우주정을 포착할 수 없으므로 서두를 필요는 없다. 천천히 가면서 연료를 아끼는 것이다. 평원의 가장자리를 벗어나 우주 공간으로 나오자 햇빛을 받아 눈부시게 빛나는 미사일이 시야에 들어왔다. 아마 수성에서 갓 만들어졌을 때도 저처럼 찬란하게 번쩍거리지는 않았을 것이다.

보리스는 항법장치를 자동으로 전환했다. 미리 입력해 놓은 좌표를 따라 자이로스코프가 작동을 개시할 것이다. 몇 초 뒤 가속 압력이 덮쳐 왔다. 처음엔 짓누르는 무게가 꽤 거북했으나 곧 적응되었다. 사실 라마 안에서는 이보다 두 배 높은 중력도 편안히 견디지 않았던가. 게다가 태어난 고향, 지구는 중력이 세 배나 높다.

우주정이 미사일에 가까워짐에 따라 50킬로미터 길이의 원통은 아래쪽으로 점점 멀어져 갔다. 라마의 둥그런 원통 벽만을 바라보아서는 그 크기를 가늠하기가 곤란했다. 표면이 아주 반반하고 흠이 없어서 자전하는 것처럼 보이지 않았기 때문이다.

1백 초가 지났다. 이제 예정 시간의 절반을 보낸 것이다. 아직 세밀한 모습은 보이지 않았지만, 흑록색으로 가득 찬 우주 공간에는 지구나 금성의 모습도 보이지 않고 오로지 미사일만이 휘황찬란한 광채를 뽐내고 있었다. 다른 별들이 전혀 보이지 않아서 느낌이 이상했으나 섬광 차단 필터가 눈을 보호하고 있으므로 당연한 일이었다. 보리스는 자신이 새 기록을 세우는 것이 아닌가 생각했다. 이제까지 그 누구도 이처럼 태양 가까이에서 우주선 밖으로 나와본 적이 없을 것이다. 그나마 요즈음은 태양 활동이 비교적 잠잠한 시기여서 다행스러웠다.

2분 10초가 되었을 때 방향 전환 표지가 깜박거렸다. 추진 출력이 제로로 떨어지고 우주정은 1백80도로 회전했다. 순간적으로 최고 출력이 후방으로 내뿜어지면서 동시에 우주정은 제곱 초당 3미터의 비율로 미친 듯한 감속을 시작했다. 우주정의 연료는 사실 이 잠깐 동안에 거의 절반가량 소모되는 것이다. 미사일은 아직 25킬로미터 떨어져 있으나 2분 안으로 도착하게 될 것이다. 소형 우주정으로서는 엄두도 못 낼 시속 1천5백 킬로미터의 전속력으로 달려온 것이니만큼 이제 기록을 또 한 가지 추가한 셈이다. 그러나 이것은 틀에 박힌 일상적 선외 활동이 아니며, 그 점은 물론 보리스 자신도 명확히 인식하고 있었다.

미사일이 점점 커졌다. 눈에 보이지 않는 수성을 향해 고정된 주 안테나도 보였다. 접근하는 우주정의 모습을 실은 전파가 지금 저 안테나를 통해 빛의 속도로 날아갈 것이다. 시간이 3분 남았다. 최초의 전파가 수성에 도착하려면 아직 2분

322

이 더 있어야 한다.

헤르미안들이 그의 모습을 보게 되면 과연 어떤 반응을 나타낼까? 물론 간이 덜컥하도록 놀랄 것이다. 그러고는 이미 몇 분 전에 우주정이 미사일과 랑데부했다는 사실을 곧 깨달을 것이다. 화면을 보고 있던 근무자들은 부리나케 상급자에게 알릴 것이고 그 와중에 시간이 좀 더 흐를 것이다. 그러나 가장 최악의 경우, 즉 근무자 스스로가 자신의 권한으로 폭파 단추를 누른다 할지라도 그 신호가 다시 날아오려면 5분은 더 걸린다.

제5예수교 예수교인들이 결코 도박을 하지 않듯이 보리스도 운을 믿지 않는 편이었다. 그는 헤르미안들이 그런 즉각적인 폭파 조치는 절대로 취하지 않으리라고 확신하고 있었다. 인데버 호로부터 날아온 정찰정임이 분명해 보이더라도, 그리고 그 동기가 의심스럽다 할지라도 즉각 파괴하는 일은 주저할 것이다. 아마도 어떤 식으로든 의사소통을 먼저 시도할 테고 따라서 시간은 계속 지연될 것이다.

그리고 그보다 더 합리적인 이유가 있다. 그들이 우주정 하나 때문에 기가톤급 폭탄을 포기하지는 않을 것이란 점이다. 폭파 단추를 누르게 되면 폭탄은 원래 목표물에서 20킬로미터나 못 미쳐 터져 버리는 것이다. 그들로서는 우선 폭탄을 목표물까지 가져가는 게 급선무다. 자, 그러니 시간은 아주 넉넉한 셈인데…. 그러나 그는 계속 최악의 경우를 염두에 두어야 했다. 즉각적인 폭파 조처가 내려지고 그 명령을 실은 전파는 빨라야 5분 안에 온다. 그는 상황을 그렇게 설정하고 행동하기로 했다.

우주정이 마지막 몇백 미터를 남겨놓았을 때 보리스는 사진으로 익혀두었던 미사일 각 부분의 세밀한 모습을 재빨리 하나하나 확인해 나갔다. 사진 속의 그림들이 순식간에 딱딱한 금속과 부드러운 플라스틱으로 변했다. 이제는 더 이상 관념이 아니라 죽음을 담보한 현실이 된 것이다.

폭탄은 지름 3미터에 길이 10미터가량의 원통 모양이었다. 우연치고는 묘하게도 라마와 매우 닮은 모습이었다. 무인 우주선의 선체 바깥에 짧은 I자형 뼈대로 이루어진 격자무늬 틀로 단단히 부착되어 있었다. 무게 중심에 맞추어 달아놓은 탓인지 폭탄은 우주선의 가운데에서 약간 오른쪽으로 비켜나 있었는데, 그 모습이 흡사 망치 머리 같은 인상을 주었다. 사실 그것은 하나의 세계를 완전히 산산조각낼 수 있는 강력한 망치나 다름없었다.

폭탄의 양 끝에서 한 다발의 전선들이 꼬여 나와서 옆구리를 지나 격자틀 사이로 사라지고 있었다. 그 안쪽은 무인 우주선의 내부였다. 즉 통신 장비와 폭탄 제어장치는 우주선 안에 있었다. 폭탄 자체에는 안테나 하나 달리지 않았다. 보리스는 그 두 뭉치의 전선 가닥들만 끊어 버리면 된다. 그러고 나면 폭탄은 쓸모없는 쇳덩어리로 전락하는 것이다.

모든 것은 그가 예상한 대로였지만 막상 해 보니 너무 싱거운 것 같다는 느낌이 들었다. 그는 시계를 흘끗 쳐다보았다.

헤르미안이 그의 존재를 알려면 아직도 30초는 더 있어야 한다. 그것도 우주정이 라마를 벗어난 직후 미사일의 카메라에 그 모습이 잡혔을 경우의 얘기다. 여하튼 방해받지 않고 작업할 수 있는 시간이 정확히 5분은 확보되어 있고, 더구나 그보다 길 확률은 99퍼센트다.

보리스는 우주정을 미사일 우주선의 격자틀에 바짝 갖다붙인 뒤 단단히 고정했다. 그동안 단지 몇 초의 시간이 흘렀을 뿐이다. 그리고 이미 골라 놓은 연장들을 주저 없이 조종석 구석에서 끄집어내었다. 두꺼운 우주복이 워낙 뻣뻣해서 약간 애를 먹었을 따름이다.

조사를 시작하면서 처음 마주친 것은 다음과 같은 내용이 새겨진 작은 금속판이었다.

원자력 공학부
D반
선셋 불르바드 47번지
벌카노폴리스 17464
문의는 헨리 K. 존스에게 해주십시오.

몇 분 뒤면 헨리 존스 씨는 무척 바빠지겠군. 보리스는 그렇게 상상하면서 미소를 지었다. 견고한 철사 절단기에 의해 전선은 손쉽게 끊어졌다. 첫 번째 가닥을 잘라내고 나니 겨우 몇 센티미터 안쪽에 무시무시한 지옥의 병기가 들어 있다는 사실조차 거의 잊어버리게 되었다. 만약 그의 행위가 폭탄을 자극하여 터뜨린다 해도 보리스는 결코 그 사실을 알지 못할 것이다.

그는 다시 시계를 쳐다보았다. 채 1분도 걸리지 않았다. 계획대로 순조롭게 진행 중이다. 이제 나머지 예비선만 끊고 나면 돌아갈 수 있다. 분노와 좌절감으로 흥분한 헤르미안들을 느긋하게 바라보면서 말이다.

두 번째 전선 뭉치에 손을 대려는 순간 금속면을 통해 희미한 진동이 그의 몸으로 전해져 왔다. 그는 깜짝 놀라서 미사일의 몸체를 돌아다보았다.

분사 플라스마 특유의 청자색 불꽃이 자세 조정용 소형 엔진 하나에서 뿜어져 나오고 있었다. 미사일이 움직일 준비를 하고 있었다.

수성에서 날아온 전문은 간단했지만, 전율을 불러일으키는 것이었다. 그것은 보리스가 라마의 한쪽 구석을 벗어난 2분 뒤에 도착했다.

인페르노 웨스트의 수성 우주 관제본부에서 인데버 호의 선장에게. 이 전문을 받은 직후부터 한 시간의 여유가 있다. 그 안에 라마 주변에서 벗어나라. 라마의 자전축 방향으로 전속력으로 떠날 것을 권유한다. 응답 바란다. 이상.

노턴 선장은 전혀 믿기지 않는 심정으로 그 전문을 읽었고 뒤이어 분노가 치솟아 올랐다. 승무원들이 모두 라마 안에 있으므로 완전히 철수하려면 몇 시간이 소요된다고 응답해 버릴까 하는 치기 어린 충동이 일었다. 그러나 그렇게 해봤자 아무런 이득도 없다. 헤르미안들의 의지와 참을성을 시험해 본다는 것 외엔.

도대체 근일점에 닿기 훨씬 전에 이 짓을 감행하려는 이유는 뭘까? 그 정도로 헤르미안들의 여론이 강력한 압력을 행사하는 것일까? 나머지 인류 전체에게 자기들의 뜻을 기정사실화시키려는 의도에서 앞당긴 걸까? 아무래도 그런 이유만으론 설명되지 않는다. 아무리 수성인들이라고 해도 그렇게 과민하게 반응할 리는 없다.

다시 돌아오도록 보리스를 부를 방법은 없었다. 지금 그의 소형 우주정은 라마에 가려서 전파가 닿지 않는 구역에 들어가 있으므로 다시 시야에 나타나야만 연락할 수 있다. 그의 일이 성공하건 실패하건, 끝나기까지 기다릴 수밖에 없었다.

아직 50분의 여유가 남아 있으므로 노턴 선장은 일단 기다리는 수밖에 없었다. 그동안 수성에서 보내온 전문에 대한 가장 효과적인 응답을 하기로 했다. 그는 그 전문을 완전히 무시하고 다음엔 수성인들이 어떻게 나오나 지켜보기로 한 것이다.

미사일이 움직이기 시작했을 때 보리스가 가장 먼저 보인 반응은 몸을 움츠리는 두려움이 아니었다. 그보다 훨씬 더 무시무시한 공포가 밀려왔다. 우주는 신조차도 거역할 수 없는 엄격한 법칙에 따라 운영되는 것이라고 평소 그는 굳게 믿어왔다. 그 철칙을 한낱 헤르미안들이 깨뜨릴 수 없음은 물론이다. 어떤 신호든지 빛보다 빨리 전해질 수는 없다. 수성인들이 무엇을 하든지 항상 그는 5분을 앞서가는 것이다.

그저 우연의 일치에 불과할 것이다. 아주 기묘하고 섬뜩하긴 하지만 그 이상도 그 이하도 아닐 것이다. 인데버 호를 떠날 때쯤 우연히 수성에서도 미사일 제어 신호를 보낸 것이고, 그래서 그가 50킬로미터를 달려올 동안 그 신호는 8천만 킬로미터를 날아온 것이다.

아니면 미사일 자체의 자동장치가 움직이는 것인지도 모른다. 선체 일부가 너무 뜨겁게 과열되는 것을 막기 위해 자세를 바꾸는 수도 있다. 어떤 부분은 섭씨 1천5백 도 가까이 달구어져 있으므로 그는 가능한 한 그늘에서 벗어나지 않으려고 몹시 신경을 쓰고 있었다.

두 번째의 엔진이 불꽃을 내뿜기 시작했다. 처음의 추진으로 생긴 미사일의 회전 방향과 반대였으므로 이제 단순히 온도 조절을 위한 자세 변경은 아니라는 사실을 알 수 있었다. 미사일은 머리의 방향을 라마를 향해 똑바로 맞추고 있었다.

어째서 미사일이 지금 이 동작을 취하는지 궁금해할 여유는 없었다. 작업을 예정대로 끝내려면 시간이 촉박하다. 한 가지 그에게 다행스러운 점은, 이 미사일이 최대가속도가 10분의 1g에 불과한 저가속형이라는 사실이다. 그가 미사일에 계속 매달려 있는 데는 문제가 없었다.

우주정을 폭탄 옆에 밀착시키도록 연결된 부분을 다시 잘 살펴보았다. 그리고 그 자신의 우주복에 연결된 생명선도 재확인했다. 차가운 분노가 서서히 끓어오르면서 그에게 어떤 결단을 내리게끔 부추겼다. 미사일의 지금 이 동작은 무엇을 의미하는가? 헤르미안들은 인데버 호에 탈출하라는 경고도 주지 않고 폭탄을 터뜨려 버릴 셈인가? 믿을 수가 없다. 잔인할 뿐만 아니라 어리석기 짝이 없다. 태양계의 나머지 인류들을 모두 적으로 삼을 작정인가? 어째서 자기들이 파견한 대사의 엄숙한 약속을 무시하는가?

그들의 계획이 어떻든 간에 결코 뜻대로 되지는 않을 것이다.

수성에서 온 두 번째 전문은 처음과 똑같았으며 그보다 10분 뒤에 도착했다. 약간의 시간 여유가 더 생긴 것이다. 아직도 한 시간이 남았다. 수성인들은 인데버 호에서 보내는 답신이 도착할 수 있을 때까지 기다렸다가 다시 전문을 보낸 것이다.

이제 또 한 가지 변수가 생겼다. 지금쯤은 그들도 보리스의 모습을 보았을 것이고 몇 분 안에 그들 나름대로 조처를 할 것이다. 이미 모종의 명령을 담은 신호가 날아오고 있는지도 모르고, 언제 어느 때 도착할지도 알 수 없었다.

노턴 선장은 내키지 않았지만, 철수 준비를 시작했다. 하늘을 가득 채우고 있는 라마의 거대한 몸뚱이는 언제 어느 순간에 태양보다도 더 휘황찬란한 섬광을 내뿜으며 폭발할지 모른다.

　미사일이 본격적인 추진을 시작했을 때 보리스는 몸을 단단히 고정하고 있었다. 추진은 20초간 계속된 뒤 다시 멈추었다. 그는 재빠르게 암산을 해보았다. 이런 식으로 간다면 미사일은 시속 15킬로미터 이상을 낼 수 없을 것이고, 라마까지는 한 시간 가까이 지나야 도착할 것이다. 수성인들은 미사일을 신중하게 라마 가까이 접근시킨 뒤 가장 효과적인 목표 지점을 고를 속셈인 것이다. 만약 그게 사실이라면 인데버 호에는 제대로 경고를 해주는 셈이지만, 그렇더라도 너무 늦었다.
　시간은 어림짐작으로도 충분히 알 수 있었으나 그는 다시 시계를 쳐다보았다. 지금쯤 수성에서는 그의 우주정이 뚜렷한 목적을 가지고 미사일로 접근하는 광경을 보고 있을 것이다. 아마 2킬로미터 정도로 다가온 모습을 실은 전파가 지금 막 수성에 도착했을 것이다. 보리스가 무엇을 하려는지는 눈치챘을 테고, 혹시 이 순간엔 이미 그 일을 끝내지 않았을까 불안해하기도 할 것이다.
　두 번째의 전선 뭉치도 처음 것처럼 쉽게 끊어졌다. 숙련된 기술자들이 으레 그렇듯이 그도 연장을 잘 골라왔다. 이제 폭탄은 무용지물이 되었다. 아니, 정확히 말하자면 이제 결코 원격조종에 의해서는 터지지 않게 되었다.

아직 무시할 수 없는 한 가지 가능성이 남아 있었다. 부딪치는 충격으로 폭발하도록 장치된 뇌관은 보이지 않았지만 아마도 폭탄 속에는 있을지도 모른다. 폭탄을 달고 온 무인 우주선은 아직 헤르미안들의 통제하에 있으므로 원한다면 언제든지 라마에 충돌시킬 수 있다. 보리스의 작업은 완전히 끝난 것이 아니었다.

지금부터 5분 뒤면 수성 어딘가에 있을 통제본부에서는 그가 미사일 표면을 기어 다니는 광경을 보게 될 것이다. 그리고 그가 견고한 철사 절단기로 이제껏 만들어진 폭탄 중 가장 위력적인 것을 수성인들의 손에서 빼앗아 가는 모습도 보게 될 것이다. 보리스는 카메라를 향해 손을 흔들고 싶은 충동이 강하게 일었지만 그다지 품위가 없어 보일 것 같아 꾹 참았다. 그가 지금 하는 일은 결국 역사의 한 장으로 기록될 것이고, 얼마 뒤엔 수많은 사람이 지금 자신이 작업하는 광경을 지켜볼 것이다. 물론 수성인들이 홧김에 이 장면들을 지워 버리지만 않는다면 말이다. 설사 그렇더라도 보리스는 수성인들을 탓할 입장은 못 된다.

그는 장거리용 안테나로 접근하여 커다란 접시 둘레를 따라 한손 한손 이동했다. 절단기는 이번에도 말을 잘 들어주었다. 송수신 전파가 흐르는 전선들이 한꺼번에 잘렸다. 마지막 전선을 절단하자 안테나가 천천히 돌기 시작했다. 예기치 않았던 움직임에 깜짝 놀랐지만, 곧 수성 방향으로 고정된 잠금장치가 풀린 것이라는 사실을 깨달았다. 이제 5분 뒤면 수성인들은 미사일이 완전히 그들 손에서 벗어났음을 알게 될 테고, 사지가 잘린 데다 귀머거리에 장님까지 된 기분이 될 것이다.

보리스는 천천히 돌아와서 우주정을 탄 다음 미사일로부터 떨어졌다. 그리고 우주정의 앞쪽 범퍼를 가능한 한 미사일의 무게 중심 가까이 갖다 댄 다음 천천히 가속하기 시작했다. 그렇게 하여 최고 출력까지 올라간 상태에서 20초간 그대로 놔두었다.

우주정은 미사일의 전체 무게를 감당하느라 매우 느리게 움직였다. 마침내 보리스는 엔진을 끄고 신중하게 미사일의 속도 벡터를 측정해 보았다.

이제 미사일은 라마에서 훨씬 떨어진 곳을 지나쳐 우주 공간으로 표류해 나갈 것이다. 그리고 아주 기나긴 시간이 흐른 뒤에야 원래의 자리로 돌아올 것이다. 버리기에는 좀 아까울 정도로 값비싼 장비인 것도 사실이지만.

보리스는 거의 병적으로 정직한 사람이었다. 헤르미안들이 자기 재산을 돌려달라고 소송이라도 제기한다면 그는 절대 달가워하지 않을 것이다.

41

영웅

　"여보." 노턴 선장은 얘기를 시작했다. "그 어리석은 일 때문에 하루 이상 시간을 허비했지만, 덕분에 당신에게 얘기할 짬을 낼 수 있게 되었어.

　나는 아직 우주선 안에 있어. 지금 우리 배가 머물러 있었던 라마의 북쪽 지점으로 되돌아가는 중이야. 보리스는 한 시간 전에 우주선으로 돌아왔어. 당직 근무나 하다가 온 것처럼 아주 침착한 모습이더군. 이제 우리 배의 사람들 모두 다시는 수성을 방문하기 어려울 것 같지만, 지구에서도 영웅으로 대접받을지 못된 사람들로 취급당할지 잘 판단이 안 돼. 그러나 내 양심엔 전혀 거리낌이 없어. 나는 옳은 일을 했다고 믿어. 라마인들이 우리더러 '고맙습니다'라고 말해 줄지는 모르겠지만.

이제 이틀밖에 머물 시간이 없어. 우리 배엔 라마처럼 태양열을 막아 줄 1킬로미터 두께의 껍질이 없으니까. 벌써 선체의 곳곳이 위험스러울 정도로 달구어져서 방열막을 쳐놓고 있어. 이런, 재미없게 내 얘기만 해서 미안하군.

라마 안으로 들어갈 기회는 이제 한 번뿐이야. 그래서 이번만큼은 좀 욕심을 부려볼 생각이야. 아, 그렇다고 해서 걱정하진 마. 나는 절대로 모험은 안 할 테니까."

그는 녹음을 중지했다. 방금 한 말은 아무래도 정직한 얘기는 아니었다. 라마 안에서는 매 순간 어디에서나 위험과 불확실성이 도사리고 있었고, 자신이 알 수 없는 것들로 가득 들어찬 곳에서 집처럼 편안함을 느낄 사람은 아무도 없었다. 이번의 탐사는 글자 그대로 다시는 되풀이할 수 없는 마지막 기회이지만, 그로서는 오히려 더 신중하게 몸을 도사리고 매우 조심스럽게 일을 진행해야만 한다.

"48시간이 지나면 이번 임무는 완전히 끝나는데, 그 뒤에는 어떻게 될지 아직 불확실해. 당신도 알다시피 우리는 라마와의 랑데부 궤도로 진입하느라 가진 연료를 거의 다 소모했어. 연료 보급선이 와서 지구까지 갈 수 있게 될는지, 아니면 화성에 비상착륙을 해야 할는지는 모르겠어. 계속 연락을 기다리는 중이야. 아무튼 크리스마스 때에는 집에 있게 될 거야. 작은 녀석더러 아기 바이옷을 갖다 주지 못하게 되어 미안하다고 잘 달래 줘. 라마에 그런 건 없다고 말이야.

우리는 모두 다 건강하지만, 몹시 피곤한 상태야. 이 임무가 끝나면 긴 휴가를 얻게 되니까 그동안 빼앗겼던 우리만의 시간을 보상받도록 하자. 남들이 뭐라고 하건 당신은 영웅과 결혼했다고 뽐내도 될 거야. 자기 남편이 한 세계를 구해 냈다고 자랑할 만한 아내가 몇이나 있겠어?"

그는 녹음한 내용을 복사하기 전에 늘 그렇듯 다시 주의 깊게 들어보았다. 그의 두 가족 모두에게 별 거북함 없이 들리는 내용인가를 확인해야만 했다. 두 아내 중 누구를 먼저 보게 될지 모른다는 점이 매우 이상하게 느껴졌다. 각 행성의 엄격한 운동 법칙 때문에 그의 근무 계획은 대개 1년 전에 결정되므로 이런 경우는 거의 없었다.

그러나 그것은 라마가 나타나기 전의 일이고, 지금은 모든 것이 그때와는 달라졌다.

42

유리 신전

"만약 우리가 그렇게 한다면 바이옷들이 막을 거라고 생각합니까?" 머서가 말했다.

"그럴 수도 있지. 사실 내가 알고 싶은 것도 그 점이야. 그런데 왜 날 그런 표정으로 쳐다보지?"

머서는 은밀한 미소를 잔잔하게 띠고 있었다. 동료들과 사적인 농담을 하거나 혼자만 아는 얘기를 할 때 어울릴 듯한 표정이었다.

"선장님이 라마를 자신의 소유물로 생각하는 건 아닌지 궁금하군요. 지금까지는 건물 벽을 부수고 들어가려는 방법을 강력하게 금지하지 않았습니까? 왜 생각이 바뀌었지요? 헤르미안들에게서 힌트라도 얻었나요?"

노턴 선장은 그제야 깨달았다는 듯 미소를 지었다. 머서의 날카로운 질문은 평소 선장의 방침을 잘 알고 있어서 나온 것이었다. 건물 벽을 뚫고 들어가는 방법은 달리 선택의 여지가 없을 때 택하려 했던 최후 수단이었으므로 머서는 선장의 주의를 환기한 뒤 더욱 확실한 대답을 듣고 싶었던 것이다.

"내가 너무 과민했던 모양이군. 될 수 있으면 문젯거리를 일으키고 싶지 않아서였지. 하지만 이젠 마지막 기회이니 어쩔 수 없지 않나? 그냥 이대로 철수하기엔 너무 아쉬워. 뭐 크게 손해 볼 일은 없을 거야."

"안전하게 철수하는 것을 전제로 해야지요."

"물론이지. 아무튼 바이옷들이 적개심을 나타낸 적은 한 번도 없었으니까. 그리고 거미를 제외하고는 우리를 따라잡을 만큼 빨리 움직이는 놈도 없잖아?"

"뛰어서 도망가려고요? 전 싫습니다. 점잖게 철수하겠어요. 그런데 바이옷들이 왜 우리에게 고분고분한지 이제야 좀 알 것 같습니다."

"새로운 이론인가? 좀 때늦은 감이 있지만."

"어쨌든 들어보십시오. 그것들은 우리가 라마인이라고 생각하는 게 틀림없어요. 산소를 호흡한다는 점에서는 똑같아서 구별을 못 한단 말이지요."

"그들이 그렇게 멍청할 것 같진 않은데?"

"멍청한 것하고는 상관이 없습니다. 각자 자신들이 맡은 일이 미리 프로그램되어 있으니까 그 부분만 훼방 놓지 않으면 그냥 넘어간단 말입니다."

"자네 말이 맞을지도 모르겠군. 자, 아무튼 런던에서 작업을 시작하는 즉시 알게 되겠지."

캘버트는 옛날의 은행강도 영화라면 언제나 즐겨 보았지만, 자신이 그와 비슷한 일에 가담하게 되리라고는 전혀 상상하지 못했었다. 그러나 지금 그들은 그것과 크게 다를 바 없는 일을 벌이고 있었다.

런던의 쥐죽은 듯 고요한 거리가 웬지 무섭게 느껴지는 것도 실상은 양심을 건드리는 죄의식 때문이다. 창문도 없이 완전히 밀봉된 건물들이 주변에 빽빽하게 들어 차 있었다. 그러나 그 안에서 라마인들이 참을성 있게 지켜보다가 침략자들이 자기 재산에 손을 대자마자 분노에 가득 차 뛰어나올 것으로 생각하는 사람은 아무도 없었다. 오히려 캘버트는 이 도시도 다른 곳과 마찬가지로 일종의 저장창고에 불과할 것임을 확신하고 있었다.

그러나 더욱더 두려움을 불러일으키는 생각이 또 하나 있었다. 그 역시 옛날 범죄 영화에 숱하게 등장하는 것으로서, 어딘가에 달린 경종이 요란하게 땡땡거리거나 사이렌이 시끄럽게 울려 퍼지면서 침입자의 존재를 알리는 경보장치가 있지는 않을까 하는 것이었다. 라마인들이 그와 비슷한 장치를 해놓았으리라는 것은 있을 법한 일이다. 그렇지 않다면 바이옷들이 어떻게 해서 일할 장소와 때를 스스로 알 수 있단 말인가?

"자, 보안경을 안 쓴 사람들은 뒤로 돌아서세요." 마이런이 말했다. 레이저 불꽃에 공기 자체가 타면서 질산화물 냄새를 풍기기 시작했다. 강력한 불꽃의 칼날이 지글거리면서 인류가 태어나기 이전부터 굳게 밀봉되어 있었을 벽을 조금씩 잘라냈다.

어떤 미지의 물질이라도 이렇게 집중적인 에너지를 받으면 견뎌 낼 재간이 없다. 벽을 잘라내는 일은 분당 몇 미터꼴로 꾸준히 진행되었다. 그리하여 잘린 금으로 사람 하나가 드나들 만한 넓이를 생각보다 빨리 그려내었다.

잘린 부분은 전혀 움직이지 않았으므로 마이런이 살짝 건드려 보았다. 그다음엔 지그시 밀어보았지만 계속 반응이 없었고 그는 마침내 있는 힘껏 쾅쾅거리며 두드렸다. 그러자 벽은 요란한 소리를 내며 텅 빈 안쪽 공간으로 무너졌다.

처음 라마 안으로 들어올 때처럼 노턴 선장은 고대 이집트의 무덤을 발굴하던 고고학자 생각이 났다. 번쩍거리는 황금덩이 따위를 기대한 것은 물론 아니었고, 사실은 아무런 선입견도 품고 있지 않았다. 그는 손전등을 들고 앞을 비추며 구멍 안쪽으로 천천히 들어갔다.

유리로 만들어진 그리스 신전. 이것이 그의 첫 번째 인상이었다. 건물 안쪽은 층층이 솟아오른 폭 1미터쯤의 수정기둥들로 바닥부터 천장까지 가득 차 있었고, 그런 모양으로 수백 개가 빛이 닿지 않는 저 너머까지 계속 줄지어 서 있었다.

그는 가장 가까운 기둥으로 걸어가서 손전등으로 속을 비추어보았다. 원통 모양의 렌즈 속으로 들어간 빛은 부채꼴 모양으로 퍼지면서 희미하게 분산되더니 원통 반대쪽에 새로운 초점들을 만들었다. 그리고 빛줄기는 그런 모양을 반복하면서 옆 기둥으로 계속 뻗어 나갔다. 노턴 선장은 복잡한 광학실험실에 들어와 있는 듯한 느낌이 들었다.

"대단히 아름답군요." 노련한 우주인인 머서가 입을 열었다. "그렇지만 도대체 이것들은 무슨 용도로 쓰이는 거죠? 유리기둥으로 꽉 찬 숲이 무슨 필요가 있을까요?"

노턴 선장은 기둥을 가볍게 두드려 보았다. 유리라기보다는 금속성에 가까운 딱딱한 소리가 났다. 뜻밖의 반응에 그는 당황했지만, 곧 적절한 충고 한마디를 생각해 냈다. '의심스러우면 아무 말 말고 계속하라.'

노턴 선장이 첫 번째 것과 똑같이 생긴 다음 기둥으로 갔을 때 머서가 놀라서 외치는 소리가 들려왔다.

"분명히 텅 비어 있었는데, 지금 안에 뭔가가 있습니다!"

노턴 선장은 황급히 돌아보며 물었다. "어디? 아무것도 안 보이는데."

그는 머서의 손가락이 가리키는 곳을 주시했다. 거기엔 아무것도 없었다. 수정기둥은 완전히 투명했다.

"안 보인다고요?" 머서가 그럴 리 없다는 듯이 반문했다. "이쪽으로 와보세요. 어어? 또 없어졌습니다!"

"여기 무슨 일이 있습니까?" 캘버트가 다가와서 물었다. 그는 몇 분간 기둥을 살펴보더니 그럴듯한 설명을 찾아냈다.

기둥들은 어느 방향, 어느 빛줄기 아래에서 봐도 모두 투명한 것은 아니었다. 주변을 빙 돌며 걷다 보면 그 속에서 어떤 모습들이 언뜻언뜻 시야에 들어왔다가 사라지곤 했다. 마치 호박 속에 갇힌 파리처럼 분명하게 보이다가도 조금만 비켜나면 완전히 사라졌다. 기둥 속의 물체는 열 개가 넘었고 제각기 다 다른 모양이었다. 그리고 모두 다 실물처럼 보였고 사진이나 모조품 같은 느낌은 들지 않았다.

"홀로그램입니다." 캘버트가 말했다. "지구의 박물관에 있는 것과 같아요."

캘버트의 말이 틀림없는 것 같았으나 노턴 선장은 의혹에 찬 시선으로 그것들을 주의 깊게 쳐다보았다. 다른 기둥들을 계속 조사해 보면서 의심은 더 깊어졌고 마침내는 기둥 속의 영상에 홀린 듯한 기분이 되어 버렸다.

손으로 쓰도록 만들어진 듯한 연장들(모양으로 미루어 보건대 라마인의 손은 상당히 크고 기묘하게 생겼을 것이 틀림없었다), 무엇을 담는 용기들, 분명 다섯 개 이상의 손가락을 위해 만들어진 듯한 키보드가 달린 조그만 기계장치들, 측정기기 같은 것들, 좀 크기만 할 뿐 지구의 식탁에서라면 다시 돌아볼 만큼 눈길을 끌지 못할 평범한 모양의 칼이나 접시 같은 것들, 여러 가지 가정용품 비슷한 것들 등등 수백 가지의 물건이 있었다. 간혹 그것들은 같은 기둥 안에 마구잡이로 뒤엉켜 있기도 했다. 박물관이라면 의심할 나위 없이 어떤 논리적 기준에 따라 서로 연관된 것들끼리 배열되어 있겠지만, 이곳은 완전히 잡동사니를 한데 쓸어다 모아놓은 철물점 창고 같은 인상이었다.

그들은 수정기둥 안의 허깨비 영상들을 어렵게 하나하나 포착하여 사진을 찍었다. 그러는 중에 노턴 선장은 어떤 실마리를 잡았다. 수많은 물체를 꼼꼼히 살피는 가운데 언뜻 떠오른 생각이었다. 이것들은 전시품이나 수집품이 아니라 일종의 목록일지도 모른다. 어떤 알 수 없는 기준에 의해 논리적으로 정리된 것이 틀림없다. 그는 사전처럼 알파벳순으로 나란히 배열하는 방법을 떠올렸고, 그 생각을 사람들에게 말했다.

"무슨 얘기인지 알겠습니다." 머서가 말했다. "이를테면 카메라 다음에 캔디, 뭐 이런 식이란 말이죠? 아하, 우리가 물건을 그런 순서로 진열해 놓는다면 라마인들도 처음에 어리둥절하긴 마찬가지이겠군요."

"그렇죠. 테이블 다음에 텔레비전이란 말이죠." 몇 초 동안 골똘히 생각에 잠겼던 캘버트도 덧붙였다. 그런 보기를 들자면 몇 시간이고 계속 생각해 낼 수 있겠지만, 시간 낭비일 뿐이므로 노턴 선장은 매듭을 지었다.

"그래, 바로 그거야." 노턴 선장이 말했다. "이것들은 아마도 3차원 입체 영상으로 만들어서 분류해 놓은 카탈로그인 모양이야. 무슨 형판이나 청사진 격으로 만들어 놓았겠지."

"그런데 이것을 왜 만들었을까요?"

"글쎄, 저 바이옷들을 보고도 비슷한 얘기가 나왔었지? 원래는 없다가도 필요한 때가 되면 어딘가에 저장되어 있던 틀을 그대로 본떠 합성돼 생겨났을 것이라고 말이야."

"대충 상상이 됩니다." 머서는 말을 꺼낸 뒤 생각에 잠겨 천천히 이야기를 계속했다. "만약 라마인들이 저 접시같이 생긴 물건이 필요하다면, 그에 해당하는 코드 번호를 입력한다 이거죠? 그러면 그게 저 유리기둥 속에 저장된 모양 그대로 만들어져 나올 테고요?"

"뭐, 그와 비슷하겠지. 아무튼 나도 잘 모르겠으니 더 이상은 묻지 마."

안쪽으로 들어갈수록 기둥들은 점점 더 굵어져서 마침내 지름 2미터짜리가 있는 곳까지 도달했다. 그 안에 들어 있는 영상들도 그와 비례해서 더 큰 것들이었다. 적어도 라마인들은 축소 모형이 아니라 실물 크기 그대로 보존하는 방법을 선호하는 것이 틀림없어 보였다. 그렇다면 아주 커다란 것들은 어떻게 보존할지 노턴 선장은 궁금해졌다.

탐사 범위를 넓히기 위해 인원을 네 개 조로 나누어 흩어져서 유리기둥 속의 영상들을 가능한 한 빨리, 그리고 많이 사진에 담기로 했다. 영상을 포착하여 초점을 잡는 과정이 꽤 까다로웠으므로 그냥 갖다 대고 셔터만 누르면 되는 일이 결코 아니었다. '이건 대단한 행운이다.' 노턴 선장은 생각했다. 비록 그만큼의 대가는 치렀다고 생각되지만, 아무튼 라마인들이 사용하거나 만들어 내는 물건의 견본을 얻는 데 이보다 더 좋은 방법이 어디 있겠는가? 하긴 달리 생각하면 가장 김빠지는 일이기도 하다. 여기에 있는 건 죄다 빛과 어둠이 만들어

낸 허깨비 영상에 불과할 뿐, 실제로 존재하는 것은 아무것도 없다. 손으로 만지며 느껴볼 수 있는 딱딱한 실체는 없었다.

그런 사실을 알면서도 노턴 선장은 유리기둥에 레이저 불꽃을 들이대고 싶은 충동이 여러 차례 일었다. 그래서 그 안에 들어 있는 물건을 하나라도 꺼내어 지구로 가져가고 싶었다. 노턴 선장은 마치 거울 속의 바나나를 잡으려고 안달하는 원숭이 다름없다 하고 생각하면서 스스로 짓궂은 심정을 달래었다.

그는 광학기구 비슷한 것에 초점을 잡느라고 애를 쓰고 있다가 갑자기 캘버트가 외치는 소리를 듣고 기둥 사이로 달려갔다.

"선장님! 머서, 마이런! 이…, 이것 좀 봐요!"

캘버트가 평소 쉽게 흥분하는 사람이긴 했지만, 막상 달려가 보곤 그들 역시 삽시간에 얼굴이 확 달아올랐다.

2미터 지름의 한 유리기둥 안에 정교하게 생긴 우주복 비슷한 것이 있었다. 분명히 사람보다 큰, 수직으로 서는 생물에게 맞도록 만들어진 것이었다. 허리인지 가슴께인지 아니면 알지 못할 어떤 부분인지 가운데쯤에 매우 좁은 금속질의 띠가 있었고, 그곳으로부터 세 가닥의 가느다란 관이 뻗어 나와 있는데 그것들은 점점 굵어져서 끄트머리는 지름이 거의 1미터 가까이 되었다. 그 관들은 일정한 간격으로 우주복의 둘레를 돌아 아마 손이나 팔 부근을 감싸게 되어 있는 듯 보였다. 관이 셋이므로 물론 손도 세 개일 터였다.

수많은 주머니와 띠, 어떤 연장(혹은 무기?)에 달린 듯한 탄띠 비슷한 것, 전기 도관, 심지어는 지구의 실험실에서나 볼 수 있을 법한 작은 블랙박스 같은 것도 보였다. 전체 모습은 지구인들이 쓰는 우주복만큼이나 복잡했지만, 그것은 의심할 나위 없이 그것을 입는 존재의 신체 일부만을 덮을 수 있는 것이었다.

그러면 그 존재가 과연 라마인일까? 노턴 선장은 자문해 보았다. 아마도 영원히 알 수 없으리라. 그러나 그 존재는 분명히 지능이 매우 높을 것이다. 왜냐하면 이처럼 복잡한 기구를 다룰 수 있는 짐승은 없기 때문이다.

"한 2미터50센티쯤 되겠군." 머서가 신중하게 얘기했다. "머리는 빼고 말이야. 어떻게 생겼는지는 모르지만."

"팔이 세 개고… 아마 다리도 셋이겠지. 크기만 더 크지, 거미하고 비슷하잖아? 어때, 우연의 일치일까?"

"그렇지 않을 거야. 우리가 우리와 비슷한 모양으로 로봇을 만들 듯이 라마인들도 마찬가지 아니겠어?"

마이런은 이상하리만치 가라앉은 태도로 기둥 속의 물체를 바라보고 있었다. 그의 표정엔 일종의 두려움이 떠올라 있었다.

"우리가 여기 있다는 것을 그들도 알까?" 마이런은 거의 속삭이다시피 얘기했다.

"글쎄?" 머서가 대답했다. "우리는 아직 라마인들의 의식 세계에 문턱조차 들어가 보지 못했으니까. 헤르미안들의 시도는 좋았지만."

　모두 그 자리에 못 박힌 듯 서서 조용히 생각에 잠겼다. 그
때였다. 중심축에서 피터가 다급한 목소리로 외친 것은.

　"선장님, 다들 빨리 밖으로 나오는 게 좋겠습니다."

　"무슨 일인가? 바이옷들이 이리 오고 있나?"

　"아닙니다. 그보다 더 심각합니다. 빛이 약해지고 있어요."

43

철수

레이저로 뚫어놓은 구멍을 다시 빠져나와 보니, 노턴 선장의 눈에는 라마의 인공 태양 빛이 조금도 달라진 것 같지 않다. 피터는 실수한 적이 별로 없지만, 이번만큼은 뭔가 잘못 생각한 것 같군.

그러나 피터는 이러한 반응을 이미 예상한 듯했다.

"매우 천천히 진행되었습니다." 그는 변명이라도 하듯이 열심히 설명했다. "저도 처음 얼마 동안은 알아차리지 못했습니다. 그러나 이제는 의심할 여지가 없습니다. 광도를 측정해 봤더니 40퍼센트나 떨어졌어요."

어두운 유리 신전 안에서 나온 뒤 서서히 눈이 원상태로 돌아오자 노턴 선장은 비로소 피터의 말을 실감할 수 있었다. 라마의 긴 낮이 이제 저물어 가고 있는 것이었다.

기온은 전과 다름없이 따뜻했지만, 노턴 선장은 저도 모르게 몸이 부르르 떨렸다. 그는 이와 같은 느낌을 지난날 지구에서도 느껴본 적이 있었다. 어느 아름답던 여름날, 갑자기 태양빛이 약해지기 시작했다. 이해할 수 없는 현상이었다. 하늘엔 구름 한 점 없었으나 태양은 점점 빛을 잃어가고 천지에 서서히 어둠이 깔리고 있었다. 그제야 그는 부분일식이 시작되고 있음을 깨달았다.

"드디어 때가 왔군." 노턴 선장은 무섭게 입을 열었다. "자, 이제 철수하자. 집으로 가는 거다. 가져온 장비들은 모두 두고 떠난다. 다시는 그것들이 필요 없을 테니까."

이제 그가 세심하게 배려했던 계획 중 한 가지가 빛을 볼 때이다. 마지막 탐사 장소로 런던을 택한 것은 이유가 있었다. 이러한 예기치 못한 상황이 닥쳤을 때를 대비해서 계단과 가장 가까운 도시를 선택한 것이다. 이 도시에서는 베타 계단의 발치까지 불과 4킬로미터밖에 떨어져 있지 않았다.

그들은 절반의 중력 상태에서 여행하기에 가장 편안한 자세로 성큼성큼 걸으면서 출발했다. 노턴 선장은 스스로 판단하기에 지치지 않고 최단 시간 안에 평원을 가로지를 수 있는 보폭을 유지했다. 계단에 도착해서도 아직 8킬로미터를 더 올라가야 한다는 사실을 고려한 것이다. 그러나 저 지긋지긋한 경사를 오르기 시작하면 그래도 좀 더 안전한 느낌을 갖게 되리라.

첫 번째 진동은 계단 발치에 거의 다 도달했을 때 일어났다.

매우 약한 것이었으나 노턴 선장은 거의 반사적으로 남극을 향해 고개를 돌렸다. 중심뿔과 버금뿔들 사이에서 또다시 불꽃이 난무하는 모습을 기대했다. 그러나 라마는 같은 모습을 결코 두 번 보여주지는 않는 듯했다. 저 머나먼 바늘산들 주위에 또다시 전기 방전이 일어났다 할지라도 너무 멀어서 눈에 보이지도 않겠지만 말이다.

"인데버 호," 노턴 선장이 외쳤다. "방금 일어난 진동을 감지했나?"

"했습니다, 선장님. 매우 작은 충격이었습니다. 그래도 위치는 약간 변화했을 것입니다. 지금 자이로스코프를 계속 주시하는 중입니다. 아직은 별… 아, 잠깐! 반응이 있습니다. 측정이 가능합니다. 초당 1마이크로라디안 이하입니다만 계속 관찰하겠습니다."

드디어 라마가 방향을 바꾸려 하고 있었다. 비록 느낄 수 없을 정도로 천천히 일어나고 있지만, 분명히 이 거대한 세계는 몸을 뒤척이고 있다. 지난번의 충격은 단순히 경고에 지나지 않았을지도 모르지만, 이번만큼은 틀림없이 진짜였다.

"계속 증가하고 있습니다. 5마이크로라디안입니다. 거기서도 충격을 느꼈습니까?"

"분명히 느꼈다. 우주선의 모든 시스템을 운전체제로 전환하라. 가능한 한 빨리 떠나야 한다."

"궤도 변화가 벌써 시작되었다고 생각하십니까? 아직 근일점까지는 많이 남아 있습니다만."

"라마가 우리 예상대로만 움직이지는 않을 거야. 아무튼 지금 베타 계단에 다 왔다. 5분간 휴식을 취할 것이다."

이미 뻐근해진 근육을 달래기에는 5분도 결코 긴 시간이 아니었지만, 눈에 띄게 급속히 줄어드는 빛 때문인지 마치 한 시대가 지나간 것 같았다.

조명 장비를 충분히 갖추고 있음에도 불구하고 다시 암흑이 찾아올 것을 생각하면 두려운 생각부터 들었다. 모두 라마의 길고 길었던 낮에 심리적으로 완전히 길들어 있던 터라, 낮이 오기 전의 상황이 어떠했던가를 기억해 내기 어려웠다. 그들은 이 거대한 원통 세계의 바깥쪽, 즉 1킬로미터 두께의 껍질을 뚫고 당장에라도 태양이 비치는 곳으로 뛰쳐나가고픈 충동을 느꼈다.

"중심축!" 노턴 선장이 외쳤다. "중심축! 서치라이트가 작동되는가? 그것이 급히 필요하다."

"물론입니다, 선장님. 자, 여기 갑니다."

머리 위 8킬로미터 지점에서 반갑고 미더운 불빛이 쏟아지기 시작했다. 다가오는 라마의 밤에 대항하기엔 너무도 미약했지만 처음 들어올 때처럼 또다시 그들을 안전하게 인도해 줄 것이다.

노턴 선장은 은근히 걱정하고 있었다. 이번 등반은 아마 지금껏 해본 중에서 가장 길고 신경 쓰이는 여정이 될 것이다. 무슨 일이 일어나더라도 절대로 서둘러서는 안 된다. 급히 오르다가 과로하게 되면 분명히 이 현기증 나는 계단 어디에선

가 지쳐 쓰러질 것이고, 놀란 근육을 달래서 다시 길을 떠나자면 한참을 기다려야 한다. 그들은 이제껏 유례가 없는 특수한 임무를 성공적으로 마친 사람들임엔 틀림없지만, 인간의 체력에는 한계가 있는 법이다.

한 시간가량 꾸준히 올라간 끝에 그들은 평원에서 3킬로미터 위의 네 번째 플랫폼에 도착했다. 중력은 이미 지구의 3분의 1 수준으로 떨어졌으므로 이제부터는 다소 수월해질 것이다. 간간이 약한 충격이 느껴졌지만, 그 외에 이상한 일은 아무것도 일어나지 않았고 빛도 아직은 충분히 밝은 편이었다. 그들의 생각은 점점 낙관적으로 바뀌어서 결국에는 너무 빨리 철수하는 것이 아닌가 하는 의아심까지 들었다. 그러나 한 가지 분명한 것은 이제 돌이킬 수 없는 길을 가고 있다는 사실이었다. 다시는 라마의 중앙 평원에서 걸어볼 수 없다.

네 번째 플랫폼에서 10분간 휴식을 취하는 중이었다. 캘버트가 노턴 선장에게 소리쳤다.

"선장님, 이 소리는 뭘까요?"

"무슨 소리? 난 아무것도 안 들리는데."

"휘파람 같은 소리 안 들립니까? 점점 낮아지고 있습니다. 분명히 들릴 텐데요."

"자네 귀가 나보다 더 젊지 않나? 아, 나도 들리네."

그 휘파람 소리는 사방에서 들려오는 것 같았다. 소리는 순식간에 커지더니 째지듯 날카로워졌다가 곧 낮아졌다. 그리고는 갑자기 멈춰 버렸다.

몇 초 뒤에 그 소리는 다시 시작되었고 계속 처음과 같은 과정을 반복했다. 마치 안개가 자욱하게 낀 밤에 위험을 알리는 등대의 사이렌 소리처럼 스산하고 음울했다. 그것은 분명히 어떤 메시지를 담고 있을 것이며, 그 메시지는 긴급한 내용일 것이다. 그 경보는 인간의 귀를 위해서 울리는 것은 아니었지만, 그들은 소리의 의미를 이해할 수 있었다. 그리고 그 순간 마치 상황의 심각성을 더욱더 확신시켜 주려는 듯이 라마의 인공 태양도 한몫 거들었다.

라마의 태양 빛이 거의 꺼지다시피 어두워지더니 갑자기 깜박거리기 시작했다. 지금껏 이 세계를 환히 비추었던 기다란 인공 태양의 계곡을 따라 구슬 모양의 불빛이 마치 도깨비불처럼 달려갔다. 그것들은 한결같이 양극에서 가운데 방향으로 움직이며 최면을 걸듯이 오직 한 가지 의미만을 나타내고 있었다. "바다로!" 불빛은 외치고 있었다. "바다로!" 거역하기 어려운 명령이었다. 모든 것을 잊어버리고 다시 돌아가서 라마의 바닷물에 뛰어들고픈 충동을 느끼지 않는 사람은 아무도 없었다.

"중심축!" 노턴 선장은 다급하게 외쳤다. "무슨 일이 일어나고 있는지 알 수 있나?"

피터의 대답이 들렸다. 그는 단순히 놀란 정도가 아니라 겁먹은 목소리로 말하고 있었다.

"그렇습니다, 선장님. 지금 남쪽 대륙을 보고 있는데 바이옷들이 아주 많습니다. 그중엔 큰 것들도 있습니다. 기중기나

불도저 같은 것들도…. 청소부들은 아주 많습니다. 그리고 모두 바다로 막 달려가고 있습니다. 저들이 저렇게 빨리 움직이는 걸 이제껏 본 적이 없습니다. 지금 막 기중기 하나가 절벽에서 떨어졌는데 제임스 때보다 더 빨리 추락하는 것 같습니다. 수면에 부딪히더니 산산조각이 났습니다. 상어들이 몰려듭니다. 기중기를 갈기갈기 찢고 있습니다. 아아, 이건 결코 보기 좋은 장면이 아닙니다. 평원으로 망원경을 돌렸는데요…. 불도저가 하나 있는데 부서진 것 같습니다. 그 자리에서 계속 원을 그리며 돌고 있습니다. 지금 게 두 마리가 와서 불도저를 조각내고 있습니다. 선장님, 제 생각엔 빨리 돌아오는 게 좋겠습니다."

"걱정하지 마." 노턴 선장은 심각하게 대답했다. "가능한 한 빠른 속도로 가는 중이니까."

라마는 다가오는 폭풍에 대비하여 배 밑창에 덧씌우기를 하고 있는 셈이다. 밑도 끝도 없이 노턴 선장은 그런 인상을 받았다. 더 이상 이성적인 판단을 할 수가 없었다. 그의 마음속에서는 두 개의 상반된 충동이 싸우고 있었다. 바이옷들을 따라 바다로 가라고 명령하는 현란한 불꽃 최면이 여기서 탈출해야 한다는 생각을 마구 뒤흔들고 있었다.

'아직 올라갈 계단은 한 구역이 남아 있다. 피로한 근육을 달래기 위해서는 10분간의 휴식이 필요하고 다시 2킬로미터를 올라가야 한다….' 차라리 그 생각은 않는 게 낫다.

미친 듯이 계속 이어지던 휘파람 소리가 갑자기 멎었다. 그와 동시에 곧은 계곡의 홈을 따라 군무를 추던 불꽃들도 바다로 내려오라는 무언의 외침을 멈추었다. 라마의 여섯 개의 선형 태양들은 다시 일정하게 빛을 발하기 시작했다.

그러나 그 빛은 빠른 속도로 줄어들고 있었으며 마치 전원이 다 된 것처럼 때때로 깜박거리기까지 했다. 발밑에서는 수시로 미세한 진동이 느껴졌다. 인데버 호에서 알려온 바에 따르면 라마는 지금도 아주 약한 자장에 나침반의 바늘이 떨리듯이 거의 알아챌 수 없을 만큼 천천히 움직이고 있었다. 그렇다면 아직은 마음을 놓을 수 있다. 노턴 선장이 가장 걱정하는 것은 라마가 움직임을 완전히 멈추는 순간이다.

피터는 바이옷들이 모두 사라졌다고 보고했다. 이제 라마의 내부 전체에서 유일하게 움직이는 것이라곤 북쪽 돔의 비탈진 사면을 고통스럽게 천천히 오르는 인간들뿐이었다.

이 깎아지른 비탈을 처음으로 오르면서 느꼈던 현기증을 노턴 선장은 오래전에 극복했지만, 지금은 또 다른 걱정이 서서히 그의 마음을 엄습하고 있었다. 지금 그들은 평원에서 중심축까지 기나긴 등반을 하는 동안 완전히 무방비한 상태였다. 만약 라마가 위치 수정을 완전히 끝내고 가속을 시작한다면?

아마도 가속 방향은 자전축과 평행일 것이다. 문제는 남쪽이냐 북쪽이냐였다. 남쪽을 향한다면 지금 그들이 오르고 있는 비탈면에 좀 더 강하게 밀착될 것이므로 아무런 상관이 없다. 그러나 라마가 북쪽으로 가속할 경우 그들은 허공으로 밀려 나가 마침내 저 아래 평원으로 다시 떨어져 버릴 것이다.

'페레라 박사의 계산에 따르면 라마의 가속도는 아무리 높아도 한계가 있다.' 노턴 선장은 그런 생각을 떠올리며 스스로를 안심시키려 애썼다. 중력가속도의 50분의 1 이상을 넘을 수 없다. 그렇지 않다면 라마의 바다가 범람해서 남쪽 대륙을 덮치게 된다. 그러나 페레라 박사는 안전한 지구에서 책상머리에 편히 앉아 연구를 하지만, 그들은 지금 당장에라도 머리 위로 무너져 내릴 듯이 보이는 거대한 금속 덩어리 안에 있었다. 게다가 라마는 바다가 주기적으로 범람할 것에 대비해서 어떤 방책을 마련해 두었는지도 모른다.

'아니, 그건 우스꽝스러운 생각이다. 수조 톤이나 되는 이 거대한 물체가 우리를 흔들어 떨어뜨릴 정도로 갑자기 가속할 리는 없다. 그렇지만….' 노턴 선장은 등반하는 동안 내내 손잡이를 놓을 수가 없었다.

한평생을 보낸 듯한 시간이 흐른 뒤에 마침내 계단이 끝났다. 이제 몇백 미터의 수직 사다리만 남았을 뿐이다. 이곳에서는 각자 올라갈 필요가 없었다. 중력이 몹시 낮으므로 누군가 중심축에서 밧줄을 내린 뒤 그것을 잡고 한 명씩 끌어올리면 된다. 사다리의 맨 아래쪽에서도 한 사람의 무게는 5킬로그램 정도에 불과하며, 끝까지 다 올라가면 사실상 0이나 다름없었다.

비로소 노턴 선장은 긴장이 풀리는 것을 느꼈다. 코리올리 효과는 여전히 영향력을 행사하며 그를 사다리에서 떠밀어내려 했으므로 노턴 선장은 간간이 닻을 잡아가면서 조금씩 위로 끌려 올라갔다. 그는 라마의 신비스러운 내부를 마지막으로 감상하느라 근육이 쑤시는 것도 잊고 있었다.

이제 보름달이 비치는 지구의 밤만큼이나 어두워졌다. 눈 아래 펼쳐진 전경은 아주 선명하고 깨끗했지만 세세한 지형들은 더 이상 식별할 수 없었다. 남극은 흐릿하게 빛나는 안개에 의해 부분적으로 가려져 있었다. 거대한 중심뿔만이 그 가운데를 삐죽이 뚫고 솟아 나와 있었으나 그것조차도 작고 검은 점에 불과했다.

바다 건너 미지의 남극 대륙도 언제나 그랬듯이 복잡한 지형을 보여주고 있었다. 세밀하게 지도를 만들긴 했지만 결국 탐사의 발길은 그곳까지 미치지 못했다. 지금은 너무나도 가깝고 또 복잡하게 보였지만, 노턴 선장은 이제 대충 훑어보는 것으로 만족할 수밖에 없었다.

그는 하늘을 한 바퀴 두르고 있는 바다의 띠를 따라 시선을 옮겨갔다. 일정한 간격으로 해변에 밀려오는 파도처럼 바닷물이 규칙적인 모양으로 흔들리고 있었다. 결국 라마의 움직임이 가져온 효과는 그다지 크지 않았던 것이다. 노턴 선장은 저 정도라면 루비가 레졸루션 호를 타고 행복하게 항해를 즐길 만하다고 생각했다.

뉴욕, 런던, 파리, 모스크바, 로마…. 그는 북쪽 대륙의 모든 도시를 하나하나 부르며 작별을 고했다. 그리고 라마를 훼손한 자신들을 용서해 주길 빌었다. 아마 라마인들도 과학을 위해서는 불가피한 일이었음을 이해해 줄 것이다.

마침내 노턴 선장은 중심축에 올라섰다. 동료들의 손에 의해 끌어올려진 그는 에어록으로 가는 길을 재촉했다. 긴장이 풀리지 않은 팔과 다리가 마구 떨리며 말을 듣지 않아서 그는 마치 반신불수 환자처럼 취급당하는 것을 감수해야 했다.

중심축을 빠져나오면서 마지막으로 바라본 라마의 하늘은 몹시 찌푸려져 있었다. 에어록의 안쪽 문이 그 광경을 영원히 가로막아 버렸을 때 노턴 선장은 이런 생각을 하고 있었다.

'라마가 태양에 가장 가까이 접근하는 때에 밤이 오다니, 이 얼마나 이상한 일인가?'

44

우주추진

1백 킬로미터라면 충분히 안전할 것이다. 노턴 선장은 결정을 내렸다. 라마는 이제 커다랗고 검은 직사각형이 되어 태양을 완전히 가리고 있었다. 그는 인데버 호를 라마의 그늘 속으로 들어가게 하여 방열 시스템에 소모되는 에너지를 가능한 한 줄이면서 떠나는 시기를 최대한 늦추기로 했다. 결국 언젠가는 떠나게 되더라도 그 순간까지는 라마가 방열판으로서 구실을 하는 이 기회를 최대한 이용하기로 한 것이다.

라마는 아직도 방향을 바꾸는 중이었다. 이제는 거의 15도 가까이 돌아갔으므로 그 누가 봐도 급격한 궤도 변화가 임박했다는 것을 알 수 있었다. 행성연합에서는 흥분을 넘어 히스테리에 가까운 반응들을 보였지만 그 여파가 인데버 호에까지 미친 영향은 그다지 크지 않았다. 승무원들은 육체적으로

나 정신적으로나 모두 탈진 상태였다. 라마에서 떠난 이후 최소한의 당직 근무 인원을 제외하고는 모두 12시간 동안 푹 잠들어 있었다. 의사의 지시에 따라 노턴 선장 또한 전자식 진정제를 투여받고 잠들었지만, 그는 꿈속에서도 끝이 보이지 않는 계단을 하염없이 오르고 있었다.

우주에서의 생활이 이틀째로 접어들자 벌써 모든 것이 평범한 일상으로 돌아온 느낌이었다. 라마를 탐사했던 일은 마치 다른 삶의 일부처럼 여겨졌다. 노턴 선장은 그동안 밀린 잡무를 처리하기에 바빴고 앞으로의 계획도 세워야 했다. 그동안 언론에서는 그간의 탐사과정을 좀 넌지시라도 비추어 달라는 인터뷰 제의가 들어왔지만, 노턴 선장은 단호하게 거절했다. 그들은 그런 방식으로 통제본부와 심지어는 우주 파수대의 자료에 접근해서 헤르미안들의 수상쩍었던 움직임을 캐볼 속셈이었던 것이다. 한편 수성에서는 아무런 말도 없었고 행성연합 총회도 언제든 한 시간 안에 다시 소집될 수 있는 상태로 일단 해산되었다.

노턴 선장은 라마를 떠난 뒤 30시간 만에 마음 놓고 단잠에 빠져 있었다. 그래서 누군가가 그를 거칠게 흔들어 깨우자 자신도 모르게 짜증스런 말을 내뱉었다. 눈을 뜨자 머서의 얼굴이 보였고 그는 곧 정신이 번쩍 들면서 여느 때의 마음 좋은 선장으로 돌아왔다.

"라마가 멈추었나?"

"그렇습니다. 바위처럼 꼼짝하지 않고 있습니다."

"함교로 가보자."

인데버 호 전체가 긴장하기 시작했다. 침팬지들조차도 무슨 일이 일어났다고 느꼈는지 불안하게 깩깩거려서 라비가 한참 동안 요란한 수화를 구사한 다음에야 겨우 진정시킬 수 있었다. 자리에 앉아 안전띠를 단단히 채우면서도 노턴 선장은 이것이 또 하나의 경고에 불과한 것은 아닌가 생각했다.

라마는 이제 뭉툭한 원형 모양으로 작아졌으며 그 한쪽 구석에는 불타는 태양의 가장자리가 삐죽이 드러나 있었다. 노턴 선장이 인데버 호를 천천히 움직여 라마의 그늘 속으로 완전히 들어가도록 하자 진주처럼 눈부신 태양의 코로나도 반짝이는 별들을 배경으로 다시 모습을 드러냈다. 적어도 50만 킬로미터는 될 듯한 커다란 홍염 하나가 뻗어 나와 있었다. 그 길이가 워낙 길었으므로 마치 태양에서 진홍색 나무가 한 그루 자라난 것처럼 보였다.

'이제 기다리는 일뿐이다.' 노턴 선장은 스스로 다짐했다. 무엇보다도 지루해하거나 긴장을 늦추는 일이 있어서는 안 된다. 언제라도 반응이 나타나면 즉시 대처할 수 있도록 모든 계기를 완전히 작동시켜 놓은 상태로 꾸준히 기다려야 한다.

'가만, 뭔가 이상하다! 하늘 전체가 움직이고 있다. 마치 그네를 타고 있는 것처럼.' 그러나 그는 조종 장치를 만지지도 않았을뿐더러 실제로 그런 움직임이 있다면 측정 계기들이 즉시 감지했을 것이다.

"선장님!" 항법실에서 캘버트가 다급하게 소리쳤다. "우주선이 돌고 있습니다. 별들을 보십시오! 그런데 계기판에서는 아무런 반응도 없습니다!"

"자이로스코프는?"

"완전히 정상입니다. 정확히 0을 가리키고 있습니다. 그런데 우주선은 초당 몇 도의 비율로 회전하고 있어요!"

"그건 불가능한 일이야!"

"물론 불가능한 일이죠. 그렇지만 직접 보십시오."

인간은 다른 모든 것을 믿을 수 없게 되면 마지막으로 자신의 눈에 의지하는 법이다. 노턴 선장이 직접 현창으로 가보니 별들은 의심할 여지 없이 천천히 돌아가고 있었다. 큰 개자리의 시리우스가 아래쪽에서 서서히 올라왔다. 코페르니쿠스 이전의 천문학 이론처럼 우주 전체가 갑자기 인데버 호를 중심으로 돌기 시작했거나, 아니면 우주선이 돌고 있거나 둘 중 하나였다.

물론 그럴듯한 설명은 두 번째였다. 그러나 그것도 도저히 풀 수 없는 역설을 내포하고 있었다. 우주선이 진짜 이 정도 속도로 돌고 있다면 몸으로 느껴지지 않을 리가 없다. 아마 자리에 똑바로 앉아 있기도 힘들 것이다. 게다가 각각 독립적으로 작동하는 계기들이 동시에 똑같이 고장 날 리도 만무하다.

단 한 가지 해답만이 남아 있었다. 인데버 호의 모든 원자가 어떤 강력한 힘에 사로잡혀 있는 것이다. 그리고 이러한 효과를 내는 힘은 매우 강력한 인력장뿐이다. 적어도 알려진 힘 중에서는 이런 일이 가능한 것을 달리 찾아볼 수 없었다.

갑자기 별들이 사라졌다. 라마 뒤로 불타는 원반 모양의 태양이 모습을 드러내면서 모래알처럼 가냘프게 반짝거리는 별빛을 모두 몰아낸 것이다.

"레이더에 어떤 움직임이 잡히나? 도플러 효과는 어때?"

노턴 선장은 그것들 역시 전혀 반응이 없으리라고 예상했지만, 그러나 그의 추측은 완전히 빗나갔다.

라마는 마침내 0.015g로 천천히 가속을 시작한 참이었다. '페레라 박사가 기뻐하겠군. 그는 최고치를 0.02g로 예상하지 않았던가.' 노턴 선장은 생각했다. 이제 인데버 호는 마치 배의 꽁무니를 쫓아 둥둥 떠가는 나무 조각처럼 라마의 항적을 뒤따라가고 있었다.

몇 시간이 지나도록 라마의 가속도는 계속 일정하게 유지되었고 그에 따라 인데버 호와의 간격도 점점 벌어졌다. 우주선을 둘러싼 불가사의한 현상 역시 점점 그 정도가 약해지더니 마침내 사라져 버리고 정상적인 관성의 법칙이 다시 제자리를 찾아왔다. 잠깐 동안 그들이 느꼈던 반동의 충격만이 유일한 단서로 남았을 뿐, 그 미지의 힘이 무엇이었던가는 영원한 숙제로 남게 되었다. 노턴 선장은 라마가 본격적인 가속을 시작하기 전에 인데버 호를 안전거리까지 떨어뜨려 둔 것을 몹시 다행으로 생각하고 있었다.

라마의 추진 동력이 무엇인지는 전혀 짐작조차 할 수 없었지만, 적어도 한 가지는 확실했다. 라마는 새로운 궤도로 진입하면서 그 어떤 제트분사나 이온의 분출 혹은 플라스마 빔

따위를 보여주지 않았다. 단지 기술사관인 마이런이 못 믿겠다는 듯이 눈을 크게 뜨고 내뱉은 말만이 유일한 설명이었다.

"뉴턴의 제3법칙이 무너지고 있다."

인데버 호로서는 태양에 너무 가까워지기 전에 탈출하기 위해서 반드시 의지해야만 하는 것이 뉴턴의 제3법칙이었다. 궤도를 바꾸기 위해서는 남은 연료를 거의 다 소모하면서 엄청난 제트분사를 진행 방향과 반대로 내뿜어야 한다. 그렇게 함으로써 근일점을 태양에서 1천만 킬로미터쯤 더 멀리 떨어뜨려 놓을 수 있다. 우주에서 그 정도 거리는 아주 미미한 것이지만 그것은 우주선의 냉방 시스템을 95퍼센트 가동하느냐, 새까맣게 숯덩이가 되느냐의 차이였다.

인데버 호가 항로 변경을 마쳤을 때 라마는 20만 킬로미터 떨어져 있었다. 태양 빛 때문에 거의 눈에 띄지 않았지만, 레이더를 통해 놓치지 않고 계속 관찰해 나갔다. 그런데 라마의 궤적을 추적하면 할수록 당혹감이 점점 더해 갔다.

그들은 수치를 몇 번이고 거듭거듭 확인했지만 결국 믿기지 않는 사실에 직면했다. 헤르미안들의 공포도, 보리스의 영웅적인 행동도, 그리고 행성연합 총회에서의 그 모든 난상토론도 완전히 헛수고였다.

이 무슨 우주의 아이러니인가! 노턴 선장은 최종적으로 얻어진 수치를 바라보면서 망연자실했다. 1백만 년 가까이 그 거대한 몸뚱이를 완벽하게 보존하면서 날아오더니, 이제 와서 라마의 컴퓨터가 수치의 부호를 양에서 음으로 바꾸는 어처구니없는 실수라도 했단 말인가!

라마는 속도를 줄여서 마침내 태양의 중력장에 포섭된 다음, 그 둘레를 도는 하나의 행성으로서 태양계의 새로운 식구가 될 것이다. 모두의 생각은 이러했다. 그런데 라마는 지금 그와 정반대의 모습을 보이고 있었다.

라마는 점점 더 빠르게 달려가고 있었다. 그 누구도 예상하지 못했던 방향이었다. 그것은 태양을 향해 정면으로 돌진하고 있었다.

45

불사조

라마가 가고 있는 항로에 대한 상세한 수치들이 확인됨에 따라, 그것이 결국 부딪치고야 말 결정적인 파국을 어떻게 비껴갈 셈인지 도대체 종잡을 수가 없었다. 혜성조차도 그렇게 가까이 접근하는 것은 몇 안 되었다. 지금의 궤도를 유지할 경우 수소 융합으로 영원히 타오르는 지옥의 태양에서 50만 킬로미터 이내에 근일점이 생기게 된다. 어떤 물질이라도 그 거리에서는 순식간에 녹아버린다. 라마의 두꺼운 겉껍질도 그 거리의 10배에서조차 녹기 시작할 것이다.

인데버 호는 이제 자기 궤도의 근일점을 지나 태양에서 점점 멀어지고 있었으므로 모두 한시름 놓고 있었다. 반면, 라마는 점점 더 빠르게 태양으로 접근해서 지금은 코로나의 바깥쪽 테두리까지 도달해 있었다. 인데버 호는 우주의 드라마 중 가장 극적인 장면을 특별석에서 보게 되는 셈이었다.

그때였다. 태양에서 5백만 킬로미터까지 접근한 라마는 가속을 조금도 늦추지 않은 채 누에고치 같은 것을 자신의 주위에 두르기 시작했다. 지금까지는 인데버 호의 망원경 배율을 최고로 올려도 조그맣게 반짝이는 짧은 막대에 불과했던 라마가 갑자기 빛을 내뿜었다. 마치 지평선 가까이 있는 엷은 구름 속에서 반짝이는 금성처럼, 라마는 분해되고 있었다. 노턴 선장은 그 모습을 보면서 너무도 많은 신비가 한꺼번에 사라져 버린다는 생각에 비통한 마음을 금할 수 없었다. 그러나 다음 순간 라마는 여전히 제 모습을 유지하고 있었고 그 주위를 어슴푸레하게 아지랑이 같은 것들이 둘러싸고 있었다.

그리고 갑자기 사라져 버렸다. 라마가 있던 자리에는 아주 밝게 빛나는 별 같은 물체가 있었으나 눈에 보이는 실체는 아무것도 없었다. 갑자기 라마가 아주 작게 줄어들기라도 한 것일까.

무슨 일이 일어났는가를 알아챌 때까지는 잠시 시간이 걸렸다. 라마는 정말로 사라져 버렸다. 지금 그것은 지름이 1백 킬로미터 가까이 되어 보이는 둥그런 구체에 완전히 둘러싸여 있었다. 그들의 눈에는 거울처럼 반반한 그 구체에 비친 태양의 일부분만이 일그러진 모습으로 보일 뿐이었다. 저 보호막 속에서라면 라마는 지옥과 같은 태양열 속에서도 안전할 것 같았다.

몇 시간이 흐른 뒤 그 거품방울 같은 보호막은 모양이 바뀌어 있었다. 그것에 비친 태양의 모습이 길쭉하게 늘어나고 뒤틀려져 보였다. 라마를 둘러싼 구체는 진행 방향으로 늘어난 타원형 모양이 되었다. 그즈음 거의 2백 년 동안이나 태양의 둘레를 돌면서 쉬지 않고 관측 자료를 송신해 오던 무인 탐사 위성이 이상 신호를 나타내기 시작했다.

태양의 자장이 라마 부근에서 어떤 변화를 보였다. 태양의 코로나는 길이가 1백만 킬로미터도 넘는 자기력선들이 다발로 이리저리 뒤엉켜 있는 곳이며, 때때로 태양의 인력을 뿌리치고 달아날 만큼 이온화된 기체를 강렬하게 내쏘기도 한다. 그런데 지금 그 자기력선들이 라마 주위를 둥그렇게 감싸고 있었다. 물론 눈으로는 아무것도 보이지 않았지만, 탐사위성은 자장이 변화하는 모습과 자외선 방출 등의 모든 자료를 시시각각 정확하게 보내오고 있었다.

얼마 뒤엔 눈으로도 코로나의 변화한 모습을 뚜렷하게 볼 수 있었다. 태양의 바깥쪽 대기에 희미하게 빛나는 대롱, 또는 터널 비슷한 모양이 보였다. 그것은 대충 10만 킬로미터는 되어 보였고, 라마가 지나간 궤적을 따라 약간 구부러져 있었다. 라마는 (혹은 그것을 둘러싼 누에고치 같은 것은) 그 유령 같은 관을 따라 반짝거리며 빠르게 굴러가는 구슬처럼 보였다.

여전히 가속도는 줄지 않았다. 이제는 거의 초속 2천 킬로미터 이상으로 날아가고 있었으므로 태양의 인력권에서 벗어나는 것도 문제가 없을 것이다. 노턴 선장은 마침내 라마의 의도를 짐작할 수 있게 되었다. 라마가 태양에 접근한 것은 에너지를 얻기 위해서였고, 그런 다음엔 또다시 알 수 없는 궁극의 목표를 향해 머나먼 여행을 떠나려는 것이다.

라마의 에너지 재충전 작업은 극히 짧은 시간에 끝난 듯 보였다. 가장 가까운 관측위성조차 3천만 킬로미터 밖에 있었으므로 아무도 확신할 수는 없었지만, 태양을 구성하는 물질 일부가 라마로 흘러들어 갔다는 사실만은 틀림없었다. 라마는 수십만 년간 암흑에서 텅 빈 우주 공간을 날아오면서 잃어버리고 소모한 것을 모두 되찾은 듯했다.

태양의 가장자리를 스쳐 지나가면서 라마는 이제껏 태양계 안에서 움직였던 그 어느 물체보다도 빠른 속도를 냈다. 두 시간 안에 라마의 궤도는 거의 90도 가까이 휘어질 것이다. 여태까지 온 세상 사람들의 마음속에 도사리고 있던 불안을 비웃기라도 하듯 갑작스럽게, 미처 생각이 정리되기도 전에 태양계 밖으로 모습을 감출 것이다.

라마는 타원 궤도를 벗어나 행성들의 공전면 훨씬 아래의 남쪽 하늘로 멀어져 갔다. 그 기나긴 방랑의 종착점이 어디일지는 아무도 모르지만, 라마는 은하수 너머 대마젤란 성운이 아련히 빛나는 우주의 한구석을 향하고 있었다.

46

막간극

"들어와요." 문을 두드리는 소리에 노턴 선장은 무심하게 대답했다.

"몇 가지 소식이 있습니다, 선장님. 다른 사람들보다 내가 직접 전해 주고 싶었어요. 어쨌거나 내 소관이기도 하니까."

노턴 선장의 마음은 아직도 먼 곳에 있는 것 같았다. 방 안은 어두웠고 그는 두 손을 깍지 긴 채 머리로 베고 누워서 눈을 감고 있었다. 완전히 잠든 상태는 아니었지만 혼자서 나른하게 백일몽을 즐기고 있는 듯했다.

그는 눈을 두어 번 깜박거리더니 갑자기 벌떡 일어나 앉았다.

"오, 미안해, 로라. 뭐라고 했지? 무슨 얘기였더라?"

"정말 이럴 거예요?"

"자자, 짓궂게 굴지 마세요, 의사 선생. 사실은 요즈음 몇 가지 생각할 게 좀 많았어."

의무사관 로라는 바닥의 홈을 따라 붙박이 의자를 하나 끌어당겨서 그의 옆에 앉았다.

"천문학적인 위기가 왔다 갔는데도 화성의 관료주의는 여전히 그 구태를 못 벗어났더군요. 아무튼 라마 덕에 비상착륙 허가는 겨우 받아냈습니다. 또 하나 좋은 소식이 있지요. 헤르미안들이 우리를 그다지 싫어하지는 않나 봐요."

방 안의 조명이 밝아졌다.

"오오, 포트 로웰에서 착륙 허가를 해준 모양이군."

"그래요. 그건 이미 지나간 소식이고, 당신께 더 기쁜 일이 있어요." 로라는 손에 들고 있던 전문을 흘끗 쳐다보았다. "지급 전보." 그녀는 읽기 시작했다. "당신의 새로운 아들이 태어날 것 같아요. 축하해요."

"고마워. 그 녀석이 지루해하지나 않았으면 좋겠군."

다른 모든 우주인과 마찬가지로 노턴 선장은 처음에 입대하면서 불임수술을 받았다. 우주 공간에서 몇 년의 세월을 보내기 일쑤인 그들에게 방사선에 의한 기형아 출산은 단순히 잠재적인 위험이 아니라 기정사실이었다. 그래서 노턴 선장의 정자들은 2억 킬로미터 밖 화성에서 그 원초적인 유전자 정보만을 간직한 채 30년 동안 냉동 보관되어 왔다.

'출산하기 전에 집에 도착할 수 있을까.' 노턴 선장은 은근히 조바심이 났다. 우주인이라면 누구나 그리고 즐겁게 편안한, 평범한 가족생활을 그 역시 간절하게 소망하고 있었다. 이제 사실상 그의 임무는 끝난 것이나 마찬가지였으므로 그는 느긋하게 마음을 먹고 자신의 미래와 가족들에 대해 생각해 보려던 참이었다. '그래, 당분간은 집에서 쉬는 게 좋겠어. 그동안 빼앗겼던 시간이나 기회도 여러모로 보상을 받아야지.'

"내가 여기 온 것은 순전히 직무상의 일 때문이에요." 그렇게 말하는 로라의 목소리는 다소 느슨했다.

"그게 아닌걸? 요 몇 년 동안 우리는 서로를 많이 알게 되었잖아. 어쨌든 오늘 당신 근무는 끝난 거야."

"지금 무슨 생각을 하고 있죠?" 한참 뒤 로라가 물었다. "너무 감상적이 되지 않았으면 좋겠습니다."

"우리 사이가 아니고, 라마야. 벌써 라마가 그리워지기 시작했어."

"솔직하게 말해 줘서 고맙군요."

노턴 선장은 그녀를 안은 팔에 더욱 힘을 주었다. 무중력 상태의 최대 이점 중의 하나는 두 사람이 밤새도록 껴안고 있어도 전혀 힘들지 않다는 것이다. 지구의 중력에서는 너무 힘이 들어서 도대체 즐길 수가 없다고 얘기하는 사람들도 있었다.

"다들 잘 아는 사실이잖아, 로라. 남자는 여자와 달리 마음이 두 갈래라고. 그렇지만 난 진지하게 얘기하는 거야. 정말 진지하게. 라마가 가버리고 난 뒤에 어쩐지 허전한 마음을 달랠 수가 없어."

"이해할 수 있어요."

"그렇게 의학적으로 말하지 말고. 단순한 게 아니라니까···. 너무 신경 쓰지 않아도 돼." 노턴 선장은 포기했다. 그 허전한 심정은 자기 스스로에게도 설명하기 어려운 것이었다.

그는 모든 사람의 기대를 뛰어넘어 훌륭하게 임무를 완수해 냈다. 그들이 라마에서 발견한 모든 것들은 과학자들을 수십 년간 바쁘게 만들 것이다. 그리고 무엇보다도 그는 치명적인 사고 한 번 없이 무사히 임무를 마쳤다.

그러나 그는 실패자이기도 했다. 모두 무궁무진하게 상상의 나래를 펴 볼 수는 있겠지만, 라마인과 그들의 의도는 여전히 수수께끼로 남았다. 그들은 태양계를 단순히 중간 급유지로 삼았는지도 모른다. 아무튼 소기의 목적을 달성하고 나서는 더욱더 중요한 일을 위해 훌쩍 떠나버린 것이다. 어쩌면 인류의 존재를 알아차리지도 못했을 수도 있다. 인류에게 그보다 더한 모욕은 없을 일이었다.

노턴 선장이 마지막으로 라마를 보았을 때 라마는 금성 너머로 조그맣게 빛나는 반점이었다. 그는 자기 삶의 일부가 끝났음을 알고 있었다. 아직 55세에 불과했지만, 그는 자신의 청춘을 라마의 평원에 두고 떠나온 것처럼 느껴졌다. 그 모든 신비와 경이가 인간의 손이 닿지 않는 머나먼 우주로 무정하게 사라져 가고 있었다. 앞으로 인간이 어떤 업적과 영광을 달성한다 해도 노턴 선장의 남은 인생을 흥분시키지는 못할 것이다. 그는 죽는 날까지 놓쳐버린 기회에 대한 아쉬움을 달래며 살아갈 것이다.

그는 스스로 단호하게 다짐했다. '그러나 그럴수록 더욱 열심히 추구하며 살아야지.'

멀리, 지구에서는 칼라일 페레라 박사가 잠재의식 속에서 끊임없이 메아리치는 말 때문에 도무지 깊은 잠을 이루지 못하고 있었다.

'라마인의 세계는 모든 것이 3의 철학이다.'

우주 저편에서 날아온 거대한 질문

2013년 2월 어느 날의 기억이 아직도 생생하다. 우주에서 날아온 거대한 운석이 러시아 첼랴빈스크 상공에서 폭발했다. 충격파로 건물 300여 채의 유리창이 깨지고 부상자는 1,500명에 달했다. 사망자가 없었던 것이 그나마 다행이었다.

당시의 운석은 지름 15미터 이상에 질량이 1만 톤 가까이 나가는 것으로 추정된 '작은 소행성'급이었다.

그리고 그다음 해에는 우리나라 진주에도 운석이 떨어졌다. 운석 사냥꾼들이 해당 지역을 뒤지고 다니느라 한동안 떠들썩했었다.

이 모든 일은 영상으로 생생하게 기록되고 유튜브 같은 곳에서 공유되어 널리 알려졌다. IT 기기들이 광범위하게 보급되면서 SF에서나 보던 사건들을 다큐멘터리로서 접할 수 있게 된 것이다.

처음《라마와의 랑데부》를 읽었을 때만 해도 소설 속의 천재지변을 실감하기란 어려웠다. 가까이는 1908년 퉁구스카 대폭발에서 멀리는 6천5백만 년 전의 공룡 멸종까지, 우주로부터의 위협에 대한 증거는 많았지만 직접 겪은 일은 아니었다. 그러나 첼랴빈스크 사건은 인류가 실제로 지구접근 천체들을 꼼꼼하게 감시할 필요가 있음을 너무나 잘 보여주었다.

SF에 등장했던 이름들이 현실에서 그대로 쓰이는 예가 종종 있듯이,《라마와의 랑데부》에 나온 우주 파수대, '스페이스가드(spaceguard)' 시스템은 실제로도 설립되었다. 세계 여러 나라의 정부와 민간 기구들이 연계해서 하늘을 늘 감시하며 지구 가까이 오는 천체들의 리스트를 계속 갱신하고 있다.

그러나,《라마와의 랑데부》가 얘기하는 것은 이렇듯 우주로부터의 물리적인 위협이 다가 아니라는 것을 작품의 일독을 마친 독자라면 누구나 깨달았을 것이다. 이 소설은 또 다른 차원의 '위협'을 시종일관 묘사하고 있다. 그것은 바로 우리 인간의 정신적 한계, 즉 인간중심주의 인식과 사고에 근본적인 의문을 던지는 철학적 위협이다.

낮과 밤, 그리고 해와 달. 어쩌면 지구 인류는 이분법적 흑백논리로 사고할 수밖에 없는 기원적 한계에 갇혀 있는지도 모른다. 게다가 삶과 죽음이라는 생명의 이분법도 스스로 지니고 있다. 이제껏 인류가 쌓아 올린 모든 문화유산이란 실은 이런 형이상학의 테두리 안에서 이룩된 셈이다.

하지만 이런 시야만을 가지고 바깥 우주를 대하는 것이 과연 옳을까? 우리는 우주 속 인간의 지위에 대해 자못 진지한 실존철학 체계를 구축해 왔다. 자연과학 분야의 눈부신 발전을 토대로 최근에는 여러 문예 창작물에서 외계의 다양한 지적 존재들을 꽤 세련되게 상상한다. 하지만 사실 그건 모두 우리 인간의 기대나 욕망이 투사된 반영에 불과한 것이 아닐까? 비록 그 기대의 저변에 최대한 인간을 객관화하려는 나름의 자기성찰이 깔려있더라도 말이다.

아서 C. 클라크의 강점은 바로 이 부분이라고 생각한다. 철저하게 사실적인 배경 묘사를 바탕으로 등장인물들의 시선을 최대한 우주로 향하게 한다. 캐릭터들이 단조롭다는 비판은 오히려 등장인물들이 인간 이성의 최선을 대표하기 때문이라고 반박하고 싶다. 캐릭터들이 연출해 내는 드라마를 즐기는 게 목적이라면 다른 작가를 읽어야 한다. 클라크는 SF 작가 중에서도 드물게 초지일관 명쾌한 한 가지 외침만을 고수하는 작가이다. "눈을 들어 우주를 보자!"

《라마와의 랑데부》는 무엇보다도 내게 '고전의 품격'이 무엇인지 깨우쳐 준 작품이었다. 처음 한국어판을 낸 것이 26년 전, 그로부터 이 작품은 출판사를 달리해서 계속 재간이 되었고, 이번에 '아작'을 통해서 네 번째로 다시 한국 독자들에게 선을 보인다. 아서 C. 클라크 탄생 100주년이라 더욱 뜻깊다. 이는 전적으로 끊임없이 이 책을 찾는 독자들의 절실한 요구가 있었기에 가능한 일이다. 고전이란 바로 이런 것이다.

1973년에 처음 발표된 《라마와의 랑데부》는 휴고상과 네뷸러상을 비롯해 전 세계에서 무려 7개의 SF 문학상을 휩쓰는 기록을 세웠다. 첫 한국어판이 나왔을 때는 카이스트 권장도서 100선에 포함되기도 했고, 최근에는 크리스토퍼 놀란 감독이 영화 〈인터스텔라〉에서 우주식민지 '쿠퍼 스테이션'의 시각적 연출에 이 책의 영향을 받았다고 언급한 바 있다.

또한 이 작품은 과학 기술적 묘사의 엄밀함에 중점을 두는 '하드 SF의 교과서'로 일컬어지곤 하는데, 어려운 과학기술이 등장해서가 아니라 중학생 정도의 과학 상식만 있으면 누구나 스스로 놀라운 과학적 상상력을 발휘하게 하기에 그런 것이다.

최신의 천문학 지식이나 정보에 밝은 독자라면 읽다가 '오류인데?' 싶은 부분이 나올 수도 있다. 작품 발표 이후 40여 년이 지나면서 새로운 천문학적 사실들이 나와서이다. 전체 맥락과 상관이 없다고 판단해 그대로 두었음을 밝힌다. 그밖에 번역서 내용 중에 잘못된 곳이 있다면 전적으로 옮긴이의 책임이다.

클라크의 우주 한 귀퉁이에서,
박상준

옮긴이 **박상준**

한양대학교 지구해양과학과를 졸업하고 서울대학교 대학원 비교문학과를 수료했다. 장르문학 전
문잡지 《판타스틱》의 초대 편집장, SF 전문출판 '오멜라스'의 대표를 지냈으며, 현재는 서울SF아카
이브 대표다. 지난 20여 년간 SF 및 교양과학도서 기획번역가, 편집자, 칼럼니스트로 활동하면서
《로빈슨 크루소 따라잡기》(공저), 《멋진 신세계 – SF를 읽는 즐거움》(엮고 씀), 《라마와의 랑데부》,
《화씨 451》(옮김) 등 30여 권의 책을 냈다.

라 마 와 의 랑 데 부

초판 1쇄 발행 2017년 3월 15일
초판 5쇄 발행 2023년 5월 15일

지은이 아서 C. 클라크
옮긴이 박상준
펴낸이 박은주
디자인 김선예, 이수정
마케팅 박동준

발행처 (주)아작
등록 2015년 9월 9일(제2021-000132호)
주소 04050 서울특별시 마포구 양화로 156
　　　　LG팰리스빌딩 1428호
전화 02.324.3945-6 **팩스** 02.324.3947
이메일 arzaklivres@gmail.com
홈페이지 www.arzak.co.kr

ISBN 979-11-87206-44-6 03840